Un dangereux secret

Sous le charme de mon ennemi

B.J. DANIELS

Un dangereux secret

Traduction française de
CAROLE PAUWELS

BLACK ROSE

HARLEQUIN

Collection : BLACK ROSE

Titre original :
SHOTGUN BRIDE

Ce roman a déjà été publié en 2010

HARPERCOLLINS FRANCE
83-85, boulevard Vincent-Auriol, 75646 PARIS CEDEX 13
Service Lectrices — Tél. : 01 45 82 47 47

www.harlequin.fr

ISBN 978-2-2804-3813-1 — ISSN 1950-2753

1

Jerilyn Larch s'immobilisa, un pied posé sur le linoléum poisseux de la chambre.

Affalé sur le lit défoncé du motel, Earl-Ray Pitts marmonna quelque chose, renifla par à-coups, et se remit à ronfler bruyamment.

Jerilyn relâcha lentement son souffle et se glissa hors du lit, en songeant avec effroi qu'elle n'était pas passée loin de la catastrophe.

Avec prudence, elle ramassa un à un ses vêtements abandonnés à travers la pièce, et avança sur la pointe des pieds jusqu'à la salle de bains.

Elle avait toujours eu le chic pour se placer dans des situations invraisemblables, mais cette fois elle devait reconnaître qu'elle avait vraiment touché le fond.

Et, si le nom des Larch avait autrefois signifié quelque chose dans cette partie de l'Arizona, il ne valait désormais plus rien. La terre avait disparu, et l'argent aussi. Et, comme l'aurait dit sa mère, Jerilyn avait toujours misé sur le mauvais cheval.

Quoi qu'il en soit, il fallait qu'elle sorte de ce trou à rats le plus vite possible et mette quelques centaines de kilomètres entre elle et ce bon à rien qui partageait sa vie.

Une fois habillée, elle risqua un coup d'œil hors de la salle de bains.

La lumière grisâtre de l'aube filtrait à travers les rideaux bon marché. Earl-Ray dormait toujours…

Ou peut-être faisait-il semblant. Avec lui, elle ne savait jamais à quoi s'en tenir.

Ce type était capable de toutes les sournoiseries, et elle était malheureusement bien placée pour le savoir. Elle ne comptait plus les fois où il lui avait dit qu'il la tuerait si elle le quittait — ou, tout au moins, qu'il lui ferait regretter de ne pas être morte.

Cela faisait des jours qu'elle guettait une opportunité de s'échapper.

Tandis qu'elle balayait la pièce du regard pour localiser les clés d'Earl-Ray, elle eut un choc en apercevant son propre reflet sur le miroir en pied fixé près de la porte.

La femme qu'elle découvrait semblait beaucoup plus âgée que ses quarante-deux ans.

Et elle avait l'air de quelqu'un qui n'avait rien à perdre.

Jerilyn se fit alors une promesse. A partir d'aujourd'hui, sa vie allait changer. En mieux.

Repérant les clés sur la commode, elle les souleva délicatement, et hésita quelques secondes avant de s'emparer du portefeuille d'Earl-Ray.

Elle se glissa à l'extérieur et se dirigea rapidement vers la Buick garée devant le motel. La voiture était vieille et en mauvais état, et elle lui faisait honte. Quitte à voler une voiture, elle aurait préféré un modèle d'un meilleur standing. Mais, dans sa situation, elle n'allait pas faire la difficile. Et, au moins, elle avait les clés de celle-ci.

Jerilyn se mit au volant, vérifia le contenu du portefeuille, et constata que Earl-Ray ne possédait pas suffisamment d'argent pour aller très loin.

Elle jeta le portefeuille sur le siège passager, et sentit la panique la gagner tandis qu'elle essayait de déterminer ce qu'elle allait pouvoir faire avec une aussi petite somme, une voiture qui ne la conduirait probablement pas plus loin que la sortie de la ville, et nulle part où aller.

Earl-Ray serait fou de rage.

En temps normal, il n'était déjà pas facile à vivre. Mais lui prendre son argent et sa voiture, et l'abandonner dans un trou perdu en plein désert allait le faire sortir de ses gonds.

Comme s'il avait besoin de ça pour s'énerver !

Tandis qu'elle restait assise là, Jerilyn prit conscience d'une chose : une fois qu'elle aurait tourné la clé de contact et démarré sur les chapeaux de roue, elle allait devoir se débrouiller toute seule.

Et cette perspective l'effrayait peut-être encore plus que les sautes d'humeur d'Earl-Ray.

Toute sa vie, elle s'était reposée sur les hommes, les laissant prendre toutes les décisions à sa place.

Earl-Ray était un salaud, mais vivre seule était peut-être encore pire que d'avoir à le supporter tous les jours.

Elle tourna la tête vers la porte de la chambre, et se demanda si elle pouvait s'y glisser discrètement sans qu'Earl-Ray ne se rende compte qu'elle était sortie.

Comme en réponse à sa question, la porte s'ouvrit brutalement, et Earl-Ray apparut en titubant. Son expression lorsqu'il la vit au volant de sa voiture lui fit comprendre qu'il n'était pas question de revenir en arrière.

Jerilyn tourna la clé dans le contact et le moteur démarra sans tergiverser. La radio rugit à plein volume, couvrant les insultes qu'Earl-Ray vociférait.

Elle enclencha la marche arrière et enfonça l'accélérateur tandis qu'il plongeait vers la Buick. Earl-Ray tomba la tête la première sur le sol alors qu'elle reculait en zigzaguant, évitant de peu un palmier.

Déplaçant le levier de la boîte automatique sur *Drive*, Jerilyn fit un écart au dernier moment pour éviter Earl-Ray qui s'était relevé, et prit la fuite dans un nuage de poussière.

Au moment de s'engager sur la route, elle s'arrêta, ouvrit sa vitre, et jeta le portefeuille.

Elle avait peut-être touché le fond, mais elle n'était pas une voleuse. Les trois cent soixante-dix-huit dollars qu'elle avait pris n'étaient qu'un juste dédommagement pour tout ce qu'elle avait subi.

Quant à la voiture… Eh bien, elle appellerait Earl-Ray plus tard et lui ferait savoir où la récupérer — sans doute au bord d'une route où le moteur aurait rendu l'âme pour de bon.

Dans le rétroviseur, elle vit qu'Earl-Ray s'était mis à courir derrière la voiture.

Elle redémarra, et chercha à se persuader que tout se passerait bien. Pour commencer, elle savait qu'il n'appellerait pas la police pour signaler le vol de la Buick. Quand on trempait comme lui dans diverses activités illégales, c'était le genre de choses qu'on évitait.

Peut-être même ne la poursuivrait-il pas. Toutes ces menaces dont il l'avait accablée n'étaient peut-être que du vent…

En tout cas, elle avait intérêt à ne pas s'attarder dans le coin, et à garder toujours un peu d'avance sur lui jusqu'à ce qu'elle puisse quitter l'Etat.

Elle se débarrasserait de la voiture dès qu'elle serait dans le Montana.

Si la Buick allait jusque-là.

Dans le cas contraire, elle ferait du stop. Ce ne serait pas la première fois.

Mais peut-être qu'avec un peu de chance, ce serait la dernière.

Le Montana…

Jerilyn n'avait pas réalisé avant cet instant précis qu'elle savait déjà où aller. Bien des années auparavant, elle s'était fait la promesse de n'utiliser ce qu'elle considérait comme son refuge suprême que si elle était vraiment désespérée.

Eh bien, elle était désespérée, songea-t-elle, tandis qu'elle tendait le bras pour fouiller dans sa besace.

Elle en sortit une petite pochette cousue de sequins que sa grand-mère lui avait donnée. De nombreux sequins manquaient, et l'étoffe était devenue grise avec l'âge.

Elle faillit aller au fossé tandis qu'elle tirait sur la fermeture à glissière de la pochette et en sortait un bout de papier jauni.

Elle éprouvait régulièrement le besoin de le garder un moment entre ses doigts pour s'assurer qu'il était toujours là, et qu'elle ne l'avait pas inventé… comme cet avenir radieux dont elle avait longtemps rêvé.

L'écriture s'était décolorée avec le temps et les trop nombreuses manipulations, mais, en présentant le papier à la lumière, elle vit qu'elle pouvait encore déchiffrer les mots.

Un vague sentiment de culpabilité se manifesta, mais elle le refoula aussitôt et replaça le papier dans la pochette, avec le même soin qu'elle avait employé vingt-six ans plus tôt.

Un infirmier lui avait donné ce précieux morceau de papier le jour où elle avait accouché. Dès le début, sa mère avait décidé que Jerilyn ne garderait pas le bébé. A seize ans, elle était trop jeune, trop immature pour élever un enfant, disait-elle. Et, bien sûr, elle faisait cela pour le bien du bébé.

Jerilyn en avait terriblement voulu à sa mère, car elle connaissait la vérité. Sa mère redoutait le scandale, et n'aurait pas supporté que le nom des Larch soit sali par la naissance d'un enfant illégitime. C'était pour cette raison qu'elle l'avait envoyée dans le Montana avant que quiconque puisse se rendre compte qu'elle était enceinte.

Après la naissance, elle n'avait vu de son enfant qu'une forme enveloppée dans une couverture blanche qu'emportait hâtivement une femme âgée.

Lorsque Jerilyn avait supplié sa mère de lui donner des informations sur son bébé, cette dernière avait rétorqué qu'il avait été placé dans une bonne famille, et qu'il valait mieux pour elle qu'elle en sache le moins possible. Elle n'avait qu'à oublier, faire comme si rien ne s'était passé.

Comme si c'était le genre d'événement qui s'oubliait comme ça ! Sans compter qu'après cela, la famille Larch semblait avoir été frappée d'une malédiction. Son père avait fait une série de mauvais investissements, et cela avait été le début de la débâcle. Naturellement, sa mère l'en avait rendue responsable, même si personne n'avait jamais rien su de la petite fille qu'elle l'avait forcée à abandonner.

C'était la première fois que Jerilyn avait compris ce que signifiait avoir le cœur brisé.

L'adoption s'était déroulée dans le plus grand secret. Il n'y avait aucun document, et il était absolument impossible à Jerilyn de découvrir ce qu'était devenue sa fille.

En tout cas, c'était ce que sa mère avait cru jusqu'au dernier jour de sa vie.

Mais sa vertueuse mère était loin de s'imaginer de quoi elle était capable quand elle avait quelque chose en tête. Jerilyn avait payé le sympathique infirmier pour obtenir l'information, et celui-ci lui avait glissé dans la main une demi-feuille de papier quadrillé arrachée à la hâte d'un bloc-notes.

Dessus figuraient les mots : « Madeline, confiée à Sarah et Roy Cavannaugh, Whitehorse, Montana. »

Aujourd'hui, Jerilyn allait réparer la terrible erreur que sa mère l'avait obligée à commettre.

— Je vais enfin retrouver ma petite fille, dit-elle à voix haute, tandis qu'elle prenait la direction du nord.

Partagé entre la stupéfaction et la colère, Earl-Ray écoutait s'éloigner le vrombissement familier du moteur de sa vieille Buick.

Qu'est-ce qui avait bien pu passer par la tête de cette espèce de folle ? Elle n'était pas très futée, mais il ne l'aurait jamais crue stupide à ce point.

Il attendit, espérant que sa voiture coule une bielle avant d'avoir disparu hors de portée de vue, ou que Jerilyn ait le bon sens de faire demi-tour.

Sans quoi, ça allait mal tourner.

Il admettait qu'il y était un peu pour quelque chose. La nuit dernière, au bar, il avait cru reconnaître quelqu'un. Persuadé que le type cherchait à mettre la main sur son précieux carnet noir, il l'avait glissé dans le sac de Jerilyn.

Quand il avait compris qu'il n'y avait aucun danger, il avait décidé d'attendre le moment propice pour le récupérer sans que Jerilyn ne s'en aperçoive. C'était vraiment la dernière personne à qui il avait envie de parler du carnet — ou de son contenu.

Malheureusement, il avait un peu trop bu, et ça lui était complètement sorti de l'esprit. Et voilà que, maintenant, cette cinglée avait mis les voiles avec le carnet s'en même s'en rendre compte.

Du moins le pensait-il.

Dans les deux cas, elle transportait l'équivalent d'une bombe dans son sac. Ce carnet était son passeport pour une nouvelle vie.

Il n'y avait qu'un problème, mais il était de taille. Si le carnet tombait entre de mauvaises mains, il était un homme mort.

Earl-Ray laissa échapper une bordée de jurons. Si à cet instant précis il avait eu Jerilyn devant lui, il lui aurait tordu le cou.

La bonne nouvelle, c'était qu'elle ne pourrait pas aller très loin dans ce tas de ferraille.

Tandis qu'il retournait vers la chambre, il réalisa qu'il aurait dû deviner que Jerilyn finirait par ficher le camp. De temps en temps, quand l'excès d'alcool la rendait mélancolique, elle sortait sa drôle de pochette cousue de pièces, et regardait d'un drôle d'air un vieux bout de papier. Ces derniers temps, cela se produisait de plus en plus souvent.

La première fois qu'il l'avait vu pleurnicher, il avait pensé que c'était à cause d'un homme, et il avait attendu qu'elle s'endorme pour fouiller dans son sac.

Il ne fallait pas être un génie pour comprendre de quoi il retournait. Ni pour deviner où Jerilyn se rendait à présent. C'était couru d'avance, et Earl-Ray pouvait se vanter de connaître les femmes.

Il se dépêcha de regagner sa chambre, et ferma soigneusement la porte derrière lui.

Par chance, il savait où demander de l'aide et se procurer un peu d'argent.

Soulevant le téléphone, il composa un numéro et grimaça un sourire. Normalement, ses associés et lui devraient pouvoir rallier le Montana avant Jerilyn.

Il avait hâte de voir sa tête !

2

— Je propose que nous réglions ça à la course.

— Ça marche pour moi ! rétorqua Dalton Corbett. Je suis meilleur cavalier que vous tous réunis.

Il poussa son frère Jud hors de son chemin, et se dirigea vers le bar situé au cœur de la maison principale du ranch Trails West.

Jud, né trois minutes après son frère jumeau Dalton, avait beau être le petit dernier de la tribu Corbett, il n'en était pas pour autant le plus chétif. Avec son mètre quatre-vingt-dix, le cascadeur de Hollywood était à l'image de tous les frères Corbett : grand et doté d'une musculature impressionnante, beau comme un dieu, et sauvage comme le vent du Texas.

Jud repoussa Dalton, et ils commencèrent à se chamailler comme ils le faisaient quand ils étaient enfants.

— J'ai une meilleure idée, dit Shane d'un ton moqueur. Si on faisait un concours de tir ?

Il contourna ses frères et alla prendre un verre et une bouteille de bourbon derrière le bar. Puis il se laissa tomber dans l'un des profonds fauteuils de cuir du fumoir, et s'absorba dans la contemplation du paysage.

Au loin, seule la silhouette pourpre de la chaîne des Little Rockies cernait l'immensité de la prairie verdoyante.

Une fois de plus, Shane se demanda ce qui avait bien pu passer par la tête de son père lorsqu'il avait choisi de s'installer ici. Ce n'était pas parce que Grayson avait retrouvé l'amour à l'âge de soixante ans qu'il devait balayer le passé d'un revers de main, et révolutionner la famille.

— La façon la plus équitable de régler ça, c'est que l'aîné se dévoue, suggéra Lantry, second de la fratrie et avocat spécialiste des divorces.

Russel se leva. Il était le plus âgé, et on le considérait comme le moins rebelle des cinq frères, ce qui ne signifiait pas grand-chose.

— Nous n'avons qu'à tirer à la courte paille.

Jud et Dalton cessèrent de se battre et jetèrent un regard médusé à leur aîné.

— A la courte paille ? dirent-ils à l'unisson.

— Et pourquoi pas des haricots, suggéra Shane, en songeant au conflit entre le Texas et le Mexique dans les années 1830, et à la méthode employée par les Rangers pour désigner un prisonnier. Un haricot blanc, tu es épargné. Un haricot noir, tu es fichu.

— La courte paille est le seul moyen, insista Russel, en ignorant le sarcasme de Shane. Ainsi, nous nous en remettons au hasard.

— Ou au destin, ajouta Jud.

— Le destin ? Et puis quoi, encore ? Ça fait décidément trop longtemps que tu traînes avec ces types d'Hollywood, commenta Lantry.

Il prit une bière derrière le bar particulièrement

bien fourni, et tira un fauteuil devant de la fenêtre pour s'asseoir à côté de Shane.

— Qu'en penses-tu ? lui demanda-t-il.

Shane était profondément écœuré par toute cette histoire. Il avala son verre de bourbon d'un trait et se resservit avant de répondre.

— C'est du chantage affectif. Et je n'ai pas envie de participer à cette mascarade.

Ses frères tournèrent vers lui un regard surpris.

— C'était la dernière volonté de notre mère, dit Russel d'un ton choqué.

— Et attention au mauvais karma si on ne la respecte pas, surenchérit Jud.

— D'abord le destin, et maintenant le karma ? remarqua Shane d'un ton ironique. Ça ne s'arrange pas, mon pauvre vieux.

— Il ne s'agit pas seulement de maman, dit Russel d'une voix calme. Ne voyez-vous pas de quoi il retourne exactement ? Papa veut que nous vivions tous dans le Montana avec lui. Il ne sera pas toujours là, vous savez.

— En tout cas, je persiste à dire qu'il a eu tort de quitter le Texas, rétorqua Shane.

Russel secoua la tête.

— Il l'a fait pour Kate. Il l'aime, et il ferait n'importe quoi pour elle. Regardez comme papa est heureux. Après toutes ces années de solitude, je suis soulagé qu'il ait trouvé quelqu'un comme Kate.

— C'est plutôt Kate qui l'a trouvé, corrigea Shane.

Ce mariage, suivi du déménagement dans le Montana s'était fait à l'instigation de leur belle-mère. Tout le monde le savait. Cette dernière avait fait le voyage jusqu'au Texas pour voir leur père, et avait fait jouer la corde sensible en évoquant l'épouse disparue de Grayson, qui n'était autre que son amie d'enfance. Le ranch Trails West était dans la famille de Kate depuis des décennies, et le père de Rebecca Wade y avait été contremaître pendant quarante ans. Kate et Rebecca y avaient grandi ensemble, comme deux sœurs.

Non, vraiment, personne ne pouvait être assez stupide pour croire que l'idée d'acheter le ranch venait de Grayson.

— Kate n'est pas la seule à avoir un lien avec cette terre, souligna Russel. N'oublions pas que notre mère est née et a grandi ici. Ce ranch signifie beaucoup pour papa, et il devrait en être de même pour nous tous.

Shane soupira en voyant Russel se diriger vers le bar, prendre le couteau dont leur père s'était servi pour couper des citrons réservés aux *margaritas,* et couper cinq pailles en tronçons de différentes longueurs.

Retenant un juron, Shane vida son verre tandis que Russel rassemblait les pailles dans son poing et en égalisait le haut.

— C'est de la folie, dit Lantry, en cherchant le regard de Shane.

Ce dernier haussa les épaules. Ses idiots de frères n'avaient qu'à faire comme bon leur semble ! Il trouverait, quant à lui, un moyen de se défiler le moment venu. Et si Lantry avait quelque chose à dire, qu'il se débrouille. Charmeur et doté d'un bagout incroyable, son grand frère n'avait généralement aucun mal à renverser n'importe quelle situation en sa faveur.

Russel tendit la main.

— Qui veut commencer le premier ?

— Pas moi, dit Jud. Je préfère laisser faire le destin et prendre la dernière qui reste.

— Oh, et puis zut ! Je commence, décida Dalton. Il saisit rapidement une paille et la cacha dans le creux de sa main jusqu'à ce que les autres aient choisi.

Lantry passa en second, non sans maugréer.

— Shane ? insista Russel, en tournant son poing fermé vers lui.

— Pas question ! Je vous ai dit que je ne voulais pas entrer dans ce jeu-là.

— Si tu tires la plus longue paille, tu disposeras de cinq ans avant de devoir faire quoi que ce soit, remarqua Russel, avec son pragmatisme habituel. D'ici là, papa ne sera peut-être plus là. Tu ne peux pas ignorer leurs dernières volontés à tous les deux, et vivre égoïstement ta petite vie. Choisis une fichue paille.

Shane obtempéra d'un geste brusque et jeta la paille sur la table sans la regarder.

Russel se tourna vers le plus jeune des cinq frères.

— Jud, toujours d'accord pour prendre la dernière paille ?

Jud observa les deux pailles restantes.

— Ouais.

Russel en choisit une, et Jud se retrouva avec celle qui restait.

— D'accord, finissons-en, dit Lantry en brandissant sa paille pour la comparer aux autres.

Shane fut le seul à ne pas se joindre au groupe.

Tandis qu'il se servait de nouveau un verre, il entendit Jud pester et retint un sourire. Le plus jeune d'entre eux avait tiré la paille la plus courte.

Peut-être cette histoire de karma n'était-elle pas totalement loufoque, après tout ?

— On ne peut pas lutter contre le destin, dit-il d'un ton ironique, tandis que Jud se laissait tomber dans un fauteuil pour bouder.

A moins — et Shane privilégiait cette hypothèse —, que ce ne soit pour réfléchir à une façon de se sortir de ce pétrin. Les cinq frères avaient cela en commun : ils essayaient toujours de trouver une solution pour se dépêtrer d'une situation qui les contrariait.

Shane avait tiré la paille la plus longue, mais cela n'avait aucune importance. Cette histoire était totalement absurde, et jamais il ne céderait au chantage.

Surtout lorsqu'il était question de mariage.

— Très bien, dit Russel d'un ton solennel. Jud a un an pour trouver la femme idéale. Puis ce sera le tour de Lantry, et de Dalton. Ensuite, ce sera à moi, puis à Shane.

— Pas la peine d'attendre un an, dit Jud. Je crois que j'ai déjà trouvé.

Tous les regards se tournèrent vers lui, médusés.

— Eh bien quoi ? Il serait temps que je songe à me caser, non ?

Tout le monde éclata de rire. Des cinq frères, Jud était le plus entreprenant et le plus disposé à prendre des risques — que ce soit avec les chevaux ou les femmes — et il était impossible d'imaginer en mari fidèle le cascadeur de Hollywood connu pour multiplier les aventures sur chaque tournage.

— Combien de fois faudra-t-il vous dire que ça ne marchera pas ? dit Shane. Ce n'est pas ainsi qu'on peut trouver une femme avec qui passer le reste de sa vie.

— Je t'en prie, répliqua Lantry avec un rire forcé, personne ne nous forcera à nous marier. Regarde papa. Après la mort de maman, ce ne sont pas les occasions de se remarier qui lui ont manqué, et il ne l'a jamais fait.

— Jusqu'à ce qu'il tombe sur Kate.

— Kate lui fait peut-être penser à notre mère, suggéra Dalton.

Russel secoua la tête. A trente-deux ans, c'était celui qui avait gardé le plus de souvenirs de leur mère.

— Kate n'a rien à voir avec maman. Et, d'ailleurs, papa a toujours dit qu'il n'existait personne d'autre comme elle.

Shane s'abstint pour une fois de tout commentaire.

Il avait fait la connaissance de leur belle-mère à l'occasion du mariage, et quelque chose chez elle avait immédiatement éveillé ses soupçons.

Ce mauvais pressentiment n'avait fait que se renforcer quand elle était parvenue à convaincre leur père de vendre sa propriété au Texas et de s'installer dans cette région perdue du Montana.

Kate était une femme mystérieuse, et Shane appartenait aux forces de l'ordre depuis trop longtemps pour ne pas s'en rendre compte.

Kate leur cachait quelque chose. Et il était hélas !

probable que Grayson serait anéanti lorsque la vérité éclaterait.

— Comme je vous le disais, j'ai déjà trouvé la femme idéale, reprit Jud. Elle s'appelle Maddie Cavannaugh, et elle est exactement ce que maman a dit souhaiter pour nous : une vraie fille du Montana.

Tout le monde rit, à l'exception de Shane, qui se mit à observer attentivement son petit frère, en songeant qu'il pouvait dire vrai. Jud attirait les femmes comme un aimant, et cela faisait maintenant une semaine qu'il séjournait au ranch.

— Papa et Kate vont adorer Maddie, ajouta Jud avec un sourire satisfait. J'entends déjà sonner les cloches du mariage.

Shane se leva, jugeant qu'il en avait assez supporté.

— Vous avez tous perdu la tête, ou quoi ? Qui peut bien se soucier de ce qu'il y a dans cette fichue lettre ? Notre mère n'a pas vécu assez longtemps pour nous connaître et pour savoir quel genre de femme nous devrions épouser. Pourquoi devrions-nous la laisser diriger nos vies depuis sa tombe ?

Jerilyn avait roulé aussi longtemps qu'elle le pouvait, puisant son énergie dans la peur et des doses massives de caféine. Mais, après quinze heures au volant, elle était tellement épuisée qu'elle fut contrainte de s'arrêter pour ce qu'il restait de la nuit.

Elle se gara près d'un parc, au centre d'une petite ville tranquille, et s'installa à l'arrière de la voiture pour dormir. A présent, elle avait probablement mis suffisamment de kilomètres entre Earl-Ray et elle pour ne plus rien avoir à craindre.

Il n'avait aucun moyen de la retrouver, surtout sans voiture et sans savoir quelle direction elle avait prise. Elle ne lui avait jamais parlé du bébé qu'elle avait été obligée d'abandonner à seize ans. Elle ne l'avait jamais dit à personne.

Et elle était sûre qu'il n'appellerait pas les flics. Il irait plutôt prendre une cuite avec un de ses copains. C'était sa façon de résoudre les problèmes.

En revanche, une fois qu'il serait redevenu sobre, elle aurait toutes les raisons du monde de s'inquiéter. Il aurait la gueule de bois et serait d'une humeur de dogue. Mais pourquoi prendrait-il la peine de la chercher ? Il n'aurait qu'à ramasser une fille paumée dans un bar. C'était le seul genre de femmes à prêter attention à un type comme lui.

Son estomac criait famine, mais, avec le prix de l'essence qui battait tous les records, elle se passerait de nourriture. Demain matin, il lui faudrait néanmoins trouver quelque chose à manger. Elle devait faire attention à elle si elle voulait arriver jusque dans le Montana.

Tandis qu'elle se pelotonnait sur la banquette arrière pour dormir, elle songea à sa petite fille, et essaya de deviner à quoi Maddie pouvait bien ressembler aujourd'hui.

Elle espérait que sa fille avait les cheveux blonds et les yeux bleus comme sa vraie maman…

Elle aurait bien aimé acheter de nouveaux vêtements avant de la rencontrer, et peut-être même lui choisir un cadeau. Des fleurs, peut-être… ou des chocolats.

Son estomac gargouilla, et elle essaya de s'endormir, sursautant toutefois au moindre bruit.

Finalement, un peu avant l'aube, Jerilyn sombra dans un sommeil profond, et rêva de ses retrouvailles avec sa fille.

Grayson Corbett regarda par la fenêtre et suivit des yeux la gracieuse silhouette de sa femme.

Sa femme.

Cette pensée lui arracha un sourire attendri. Tomber de nouveau amoureux, après si longtemps, tenait du miracle.

Il n'avait jamais pensé qu'il pourrait y avoir quelqu'un d'autre après Rebecca. Et, pendant toutes ces années, jamais une femme n'avait su toucher son cœur et lui donner l'envie de se remarier.

Jusqu'à ce qu'il rencontre Kate.

Elle était arrivée si tard dans sa vie ! C'était son seul regret. A soixante ans, il savait que le temps lui était compté. Mais, si Rebecca lui avait appris au moins une chose, c'était de vivre pleinement l'instant présent et de ne pas penser au lendemain.

Rebecca et lui s'étaient mariés jeunes et avaient tout de suite fondé une famille. Ils avaient tous les deux souhaité avoir beaucoup d'enfants, mais Grayson avait perdu l'amour de sa vie juste après la naissance des jumeaux.

Jamais il n'aurait cru pouvoir aimer de nouveau.

Tandis qu'il observait Kate de dos, son cœur se serra en voyant la façon dont elle serrait les bras autour d'elle en observant les pâtures environnantes — la terre de ses ancêtres.

Il pensait que le fait d'avoir racheté sa maison de

famille aurait fait disparaître cette lueur mélancolique qui apparaissait parfois dans son regard.

Mais sa tristesse n'était pas uniquement due à la perte de sa terre. Quelque chose la rongeait, et elle refusait d'en parler.

Grayson espérait qu'avec le temps il parviendrait à gagner sa confiance, et qu'elle partagerait avec lui son douloureux secret.

Pour le moment, ce n'était pas le cas.

— Papa ?

Grayson tourna la tête et découvrit son plus jeune fils sur le seuil.

Il fit signe à Jud d'entrer, en souriant malgré lui. Le fait d'avoir tous ses fils de nouveau réunis sous le même toit, même pour une courte période, le rendait heureux à un point qu'ils ne pouvaient imaginer.

— Je voulais te dire que nous avons discuté tous ensemble, et que nous avons pris une décision.

Grayson retint son souffle, inquiet à l'idée que son plan extravagant n'ait pas fonctionné.

— Nous avons tiré à la courte paille, dit Jud.

Grayson ne fut pas surpris. C'était tout à fait le genre de ses fils.

— Et alors ? Comment t'en es-tu sorti ?

Jud secoua la tête, un sourire aux lèvres.

— Comme si tu ne t'en doutais pas. Je suis le premier sur la liste.

— Que vas-tu faire ?

— Je n'ai pas vraiment le choix, tu ne crois pas ?

Grayson n'était pas très fier de forcer ainsi la main à ses fils, mais s'il voulait avoir le temps de connaître ses petits-enfants, quel choix avait-il ?

« Vois ça comme un coup de pouce », avait-il dit à Kate quand il lui avait fait part de son plan, après avoir trouvé par hasard une vieille lettre de Rebecca.

Kate n'avait pas semblé très convaincue, et c'était avec un regard soucieux qu'elle lui avait demandé s'il était sûr de ce qu'il faisait.

Fichtre non ! Mais il connaissait bien ses garçons, et il savait que ni l'intimidation ni les promesses ne fonctionneraient.

Ses cinq fils gagnaient tous bien leur vie, et il aurait été inutile de menacer de les déshériter s'ils ne se mariaient pas. Tout comme il n'aurait servi à rien de jouer la carte de la pitié due au vieil homme qu'il était.

Et, après tout, il en était un peu responsable puisqu'il avait élevé seul ces cinq grands gaillards. Il en avait fait des hommes à la forte personnalité et au goût prononcé pour l'indépendance, qui lui ressemblaient finalement beaucoup plus qu'à la douce Rebecca.

Quant à son plan, c'était en découvrant les lettres que Rebecca avait laissées afin qu'elles soient remises à chacun de ses fils le jour de son mariage que l'idée lui était venue. Pendant des années, il n'avait pas eu le courage de toucher aux affaires de Rebecca. Au moment du déménagement dans le Montana, il avait dû s'y résoudre et avait éprouvé un choc en découvrant ces lettres. Une sixième lui était adressée, où Rebecca exprimait le vœu que ses fils se marient avant l'âge de trente-cinq ans. Sur un ton humoristique, elle ajoutait qu'elle espérait que leur choix se porterait sur une cow-girl du Montana — comme cela avait été le cas pour leur père.

— Inutile de te sentir aussi coupable, avait dit Kate lorsqu'il lui avait expliqué qu'il avait convoqué ses fils à une réunion de famille dans le Montana. Tu n'agis que pour le bien de tes fils.

Grayson n'en était pas aussi sûr, et se sentait quelque peu égoïste en détournant à son profit les dernières volontés de Rebecca.

— Chéri, avait insisté Kate, tes fils sont comme toi, forts, têtus et indépendants. Il ne leur manque que le grand amour.

Il savait qu'elle disait vrai. Les garçons avaient grandi sans leur mère, et il leur avait manqué une présence féminine dans la maison. Et le fait que lui-même ait vécu si longtemps sans l'amour d'une femme leur avait peut-être donné le goût du célibat.

Mais, depuis qu'il était tombé amoureux de Kate, il avait réalisé combien l'amour et le mariage étaient importants pour un homme. Il voulait la même chose pour ses fils. Et il voulait les avoir tous les cinq près de lui dans le Montana, où ils pourraient de nouveau former une famille.

— Comment prennent-ils la chose ? demanda-t-il à Jud.

Ce dernier haussa les épaules.

— Comme d'habitude.

Grayson, qui imaginait sans peine la scène, eut un petit hochement de tête entendu. En tant qu'aîné, Russel avait forcément pris la tête du groupe. Comme toujours, Lantry avait dû chercher à se défiler. Shane s'était sans doute révolté. Dalton avait essayé de s'en sortir avec charme et diplomatie. Quant à Jud…

Il étudia quelques instants le visage de son dernier fils. Le plus rebelle de tous.

Qu'en pensait réellement Jud ?

Un nuage de poussière s'élevait à l'horizon, et Kate Wade Corbett mit sa main en visière pour observer les trois cavaliers qui galopaient à travers champs.

Les frères Corbett faisaient la course jusqu'aux écuries. La compétition était inscrite dans leur sang.

Ils ressemblaient tellement à Grayson… Dans ces conditions, il n'y avait rien d'étonnant à ce qu'aucun d'entre eux n'ait envie de se marier.

Elle espérait de tout son cœur que le plan de son mari fonctionnerait, mais au fond d'elle un doute subsistait.

— Salut, toi.

Kate sourit en sentant le souffle tiède de Grayson sur sa nuque. Tandis qu'il passait un bras autour de ses épaules, elle glissa le sien autour de sa taille et prit appui contre lui, se grisant de son odeur.

— Les garçons ont tiré à la courte paille pour savoir qui se marierait le premier, murmura Grayson.

« Les garçons. » Il pensait toujours à eux comme à des enfants, mais ils étaient des hommes adultes. Dommage qu'ils aient parfois tendance à l'oublier, songea-t-elle tandis que la brise balayait vers eux le bruit de leurs cris et de leurs rires.

— Jud est le premier de la liste. Et figure-toi qu'il a déjà rencontré quelqu'un.

— Et tu le crois ?

— Je vois que tu es toujours sceptique.

Kate pivota dans ses bras et caressa sa joue qu'ombrait un début de barbe.

— Ne crois-tu pas qu'il aurait été plus simple de leur dire la vérité ?

Il secoua la tête et se pencha pour déposer un tendre baiser sur ses lèvres.

— Je veux simplement qu'ils soient aussi heureux que je le suis, dit-il d'une voix vibrante d'émotion.

Puis ils se tournèrent pour assister à la fin de la course. Dalton atteignit le premier la barrière du corral. Lantry et Russel terminèrent au coude à coude quelques secondes après lui.

Lorsque le tourbillon de poussière retomba, Kate repéra Shane assis à l'ombre de la grange.

Elle ne l'avait pas remarqué avant, mais elle avait l'étrange impression qu'il avait passé son temps à les observer, Grayson et elle.

Dès leur première rencontre, elle avait deviné que Shane était beaucoup plus intuitif et perspicace que les autres. Lorsqu'il posait sur elle son froid regard bleu, elle éprouvait la désagréable sensation d'être percée jusqu'au plus profond de l'âme.

Des cinq frères, il était celui dont elle avait le plus à craindre.

3

Jud Corbett n'avait pas l'intention d'en parler à ses frères, mais il savait que cela leur pendait au nez. En tournage au Canada, il avait eu l'occasion de rendre deux ou trois fois visite à son père, et avait surpris une conversation avec Kate où il était question du mariage de ses fils.

Dans un premier temps, il avait songé que ses frères ne joueraient jamais le jeu. Mais, quand il avait su qu'il s'agissait des dernières volontés de leur mère, il avait réalisé qu'il n'y avait aucun moyen d'y échapper...

A moins de prendre les devants.

C'est pourquoi il s'était immédiatement mis en quête de la fiancée idéale, sachant que Kate et son père n'approuveraient aucune de ses conquêtes habituelles.

Il l'avait trouvée sur le site de rencontres en ligne de la gazette locale et, à la seconde où il avait vu son visage, il avait su que c'était elle.

Il n'était pas difficile d'imaginer sa déception quand il avait découvert que la photo et le profil de l'inconnue s'étaient retrouvés par accident sur le site. D'après Arlene Evans, qui dirigeait le service, Maddie Cavannaugh n'était même plus dans la région.

Mais, quelques jours plus tard, il avait vu Maddie sortir de la librairie.

Sa photo sur le site Web ne lui rendait pas justice.

Ses longs cheveux blonds étaient tirés en queue-de-cheval, des perles discrètes ornaient ses oreilles. Elle ne portait aucun maquillage, et son nez était constellé de taches de rousseur. Une chemise western rouge ajustée et un jean noir moulant porté sur des bottes mettaient en valeur sa mince silhouette.

Elle s'était arrêtée devant un bac de livres d'occasion et avait remonté ses lunettes de soleil dans ses cheveux. Après avoir manipulé plusieurs volumes, consulté les résumés, et lu quelques pages, elle avait soudain relevé la tête et leurs regards s'étaient croisés.

C'était à ce moment précis que tout s'était joué.

Un instant après, Maddie regardait sa montre et se hâtait de regagner son pick-up garé de l'autre côté de la rue.

Jud l'avait suivie des yeux, avec un sourire de satisfaction.

Il venait de trouver l'épouse idéale.

Suivant toujours la direction du nord, Jerilyn s'était arrêtée pour faire le plein dans une station-service, et fouillait dans son sac pour vérifier combien il lui restait d'argent.

Ce fut à ce moment là qu'elle le trouva.

— Qu'est-ce que c'est que ce truc ? marmonna-t-elle.

Le front plissé, elle sortit un petit carnet noir.

Le cuir de la couverture était usé. Elle l'ouvrit avec circonspection, se demandant comme il était arrivé là.

A l'intérieur, il y avait des patronymes, des chiffres et des dates. Son estomac se révulsa lorsqu'elle reconnut des noms qui avaient fait les gros titres des journaux pour des histoires d'escroquerie et de trafics divers.

Elle laissa tomber le carnet sur la banquette comme s'il lui brûlait les doigts, et se couvrit la bouche pour s'empêcher de crier.

Pendant quelques minutes, elle fut incapable de penser. Puis elle réalisa qu'elle devait trouver un moyen de rendre ce carnet à Earl-Ray, même si elle ne comprenait pas ce que signifiaient ces chiffres.

Sinon…

Elle avala sa salive avec peine puis, regardant le long ruban d'autoroute derrière elle, elle essaya de se rassurer.

Earl-Ray n'avait pas la moindre idée de l'endroit où elle allait.

Et, cette fois, elle pouvait être certaine qu'il ne préviendrait pas la police. Il n'avait pas intérêt à ce que le carnet tombe entre leurs mains. Non, les informations qu'il contenait avaient bien plus de valeur pour ces criminels dont on avait parlé dans la presse et à la télévision. Il y avait sûrement de quoi les envoyer derrière les barreaux à perpétuité.

Pas étonnant que depuis des semaines Earl-Ray et elle aient vécu sous des noms d'emprunt dans des motels sordides.

Elle ne l'avait pas cru quand il répétait que la

chance était en train de tourner, et qu'ils mangeraient bientôt du homard et vivraient dans un appartement en terrasse.

Mais, à présent qu'elle avait trouvé le carnet, elle réalisait qu'Earl-Ray attendait tout simplement de trouver le bon acheteur.

Comment avait-il bien pu mettre la main sur ce truc ?

Jerilyn recouvra soudain son calme en comprenant qu'elle possédait quelque chose qu'Earl-Ray voulait.

Elle avait entre les mains quelque chose qui valait beaucoup d'argent. Ce carnet pourrait bien être sa sortie de secours… Si les choses tournaient mal avec la famille adoptive de Maddie, elle pourrait toujours négocier avec Earl-Ray.

Evidemment, il y avait un risque à vouloir jouer au plus malin avec Earl-Ray.

Cela pouvait être dangereux. Bien plus que de gagner la sympathie des parents adoptifs de sa fille et de les convaincre de lui venir en aide financièrement.

Jerilyn rangea soigneusement le carnet dans son sac, et décida qu'elle réfléchirait plus tard à ce qu'elle devait en faire.

Pour le moment, sa priorité était d'arriver le plus vite possible dans le Montana.

Maddie était en retard. Elle s'était attardée à feuilleter quelques livres, et n'avait pas vu le temps passer. Ce n'était vraiment pas très gentil pour sa cousine Laci qui s'était donné beaucoup de mal pour organiser une fête en l'honneur de son retour. Elle s'était arrêtée à la librairie pour acheter une jolie carte de remerciements, et n'avait pas pu s'empêcher de regarder les romans.

Lorsqu'elle arriva à la hauteur du Northern Lights, le restaurant que Laci possédait avec son mari Bridger Duvall, et vit toutes les voitures, elle paniqua.

Tous ses amis et ses voisins étaient là. Ces personnes étaient toutes au courant de la rupture de ses fiançailles avec Bo Evans…

Pendant quelques secondes, Maddie eut envie de faire demi-tour. Comment pourrait-elle affronter tout ce monde ?

Elle avait quitté la région pour aller à l'université et, depuis, elle avait tout fait pour ne pas y revenir.

En tout cas, elle n'aurait jamais dû accepter cette fête de bienvenue. Mais Laci savait se montrer terriblement persuasive…

Tandis qu'elle se garait, Maddie se demanda une fois de plus si elle ne ferait pas mieux de s'en aller. Elle pouvait très bien appeler sa cousine, inventer n'importe quelle excuse.

Au même moment, Laney apparut près de la voiture.

Maddie coupa le moteur en soupirant, et ouvrit sa portière.

— Je suis morte de peur, avoua-t-elle.

— Il n'y a aucune raison, dit Laney en lui adressant un sourire d'encouragement. Tout le monde a tellement hâte de te revoir. Ils t'adorent, Maddie, et ils sont tout excités de te savoir enfin de retour.

Les yeux de Maddie s'emplirent de larmes tandis que sa cousine passait un bras autour de ses épaules.

— Nous serons à tes côtés, Laci et moi. Je te promets que tu vas bien t'amuser.

Maddie hocha la tête, et se donna du courage en se rappelant que Bo Evans avait quitté la ville. Elle savait toutefois qu'il n'était pas l'unique raison pour laquelle elle avait choisi de rester aussi longtemps éloignée de Whitehorse.

Non, la véritable raison de son départ était tout autre.

Et elle espérait que ce secret ne serait jamais dévoilé.

Jud savait qu'il devait agir vite.

S'ils découvraient ses manigances, ses frères risquaient de se mettre en travers de sa route, arguant du fait qu'il n'avait pas le droit de bafouer les dernières volontés de leur mère.

A supposer que ces lettres existent, ce dont il doutait fortement.

De toute façon, cela n'avait aucune importance. Pour lui, il était évident que leur père tenait absolument à voir ses fils s'installer dans le Montana.

Il faisait cela pour son père.

Quoi qu'il arrive, Jud avait l'intention de lui donner ce qu'il souhaitait : un mariage.

Mais ce ne serait pas forcément le mariage que tout le monde attendait.

Dans une ville de la taille de Whitehorse, il ne lui avait pas fallu plus de quelques minutes pour trouver où Maddie Cavannaugh était allée.

S'inviter à la petite fête avait été un jeu d'enfant.

En la revoyant, il n'avait plus eu le moindre doute. Il n'aurait pas pu trouver mieux. Et, pourtant, il hésitait.

A la différence des autres femmes qu'il avait

connues, Maddie ne dégageait pas une sensualité agressive. Elle était réservée, douce, naturelle…

En résumé, elle n'était pas du tout son genre de femme, et il avait l'impression qu'elle s'en rendrait compte assez vite.

Avant même de l'aborder, il avait su qu'elle allait l'éconduire. Il aurait été déçu si elle ne l'avait pas fait.

— Peut-être une autre fois, dit-il, en affichant une mine dépitée.

Lorsqu'il quitta le restaurant, il vit du coin de l'œil que Maddie le regardait partir. Ses cousines étaient à côté d'elle et lui murmurait quelque chose. Sans doute des encouragements.

En montant dans sa voiture, Jud s'autorisa un sourire triomphant. Avant la fin de la journée, il aurait un rendez-vous avec elle.

Maddie Cavannaugh ne lui échapperait pas.

Il y avait trop de choses en jeu.

— Parle-nous un peu de cette Maddie Cavannaugh, dit Lantry quelques jours plus tard au petit déjeuner.

Jud afficha un sourire mystérieux. Il devait déjeuner avec Maddie, avant de prendre la route pour le Canada, où sa présence était réclamée sur le plateau. Heureusement, il n'avait que quelques scènes à tourner, et il serait de retour le surlendemain, juste à temps pour le rodéo auquel la jeune femme devait participer.

— Vous vous ferez votre propre idée quand vous la rencontrerez.

— Justement, ça fait un moment que nous attendons de voir l'oiseau rare, répliqua Lantry. Allez, avoue : elle n'existe pas. Tu l'as inventée pour gagner du temps.

— Je ne pourrais pas inventer une femme comme Maddie, répondit Jud avec le plus grand sérieux.

Puis il entama avec appétit le délicieux petit déjeuner typiquement mexicain que leur avait concocté Juanita.

— Et quand vas-tu la présenter à Kate et à papa ? demanda Dalton. A moins que ton charme hollywoodien ait cessé de fonctionner ?

— Chaque chose en son temps. Lorsqu'on éprouve des sentiments sérieux pour une femme, il ne faut rien brusquer. Tu le saurais si tu n'accumulais pas les aventures d'un soir.

Lantry inclina la tête et observa son frère du coin de l'œil.

— D'habitude, tu n'es pas aussi discret sur tes conquêtes. Bien au contraire. Je suis sûr que tu mijotes quelque chose.

— Homme de peu de foi ! Attends de rencontrer le grand amour, et tu comprendras.

Assis sous la galerie couverte qui flanquait la façade de la maison, Shane avait croisé les chevilles sur la balustrade et rabattu son Stetson sur ses yeux pour les protéger du vif soleil de l'après-midi.

Il semblait endormi, mais Grayson ne se laissa pas abuser par les apparences.

— Tu as toujours l'intention de réintégrer les Rangers ? demanda-t-il d'un ton neutre.

Shane ne bougea pas.

— Pourquoi ne le ferais-je pas ?

Un mois plus tôt, Shane avait été blessé par balle, et il avait choisi de passer sa convalescence dans le Montana. En dépit des circonstances, Grayson s'était réjoui d'avoir son fils à côté de lui, et il espérait le convaincre de rester.

— Ici aussi, nous avons besoin de policiers, dit-il. Surtout s'ils sont bons.

Shane ricana et releva son Stetson pour observer son père.

— Subtil.

Grayson haussa les épaules.

— Kate dit que je dois apprendre à être plus direct.

— Tu es suffisamment direct pour moi, répliqua Shane en se levant.

— J'ai l'impression que tu m'en veux.

— Tu crois ?

— Quel mal y a-t-il à vouloir avoir ma famille auprès de moi ?

— C'est toi qui as voulu déménager dans le Montana.

— Tu vas me le reprocher longtemps ?

Shane soupira.

— Que se passe-t-il, papa ? Cela ne te ressemble pas de tout envoyer balader et de changer de vie comme tu l'as fait.

Grayson secoua la tête.

— L'amour change tout, fiston. J'espère que tu le découvriras toi aussi un jour.

— Non, merci. Je n'ai pas envie de renoncer à ce que je suis.

— Tu crois que c'est ce qui m'est arrivé ?

— Tu dois avouer que le coup de la lettre ne te ressemble pas.

Grayson soupira et laissa son regard courir sur les prés verdoyants, bordés au loin de pins et de genévriers.

Dès qu'il avait vu cet endroit, il était tombé sous le charme.

Tout l'avait enchanté : le mélange d'odeurs libérées par le brûlant soleil estival, les herbes hautes qui ondulaient sous la brise, et l'histoire qui s'attachait à cette région.

Mais, surtout, il avait aimé le ranch parce qu'il avait autrefois appartenu à Kate. A présent, il était de nouveau à elle, même s'ils n'avaient pu récupérer l'intégralité des terres. Il lui avait donné le ranch, mais c'était si peu comparé à ce que Kate lui avait donné.

A la seule pensée de son épouse, son cœur se gonfla de tendresse.

Mais le mariage et le déménagement avaient mis bien plus que des kilomètres entre ses fils et lui, et il ne pouvait supporter l'idée qu'il risquait de les perdre à cause de cela.

— Je sais que c'est égoïste de ma part de vouloir vous déraciner, dit-il d'un ton contrit.

Shane eut un petit rire.

— D'abord le chantage, et maintenant la culpabilité ?

Il secoua la tête.

— Bon sang, papa, si tu es malade, pourquoi ne le dis-tu pas franchement ?

Ces mots à peine prononcés, il prit conscience que son père n'était plus vraiment jeune, et sentit sa gorge se serrer. Depuis quelque temps, les cheveux de

Grayson avaient beaucoup blanchi, et son visage aux traits énergiques s'était subitement couvert de rides.

— C'est vraiment important à ce point ?

— Oui, dit Grayson en plantant ses yeux bleus dans ceux si semblables de son fils. C'est important.

Son pouls battant douloureusement à ses oreilles, Shane observa son père en silence, cherchant à déchiffrer ce qu'il lui cachait.

Et si, sans le vouloir, il avait vu juste ?

— Tu n'es… Tu n'es pas malade, n'est-ce pas ?

— Je vais bien, dit Grayson, avant de détourner les yeux. Je ne veux pas que vous vous sentiez…

— Piégés ?

— C'est ça.

Le regard de son père revint se poser sur lui, étrangement brillant.

— Je vous ai élevés pour faire de vous des hommes solides et indépendants. Je ne veux pas que vous changiez.

Shane retint un juron. Il s'était promis que son père ne réussirait pas à le culpabiliser de ne pas vouloir conclure ce stupide pacte de mariage, mais c'était pourtant bien le cas.

Le téléphone sonna dans la maison, mais aucun des deux hommes ne bougea.

Juanita décrocha. Shane entendit sa voix chantante, et sut que l'appel était pour lui avant même qu'elle n'apparaisse sur la terrasse.

— C'est Jud, dit-elle en brandissant le combiné sans fil. Il dit que c'est urgent.

***

Kate avait pris soin d'éviter autant que possible le centre-ville de Whitehorse depuis qu'elle était revenue dans le Montana. Elle laissait Juanita s'occuper des courses, et se satisfaisait de demeurer au ranch, ne s'aventurant à l'extérieur que pour parcourir à cheval la propriété.

Mais elle ne pouvait continuer à se cloîtrer chez elle sans éveiller les soupçons. Elle avait donc commencé à sortir un peu, en veillant à ne pas s'attarder trop longtemps.

Elle savait pourtant qu'elle finirait tôt ou tard par se trouver face à face avec son passé.

Aujourd'hui, en sortant de la pharmacie, elle était pratiquement tombée dans les bras d'un homme grand et mince vêtu en cow-boy, qui marchait sur le trottoir.

Même après toutes ces années, Chester Bailey n'avait pas beaucoup changé. Ses cheveux blonds grisonnaient aux tempes, et des rides s'étaient creusées autour de ses yeux bleus, mais il était toujours aussi séduisant.

— Kate ? dit-il d'un ton incrédule. Kate Wade ?

— C'est Corbett, maintenant. Bonjour, Chester.

Il la dévisagea longuement, comme s'il ne parvenait pas à en croire ses yeux.

— J'ai entendu dire que le ranch de ton père avait été racheté par un certain Corbett.

Il esquissa un sourire.

— C'était toi ?

Elle hocha la tête.

— Plus exactement, mon mari.

Un silence gêné flotta entre eux, et Kate reprit la parole.

— Comment vas-tu ?

— Bien. Tu as dû apprendre que Lila et moi avions divorcé.

Kate n'en savait rien car elle avait décidé de tirer un trait sur Whitehorse. Jusqu'à récemment.

— Je suis désolée, dit-elle machinalement. Vous étiez mariés depuis longtemps.

Chester grimaça et baissa la tête.

— Trente ans.

Kate sentit d'anciennes émotions remonter à la surface, et souhaita n'avoir jamais mis les pieds en ville ce jour-là.

A son grand soulagement, ils furent interrompus par l'arrivée d'une pimpante quinquagénaire, qui sortait d'une boutique de vêtements les bras chargés de paquets. Blonde, les cheveux courts, le visage avenant et les yeux pétillants de gaieté, elle était plus jeune que Chester. Lorsqu'elle prit son bras, Kate nota qu'elle ne portait pas d'alliance.

— Susie, voici Kate… Corbett.

Le visage de Susie s'éclaira davantage.

— Corbett ? C'est vous qui avez acheté le ranch Trails West ? J'ai toujours admiré cet endroit. Je suis si heureuse que la maison soit de nouveau habitée.

Kate attendit que Chester explique à son amie que le ranch appartenait autrefois à sa famille, qu'elle avait grandi là, qu'ils se connaissaient tous les deux… Mais il garda le silence.

— Bienvenue à Whitehorse, enchaîna Susie. Vous allez beaucoup vous y plaire. Tout le monde est très amical. Passez au Hi-line Café quand vous voulez. Chester et moi possédons l'établissement ensemble.

— Nous servons le meilleur poulet frit de la ville, ajouta Chester, un rien embarrassé.

— Avec plaisir, dit Kate, avant de prendre congé.

Elle se dirigea d'un pas pressé vers son 4x4, et se glissa au volant.

Lorsqu'elle voulut tourner la clé dans le contact, elle s'aperçut que sa main tremblait. Sa rencontre avec Chester avait réveillé des souvenirs qu'elle aurait préféré garder enfouis.

Pourquoi avait-elle laissé Grayson organiser ce déménagement ?

Pour leur premier mois de mariage, il avait décidé de lui faire un cadeau qui l'avait laissée bouche bée.

— Je t'ai acheté quelque chose, avait-il dit avec un mélange d'excitation et de timidité.

Elle avait ri.

— Je ne sais pas ce que c'est, mais je suis certaine que je vais adorer.

— Eh bien, tu l'adorais autrefois.

Son cœur s'était mis à battre la chamade avant même qu'il termine sa phrase.

— Je t'ai acheté le ranch Trails West.

C'était à ce moment-là qu'elle avait réalisé son erreur. Lorsqu'elle s'était présentée chez Grayson, il avait voulu tout savoir de sa vie dans le Montana. Elle lui avait raconté son enfance avec Rebecca, qu'elle considérait comme sa sœur, et, mise en confiance, avait évoqué la mort de son père et la perte du ranch.

Mais elle n'avait pas tout dit.

— Grayson, tu n'aurais pas dû, s'était-elle exclamée,

les larmes aux yeux, tandis qu'il lui tendait l'acte de propriété du ranch.

Il avait cru que c'était des larmes de joie. Et, en le voyant si fier et si heureux de lui offrir le ranch, elle n'avait pas osé lui dire que c'était le dernier cadeau qu'elle aurait pu souhaiter.

Le second choc s'était produit quelques mois plus tard quand Grayson lui avait annoncé qu'il vendait tout et quittait le Texas pour s'installer définitivement dans le Montana. Grayson ne faisait jamais rien à moitié, et c'était sans doute la raison pour laquelle il avait si bien réussi professionnellement.

— J'adore cette région, avait-il affirmé, et je ne le fais pas uniquement pour toi.

Mais Kate savait que les fils de Grayson lui reprochaient secrètement d'avoir embobiné leur père, et elle reconnaissait être en partie responsable de la situation. Elle aurait dû parler tout de suite, et mettre un terme à tout cela avant qu'il soit trop tard.

Mais elle aimait tellement Grayson.

Et elle devait reconnaître que c'était merveilleux de vivre de nouveau au ranch, où flottait encore le souvenir de son père.

Grayson aimait l'entendre parler de son enfance avec Rebecca. Et, curieusement, cela avait contribué à le libérer. Soudain, il s'était senti prêt à faire le tri dans les affaires de Rebecca. C'était ainsi qu'il avait trouvé les lettres destinées à ses fils.

Tandis que Kate faisait démarrer le 4x4, son cœur se serra à l'évocation de l'amour que Grayson lui manifestait.

Elle ne le méritait pas.

Elle ne méritait rien de tout cela.

Sa vie était un conte de fées. Mais, le jour où Grayson apprendrait la vérité, le rêve risquait de se transformer en cauchemar.

4

Après l'appel urgent de Jud, Shane attela le van au 4x4, en pestant contre son frère.

Lorsqu'il se mit au volant, il constata qu'il était épuisé, vidé de toute son énergie.

Il aurait bien aimé mettre cela sur le compte de la colère, mais la vérité était tout autre : il avait simplement préjugé de ses forces. Ce qui signifiait qu'il n'était pas encore totalement rétabli, et qu'il était trop tôt pour envisager de reprendre du service dans les Rangers.

Et cette perspective l'inquiétait plus qu'il ne voulait l'admettre.

Il s'attendait à récupérer en un clin d'œil. Après tout, ce n'était pas la première fois qu'il était blessé par balle. Il avait voulu se persuader que cette fois n'était pas différente des précédentes, même s'il faisait des cauchemars toutes les nuits depuis la fusillade.

Mais c'était différent.

Cela avait même tout changé.

Il reporta sa colère sur Jud, préférant ne pas creuser davantage le sujet.

— Je suis coincé sur le tournage, avait annoncé

son jeune frère. Il a fallu refaire des prises, et j'avais promis à Maddie…

— Maddie ? Tu veux dire cette fille que tu viens de rencontrer ? Je suis sûr qu'elle comprendra.

— Elle ne pourra pas trouver un autre van en si peu de temps. Le sien est à la réparation, et le rodéo commence dans quelques heures.

— Merci de me prévenir à la dernière minute !

— J'ai cru que j'allais pouvoir me libérer et arriver à temps.

Shane essaya de se calmer. Il n'avait pas envie d'être mêlé à la petite romance que Jud entretenait avec une fille du coin.

Si c'était bien de cela qu'il s'agissait.

La famille ne l'avait pas encore rencontrée, et Jud se comportait étrangement. D'ailleurs, Lantry était persuadé que la jeune femme n'existait pas et que son frère mijotait quelque chose.

Shane avait tendance à penser comme Lantry. Cela ne ressemblait pas à Jud de garder le silence sur ses conquêtes. Il essayait sans doute de gagner du temps, sans faire de peine à leur père.

Et même si Maddie existait, Shane était persuadé que Jud n'avait aucune intention de l'épouser.

— Dis-moi où je dois passer la chercher, avait-il finalement demandé.

Il était furieux contre son frère, mais il avait besoin de voir à quoi ressemblait cette femme, et de comprendre ce que Jud manigançait.

— Elle vit chez son oncle et sa tante, dans un ranch à la sortie de la ville, sur la route d'Old Town. Merci, mon vieux. Je te dois une fière chandelle.

« Ben voyons », marmonna Shane, tandis qu'il roulait jusqu'à la grille du ranch Trails West, en soulevant un nuage de poussière derrière lui. Tout à coup, il lui traversa l'esprit que cette façon de faire faux bond à la dernière minute était peut-être le moyen que Jud avait trouvé pour rompre en douceur. Si c'était le cas, Shane lui ferait passer un mauvais quart d'heure quand il le verrait.

Les champs de céréales s'étendaient à perte de vue, tel un océan d'or en fusion sous le soleil estival. Pour avoir traversé en voiture une partie du pays lorsqu'il était venu du Texas, Shane savait qu'une zone plus aride appelée Breaks se trouvait au Sud, à l'endroit où le Missouri creusait une gorge dans la plaine, sur son trajet vers le Mississippi, le delta de Louisiane et le golfe du Mexique.

Cette zone sauvage avait par le passé abrité de nombreux hors-la-loi, et la légende voulait que Butch Kassidy et Sundance Kid aient détourné un train non loin de Whitehorse, avant de fuir pour l'Amérique du Sud.

Peut-être son père n'avait-il pas fait un si mauvais choix en achetant un ranch ici, songea-t-il, dans un effort pour se montrer objectif. Mais le fait qu'il s'agisse d'une propriété ayant appartenu à la famille de Kate continuait à le déranger. De plus, le ranch Trails West était perdu au beau milieu de nulle part, la première vraie ville et l'aéroport le plus proche se trouvant à trois heures de route.

A l'âge de son père, c'était un peu risqué. Heureusement, Grayson avait réussi à convaincre

Juanita de les suivre, et ses habitudes alimentaires n'avaient pas trop changé.

C'était aussi une bonne nouvelle pour Shane, qui adorait la cuisine tex mex, particulièrement les tortillas, les travers de porc braisés, et les haricots rouges. Pour tout dire, il était ravi de pouvoir passer sa convalescence ailleurs qu'au Texas, où, quoi qu'il en dise, il avait trop de fantômes à affronter.

Whitehorse était une petite ville typique de l'Ouest, peuplée de cow-boys en bottes et chapeau. Une douzaine de pick-up et de 4x4 étaient garés dans la rue principale, où régnait une effervescence particulière à l'approche de la fête des moissons.

Shane alluma la radio, branchée sur une station amérindienne, et le battement des tambours envahit la cabine du pick-up. Cela lui rappela la scène insolite à laquelle il avait assisté la veille, quand une polka s'était mise à résonner dans la cuisine. Kate et son père s'étaient soudain lancés dans une danse endiablée, faisant claquer leurs talons en riant aux éclats.

Shane en avait eu la gorge serrée.

Comment pouvait-il soupçonner Kate alors qu'elle rendait son père si heureux ?

Parfois, il détestait le policier en lui.

Whitehorse était si peu étendue qu'il était facile de la traverser sans presque s'en apercevoir, et Shane ne tarda pas à se retrouver de nouveau en pleine campagne.

La route se transforma bientôt en piste gravillonnée, traversant des hectares de prairies où paissaient vaches et chevaux.

Cinq kilomètres plus loin, il repéra un panneau de bois rongé par les intempéries qui dépassait à peine des hautes herbes, et indiquait en lettres délavées Old Town.

Au tout début, la ville de Whitehorse avait été bâtie aux abords du fleuve Missouri. Mais, lorsque le chemin de fer était arrivé, les habitants s'étaient déplacés plus au nord. Les anciennes installations avaient été rebaptisées Old Town, et un semblant d'activité s'y était maintenue, jusqu'à ce que les lieux se transforment en ville fantôme.

Il y avait eu autrefois une station-service, mais les pompes avaient été démontées depuis longtemps, et le bâtiment aux fenêtres cassées et à la toiture effondrée avait triste allure. Un peu plus loin, s'alignaient quelques maisons, une salle des fêtes — ainsi qu'il était de mise dans toutes les communautés rurales —, et une petite école dont une classe fonctionnait encore.

Contournant ce qu'il restait de la ville, Shane prit la direction de l'ouest et n'eut pas loin à aller loin avant de voir le panneau indiquant le ranch des Cavannaugh.

Jud lui avait expliqué que Maddie s'était installée chez son oncle et sa tante, Titus et Pearl, qui étaient tous deux des descendants de pionniers. Titus faisait à la fois office de maire et de pasteur, tandis que Pearl, qui se remettait d'une crise cardiaque, était une figure emblématique du club de couture créé par sa propre grand-mère. Aujourd'hui encore, les femmes de la communauté continuaient de se réunir pour réaliser des plaids en patchwork destinés aux jeunes mariés et aux nouveau-nés de la région.

Shane tenait toutes ces informations de Jud et, à vrai dire, il s'en souciait assez peu.

Tout ce qu'il voulait, c'était voir à quoi ressemblait Maddie et se faire une opinion par lui-même. Après quoi, il se tiendrait aussi éloigné que possible des affaires de Jud — comme il l'avait toujours fait.

Shane avait l'intention de conduire Maddie au champ de courses, de laisser le van sur place et de rentrer au ranch. Jud avait promis d'arriver à temps pour raccompagner Maddie et son cheval à la fin du rodéo.

Tandis que Shane se garait, et marchait d'un pas rapide vers la maison, il découvrit une jeune femme blonde qui l'attendait sous le porche.

Il fut immédiatement stupéfait.

Etait-ce bien là Maddie Cavannaugh ? Si oui, elle ne ressemblait en rien aux femmes sur lesquelles Jud jetaient d'ordinaire son dévolu.

Elle était plutôt mignonne — élancée mais avec de jolies rondeurs — et il se dégageait d'elle une impression d'innocence et de fraîcheur. Peut-être était-ce dû aux taches de rousseur. Ou aux grands yeux bleus…

En tout cas, elle semblait beaucoup trop douce et pure pour ce diable de Jud.

Il remarqua qu'elle portait un jean délavé, des bottes, et un chemisier à carreaux bleus et blancs. Ses longs cheveux blonds étaient noués en une tresse unique qui serpentait sous son chapeau de paille.

Apparemment, elle l'attendait, et il lui attribua d'emblée un bon point. Il n'y avait rien qu'il détestait autant qu'une femme qui s'amusait à faire attendre les hommes parce que tout le monde avait l'air de penser que c'était dans la nature des choses.

— Maddie ?

Elle hocha la tête avec un sourire.

— Je suis Shane, le frère de Jud.

Il s'attendait à ce qu'elle soit folle de rage, mais son visage aimable n'exprimait aucune contrariété. Peut-être un rien de curiosité, en y réfléchissant bien.

Se pouvait-il que Jud ne l'ait pas prévenue de ce changement de programme ?

— Jud n'a pas pu se libérer, se crut-il obligé d'expliquer. Il m'a envoyé à sa place.

Maddie l'observa un instant.

— Vous auriez dû m'appeler. J'aurais trouvé quelqu'un d'autre pour transporter mon cheval.

Il avait conscience de ne pas s'être montré vraiment chaleureux. Au contraire, il donnait l'impression que c'était une corvée pour lui.

Soudain, il eut envie de dire à Maddie que cela n'avait rien à voir avec elle, qu'il en voulait à son frère de se servir d'elle avant de la laisser tomber sans remords.

— Cela ne me dérange pas, dit-il, tout en sachant qu'il n'était pas très convaincant. Vous êtes prête ?

Ses yeux étaient plus clairs que les siens, et si perçants qu'il avait l'impression que Maddie pouvait lire dans ses pensées.

Tandis qu'elle hésitait, il repoussa son chapeau et réfléchit à ce qu'il pourrait bien dire pour la convaincre.

Ses frères étaient tous de beaux parleurs — spécialement Jud —, mais lui-même avait conscience de manquer de repartie. Surtout avec les femmes.

Elle finit par hausser les épaules, guère plus ravie que lui.

— Puisque vous avez fait tout ce chemin… Je vais chercher mon cheval.

Un silence tendu planait dans la voiture depuis qu'ils avaient quitté le ranch.

Maddie gardait les yeux rivés sur sa vitre, regardant défiler les kilomètres de plaines comme si elle les voyait pour la première fois.

Shane se souvint alors qu'elle avait quitté la ville pour faire ses études, et n'était pas de retour depuis très longtemps.

— Je vous ai dit que Jud était retenu sur un tournage ? demanda-t-il.

— Il m'avait prévenu que cela risquait de se produire.

Donc, Jud avait tout prévu depuis le début, comprit Shane en maudissant son frère.

— Il est comme ça, dit-il d'un ton faussement détaché.

Mais, tout au fond de lui, il s'en voulut de ne pas avoir assez de cran pour la mettre en garde.

Elle était si jeune, si innocente…

Comment pourrait-elle ne pas avoir le cœur brisé quand elle découvrirait que Jud s'était moqué d'elle ?

Jerilyn n'avait jamais pris de bonnes résolutions pour la nouvelle année. Elle n'avait jamais planifié son avenir, ni fait le moindre effort pour trouver un travail digne de ce nom. Une fois l'argent de sa famille envolé, elle avait compté sur les hommes qui avaient traversé sa vie pour prendre soin d'elle.

C'est pourquoi elle eut un moment de doute en arrivant à Whitehorse.

Elle n'avait pas pris le temps d'élaborer un plan, et n'avait pas la moindre idée de la façon dont elle devait s'y prendre pour trouver sa fille.

Elle traversa la ville en quelques minutes, surprise par sa petite taille et la quantité de bars qu'elle abritait. Il y avait des pick-up partout, et tout le monde portait des vêtements western.

Le couple qui avait adopté sa fille possédait peut-être un ranch…

Cette idée lui plaisait. Sa mère avait juré que le bébé avait été donné à une bonne famille. Dans l'esprit de Jerilyn, cela voulait dire qu'ils étaient riches. Mais il était possible qu'elle se trompe.

Que se passerait-il si les parents de Maddie ne pouvaient pas l'aider ?

Jerilyn se gara devant un bar et resta assise un moment dans la voiture, en regrettant qu'Earl-Ray ne soit pas avec elle.

Earl-Ray n'était peut-être pas toujours facile à vivre, mais, au moins, il aurait su quoi faire.

Elle se sentait perdue, effrayée, et terriblement seule.

Plus le temps passait, plus elle se demandait si elle n'avait pas commis une énorme erreur en voulant faire cavalier seul.

Le néon de l'enseigne allumait des reflets multicolores sur le pare-brise fissuré de la Buick.

A la grande surprise de Jerilyn, la vieille voiture avait tenu bon et l'avait conduite à destination. Mais, à présent, le moteur commençait à faire un drôle de bruit. Durant les vingt derniers kilomètres, une lampe rouge n'avait cessé de clignoter sur le tableau de bord. Elle l'avait ignorée, en croisant les doigts pour ne pas tomber en panne avant Whitehorse.

Maintenant, elle était là, assise dans le noir, frigorifiée et épuisée.

Et elle commençait à penser qu'elle avait peut-être agi avec un peu trop d'impulsivité.

La porte du bar s'ouvrit. Un homme en sortit, déplaçant avec lui le bruit de la musique et des rires. Derrière sa sombre silhouette, elle aperçut une rangée de bouteilles alignées sur des étagères lumineuses derrière le comptoir, et quelques clients hissés sur des tabourets.

Quelque chose de familier s'éveilla en elle.

Retirant la clé du contact, Jerilyn sortit de la voiture et se dirigea vers les lumières clignotantes, tel un papillon de nuit irrésistiblement attiré par l'ampoule qui allait lui brûler les ailes.

Tandis qu'elle ouvrait la porte vitrée, elle y vit son reflet, et se dit qu'elle avait une tête affreuse. Dans un sursaut de coquetterie, elle passa la main dans ses longs cheveux blonds, se mordit la lèvre pour leur donner un peu de couleur, et entra.

Une célèbre chanson country s'échappait du jukebox, et une odeur de bière flottait vers elle, comme une amie venue lui souhaiter la bienvenue.

S'imaginant déjà sentir sur sa langue le goût âcre du houblon, elle se hissa sur un tabouret, avec l'impression d'être rentrée à la maison au terme d'un long voyage.

Ses bras minces posés sur la surface brillante du comptoir, elle sourit au barman entre deux âges, dont le front commençait à se dégarnir et commanda une bière à la pression. Tandis qu'il se tournait vers l'appareil, Jerilyn jaugea rapidement les quatre hommes alignés sur les tabourets.

Le barman mit un dessous de verre cartonné devant elle, et y posa sa bière. Prenant son temps, elle porta le verre à ses lèvres, dégusta le breuvage glacé en fermant les yeux, et laissa échapper un petit soupir de contentement.

Elle avait à peine fini son verre que l'un des clients au comptoir faisait signe au barman de lui en servir un autre.

Inclinant la tête dans la direction de l'homme, Jerilyn lui adressa un sourire charmeur.

Sans plus attendre, l'homme se dirigea vers elle et prit place sur le tabouret voisin du sien.

C'était comme un ballet parfaitement orchestré, et Jerilyn en connaissait tous les pas.

Tout allait bien se passer désormais, songea-t-elle en enveloppant l'inconnu d'un sourire enjôleur.

Shane ne l'avait pas prévu, mais il était resté pour le rodéo. De toute façon, il n'avait rien d'autre à faire.

Et il était curieux d'en savoir plus sur Maddie.

A sa grande surprise, la jeune femme était une excellente cavalière. Peut-être Maddie et Jud avaient-ils finalement plus de points communs qu'il ne l'avait cru. Jud s'était spécialisé dans les cascades équestres, et dans le dressage de chevaux pour le cinéma et, visiblement, Maddie aimait ce monde-là tout autant que lui.

— Je ne savais pas que la fille Cavannaugh était de retour, dit une femme assise un rang en dessous de Shane dans les gradins. J'espère que ce n'est pas à cause de ce vaurien de Bo Evans.

Evidemment, Shane ne put s'empêcher de se demander qui était ce type, tandis qu'il regardait Maddie exécuter son programme.

Elle termina seconde, et il fut déçu pour elle.

Tandis qu'il s'interrogeait sur la façon dont il allait occuper le reste de sa journée, on annonça les épreuves masculines, et il décida de rester un peu plus longtemps.

Cela faisait des années qu'il n'avait pas assisté à un rodéo, et il retrouvait avec plaisir cette ambiance si particulière.

Une odeur de hot dogs montait jusqu'à lui. Dans les stalles, les chevaux sauvages se rebiffaient, ruant contre les parois de bois et faisant voler des particules de poussière dans la lumière des projecteurs. Au micro, l'animateur se déchaînait, encourageant les cris et les applaudissements d'une foule survoltée.

Les rodéos et les cow-boys étaient, de toute évidence, identiques à travers le pays. Shane se sentait comme chez lui, même s'il ne connaissait personne en dehors de Maddie Cavannaugh, laquelle était maintenant en grande conversation avec une autre concurrente.

Comme si elle avait conscience d'être observée,

Maddie leva soudain les yeux vers les gradins, et parut surprise de le voir — sans doute parce qu'il avait bien insisté sur le fait qu'il ne pouvait pas rester.

Se traitant mentalement d'idiot, il reporta son attention sur la compétition, et finit par s'y absorber au point qu'il ne vit pas tout de suite Jud prendre place à côté de lui.

— Sacré spectacle, dit-il avec enthousiasme, avant de se rappeler qu'il était en colère contre son frère.

Adoptant une grimace maussade, il ajouta :

— Alors, finalement, tu as réussi à quitter le plateau ?

— Ouais. Je suis surpris que tu sois resté pour le rodéo.

Jud s'interrompit et l'observa d'un air moqueur.

— Tu as cru que j'allais poser un lapin à Maddie, et que tu serais obligé de te dévouer encore une fois ?

Pour tout dire, cette idée avait en effet traversé l'esprit de Shane.

— Non, pas du tout. Elle a dit qu'elle trouverait quelqu'un pour la raccompagner si tu ne te montrais pas.

Les lèvres de Jud esquissèrent un sourire ironique.

— Mouais, elle est plutôt indépendante. Ça fait partie de son charme. Alors, qu'est-ce que tu penses d'elle ?

Shane se contenant de hausser les épaules.

— Elle est géniale, non ? insista Jud. C'est une vraie cow-girl du Montana, et elle est mignonne comme un cœur. Mais elle a aussi du caractère. J'adore ça.

Shane dut faire appel à toute sa volonté pour ne rien dire. Maddie lui semblait être une jeune femme délicieuse qui méritait beaucoup mieux que son don Juan de frère.

La compétition était terminée, et l'orchestre chargé d'animer le bal de plein air qui devait suivre entama une chanson country.

Shane se leva, jugeant inutile de s'attarder.

— Il faut que je trouve Maddie, déclara Jud en se levant à son tour. Si tu la vois en sortant, dis-lui que je la cherche, d'accord ?

— Ouais, bien sûr.

Shane avait l'intention de s'esquiver le plus rapidement possible, mais il fut entraîné malgré lui par la foule qui se dirigeait à présent vers la piste de danse.

Maddie était déjà sur place et tapait du pied en rythme, attendant visiblement d'être invitée à danser.

Shane hésita à lui transmettre le message de Jud, puis il se dit que c'était la moindre des choses, étant donné qu'il ne s'était pas montré très aimable jusque-là.

Peut-être même pourrait-il aller jusqu'à la complimenter sur sa démonstration…

Tandis qu'il s'approchait, les lampions multicolores accrochés dans les arbres s'allumèrent, illuminant le visage de Maddie. Elle avait ôté son chapeau et détaché ses cheveux, qui tombaient en cascade sur ses épaules.

Elle avait l'air de s'amuser à observer les danseurs. Et puis, tout à coup, Shane la vit se crisper et blêmir.

Il suivit son regard et découvrit un cow-boy entièrement vêtu de noir nonchalamment appuyé contre un tronc d'arbre.

Soudain, l'homme s'avança dans sa direction, et Maddie recula, les yeux écarquillés, regardant de tous côtés comme si elle cherchait un endroit où se cacher.

Sans réfléchir, Shane s'interposa.

— Venez danser, dit-il en lui prenant la main.

L'entraînant dans une gigue endiablée, il lui fit traverser la piste de danse.

Le cow-boy resta de l'autre côté, mais continua de les observer d'un air mauvais.

— Qui est-ce ? demanda Shane.

— Personne.

Il la sentit trembler, et resserra instinctivement les bras autour d'elle pour la protéger, tandis que le rythme de la musique changeait pour laisser place à une ballade douce et romantique.

Se laissant porter par la musique, ils se mirent à onduler souplement, leurs deux corps si unis qu'ils ne semblaient plus faire qu'un.

Une brise tiède soufflait, déplaçant des odeurs de chevaux, de cuir et de foin, auxquelles se mêlait le parfum d'agrumes de Maddie, qui évoquait irrésistiblement le soleil. Sa présence dans ses bras semblait naturelle à Shane, comme s'ils se connaissaient depuis toujours.

Soudain, la chaleur de son corps sous ses mains, le frôlement de leurs jambes, le souffle délicat de Maddie dans son cou, provoquèrent au creux de son estomac un pincement auquel il ne s'attendait pas, et il se sentit alors terriblement vulnérable.

Cherchant une diversion à ses émotions, il tourna les yeux vers le cow-boy, et vit que celui-ci les observait toujours, les jambes bien campées, les pouces glissés dans les passants de son jean.

La lumière fit étinceler l'énorme boucle d'argent de son ceinturon, et Shane lut distinctement les lettres B-O.

Etait-ce lui l'épouvantable Bo Evans dont avait parlé la femme dans les gradins ?

Les doigts de Maddie se resserrèrent sur son épaule, et il sentit s'accélérer contre son torse les battements du cœur de sa cavalière.

— Ne vous inquiétez pas, dit-il. Je ne le laisserai pas vous importuner.

Elle leva les yeux vers lui, l'air de ne pas comprendre.

— Le cow-boy, dit-il. Celui…

— Je n'ai pas peur de lui, dit-elle.

Elle esquissa un sourire contraint et tourna la tête.

Son attitude surprit Shane. Il savait qu'elle avait peur. Pourquoi le nier ?

Il sursauta lorsqu'on lui tapa sur l'épaule, s'attendant à voir Bo Evans.

— Tu n'essaierais pas de me voler ma petite amie, cow-boy ? demanda Jud, hilare.

Tel un enfant pris en faute, Shane lâcha immédiatement Maddie et recula d'un pas.

Lorsqu'il pivota sur ses talons, il vit Bo Evans qui regardait Jud et Maddie danser, et son instinct de policier l'avertit que la situation risquait de dégénérer.

C'était exactement la diversion qu'il attendait pour ne pas avoir à réfléchir à ce qu'il avait ressenti en dansant avec Maddie.

*
* *

Bo Evans ne quittait pas Maddie des yeux, ruminant sa hargne, et la traitant mentalement de tous les noms.

Saisissant par le bras une adolescente du coin, il demanda d'un ton brutal :

— Qui est-ce ?

La jeune fille eut l'air effrayé.

— Qui ?

— Le type qui danse avec Maddie Cavannaugh.

Le visage de l'adolescente s'illumina, tel celui d'une fan parlant de son idole.

— Jud Corbett.

— Et, c'est qui celui-là ? demanda Bo.

Il n'aimait pas la façon dont la gamine avait eu l'air d'insinuer qu'il fallait être stupide pour ne pas connaître ce bellâtre.

— C'est un cascadeur de Hollywood. Il travaille au Canada en ce moment, mais il va venir tourner un film ici le mois prochain.

— Un cascadeur ? répéta Bo.

Reportant son attention sur Maddie, il se demanda comment diable elle pouvait bien le connaître.

— Ça fait longtemps qu'il est en ville ?

L'adolescente haussa les épaules.

— Sa famille vient de racheter le ranch Trails West.

Contenant sa colère à grand-peine, Bo serra les poings.

Il avait quitté la région quelques mois, et tout avait changé. D'ailleurs, qu'est-ce que Maddie fichait dans le coin ? Il avait eu un choc en la voyant. Franchement, il était persuadé qu'elle n'oserait plus jamais montrer le bout de son nez par ici. Mais elle était décidément trop stupide.

Il n'empêche qu'il en pinçait toujours pour elle. Il s'en était rendu compte au premier coup d'œil. Et c'était justement cela qui le mettait dans une telle rage. Cette garce lui avait brisé le cœur, et en plus elle l'avait humilié devant tout le monde.

La chanson se termina et Bo attendit que Jud prenne congé de Maddie. Evidemment, il n'eut pas cette chance. Le couple s'éloignait vers un énorme et luxueux pick-up noir aux chromes étincelants, garé non loin de son vieux 4x4 brinquebalant.

Sa vie était décidément un enfer, décida-t-il, en prenant lui aussi la direction du parking. D'abord, Maddie l'avait quitté, puis sa propre mère s'était retournée contre lui. Non seulement elle avait refusé de continuer à lui donner de l'argent, en affirmant qu'il était temps pour lui de trouver un travail et de gagner sa vie, mais, en plus, elle l'avait jeté hors de la maison, en le menaçant de le déshériter.

Et, maintenant, Maddie lui imposait un nouvel affront en venant parader sous ses yeux avec son nouveau petit ami.

Il était entouré de garces sans cœur, décida-t-il, en ressassant à plaisir sa rancœur. Puis il découvrit deux hommes appuyés contre sa voiture, et son estomac se noua de peur. Il ne les avait jamais vus, mais il n'était pas difficile de deviner qu'ils avaient été envoyés par quelqu'un à qui il devait de l'argent.

Et, ces derniers temps, il devait de l'argent à tout le monde.

Faisant mine de ne pas les avoir remarqués, il

bifurqua vers une autre voiture, en affichant un air aussi dégagé que possible.

Mais le plus costaud des deux s'était avancé et lui bloquait le passage.

— Monsieur Evans ?

L'homme avait une voix basse et rauque, et Bo eut conscience que la main qui s'était abattue sur son épaule pouvait faire beaucoup de dégâts.

— Oui ? dit-il d'un ton mal assuré.

D'ordinaire, il mentait comme il respirait, mais son intuition venait de lui souffler qu'il avait pour une fois intérêt à dire la vérité.

— On peut vous dire deux mots ? demanda l'homme.

— Bien sûr, pourquoi pas ? dit Bo en s'efforçant de paraître amical.

Il jeta un coup d'œil sur le parking, mais il n'y avait personne. Maddie et son copain le cascadeur étaient partis, et tout Whitehorse était au bal.

— Allons faire un tour, suggéra son acolyte.

Petit et mince, il semblait néanmoins beaucoup plus dangereux que le premier, avec son regard cruel et son expression sournoise sous sa casquette de base-ball aux couleurs d'une marque de machines agricoles.

Faire un tour avec eux était la dernière chose dont Bo avait envie, mais le colosse écarta un pan de sa veste pour lui faire voir le revolver glissé dans sa ceinture, avant de le pousser derrière le volant. Puis il prit place sur la banquette derrière lui.

Le type à la casquette s'installa sur le siège passager.

— Vous connaissez sans doute un endroit où nous ne serons pas dérangés, dit-il d'une voix doucereuse.

Bo réfléchit aux chances qu'il avait de s'en sortir, tandis qu'il essayait sans succès d'introduire la clé dans le contact.

— Du calme, dit l'homme à côté de lui.

Ricanant, il lui prit la clé des mains, et mit le contact.

— Mon pote Dude et moi, on veut juste vous parler. Pas vrai, Dude ?

— Tu l'as dit, Earl-Ray.

En dépit de la situation, la nature ironique de Bo reprit le dessus. Earl-Ray ? Dude ? Où étaient-ils allés pêcher des prénoms pareils ? On se serait cru dans un mauvais polar.

Puis il maudit silencieusement Maddie. Si toute son attention n'avait pas été concentrée sur elle et son fichu cascadeur, il aurait repéré ces deux types à temps, et se serait évité cette mauvaise fin de soirée.

Il démarra et prit la direction de Bowdoin, une réserve naturelle située à quelques kilomètres de Whitehorse.

Il n'avait pas prévu d'aller là-bas, se contentant de rouler au hasard, trop nerveux pour réfléchir, mais il commençait à réaliser que ce n'était pas une mauvaise idée.

La réserve était gardée par un vigile armé. Avec un peu de chance, le type repérerait son vieux 4x4 rouillé et cabossé et viendrait voir de quoi il retournait.

C'était même tout à fait probable, étant donné que sa voiture était bien connue dans le coin — pour de mauvaises raisons, évidemment.

Bo s'engagea dans l'allée goudronnée, dont les différentes réparations dessinaient des carrés inégaux, tels des pansements sur une plaie, et bifurqua avant l'entrée vers un sentier forestier ouvert aux randonneurs. Il voulait éviter de passer devant les bâtiments administratifs pour ne pas éveiller les soupçons de ses passagers.

Etroit et cahotant, le chemin bordé de pins sombres qui formaient une voûte au-dessus d'eux évoquait un tunnel, et Bo n'était pas très rassuré. Un peu plus loin se trouvait une clairière d'où les phares du 4x4 seraient parfaitement visibles depuis le bureau du garde, mais encore fallait-il qu'il arrive jusque-là.

Au détour d'un virage, le chemin s'élargit, formant sur la droite un promontoire rocheux qui surplombait un ravin vertigineux.

— Arrêtez-vous là, dit Earl-Ray.

Les mains moites, un filet de sueur coulant dans son dos, Bo obéit, tandis que son cœur s'emballait dangereusement.

Se penchant pour retirer la clé, Earl-Ray lui ordonna ensuite d'éteindre ses phares.

Rongé d'angoisse, Bo fit ce qui lui était demandé, et pria pour que ça aille vite.

Allait-il le tuer dans la voiture ? Non. Il le ferait descendre, l'abattrait, et jetterait son corps dans le ravin.

Soudain, il vit des phares dans son rétroviseur et reprit espoir. Le garde avait dû finir par repérer leur manège.

Mais le véhicule ne se rapprocha pas. Au contraire,

il ralentit, coupa ses phares, et s'arrêta quelques mètres avant eux.

C'était fichu, songea Bo avec désespoir. Il n'avait même pas pensé à vérifier s'ils étaient suivis. Assurément, il s'agissait d'un complice chargé de reconduire Dude et Earl-Ray en ville.

Une goutte de sueur coula sur la joue de Bo.

— Vous pouvez au moins me dire de quoi il s'agit, dit-il d'un ton lamentablement suppliant.

— C'est à propos de votre ex-petite-amie, dit Earl-Ray, en faisant tourner vers l'arrière la visière de sa casquette. Ou, est-ce que je devrais dire votre fiancée ?

Bo jeta un coup d'œil à son passager. La lune éclairait les alentours comme en plein jour, et il put lire dans les yeux de l'homme une lueur sardonique.

— Quoi ? dit-il dans un coassement, tandis qu'il essayait de réfléchir à ce que ces types pouvaient bien avoir à faire avec Maddie.

— Maddie Cavannaugh. Ne me dites pas que vous l'avez déjà oubliée.

Bo secoua faiblement la tête.

— Mais, qu'est-ce…

— Nous voulons que vous nous aidiez à la trouver.

Bo écarquilla les yeux.

— Vous plaisantez ?

— Est-ce que j'ai l'air de plaisanter ? demanda Earl-Ray, tandis que la main puissante de Dude s'abattait de nouveau sur son épaule.

Grimaçant de douleur, Bo répliqua :

— Je disais ça parce qu'elle était au bal, ce soir.

— Vraiment ? Je croyais qu'elle ne vivait plus ici.

— Moi aussi. Il faut croire qu'elle est revenue.

— Où peut-on la trouver ?

— Qu'est-ce que j'en sais ?

Regrettant son mouvement d'humeur, Bo changea immédiatement de ton.

— Ce que je veux dire, c'est que nous ne sommes plus en contact, vous voyez. Je ne savais même pas qu'elle était revenue, jusqu'à ce que je la voie ce soir.

— Donc, vous ne savez pas où elle vit ?

— Non, mais je peux le savoir. Qu'est-ce que vous lui voulez, au fait ?

Earl-Ray se contenta de le toiser d'un regard froidement menaçant que Bo lui-même s'était essayé à maîtriser, sans grand succès.

— La rupture s'est bien passée ?

Bo grimaça.

— Cette garce m'a brisé le cœur.

— Donc, vous ne verriez pas d'inconvénient à nous aider ?

— Qu'est-ce que j'y gagne ?

Bo s'attendit à recevoir un coup de l'homme assis derrière lui, mais, à sa grande surprise, ses ravisseurs se mirent à rire grassement.

— Tu es exactement conforme au portrait qu'on nous a fait de toi en ville, dit Earl-Ray. Et ça me plaît. Est-ce que j'ai pensé à te dire que nous avions prévu une compensation pour toi ?

« Une compensation ». Le mot résonnait comme une musique céleste aux oreilles de Bo.

— Eh bien, parlons affaires, dit-il, enfin détendu.

5

— Que lui as-tu dit ? demanda Jud, le lendemain matin au petit déjeuner.

— Quoi ?

Shane releva la tête du journal qu'il s'efforçait de lire. C'était la troisième fois qu'il lisait le même paragraphe sans parvenir à fixer son attention.

Son esprit était à des milliers de kilomètres de là. Au Texas.

— Maddie. Que lui as-tu dit ?

— Oh, elle.

Shane plia son journal, le posa à côté de son assiette où ses œufs au bacon refroidissaient, et se saisit du pichet isotherme contenant le café.

— Qu'est-ce que ça veut dire, « oh, elle » ?

Shane jeta un coup d'œil à son frère.

— Ecoute, je ne lui ai rien dit. Je suis allé la chercher pour la conduire au rodéo comme tu me l'avais demandé, et c'est tout.

— Mais vous n'avez pas du tout discuté ensemble ?

Shane reposa sa tasse un peu trop brutalement, et le café se mit à tanguer, projetant quelques gouttes sur la nappe blanche.

— C'est quoi ton problème, à la fin ?

— J'ai l'impression que tu t'es montré grossier avec elle. Elle était très perturbée après avoir dansé avec toi.

Shane baissa les yeux. Il se rappelait un peu trop bien cette danse.

— Ce n'est pas moi qui l'ai perturbée. C'est cette espèce de cow-boy. Bo Evans. Je crois que c'est son ex-petit-ami.

Il n'ajouta pas que le cow-boy avait suivi Maddie et Jud jusqu'au parking. Redoutant un problème, Shane avait filé Bo, et c'était ainsi qu'il avait assisté à une étrange réunion dans les bois, avec deux types à l'allure peu recommandable.

— Maddie est une gentille fille, dit Jud.

— Mouais.

— Quoi ? Tu as quelque chose à lui reprocher ?

Shane prit sa fourchette et essaya d'avaler une bouchée, mais ses œufs étaient glacés. Et, de toute façon, il n'avait pas faim.

Il ne savait pas si c'était le souvenir de la danse, du corps de Maddie pressé contre le sien, mais il ne se sentait pas très bien. Peut-être couvait-il quelque chose ? Cette impression de malaise diffus semblable à un début de fièvre était sans doute causée par un virus.

En tout cas, il n'avait pas envie de voir souffrir Maddie. Et cette dernière était plutôt mal partie, entre son ex-petit-ami, dont la réputation de voyou était bien établie, et Jud, dont l'attitude avec les femmes n'était pas toujours celle d'un gentleman.

— Je dois repartir sur le tournage aujourd'hui, dit Jud. Mais je reviens aussi vite que possible.

Shane ne dit rien, mais il croisa les doigts pour que son frère se lasse de sa relation à distance avec Maddie. Elle méritait tellement mieux.

Maddie Cavannaugh fut réveillée par une odeur de pancakes.

Roulant sur le côté, elle sourit toute seule en songeant aux copieux petits déjeuners préparés par sa cousine. Cela faisait partie des petits plaisirs qui lui avaient manqué quand elle était loin de chez elle.

Encore qu'elle n'était pas vraiment chez elle ici.

Elle avait inventé tellement d'excuses pour ne pas revenir à Old Town… La maison de son enfance avait été vendue, mais elle n'aurait jamais voulu s'y réinstaller, de toute façon.

Elle y avait trop de mauvais souvenirs.

En revanche, cette terre époustouflante de beauté sauvage lui avait manqué. Quand elle galopait à travers la plaine, les cheveux au vent, elle éprouvait une sensation grisante. Plus rien ne comptait que cette complicité secrète avec son cheval, et cette impression de liberté totale.

Entendant des murmures dans le couloir, Maddie se leva et s'empressa de s'habiller.

Sa tante avait pris soin de garnir sa chambre de meubles et d'objets lui ayant appartenu autrefois. Quand elle avait quitté Whitehorse, Maddie n'avait rien voulu emporter. Tout ce qui était lié au passé lui paraissait chargé de mauvaises ondes, et elle avait l'impression qu'elle ne pourrait jamais changer de vie si elle s'encombrait de toutes ces vieilleries. Mais, aujourd'hui, elle était contente de voir que certains objets de son enfance avaient été conservés.

Les larmes lui montèrent aux yeux tandis qu'elle prenait sur une étagère du placard une poupée autrefois adorée. Juste en dessous, dans une housse de plastique transparent, se trouvait sa couverture de bébé en patchwork fait main.

Son premier geste fut de s'emparer de la couverture, puis elle eut un mouvement de recul en pensant à sa mère. L'association d'idées était étrange, car sa mère n'avait jamais fait partie du club de couture.

A sa connaissance, sa mère n'avait d'ailleurs jamais rien fait de ses propres mains. Obnubilée par les apparences, Sarah préférait acheter des objets hors de prix pour sa maison, sans se préoccuper de savoir si Roy, son mari, pouvait se les permettre.

Quoi qu'il en soit, Sarah n'avait jamais utilisé la couverture en patchwork, qu'elle trouvait vieillotte et de mauvais goût, et l'avait remisée au grenier. Maddie était persuadée que sa mère l'aurait jetée si elle n'avait pas eu si peur que les matrones du club de couture l'apprennent et lui reprochent son ingratitude.

Maddie n'avait pas eu conscience de la mésentente de ses parents, ni de l'obsession de sa mère à être acceptée parmi les notables de la ville. Cela lui semblait tellement futile, mais sa mère aurait fait n'importe quoi pour s'élever dans l'échelle sociale.

Aujourd'hui encore, l'évocation de ces souvenirs restait douloureuse. Elle ne pourrait jamais pardonner à sa mère ce qu'elle avait fait, et cela lui procurait un mélange de tristesse et de culpabilité. Comment pouvait-elle ne pas aimer sa mère ?

Se refusant à y penser davantage, Maddie se dirigea vers la cuisine. En entrant dans la vaste pièce qui avait gardé tout son charme d'autrefois, avec ses meubles anciens, sa vieille cuisinière et sa décoration très campagnarde, elle se sentit aussitôt rassérénée.

Sa cousine Laci était toujours occupée à faire des pancakes, un tablier enveloppant son ventre proéminent de femme enceinte.

Tante Pearl était assise à table, sa canne appuyée contre une chaise. Elle s'était assez bien remise de son attaque cardiaque, mais elle avait toujours un peu de mal à se déplacer.

Maddie s'avança pour déposer un baiser sur sa joue.

— Laney ne va pas tarder à arriver, dit Laci en parlant de sa sœur.

Laney et son mari Nick, un des adjoints du shérif, vivaient un peu plus loin dans une maison neuve que Nick avait construite lui-même.

— Il y a de la confiture de cerises, du beurre, du miel et du bacon pour accompagner les pancakes, ajouta Laci.

— Evidemment, répliqua Maddie en riant.

Laci, qui avait toujours aimé préparer des repas gargantuesques, partageait l'amour de la cuisine avec son mari. Ils possédaient ensemble un restaurant, le Northern Lights, et vivaient dans l'appartement au-dessus, mais Laci passait beaucoup de temps à s'occuper de ses parents.

Maddie respira les odeurs familières et se dit que c'était finalement une bonne chose d'être revenue. Elle trouvait même plaisant son travail de serveuse chez sa cousine. Laci lui avait proposé de lui apprendre à cuisiner, mais Maddie préférait servir les clients en attendant d'avoir décidé ce qu'elle voulait faire de sa vie.

— Avec qui dansais-tu hier soir ? demanda Laci en déposant devant elle une assiette copieusement garnie.

— Jud Corbett. C'est le cascadeur avec qui Laney et toi m'avez encouragée à sortir.

— Pas lui. Le grand brun ténébreux.

Maddie avala sa salive et contrôla son expression avant de répondre.

— C'est le frère de Jud, Shane.

Elle sentait le regard de sa tante posé sur elle, et ne put s'empêcher de rougir en pensant à la façon dont ils avaient dansé, étroitement enlacés. Elle avait eu le sentiment que quelque chose passait entre eux juste avant que Jud ne les interrompe.

— Shane m'a permis d'échapper à Bo, dit-elle tout de go, comme si elle avait besoin d'une excuse pour avoir dansé avec lui.

— Bo est de retour ? demanda Pearl, de ce ton saccadé et parfois difficilement audible qu'elle avait maintenant.

— Malheureusement. Mais ça devrait aller.

En fait, elle était surprise de constater qu'elle n'avait pas pensé à ces retrouvailles fortuites avant cet instant. Elle avait certes été bouleversée et contrariée au moment où elle l'avait vu, mais, après avoir dansé avec Shane, elle avait complètement oublié l'incident.

Voyant l'inquiétude de Laci, elle regretta d'en avoir parlé.

— J'en fais mon affaire, de Bo, dit-elle.

— J'en suis certaine, dit Pearl.

— Bonjour tout le monde, lança Laney d'un ton enjoué.

Elle entra dans la cuisine, aussi enceinte que sa sœur.

— Tu t'es bien amusée la nuit dernière ? demanda-t-elle en passant à côté de Maddie.

Apparemment, toute la ville était au courant, songea cette dernière avec un rien d'agacement.

— Elle a vu Bo, dit Laci.

Laney s'arrêta et tourna la tête vers Maddie, l'air inquiet.

— Ça va, dit cette dernière. Shane Corbett lui a barré le passage et a dansé avec moi jusqu'à ce que Jud arrive. Je n'ai pas revu Bo après, et je n'y ai même plus pensé.

— Donc, vous ne vous êtes pas parlé ? demanda Laney.

— Je n'ai plus rien à lui dire. C'est de l'histoire ancienne.

Et c'était vrai, Bo était à classer dans la rubrique des mauvais souvenirs.

— Je n'arrive pas à croire que vous soyez enceintes en même temps, dit-elle pour changer de sujet. Je parie que vous allez accoucher le même jour. Vous avez déjà choisi des prénoms ?

Elle entama ses pancakes avec appétit, tout en écoutant ses cousines rire et plaisanter.

— Nous voulons toutes les deux l'appeler Jack,

dit Laci. Donc, la première qui accouchera prendra le prénom.

Maddie rit avec elles, se sentant terriblement chanceuse d'avoir cette merveilleuse famille. Elle ne voulait plus penser à ses parents. Cela aussi appartenait au passé.

Et qu'en serait-il de l'avenir ? Y avait-il une place pour elle dans la famille Corbett ?

Un peu plus tard ce matin-là, Maddie s'en alla travailler, s'apprêtant à faire un détour pour ne pas passer devant son ancienne maison, ou devant celle de Géraldine Shaw. Géraldine avait été comme une mère pour elle, jouant le rôle que Sarah refusait d'endosser, et elle avait encore beaucoup de mal à surmonter son décès.

Elle n'était pas très loin, quand elle vit dans son rétroviseur un 4x4 en mauvais état foncer sur elle.

Le son prolongé du Klaxon la fit sursauter, et elle sut avant même d'avoir vu le visage de Bo derrière le volant que c'était lui.

La route était étroite. Elle allait devoir s'arrêter ou mordre dangereusement sur le fossé pour le laisser passer. Et elle n'en avait pas envie.

Il klaxonna de nouveau.

Regardant dans le rétroviseur, elle vit qu'il avait baissé sa vitre et lui faisait signe de s'arrêter.

A une époque, elle aurait eu peur de ne pas faire ce que Bo lui demandait.

Mais cette époque était depuis longtemps révolue.

Elle appuya sur l'accélérateur et s'exhorta à ne

pas réagir à ses appels de phares et à ses coups de Klaxon incessants.

Il resta derrière elle pendant les sept kilomètres de trajet jusqu'à Whitehorse, quasiment collé à son pare-chocs.

Elle avait parfaitement conscience de sa colère et de sa frustration. Bo n'oublierait pas ce qu'il considérerait comme un affront.

La prochaine fois qu'elle tomberait sur lui…

Elle frémit et repoussa cette pensée.

Tandis qu'elle entrait dans Main Street, elle se demanda jusqu'où Bo la suivrait et, voyant qu'il était toujours derrière, elle se gara devant le bureau du shérif.

Elle coupa le moteur et sortit, sans regarder dans sa direction, même quand elle l'entendit s'arrêter dans un crissement de pneus infernal au beau milieu de la rue.

— Maddie ! Hé, je te parle !

Elle ne pouvait ignorer son ton furieux. Pas plus qu'elle ne pouvait prétendre ne pas avoir peur de lui.

— Je veux te parler ! hurla-t-il.

Maddie tira la porte, et entra dans le sas, refusant de se laisser atteindre par les insultes qu'il lui lançait.

Du coin de l'œil, elle vit la voiture démarrer dans un rugissement de moteur, en laissant des traces de gomme derrière elle.

Maddie s'appuya contre le mur du sas, en luttant contre les larmes. Elle savait qu'en relatant l'incident au shérif, celui-ci ferait la leçon à Bo.

Mais cela ne ferait qu'empirer les choses. Elle connaissait bien Bo Evans. Le fait qu'elle soit revenue à Whitehorse le contrariait et, quoi qu'elle fasse, il ne la laisserait pas tranquille avant qu'elle ait mis les choses au point avec lui.

A un moment ou à un autre, elle allait devoir l'affronter, mais elle avait un avantage sur lui.

Contrairement à Bo, elle avait changé. Elle n'était plus la femme qui s'était laissé maltraiter.

Cette femme avait disparu. Mais Bo Evans ne le savait pas encore.

Shane ne comprenait pas ce qui lui arrivait. Il s'était pourtant promis de ne pas intervenir dans la vie amoureuse de son frère.

D'ailleurs, quand Jud l'avait appelé ce matin, il avait dit non.

— J'ai seulement besoin que tu déposes quelque chose au restaurant, avait insisté Jud.

— Je regrette, mais c'est toujours non.

— C'est important. Il s'agit du portefeuille de Maddie. Il a dû tomber de son sac, hier soir. Je pense qu'elle ne s'en est pas encore rendu compte, mais elle risque d'en avoir besoin dans la journée, ne serait-ce que pour acheter de l'essence. J'ai laissé le portefeuille sur la console de l'entrée. Je suis vraiment désolé d'avoir à te demander ça.

Shane jura entre ses dents.

— Papa ne peut pas s'en occuper ?

— Il est déjà parti. Et ni Juanita ni Kate n'ont prévu d'aller en ville aujourd'hui. D'après ce que j'ai compris, elles ont décidé de faire de la confiture, et ça va les bloquer un moment. Je sais que je t'en demande beaucoup…

Il ne fallait quand même pas exagérer. Déposer un portefeuille n'était pas un si grand service que cela, et Jud le savait.

— C'est la dernière fois, dit-il.

— Ça m'étonnerait que tu aies à lui rapporter deux fois son portefeuille, plaisanta Jud. Merci, en tout cas. Je n'oublierai pas.

Shane se sentait un peu stupide d'avoir fait autant de difficulté pour si peu de chose. Mais, tandis qu'il roulait vers Whitehorse, il se surprit quand même à regretter d'avoir accepté. Après la façon dont il s'était comporté au rodéo, Maddie n'aurait sûrement aucune envie de le voir.

Il essaya de se persuader que cela ne prendrait que quelques minutes, et qu'ils n'étaient même pas obligés de se rencontrer. Il n'aurait qu'à déposer le portefeuille et s'esquiver.

Mais, tandis qu'il bifurquait dans Main Street, il vit Maddie s'arrêter devant le bureau du shérif, et le 4x4 hors d'âge de Bo Evans piler au milieu de la rue.

Pressentant le danger, Shane s'arrêta un peu plus bas dans la rue, et marcha vers eux d'un pas rapide.

Il ne comprit pas ce que le cow-boy criait à Maddie, mais il se réjouit qu'elle ait eu la bonne idée d'entrer dans le poste de police au lieu de chercher à affronter Bo.

Shane eut le temps de voir le visage écarlate de rage de Bo quand il redémarra en trombe. Il vit aussi que celui-ci était allé se garer un bloc plus loin, et ne trouva pas cela très rassurant.

La dernière chose dont il avait envie, c'était de s'en mêler. Mais, que Jud soit ou non sérieusement engagé avec Maddie, il ne pouvait pas rester sans rien faire, à attendre qu'un drame se produise.

Jurant entre ses dents, il marcha jusqu'à l'endroit où Bo était garé.

Le cow-boy avait les yeux fixés sur son rétroviseur, attendant visiblement que Maddie sorte du poste de police.

Shane avait rencontré trop souvent ce genre d'homme durant sa carrière de policier, et il savait comment les traiter.

Ouvrant brutalement la portière, il fit sortir Bo de la voiture sans ménagement.

— Hé ! Mais qu'est-ce que...

Shane le plaqua contre le côté du 4x4.

— Je ne sais pas qui tu es, ni ce que tu veux, mais tu vas laisser Maddie Cavannaugh tranquille.

— Je suis Bo Evans, son fiancé, pauvre imbécile.

— C'est de l'histoire ancienne.

Le cow-boy eut une mimique arrogante, cherchant visiblement la bagarre.

— Ah ouais ? Qui dit ça ?

— La jeune dame. Il est évident qu'elle ne veut plus avoir affaire à toi. Maintenant, tu vas lui ficher la paix. Je te le demande gentiment. La prochaine fois, je serai beaucoup moins compréhensif.

— Je vous reconnais, dit Bo en plissant les yeux. C'est vous qui avez dansé avec elle au rodéo. Vous êtes flic, ou quelque chose dans le genre ?

— Quelque chose dans le genre.

Shane fit mine de lui tourner le dos, sachant que le cow-boy n'agirait qu'à ce moment-là. Les types comme Bo étaient tellement prévisibles !

Comme prévu, Bo essaya de lui asséner un coup de poing. Shane le bloqua, et lui envoya un coup de coude dans l'estomac. Etouffant un cri, Bo se plia en deux, et s'affala contre la voiture.

— Que je ne te revoie plus rôder près de Maddie, dit Shane, avant de faire demi-tour et de s'éloigner dans la rue.

Il savait que c'était un coup d'épée dans l'eau.

Les types comme Bo ne s'avouaient pas facilement vaincus, et Shane ne lui donnait pas deux jours avant de revenir à la charge. Mais il avait bien l'intention de veiller au grain.

Il vit alors Maddie qui approchait du Northern Lights. Elle n'avait pas eu le temps de signer une déposition, et il devina qu'elle avait rusé en entrant dans le poste de police. Pas un instant elle n'avait eu l'intention de porter plainte contre son ancien fiancé.

Il espérait pour elle que Maddie savait ce qu'elle faisait. Bo Evans était dangereux.

Juste avant qu'elle ne rentre dans le restaurant, Shane la vit regarder vers le haut de la rue, où Bo était toujours garé. Puis son regard se posa sur lui. Elle se rembrunit, comme si elle savait ce qu'il venait de faire et lui en voulait de se mêler de ses affaires.

Bo Evans luttait pour reprendre son souffle tout en suivant des yeux l'homme qui venait de le frapper.

Il avait bien envie de se ruer sur ce salaud et de lui régler son compte. A moins qu'il ne porte plainte…

Evidemment, le shérif ne le croirait pas. Surtout si l'autre était vraiment flic.

Non, le seul moyen de laver cet affront était de se faire justice lui-même. Et il ne s'en priverait pas.

Tout comme il aurait une explication avec Maddie.

Submergé par un mélange de frustration, de colère et de douleur, il se défoula en donnant de grands coups de pied dans les pneus du 4x4, puis il se mit à marteler du poing l'aile arrière déjà bien cabossée, jusqu'à ce que ses jointures saignent.

Puis, vidé de toute énergie, il se laissa choir sur la chaussée, le dos appuyé contre la voiture, et se prit la tête entre les mains.

Il voulait seulement parler à Maddie.

Il n'avait absolument pas l'intention de lui faire mal. Il aurait peut-être même fini par lui parler des deux types qui la cherchaient.

Tout aurait dépendu de l'attitude qu'elle aurait adoptée envers lui.

Mais, maintenant que cette garce était allée pleurnicher dans le giron du shérif, il n'en était plus question.

Maddie méritait ce qui allait lui arriver.

Il aurait pu lui sauver la mise… D'ailleurs, il aimait bien l'idée de tenir sa sécurité entre ses mains.

Mais tant pis pour elle. Il allait la livrer en pâture aux chiens.

Bo essuya sur son jean le sang qui coulait de sa main, et réfléchit à ce qu'il allait faire ensuite.

Il avait promis à Earl-Ray et à Dude qu'il leur amènerait Maddie. Ils l'attendaient dans un motel près de Milk River. S'il voulait voir la couleur de l'argent qu'on lui avait promis, il avait intérêt à trouver une idée.

Il n'allait quand même pas passer à côté d'un tel pactole à cause de cette petite gourde.

Tandis que la porte se refermait derrière elle, Maddie lança un grand bonjour à l'attention du mari de Laci, Bridger, qui s'affairait déjà en cuisine, et alla enfiler son uniforme de serveuse.

Elle n'avait pas envie de penser à Bo. Il n'allait pas continuer à lui gâcher la vie. Elle était revenue à la maison, et elle avait l'intention d'y rester.

Quant à Shane Corbett…

Comme si le simple fait de penser à lui avait suffi à le faire apparaître, Shane poussa la porte du restaurant, lui faisant prendre conscience qu'elle avait oublié de la verrouiller derrière elle.

— Nous ouvrons dans vingt minutes, dit-elle en essayant de paraître plus calme qu'elle ne l'était.

— Je ne suis pas venu déjeuner. Je voulais simplement déposer votre portefeuille.

Il plongea la main dans la poche de son jean.

— Je suppose que vous l'avez fait tomber dans la voiture de Jud. Il m'a demandé de vous le rapporter.

Maddie sentit ses joues brûler d'irritation. Quelle était cette histoire à présent ? Shane n'avait-il pas mieux à faire que de jouer les garçons de courses pour son frère ?

— Merci, marmonna-t-elle en tendant la main.

— Je vous en prie.

— Excusez-moi, mais j'ai besoin d'installer mes tables avant l'arrivée des clients.

— Bien sûr, dit-il en reculant vers la porte, comme s'il était pressé de s'en aller.

*
* *

Une fois son service terminé, Maddie remit son jean, sa chemise western et ses bottes, et prit le temps d'observer la rue à travers les vitrines avant de sortir.

Quelques gros nuages blancs flottaient dans le ciel d'azur. Il faisait chaud mais sans excès. En résumé, c'était le temps idéal pour une promenade à cheval.

La voiture de Bo n'était nulle part en vue, mais elle savait que cela ne voulait rien dire. Elle le connaissait suffisamment pour savoir que sa prochaine offensive se ferait par surprise.

Passant devant une table déjà dressée pour le repas du soir, elle s'empara machinalement d'un couteau à steak et le glissa dans son sac.

6

Shane avait l'intention de passer le reste de l'après-midi à lire, confortablement installé dans une chaise longue à l'ombre de la véranda.

Mais la fenêtre du salon était ouverte, et il ne put s'empêcher d'entendre la conversation entre Kate et son père.

— Je crois que je vais rester ici, dit Kate. J'ai beaucoup de choses à faire. Ça ne te dérange pas ?

— Bien sûr que non. Je m'inquiète seulement de te voir toujours confinée au ranch comme ça.

— Mais j'adore être ici ! Je m'y sens même si bien que je n'ai pas envie de sortir.

Shane entendit la voix de son père se faire plus douce encore, et il devina que Grayson avait pris sa nouvelle épouse dans ses bras.

— Je te dis à tout à l'heure, dans ce cas. Ne te surmène pas trop. Parfois, tu me fais peur.

Grayson n'était pas stupide. Il avait dû remarquer que Kate s'était montrée étrangement calme à son retour de Whitehorse, l'autre jour. Shane se souvenait que son père avait fait un commentaire sur la pâleur de son teint, et lui avait demandé si elle était malade.

« Je vais bien, avait prétendu Kate. Je crois que

c'est la chaleur. Il fait tellement plus chaud en ville qu'ici. »

Grayson venait maintenant de franchir la porte-fenêtre. Il hésita en voyant son fils.

Shane le vit jeter un coup d'œil par-dessus son épaule avant de s'avancer.

— Russel et moi allons faire un tour à Loring. Ça te dit de nous accompagner ?

Shane secoua la tête.

— Merci, mais j'ai vraiment envie de terminer ce livre.

Il espéra que son père n'insisterait pas. A son grand soulagement, Grayson s'en abstint.

— Kate est un peu fatiguée. Elle a décidé de rester à la maison. Puisque tu restes ici, ça ne t'ennuierait pas de garder un œil sur elle ?

Shane retint un grognement agacé. Il n'avait pas envie de surveiller sa belle-mère. Il le faisait déjà sans que ni l'un ni l'autre n'en sache rien.

— Bien sûr, dit-il. Pas de problème.

Son père posa une main sur son épaule.

— Merci, fiston. Je n'avais pas réalisé que ce serait aussi difficile pour elle de revenir ici, tu comprends ?

Shane hocha la tête, même s'il ne comprenait pas. En quoi cela pouvait-il être difficile de revenir dans cette région magnifique ? Même si son père était mort dans la maison, Kate devait quand même y avoir de bons souvenirs, et elle devait se réjouir d'avoir récupéré sa propriété.

Après tout, c'était bien ce qu'elle avait demandé à Grayson, non ?

Il devait forcément y avoir autre chose. Et Shane en

eut la confirmation trente minutes plus tard lorsqu'il vit Kate sortir avec son sac à main.

— Je dois aller en ville, dit-elle d'un ton détaché. J'ai oublié d'acheter quelque chose.

— Voulez-vous que j'y aille pour vous ? demanda aimablement Shane en posant son livre.

— Non, c'est gentil, ne vous donnez pas cette peine, répondit-elle en descendant rapidement les marches du perron. Je n'en ai pas pour longtemps.

— Roulez prudemment.

Shane lui laissa quelques minutes d'avance, puis il se dirigea vers sa voiture.

Chester Bailey sortait d'un pas pressé du Hi-line Café, et faillit percuter Kate.

— Quelle surprise, dit-il, en essayant de paraître détaché. C'est quand même curieux de tomber nez à nez comme ça deux fois de suite.

— Cette fois, ce n'était pas accidentel, avoua Kate. J'ai besoin de te parler.

Chester jeta un coup d'œil vers le café, comme s'il craignait que Susie ne les voie ensemble.

— Bien sûr. A quel sujet ?

Kate prit une inspiration, et relâcha lentement son souffle.

— Nous pourrions aller quelque part ?

Chester la dévisagea comme si elle venait de lui proposer de prendre une chambre dans un motel.

— Un endroit plus tranquille où nous pourrions parler en privé, expliqua Kate. Le parc, peut-être ?

— Le parc ? répéta Chester.

— Trafton Park, dit Kate, à bout de patience.

Le parc se situait à quelques blocs de là, au bord de la Milk River.

— Je te retrouve là-bas.

Il hocha la tête, mais elle se demanda s'il serait au rendez-vous, à en juger par la façon dont il se comportait.

Kate remonta dans sa voiture, et roula jusqu'au parc. Elle se gara à l'ombre d'un grand chêne, et alla s'asseoir à une table de pique-nique.

Il faisait un temps superbe. Le ciel sans nuages avait une limpidité de cristal. Le soleil brillait sans qu'il ne fasse trop chaud. C'était juste ce qu'il fallait pour se sentir parfaitement à l'aise.

En d'autres circonstances, Kate aurait respiré l'air doux et parfumé, appréciant le calme des lieux, et savourant cette belle journée, mais elle était beaucoup trop nerveuse pour cela.

Les minutes s'écoulaient, interminables.

Kate se demandait si elle devait continuer à attendre, quand elle vit une voiture s'arrêter.

Chester en sortit, l'air mal à l'aise, et vint s'asseoir sur le banc en face d'elle.

— De quoi s'agit-il, Kate ?

Elle l'observa d'un œil critique, se demandant ce qu'elle avait pu lui trouver autrefois.

Elle n'était pas si jeune que cela à l'époque de leur liaison, ni vraiment naïve, mais elle était malheureuse et, pendant un moment, Chester lui avait apporté du réconfort.

Maintenant, elle savait que ce n'était ni le sens de l'honneur ni la loyauté qui l'avait incité à prendre la décision qu'il lui avait imposée.

C'était tout simplement de la lâcheté.

Chester Bailey était un homme qui choisissait toujours la solution de facilité. Il était bien dommage qu'elle ne s'en soit pas rendu compte plus tôt.

— De quoi crois-tu qu'il s'agit ? demanda-t-elle d'un ton sec, incapable de contenir plus longtemps sa colère.

Il la regarda comme si elle l'avait giflé.

— Je suis désolée, mais j'ai du mal à oublier le passé, dit-elle.

Il soupira.

— Kate, cela remonte à si longtemps. Qui s'en souvient encore ?

— Moi, je m'en souviens, dit-elle en élevant la voix. Je me rappelle avoir été enceinte, et effrayée, et complètement seule.

— Tu sais très bien que je ne pouvais pas…

— Oui, je sais, dit-elle sans parvenir à dissimuler une note de sarcasme dans sa voix.

Puis elle se souvient qu'elle n'était pas venue pour réveiller de vieilles rancœurs ni l'accabler de reproches.

— Il faut que je te dise quelque chose.

Elle marqua une courte pause et s'encouragea à poursuivre.

C'était tellement plus difficile qu'elle ne l'avait imaginé…

— Je n'ai pas perdu le bébé.

Il écarquilla les yeux.

— Quoi ?

— Je n'ai pas perdu le bébé.

A l'époque, elle lui avait envoyé une lettre, lui

disant qu'elle avait fait une fausse couche. Elle n'avait pas voulu lui dire la vérité, car il lui avait bien fait comprendre qu'il ne voulait rien savoir.

— J'ai donné le bébé à adopter.

Il secoua la tête, l'air profondément choqué.

— Tu m'as menti ?

— C'était une petite fille. C'est tout ce que je sais, en dehors du fait qu'elle a été adoptée par quelqu'un d'ici.

— Je ne te crois pas.

— C'est la vérité. Je suis partie aussitôt, mais toi tu l'as vue grandir sans le savoir. Durant toutes ces années, ta propre fille était ici, à Whitehorse.

Il se leva et agita les mains devant lui en signe de dénégation.

— Je ne peux pas, Kate. Désolé.

Et, sur ces mots, il se précipita vers sa voiture, fuyant ses responsabilités comme il l'avait toujours fait.

— Je veux la retrouver, dit Kate.

Elle fut surprise par les mots qui venaient de sortir de ses lèvres, comme mus par une volonté propre.

Elle s'était tenue éloignée de Whitehorse pendant toutes ces années, employant toute son énergie à faire carrière dans l'édition, déterminée à ne pas regarder en arrière. Puis, elle avait retrouvé cette fichue boîte contenant des photographies d'elle et de Rebecca au ranch Trails West. Comme elle devait de toute façon se rendre à Austin pour rencontrer un nouvel auteur, elle avait décidé de rendre visite à Grayson Corbett.

Elle ne le connaissait qu'à travers les lettres de Rebecca, et ne s'attendait pas à un tel coup de foudre.

Ensuite, tout était allé très vite. Le mariage, le cadeau surprise de Grayson, le retour inopiné à Whitehorse…

Chester tourna la tête vers elle, accusant soudain son âge.

— Après toutes ces années où j'ai cru que notre bébé était mort… Et maintenant… Comment as-tu pu me faire ça ? Tu me détestais donc à ce point ?

— Oui, répondit-elle avec honnêteté.

Il l'observa longuement, si bouleversé qu'elle ne put s'empêcher de se sentir coupable, puis il reprit sa marche jusqu'à sa voiture, et démarra sans un seul regard en arrière.

Accablée, Kate plongea le visage dans ses mains et laissa couler les larmes qu'elle retenait depuis trop longtemps.

Shane observait Kate de loin. Il n'en était pas fier, mais il était de son devoir de protéger son père.

Il était évident que Grayson se laissait manipuler depuis le début. Acheter le ranch Trails West et tout quitter pour vivre dans le Montana avait visiblement été un coup de tête.

Et cela ne ressemblait pas à son père.

Grayson s'était toujours montré très prudent dans ses investissements, ce qui expliquait la stabilité de sa fortune.

Autre chose l'inquiétait à propos de Kate. Elle avait débarqué chez son père sans prévenir, en prétendant avoir retrouvé par hasard de vieilles photos de son amie Rebecca. Cela sentait la mise en scène.

D'ailleurs, tout avait été beaucoup trop vite.

On ne décidait pas de se marier quelques semaines après avoir fait connaissance. Et ce déménagement dans le Montana était des plus suspects.

De plus, Kate se comportait étrangement depuis qu'elle s'était réinstallée au ranch.

Shane avait remarqué combien elle se montrait hésitante à l'idée d'aller en ville, comme si elle redoutait quelque chose. Maintenant, il savait de quoi il s'agissait. Cet homme, à qui elle avait visiblement donné rendez-vous, était le même qu'elle avait croisé dans la rue, l'autre jour.

Il ne lui restait plus qu'à découvrir qui il était, et ce qu'il représentait pour Kate.

Shane avait suivi l'homme jusqu'à un café situé à l'entrée de la ville. Il y entra, commanda un soda, et entama la conversation avec une jeune serveuse, qui se montra plus bavarde qu'il n'avait osé l'espérer.

C'est ainsi qu'il découvrit que l'homme n'était autre que le patron du bar. Il s'appelait Chester Bailey et avait été marié pendant trente ans à Lila. Lila s'était remariée et vivait maintenant en Floride.

Chester, d'abord fermier, avait changé de métier quand il avait rencontré Susie, sa nouvelle compagne.

D'après la serveuse, qui semblait connaître tout le monde, c'était un homme timide et très gentil. Sa fille aînée, Eve, était mariée au shérif Carter Jackson, et vivait dans l'ancienne maison de ses parents, au sud d'Old Town. Sa deuxième fille, McKenna, élevait avec son mari des chevaux de race Palomino, dans un ranch situé à l'ouest de l'ancienne propriété Bailey.

Une troisième fille, Faith, était célibataire et vivait à Bozeman.

Se sentant un peu coupable de fouiller dans le passé de sa belle-mère, Shane termina son verre et s'en alla.

Il roula au hasard pendant un moment, puis, comme si sa voiture était dotée d'une volonté propre, il se retrouva dans Main Street, devant le restaurant Northern Lights.

Il regarda sa montre.

Le restaurant n'allait pas tarder à ouvrir pour le service du soir. Son estomac gargouillait et, même si le bon sens lui dictait de passer son chemin, il se gara dans le premier emplacement disponible.

Après tout, il devait bien se nourrir. S'il voulait passer avec succès l'examen médical de reprise d'activité, il avait intérêt à être en bonne forme physique.

Mais la vérité était qu'il ne parvenait pas à se sortir Maddie de la tête.

Il essaya de se mentir en prétendant qu'il devait mettre Maddie en garde contre Bo Evans. Et même contre Jud, pendant qu'il y était. Puis il pourrait se laver les mains de toute cette pagaille, en ayant la conscience tranquille.

Maddie leva les yeux en voyant la porte du restaurant s'ouvrir, et ne parvint pas à dissimuler son irritation.

— J'arrive tout de suite, dit-elle, en se forçant à être aimable. Installez-vous où vous voulez.

Puis elle disparut dans la cuisine.

La salle était vide. Shane choisit une table au fond,

de façon à avoir le dos au mur, tout en faisant face à la porte. Une vieille habitude.

De retour avec le menu, un verre d'eau fraîche et une corbeille de petits pains tout juste sortis du four, Maddie lui sourit poliment.

L'estomac de Shane gargouilla de plus belle quand il sentit la délicieuse odeur du pain, et Maddie ne put s'empêcher de sourire.

— En plat du jour, nous avons une salade italienne, et des raviolis aux trois fromages, annonça-t-elle.

Shane lui tendit le menu qu'il n'avait pas encore ouvert.

— Eh bien, ce sera le plat du jour.

Il grimaça un sourire, plus embarrassé par sa nervosité qu'il ne parvenait pas à dominer, que par son estomac qui continuait à se rappeler bruyamment à lui.

C'était fou ce que cette femme qu'il ne connaissait que depuis quelques jours avait le don de le rendre nerveux.

— Vous ne serez pas déçu, dit-elle. Et vous devez absolument goûter le pain aux herbes et aux olives. Il est délicieux.

Tandis qu'elle s'éloignait, Shane se dit qu'il était mal à l'aise avec elle à cause de sa relation avec son frère — ou, plutôt, son absence de relation. Jud n'avait presque pas vu Maddie depuis qu'il avait fait sa connaissance. Il aurait mis sa tête à couper que son petit frère avait une autre liaison sur le tournage du film. C'était toujours le cas.

Pour tromper l'attente, il dévora le pain, qui était en effet exceptionnel, et pria pour que les clients arrivent très vite. Ainsi, il ne serait pas tenté d'entamer la conversation avec Maddie.

Mais il était encore tôt, et ce fut dans une salle complètement vide qu'il prit son repas, surpris d'apprécier autant la cuisine italienne alors qu'il ne jurait que par les spécialités tex mex.

Quand il eut terminé, Maddie, qui était restée invisible jusque-là, revint lui demander s'il voulait un dessert.

— Le gâteau au chocolat noir est à tomber, dit-elle. Mais, bien sûr, il ne faut pas avoir peur des calories.

— J'en prendrai une part avec un café, si vous me tenez compagnie quelques minutes.

Elle hésita, alors qu'il était évident qu'elle n'avait rien d'autre à faire.

— D'accord.

Elle s'éclipsa un instant et revint avec une part de gâteau et deux tasses de café.

— Je veux vous parler de Jud, dit-il, en lui laissant à peine le temps de s'asseoir.

Elle posa lentement la tasse qu'elle s'apprêtait à porter à ses lèvres, et l'observa en inclinant légèrement la tête.

— Son plus gros problème, c'est qu'il est jeune et impulsif, commença Shane.

Maddie ne broncha pas.

Son regard limpide rivé sur lui, elle semblait attendre qu'il s'enferre davantage.

— Les femmes tombent facilement dans le panneau. Surtout quand il fait son numéro de cascadeur hollywoodien.

Shane aurait bien aimé qu'elle dise quelque chose, mais Maddie demeurait impassible.

Tout juste pouvait-il déceler une lueur ironique dans son regard.

— Ce que j'essaie de vous expliquer, c'est que je n'ai pas envie de vous voir souffrir.

— Vous avez peur que votre frère me fasse souffrir ? demanda-t-elle, presque amusée.

— Vous ne seriez pas la première, répliqua Shane, tout en se sentant déloyal vis-à-vis de Jud. Mais, cette fois, c'est différent car vous n'êtes même pas son genre.

Cette fois, elle parut vexée.

— Je vois. Donc, vous pensez que Jud ne peut pas avoir envie de s'engager avec quelqu'un comme moi ?

— Non…

Shane se massa la nuque d'un geste embarrassé.

— C'est plus compliqué…

Maddie croisa les bras, attendant qu'il continue.

Il soupira.

Maddie méritait qu'on lui dise la vérité. Seulement, il n'avait pas envie d'être celui qui devait la lui dire.

— Ecoutez, je vais être franc avec vous, dit-il. Ma mère est morte juste après la naissance de Jud et Dalton. Je me souviens à peine d'elle, mais mon père a été anéanti. Jusqu'à sa rencontre avec Kate Wade, il a toujours dit qu'il ne se remarierait jamais.

— Quel rapport avec moi ?

Ce n'était pas facile pour Shane. Et s'il avait cru un seul instant que Jud était vraiment amoureux de Maddie, jamais il ne lui aurait appris l'existence du pacte.

— Pendant toutes ces années, mon père n'a jamais pu se résoudre à trier les affaires de ma mère. Après sa rencontre avec Kate, il a voulu mettre de l'ordre dans son passé. C'est ainsi qu'il a trouvé des lettres. Une pour chaque fils, à lire le jour de son mariage. Il y avait également une lettre destinée à mon père. Apparemment, ma mère craignait qu'il nous élève à son image : indépendants et insensibles. Elle redoutait que, n'ayant pas de mère, nous n'éprouvions pas le besoin d'avoir une femme dans notre vie.

Maddie écarquilla les yeux.

— Vous plaisantez ?

— Pas du tout. Elle voulait que mon père fasse tout ce qui lui était possible pour que nous soyons mariés avant nos trente-cinq ans. Mon frère aîné en a trente-deux, et il est toujours célibataire. La dernière volonté de notre mère était que nous épousions tous une vraie fille du Montana, comme elle.

Il se dépêcha de terminer avant de perdre le peu de courage qu'il lui restait.

— Nous avons donc tiré à la courte paille pour savoir qui se marierait le premier.

— Et le hasard a désigné Jud.

Shane hocha la tête, attendant que Maddie prenne pleinement conscience de ce que cela signifiait. Pour le moment, elle semblait surtout amusée.

— Et vous, quelle paille avez-vous eue ?

Il la dévisagea un moment, surpris par cette question.

— La plus longue. Mais, je trouve cela ridicule, et je n'ai pas l'intention de jouer le jeu.

— Mais vous croyez que c'est le cas de Jud ?

— Même s'il ne s'agissait pas des dernières volontés de notre mère, Jud ne ferait jamais rien qui puisse contrarier notre père, ou lui faire de la peine. Depuis qu'il s'est installé ici, papa veut absolument que nous venions tous vivre dans le Montana.

— Je vois.

Elle but lentement une gorgée de café et reposa sa tasse.

Il s'attendait à ce qu'elle soit triste, ou tout au moins en colère, mais elle ne semblait pas le moins du monde affectée.

— J'ai pensé que vous deviez le savoir, dit-il d'un ton contrit.

A sa grande surprise, elle sourit.

— Je me doutais qu'il se tramait quelque chose. Merci, de m'avoir éclairée.

Plongeant son regard dans le sien, elle ajouta, moqueuse :

— Vous avez d'autres confidences à me faire ?

— Pas vraiment. Mais il y a quand même quelque chose dont je dois vous parler.

— Oui ?

— J'ai vu Bo Evans vous harceler, l'autre jour.

L'expression de Maddie ne changea pas.

— Je sais que cela ne me regarde pas, mais je m'inquiète pour vous.

Elle leva un sourcil, toujours aussi ironique.

— Vraiment ?

— Cet homme est dangereux. Vous devriez demander une injonction d'éloignement.

— Et vous croyez que cela servira à quelque chose ?

— Non, mais cela lui ferait comprendre que vous

ne plaisantez pas, et que le shérif est au courant de la situation.

Maddie eut un grand sourire tandis qu'elle continuait à l'observer, et il se sentit hypnotisé par les particules d'or qui flottaient dans ses prunelles bleues.

— Je suis touchée par l'intérêt que vous me portez, dit-elle, même si son intonation sous-entendait exactement le contraire.

— J'étais dans les Texas Rangers, dit Shane.

Conscient qu'il venait de parler au passé, il voulut se corriger, puis décida que cela n'avait pas d'importance.

— Je crois que me mêler de la vie des autres est inscrit dans mes gènes.

Ce commentaire fit sourire Maddie.

— Donc, vous me dites cela en tant que policier ?

Elle laissa passer un silence, avant d'ajouter :

— Je vois.

Puis elle se leva et commença à desservir.

Shane lui prit la main pour l'arrêter.

Il avait l'impression d'avoir tout gâché, et il voulait absolument se faire pardonner. Mais il ne savait pas comment.

Il la sentit trembler au contact de ses doigts et, croyant deviner ce qui provoquait cette réaction, dit d'une voix douce :

— Je ne suis pas Bo Evans.

— Je ne l'ai jamais pensé. Mais vous ne savez rien de moi. Et, même si j'apprécie votre mise en garde, je peux me débrouiller toute seule.

Il était persuadé du contraire, mais il avait conscience d'avoir déjà été trop loin.

— Vous avez raison, dit-il. Je me mêle de ce qui ne me regarde pas.

Il la regarda se mordiller la lèvre inférieure, ses yeux bleus traversés par une lueur qu'il prit pour de la colère.

— Vous avez aimé le gâteau ? demanda-t-elle.

Baissant les yeux vers son assiette, Shane fut surpris de découvrir qu'elle était vide. Il ne se rappelait pas l'avoir mangé, mais il sentait encore sur la langue le goût corsé du chocolat noir.

— Il était délicieux.

Elle lui sourit, presque timidement, cette fois.

— Je vous apporte l'addition.

Maddie laissa échapper un juron à la seconde où elle fut hors de vue de Shane. Cela ne lui ressemblait pas, mais le frère de Jud avait le don de la mettre hors d'elle.

— Un problème ? demanda Bridger Duvall en la voyant entrer dans la cuisine.

— Si je te le disais, tu ne me croirais pas. Pourquoi les hommes sont-ils aussi… aussi…

— Désespérants ? demanda Bridger avec une mimique amusée.

— Oui.

— J'aimerais bien te contredire, mais je me rappelle très bien l'énergie que je mettais à nier être amoureux de Laci. Tu t'imagines ? En réalité, elle avait volé mon cœur la première fois que j'ai goûté sa cuisine. Ce n'était pas l'amour au premier regard, mais à la première bouchée.

Maddie éclata de rire.

— Vous étiez faits l'un pour l'autre. Heureusement que tu t'en es rendu compte.

— Il m'a fallu du temps. Elle l'a su avant moi.

« Les hommes ! », songea Maddie en secouant la tête.

— Alors, ce problème ? demanda Bridger. Je suppose que c'est avec Jud Corbett.

— A l'instant où j'ai posé les yeux sur lui, j'ai su exactement à quoi m'attendre.

C'était pour cette raison qu'elle avait d'abord refusé son invitation. Mais elle savait que Laci et Laney s'inquiétaient de son refus de voir d'autres hommes depuis Bo.

« Tu sais ce qu'on dit, avait insisté Laci. Quand on tombe de cheval, il faut tout de suite remonter en selle. » Maddie avait ri, et avait accepté de sortir avec Jud, tout en sachant qu'elle ne tomberait jamais amoureuse de lui.

Maintenant, elle apprenait qu'il l'avait choisie parce qu'il s'était laissé entraîner dans une histoire ridicule. Et, pour tout dire, elle en était soulagée.

— Laisse-lui un peu de temps, dit Bridger. Il finira par ouvrir les yeux.

Maddie poussa la porte de la cuisine et observa Shane d'un air songeur.

— Je l'espère, dit-elle à mi-voix.

Mais lorsqu'elle arriva à la table, sa colère était revenue en force.

— Qu'est-ce qui ne tourne pas rond chez vous, les Corbett ? demanda-t-elle.

Shane soupira.

— Par quoi voulez-vous que je commence ? Ça peut prendre du temps.

— Vous ne sauriez même pas comment vous comporter avec une fille du Montana si vous aviez la chance d'en rencontrer une.

Shane eut la sagesse de ne pas protester.

Maddie prit une profonde inspiration, et plaqua l'addition sur la table.

— J'espère que le repas vous a plu. Bonne soirée.

Et, sur ces mots, elle retourna précipitamment vers la cuisine, les joues en feu.

Au passage, elle donna un coup de pied dans une chaise, en regrettant qu'il ne s'agisse pas du tibia de Shane.

De l'autre côté de la rue, Bo Evans voua Maddie aux flammes de l'enfer en la voyant assise à table avec le Ranger.

Il avait compris que Shane Corbett était flic avant même de prendre des renseignements sur lui. Ce type était l'arrogance même, comme tous les représentants de l'ordre qu'il avait eu la malchance de rencontrer.

D'après ce qu'on lui avait dit, Corbett était en congé maladie après avoir reçu une balle lors d'une arrestation. Il aurait adoré féliciter le type qui avait essayé de descendre Corbett. Malheureusement, le gars était mort.

Et Corbett était bien vivant, à Whitehorse, et visiblement très intéressé par Maddie.

— Grosse erreur, marmonna Bo en regardant Shane sortir du restaurant. Très grosse erreur.

Il attendit que les feux arrière de Shane ne soient

plus visibles, avant de sortir de sa voiture et de traverser la rue.

Il avait bien envie d'entrer dans le restaurant et de plaquer Maddie contre un mur. Il pouvait presque sentir ses douces rondeurs sous ses mains. Il avait toujours tellement envie d'elle…

Mais, pour une fois, il écouta la voix de la raison, et se dirigea vers le magasin de bricolage situé un peu plus loin.

Il devait s'organiser, réfléchir. Etablir un plan.

— Je peux vous aider ? demanda l'employé au comptoir.

— Le ruban adhésif ?

Le jeune homme désigna du doigt une allée, où Bo trouva de l'adhésif, et une bobine de corde à linge.

Un éclat métallique attira son regard tandis qu'il revenait vers la caisse, et il fit un pas en arrière.

Un sourire mauvais étira ses lèvres tandis qu'il décrochait du présentoir une petite hache à bois.

— Ça peut toujours servir, marmonna-t-il, en passant le pouce sur le fil de la lame.

7

Jerilyn se réveilla brusquement dans l'après-midi, et s'assit dans le lit, perplexe. Il lui fallut quelques secondes pour se rappeler où elle était.

Au début, elle avait cru qu'elle se trouvait encore avec Earl-Ray, et une sensation de peur familière l'avait envahie. Puis elle s'était souvenue de l'homme qu'elle avait rencontré la veille dans ce bar.

Elle pouvait entendre Buck Jones aller et venir dans la cuisine, et sentir l'odeur du café. Mise en confiance, elle s'étendit de nouveau sur le dos, et remonta les couvertures.

Il ne faisait pas très chaud dans la chambre, ce qui lui confirma qu'elle était bien dans le Montana, où, même en été, les journées fraîches n'étaient pas inhabituelles.

Le papier peint de la chambre, décoloré par le temps, représentait des bouquets de roses jaunes. Dans un coin, se trouvait une vieille commode en acajou surmontée d'un miroir et couverte de bibelots.

Cette touche féminine quelque peu surannée fit penser à Jerilyn que la maison avait appartenu à la mère de Buck, et qu'il n'avait rien changé depuis sa mort.

A l'instant où elle avait vu le pick-up de Buck, elle avait su qu'il ne lui serait pas d'une très grande aide financière.

Quand elle avait vérifié le contenu de son portefeuille au milieu de la nuit, elle avait trouvé trente-trois dollars, et des bons de réduction pour le supermarché.

Ce n'était pas bon signe.

Même la maison respirait la pauvreté.

Mais Buck était gentil. Et il lui avait fourni de précieux renseignements.

Fermant les yeux, elle se repassa leur conversation de la veille.

— Maddie Cavannaugh ? Bien sûr que je la connais. Elle était partie faire ses études à l'université, mais elle vient de rentrer au pays.

— Ses parents sont gentils ?

Buck hésita, et Jerilyn sentit son estomac se nouer.

— Sarah a toujours été un peu pimbêche. Le genre à mépriser tout le monde en jouant les grandes dames. Mais Roy est un brave type. Tranquille, comme la plupart des fermiers.

Une grande dame, songea rêveusement Jerilyn. Alors, sa fille avait dû être élevée comme une princesse.

— Ils ont un grand ranch ?

— C'était assez grand. Roy en a tiré une belle somme quand il a vendu pour aller s'installer en Arizona.

— Ils ne vivent plus ici ?

Soudain, Jerilyn eut envie de pleurer.

— Ils ont divorcé. Ça fait quelques années, déjà. Pourquoi t'intéresses-tu aux Cavannaugh ?

Jerilyn s'humecta les lèvres, et décida de lui dire la vérité.

— Maddie est ma fille naturelle.

Buck la dévisagea avec stupéfaction.

— Tu veux dire…

Jerilyn hocha la tête.

— J'avais seize ans, dit-elle.

Puis elle lui raconta toute l'histoire, entre deux sanglots.

— Je suis désolé, dit Buck, l'air gêné par ces confidences. Alors, comme ça, Maddie a été adoptée ? Et tu ne l'as jamais vue ?

— Ma mère m'a dit qu'elle avait été confiée à une bonne famille. Je n'ai pas voulu tout chambouler. Je n'étais même pas supposée savoir ce qu'elle était devenue. Je crois aussi que j'avais peur qu'elle ne m'aime pas.

Buck entra dans la chambre avec une tasse et un muffin, et Jerilyn revint au présent.

Se redressant contre les oreillers, elle le remercia et but une gorgée de café.

Les doux yeux bruns de Buck se posèrent sur elle, et Jerilyn se réjouit de l'avoir rencontré. Il n'était peut-être pas riche, mais c'était vraiment un brave type.

— Tu sais, je crois que Maddie voudrait te rencontrer, dit-il.

— Je ne sais pas, dit Jerilyn avec une moue incertaine. Tu n'as pas dit ce qui était arrivé à sa mère adoptive.

— Je n'en sais rien. Il y a eu des rumeurs, mais c'est monnaie courante à Whitehorse. Je sais que beaucoup de gens ont pensé qu'elle n'avait eu que ce qu'elle méritait.

Jerilyn plissa le nez. Ce n'était pas encourageant.

— J'ai entendu dire qu'elle avait été impliquée dans une histoire de chantage, poursuivit Buck, mais il n'y a jamais eu de poursuites contre elle. Après le divorce, Sarah a filé sans demander son reste, si tu vois ce que je veux dire.

Jerilyn ne voyait que trop bien, hélas ! Cela signifiait qu'il n'y avait pas d'argent.

— Tu disais que ma fille venait de finir ses études ?

— Oui. Elle est serveuse au Northern Lights.

Serveuse ? Ce n'était pas possible !

— Elle n'a pas d'autre famille ?

— Il y a ses cousines, Laci et Laney. Et les parents de celles-ci, Titus et Pearl.

— Ils sont à l'aise financièrement ? Je veux dire, je n'aimerais pas que mon bébé vive dans la misère.

Buck haussa les épaules.

— Personne n'est vraiment riche, par ici. Certains ont un peu plus de terres que d'autres. Laney est mariée à un adjoint du shérif. Laci et son mari viennent d'ouvrir un restaurant. Elles sont toutes les deux enceintes jusqu'aux yeux.

— Et les parents ?

— Pearl se remet doucement d'une crise cardiaque. Titus est un pasteur en retraite, mais il continue à prêcher le dimanche à Old Town car il n'a pas été remplacé.

Jerilyn eut l'impression de toucher le fond.

Elle avait fait tout ce chemin en espérant que

quelqu'un pourrait l'aider à se remettre sur les rails, et elle avait misé la mauvaise carte.

Heureusement, il lui restait encore le carnet d'Earl-Ray.

— J'ai une idée, dit Buck. Si tu as peur de rencontrer ta fille, nous pourrions aller dîner tous les deux au restaurant. Comme ça, tu pourrais la voir et réfléchir à ce que tu as envie de lui dire.

— Je ne sais pas…

A quoi cela servirait-il maintenant qu'elle connaissait la situation de Maddie ?

Jerilyn prit le mouchoir que lui tendait Buck et essuya ses larmes.

Dire que pendant toutes ces années, elle avait pensé à Whitehorse comme à un passeport pour une vie meilleure !

Une fois de plus, elle avait dû remiser ses espoirs.

Mais, au point où elle en était, elle pouvait peut-être voir à quoi ressemblait sa fille. Au moins, elle n'aurait pas fait toute cette route pour rien.

Elle ne dirait pas à Maddie qui elle était. Il n'y avait aucune raison. Il semblait que la petite avait déjà eu son lot d'ennuis. Inutile qu'elle sache que sa vraie mère n'était pas mieux que l'autre.

— Ça va aller ? demanda gentiment Buck.

Elle hocha la tête. Si sa mère n'avait pas été morte, Jerilyn serait partie tout droit en Arizona pour régler ses comptes avec cette vieille chouette.

Réprimant sa colère, elle se leva et se dirigea vers la salle de bains. Sur le seuil, elle tourna la tête vers Buck, qui était toujours assis sur le lit.

— Tu n'aurais pas quelque chose que je pourrais

porter ? Quelqu'un a volé mon sac de voyage avec mes vêtements, dans le coffre de la voiture.

Elle ignorait si Buck croirait à son mensonge, et elle s'en moquait. De toute façon, elle ne s'attendait pas vraiment à ce qu'il ait des vêtements à lui proposer. C'était une façon de lui demander de l'argent. En passant, elle avait vu une boutique de vêtements assez mode dans Main Street.

— Ma sœur a laissé quelques vêtements, dit-il. Vous avez à peu près la même taille. Prends ce que tu voudras.

— Merci, dit Jerilyn.

L'idée de devoir porter de vieilles nippes qui devaient sentir la naphtaline ne l'enchantait pas vraiment. Décidément, rien ne marchait comme elle le voulait.

— Tu es vraiment adorable, ajouta-t-elle cependant.

Pour le moment, elle avait encore besoin de Buck, et mieux valait ne pas le vexer.

Le cow-boy rougit légèrement et baissa la tête, tandis qu'elle se dirigeait vers la penderie.

Earl-Ray se vantait de connaître Jerilyn par cœur. Cette pauvre fille était tellement prévisible !

Quoiqu'elle l'avait surpris en filant comme ça.

Ce n'était pas son genre. Elle était incapable de se débrouiller toute seule. Un vrai bébé.

Ce qui voulait dire qu'elle s'était déjà trouvé un homme pour prendre soin d'elle. Et, si ce n'était pas le cas, cela n'allait pas tarder.

C'est pourquoi, à la minute où il était arrivé en

ville, Earl-Ray avait fait la tournée des bars. Il y en avait six en tout.

Quant à savoir lequel Jerilyn avait choisi, c'était une autre histoire.

Il avait songé à demander aux barmans de jeter un œil et de le prévenir s'ils la voyaient, mais Jerilyn avait l'art de faire vibrer la corde sensible chez les hommes. Il ne voulait pas qu'un barman bien intentionné la prévienne qu'un homme la cherchait.

Il voulait lui faire la surprise.

Son plan était de mettre la main sur ce qu'elle était venue chercher, à savoir Maddie Cavannaugh, et de s'en servir comme moyen de pression pour récupérer son carnet.

Il avait donc décidé de rester dans l'ombre et d'attendre son heure, tandis que Bo Evans faisait le sale travail pour lui.

Mais il était coincé dans un motel sordide à la sortie de la ville, avec ses deux complices Bubba et Dude, et il commençait à trouver le temps long.

Si Bo ne se montrait pas — et vite —, il allait devoir mettre les choses au point.

Mais, cette fois, il laisserait ses amis s'en occuper, et ce ne serait pas la même chanson.

Kate tomba des nues ce soir-là quand elle décrocha le téléphone et entendit la voix de Chester.

— Je crois que nous devons parler, dit-il. Mais pas au téléphone. Retrouvons-nous à notre ancien endroit.

Elle ne répondit pas tout de suite.

— Kate ?

— Oui, parvint-elle à articuler. Je peux y être dans trente minutes.

— D'accord.

Kate raccrocha et jeta un coup d'œil par-dessus son épaule, bien qu'elle sache que Grayson était parti à Loring avec Russel pour acheter du bétail. Ils dîneraient là-bas, et elle n'avait donc pas à s'inquiéter à leur sujet. Quant à Juanita, elle avait pris sa soirée, et aucun des garçons n'était dans les parages.

Pendant quelques instants, Kate fut submergée par un sentiment de culpabilité. Elle aurait dû en parler à Grayson depuis longtemps.

Mais elle savait qu'elle en était incapable.

Elle avait tellement honte... Et, surtout, elle avait peur de la façon dont il réagirait.

Tandis qu'elle roulait vers la grange abandonnée au sud de Whitehorse, Kate se dit qu'elle ferait mieux de faire demi-tour, de rentrer chez elle et d'oublier une fois pour toutes le passé.

La grange se situait en bordure d'une route étroite et caillouteuse. Au détour d'un virage, Kate la vit apparaître, toute de bois vêtue et peinte en rouge.

Elle fut surprise de constater que le bâtiment n'avait pas beaucoup changé en dépit des années. La peinture était peut-être un peu plus délavée par les intempéries, il manquait peut-être quelques planches de plus, mais c'était bien la grange qui avait abrité ses amours avec Chester.

Le cœur de Kate fit un petit bond dans sa poitrine, et elle éprouva un pincement à l'estomac en se rappelant l'exaltation de leur passion interdite.

Elle avait tellement aimé Chester !

Dès le début, elle avait su qu'il n'était pas libre, mais cela ne l'avait pas arrêtée. Cela faisait sans doute aussi partie du charme de leur relation.

A présent, elle regrettait terriblement d'avoir eu une aventure avec le mari d'une autre femme.

Le vieux break bleu ciel de Chester était garé à l'ombre du bâtiment. Tandis que Kate se rangeait sur le bas-côté, elle fut envahie par une vague de peur inexplicable.

Chester sortit de sa voiture et resta à côté. Autrefois, il l'attendait dans la grange, dans leur coin secret.

Elle coupa le moteur et descendit de voiture en laissant les clés dans le contact. Une brise légère balaya jusqu'à elle une odeur de foin et de bois humide.

Immédiatement, elle se trouva transportée dans le passé.

Sentant le sol se dérober sous ses jambes, elle dut se raccrocher à la poignée de sa portière. Toutes ces années de mensonges lui revenaient en plein visage, avec la force d'un boomerang.

Elle déglutit, terrifiée à l'idée d'éclater en sanglots comme elle l'avait fait la dernière fois qu'ils s'étaient rencontrés dans cet endroit.

— Je pensais que nous pourrions nous asseoir dehors au soleil, dit Chester en désignant une vieille charrette abandonnée près de la grange.

Kate hocha la tête sans un mot et le suivit. Il épousseta une place pour elle, et ce geste attentionné faillit la faire craquer nerveusement.

— Je suis désolé, Kate.

Le désespoir qui emplissait la voix de Chester

semblait sincère, et elle se sentit plus que jamais coupable.

Elle se hissa sur le plancher de la charrette et observa les alentours, tout en se rappelant cet après-midi où ils avaient dansé sur les planches disjointes, tandis qu'un slow s'échappait de l'autoradio de Chester.

— Je n'ai jamais voulu, commença-t-il d'une voix hésitante… J'aurais dû…

Chester secoua la tête, comme s'il n'avait pas la force de parler.

— C'était il y a longtemps, dit-elle, sans oser le regarder.

— Si c'était à refaire, je te jure que j'agirais différemment, dit-il en s'asseyant à côté d'elle.

C'était facile à dire maintenant qu'il avait divorcé, songea Kate, mais elle tint sa langue. Ni l'un ni l'autre ne pouvait réécrire l'histoire.

Elle s'humecta les lèvres, déglutit pour tenter de dissiper la boule qui lui obstruait la gorge, et trouva enfin la force de croiser le regard de Chester.

— As-tu découvert ce qu'était devenu notre bébé ?

Il secoua la tête, l'air misérable, et elle se demanda pourquoi dans ce cas il lui avait demandé de venir.

— Mais tu dois avoir une idée de la façon dont nous pourrions la retrouver, insista-t-elle.

L'adoption s'était faite localement, et dans le plus grand secret. La sage-femme connaissait quelqu'un qui s'était occupée de tout. Malheureusement, elle n'était plus de ce monde.

Chester baissa la tête.

— Je me suis souvent demandé ce que j'aurais fait si tu n'avais pas perdu le bébé.

— Tu n'aurais pas quitté Lila.

Il tourna les yeux vers elle.

— Qu'est-ce que tu en sais ?

— Tu avais déjà fait ton choix. Tu as préféré Lila et son argent, puisque à l'époque mon père avait déjà des difficultés financières, et que tout le monde prédisait sa faillite.

Kate savait qu'elle se montrait injuste et cruelle en le rendant responsable de tout. Mais le sujet était toujours aussi douloureux pour elle. Elle avait fait le mauvais choix en abandonnant son bébé, et il ne s'était pas écoulé un jour sans qu'elle le regrette.

— Nous étions si jeunes, dit Chester d'un ton fataliste.

— Pas tant que ça.

Elle avait vingt-quatre ans, et rien ne l'empêchait d'élever son bébé seule.

— C'est facile de dire cela avec le recul, mais, à l'époque, tu n'avais pas la maturité pour assumer cette responsabilité. Je t'avais abandonnée, et tu te sentais perdue…

Il secoua la tête, visiblement rongé par le remords.

— Tu as fait ce que tu croyais être le mieux pour notre enfant. Tu dois te pardonner à toi-même.

La tendresse de Chester lui fit venir les larmes aux yeux, et cette fois elle n'eut pas la force de les retenir.

— Je dois la retrouver, dit-elle entre deux sanglots. Je dois la voir. J'ai besoin de savoir que la décision que j'ai prise était la bonne.

— Tu en es vraiment sûre, Kate ? Et si cela ne se passait pas comme tu l'espères ? Tu aurais encore plus de regrets.

— J'aurais dû me douter que tu ne comprendrais pas. Tu as des enfants. Trois filles.

Il hocha la tête.

— Elles ont été adoptées. Lila ne pouvait pas avoir d'enfants. Notre fille est donc mon seul enfant biologique.

Refoulant un sanglot, Kate plongea son regard dans celui de Chester, et y lut une profonde douleur.

— Si tu savais comment je m'en suis voulu de t'avoir quittée, dit-il en lui prenant la main.

Elle frémit, surprise par ce contact, mais ne s'écarta pas.

— Tu m'aideras à la trouver ?

Pour toute réponse, il hocha la tête, et un silence gêné s'installa entre eux.

— Je pense à quelque chose, dit tout à coup Kate. Tu m'as bien dit que tes filles avaient été adoptées. C'est peut-être le même organisme qui s'en est occupé.

— Peut-être.

— Lila n'a jamais su pour moi et le bébé, n'est-ce pas ?

Chester secoua la tête, puis il libéra sa main.

— Tu veux que je t'appelle si j'apprends quelque chose ?

— Non, c'est moi qui t'appellerai, répondit-elle précipitamment, avant de le regretter.

Les paupières de Chester s'étrécirent.

— Ton mari n'est pas au courant ?

Elle ne répondit pas, sauta de la charrette, et se dirigea vers sa voiture, en s'efforçant d'oublier qu'elle avait un jour follement aimé cet homme.

*
* *

Au moment d'entrer dans le restaurant, Jerilyn vérifia sa tenue. Buck lui avait trouvé un ensemble élégant qui lui allait parfaitement. A dire vrai, cela faisait longtemps qu'elle n'avait pas porté de vêtements de cette qualité.

Cependant, elle se sentait nerveuse. Elle passa la main dans ses cheveux, et se réjouit d'avoir eu l'idée de les relever en chignon. Cet endroit était plutôt chic. Sa fille devait se faire de bons pourboires.

Cette pensée s'évanouit à l'instant où elle vit une jolie blonde aux yeux bleus sortir de la cuisine. Ses jambes vacillèrent, et elle eut l'impression que son cœur s'arrêtait de battre.

Ça devait être elle.

— Une ou deux personnes ? demanda Maddie.

Jerilyn déglutit avec peine.

— Il n'y a que moi.

Maddie lui sourit.

— Par ici.

Le cœur battant à tout rompre, Jerilyn la suivit jusqu'à une table près de la fenêtre, et se laissa lourdement tomber sur sa chaise. Ouvrant le menu, elle se réjouit d'avoir demandé vingt dollars de plus à Buck. Il lui avait aussi prêté sa voiture, qui était garée de l'autre côté de la rue.

Des amis de Buck étaient passés pour l'inviter à une partie de cartes. Elle l'avait encouragé à y aller, en insistant sur le fait qu'elle était suffisamment nerveuse sans qu'il l'accompagne.

Après son départ, elle avait regardé la télévision, puis elle avait passé sa maison au peigne fin.

Au début, elle avait voulu se persuader qu'il était riche, mais qu'il aimait vivre modestement. Le conte de fées avait pris fin quand elle avait fini par découvrir vingt dollars et vingt-neuf cents en petite monnaie dans une boîte à biscuits vide.

Elle avait attendu jusqu'à ce qu'il ne reste plus qu'une heure et demie avant la fermeture du restaurant, en buvant quelques bières pour se donner du courage. Buck lui avait donné de quoi acheter un cadeau pour Maddie mais, le temps qu'elle arrive en ville, toutes les boutiques étaient déjà fermées. De toute façon, elle n'aurait pas su quoi acheter.

Lorsque Maddie revint pour prendre sa commande, elle essaya d'engager la conversation.

— Vous êtes de la région ?

— J'y suis née, et j'y ai grandi, répondit Maddie avec un sourire aimable.

Jerilyn avait toujours détesté ses propres taches de rousseur, et elle se demanda si c'était le cas de sa fille. A première vue, Maddie avait l'air d'être bien dans sa peau, et elle devait avouer que cela la rendait un peu jalouse.

— Et qu'y a-t-il d'intéressant à faire dans le coin ?

— Eh bien, cela dépend de ce que vous aimez. Il y a deux musées, dont un d'arts et traditions régionales.

Maddie inclina la tête.

— Je suppose que la pêche ne vous intéresse pas, mais vous pouvez toujours nager dans le lac. Combien de temps avez-vous l'intention de rester ? Nous allons bientôt avoir une foire-exposition.

Jerilyn ne put s'empêcher de faire la grimace.

— Mais il ne se passe rien ici. Vous devez vous ennuyer à mourir.

— Je passe beaucoup de temps à cheval. Mais, vous savez, il se passe quand même des choses intéressantes. La nuit dernière, il y avait un rodéo et un bal country.

— On dirait que vous vous plaisez, ici.

— Mais oui, bien sûr. Je suppose que c'est la première fois que vous venez à Whitehorse.

— La deuxième, répondit Jerilyn, en choisissant d'être honnête. Je viens d'Arizona.

— Eh bien, l'été est la période idéale pour découvrir le Montana. Mais vous risqueriez de ne pas vous y plaire en hiver.

— Je suppose que non.

La dernière fois qu'elle était venue, ce n'était pas l'hiver, mais elle se souvenait qu'il faisait froid et humide.

La conversation en resta là, et lorsque Maddie revint quelques minutes plus tard avec sa commande, Jerilyn réalisa qu'elle n'avait pas faim.

Observant sa fille qui desservait les tables qui s'étaient vidées peu à peu, elle l'entendit fredonner doucement.

Maddie semblait heureuse, et Jerilyn était bien obligée d'admettre que sa mère avait raison. Si elle avait élevé sa fille elle-même, celle-ci se serait un jour ou l'autre retrouvée dans un foyer d'accueil.

Elle avait toujours pensé que les choses auraient été différentes si elle avait gardé son bébé. Mais, en regardant Maddie, elle réalisait qu'elle aurait été une très mauvaise mère, et que sa fille s'en était mieux sortie sans elle.

Plus blessée qu'elle ne l'aurait cru, Jerilyn paya et laissa un généreux pourboire à Maddie.

Sa fille la raccompagna jusqu'à la porte, la remercia d'avoir choisi le Northern Lights, et tourna le panonceau « Fermé » derrière elle.

Earl-Ray ne tenait plus en place, et décida d'abandonner Bubba et Dude au motel. Ces deux-là avaient décidément une drôle d'allure. Non que lui-même soit un prix de beauté, mais quand ils débarquaient ensemble quelque part, on aurait pu les prendre pour une bande de malfrats.

Dès qu'il aurait récupéré son carnet et en aurait tiré une petite fortune, il s'achèterait un costume de prix, une belle voiture, et garderait toujours un beau paquet de billets dans ses poches. Les gens le respecteraient…

Il se trouverait aussi une femme comme il faut, une vraie dame. Pas une traînée de bas étage comme Jerilyn Larch.

— Hé, les gars, je vais me chercher une bière, dit-il à ses acolytes.

Ils devaient bien avoir des vrais prénoms, mais il n'avait jamais eu l'idée de poser la question.

— Ouais, marmonna Dude, depuis l'un des lits où il s'était affalé pour regarder un tournoi de poker à la télévision.

— Rapporte-moi quelque chose à manger, dit Bubba, qui faisait des pompes sur le sol.

— Pas de problème.

Earl-Ray avait déjà préparé son histoire. Il dirait aux barmans que Jerilyn était sa sœur et que leur mère était mourante. Il fallait absolument qu'il la ramène en Arizona avant que la vieille passe l'arme à gauche, ou bien Jerilyn ne le lui pardonnerait jamais.

Il tapa dans le mille au premier bar.

— Oui, je l'ai vue, dit le barman après qu'il eut décrit Jerilyn. Elle était là hier soir.

— Vous savez où je peux la trouver ? Le temps presse.

Il avait jeté un billet de vingt dollars sur le bar en demandant une bière, et avait dit au barman de tout garder.

— Buck Jones pourrait vous le dire. Ils ont pas mal discuté hier soir.

Connaissant Jerilyn, elle avait accompagné le type chez lui. Cela expliquait pourquoi il n'avait vu la Buick nulle part en ville.

— Et il vit où, ce gars-là ?

Le barman hésita, ramassa le billet et le tourna entre ses doigts.

— Il habite près de l'ancien lycée. Enfin, il y avait un lycée dans le temps, mais il a complètement brûlé, il y a une dizaine d'années.

Passionnant, songea Earl-Ray, en s'efforçant de réprimer son impatience.

— Vous connaissez le nom de la rue ?

— Non, mais sa maison fait l'angle, et elle est peinte en bleu, avec des encadrements de fenêtre blancs.

Avec des renseignements aussi précis, il n'avait pas fini de chercher.

Earl-Ray remercia néanmoins le barman, et se mit en quête de la maison de Buck Jones.

*
* *

Après avoir vu sa fille, Jerilyn se sentait fébrile, et l'idée de regagner la triste petite maison de Buck la déprimait.

Elle traversa la rue à peine éclairée, en remarquant combien tout était calme. Comment pouvait-on avoir envie de vivre ici ? Le seul signe de vie consistait en quelques pick-up garés devant un bar un peu plus loin.

Si elle était sûre d'une chose, c'était qu'elle n'avait pas envie de s'attarder à Whitehorse. Mais il était évident que la voiture d'Earl-Ray ne la ramènerait jamais en Arizona.

De toute façon, rien ne l'attendait là-bas. A part les ennuis.

Elle s'arrêta devant une boutique de vêtements, et détailla la vitrine avec envie. Tandis qu'elle admirait un haut à fines bretelles, elle surprit du coin de l'œil le faisceau de deux phares déchirant la nuit.

Tournant la tête, elle vit un vieux 4x4 s'arrêter au coin, moteur tournant. La lueur blafarde d'un réverbère découpait une silhouette coiffée d'un Stetson. Apparemment, le cow-boy attendait quelqu'un.

Les lumières s'éteignirent à l'intérieur du Northern Lights, et la porte s'ouvrit pour livrer le passage à Maddie.

Jerilyn la suivit des yeux, en se disant que c'était la dernière fois qu'elle voyait sa fille.

Concentrée sur Maddie, elle ne vit pas le cow-boy sortir de la voiture, et fut surprise quand ce dernier apparut à côté de la jeune femme. Dans un premier temps, elle se dit que c'était son petit ami, et qu'il était venu la chercher. Puis elle vit Maddie avoir un mouvement de recul. Aussitôt après, le cow-boy la saisit par le bras et l'entraîna avec rudesse vers sa voiture.

Comprenant qu'il se passait quelque chose d'anormal, Jerilyn s'élança dans la direction du couple.

Maddie se débattait pour essayer de se libérer, et plongeait la main dans son sac. Cherchait-elle une matraque, une bombe lacrymogène ? Elle n'eut en tout cas pas le temps de l'attraper. Le cow-boy venait de la frapper, et elle s'effondra dans ses bras.

Jerilyn s'était mise à courir en criant après lui, mais l'homme ne lui accorda pas un regard tandis qu'il ouvrait la portière arrière de la voiture, appuyait quelque chose sur le nez de Maddie, et la jetait sans ménagement à l'intérieur.

Claquant la portière, il se rua sur le siège avant et démarra dans un crissement de pneus.

Elle devait appeler la police, faire quelque chose... Mais elle n'avait pas de téléphone portable, songea-t-elle avec désespoir.

Elle tourna la tête en tout sens, cherchant de l'aide.

Il n'y avait personne, et le bar le plus proche était au moins à trois cents mètres.

Réalisant qu'il n'y avait rien d'autre à faire, elle courut vers le pick-up de Buck, inséra la clé dans le contact d'une main tremblante, et s'élança à la poursuite de sa fille, alors que les feux arrière du 4x4 n'étaient déjà plus qu'un minuscule point lumineux dans la nuit.

8

Bo ne parvenait pas à croire qu'il avait réussi.

Maintenant, il ne lui restait qu'à parvenir à destination. Il avait eu tout l'après-midi pour réfléchir à l'endroit où il voulait emmener Maddie, et il n'était pas mécontent de son choix.

Encore quelques kilomètres, et il allait pouvoir s'occuper de Maddie.

Il tendit l'oreille.

Pas un son ne provenait de la banquette arrière. Elle était toujours dans les vapes. Mais pour combien de temps ?

Pourvu qu'il n'ait pas trop forcé sur la dose de chloroforme. Il ne manquerait plus qu'elle lui claque entre les doigts. Apparemment, les types du motel avaient l'air de la vouloir vivante.

Le portable qu'Earl-Ray lui avait donné vibra dans sa poche. Il ne prit pas l'appel, et laissa passer quelques minutes avant de vérifier les messages. Earl-Ray en avait laissé trois. Il avait l'air sacrément angoissé.

Dans ce cas, il serait sûrement prêt à payer davantage pour Maddie.

Bo remit le téléphone dans sa poche, et tendit le

bras vers la banquette, pour passer la main devant le visage de Maddie.

Il sentit son souffle tiède sur sa paume.

Bien. Il la conduirait à destination demain. Entretemps, il appellerait peut-être Earl-Ray pour que ce casse-pieds arrête de l'importuner.

Pour le moment, il avait envie d'un tête-à-tête avec son ex-fiancée.

Personne ne le lui aurait fait admettre, mais il n'avait toujours pas réussi à oublier Maddie. D'ailleurs, depuis leur rupture, il n'avait pas eu de relation sérieuse.

Tandis qu'il s'engageait sur l'autoroute 191, en direction du sud, Bo leva le pied et veilla à ne pas dépasser cent dix kilomètres à l'heure.

Il regrettait le bon temps où il n'existait pas de limitations de vitesse dans le Montana, surtout dans cette partie de l'Etat, où il n'y avait que des champs à perte de vue, et où on pouvait rouler pendant des kilomètres sans croiser âme qui vive.

Enfin, mieux valait être prudent. Il n'aurait plus manqué qu'il tombe sur la patrouille de l'autoroute.

La vallée baignée de lune semblait enveloppée d'une traîne d'argent, tandis qu'au loin se dessinait la silhouette escarpée des Little Rockies. On y voyait presque aussi bien qu'en plein jour, mais le paysage prenait un aspect fantomatique et désolé…

Réprimant un frisson, Bo se demanda ce que les gens pouvaient trouver de romantique à un clair de lune. Lui, il trouvait ça sinistre.

Soudain, il remarqua des phares dans son rétroviseur. Il ne s'en inquiéta pas plus que cela, mais décida de prendre une autre route pour se rendre au chalet que possédait son ami Cody à Missouri Breaks. Mais, avant cela, il allait devoir s'arrêter et ligoter Maddie. Car il ne se faisait pas d'illusions, dès qu'elle aurait repris conscience, elle deviendrait infernale.

Lorsque le panneau indiquant la prochaine sortie apparut dans ses phares, Bo ralentit, et vit dans son rétroviseur que la voiture derrière lui faisait la même chose.

Reconnaissant le vieux pick-up de Buck Jones, il ne s'inquiéta pas. Buck avait un ami qui habitait par là.

Il accéléra et laissa Buck derrière lui. Mais, bientôt, les phares réapparurent dans son rétroviseur. Profitant d'une descente qui le masquait provisoirement, il tourna dans un chemin de terre, et s'enfonça dans une zone boisée. Puis il coupa ses phares et son moteur, et attendit que Buck soit passé.

Dès que le pick-up eut disparu, il alla ouvrir le coffre et y prit le rouleau d'adhésif et la corde.

Une fois qu'il aurait neutralisé Maddie, elle serait tout à lui, songea-t-il avec convoitise.

Maddie revint lentement à elle.

Sa joue lui faisait mal, et son sang battait douloureusement à ses tempes.

Au début, elle ne comprit pas où elle était, mais lorsque la voiture passa sur un dos d'âne et ralentit, tout lui revint.

Bo.

Elle entrouvrit un œil, et vit qu'elle était à l'arrière

de son 4x4. Elle ne voyait que son dos, et son Stetson basculé en arrière.

Apparemment, le siège passager était vide. C'était déjà un soulagement. Au moins, il était seul.

Sans bouger, elle chercha son sac des yeux, mais ne le vit pas. Le plancher était jonché de saletés, et il flottait dans la voiture une désagréable odeur de graisse, de cuir usé et de chien mouillé.

Elle n'osa pas bouger tandis que la voiture s'arrêtait. Gardant les paupières fermées, elle attendit.

Elle savait que Bo avait quelque chose en tête, mais le moment n'était pas encore venu de paniquer. Même s'il avait prévu de la tuer, il ne précipiterait pas les choses. Ce n'était pas son style.

En tout cas, elle avait un avantage sur lui : il ne savait pas qu'elle était consciente.

La portière du conducteur s'ouvrit, et elle se crispa, s'attendant à ce qu'il la fasse sortir. Au lieu de quoi, elle entendit le hayon du coffre se soulever.

Bo avait laissé sa portière ouverte pendant qu'il faisait le tour de la voiture. La lampe du plafonnier était grillée, mais la lune éclairait l'habitacle.

Elle devait trouver son sac.

Par chance, Bo ne pouvait pas la voir pendant que le hayon était relevé. Elle se hissa sur un coude, en veillant à ne pas faire de bruit, et repéra enfin son sac.

Elle considéra ses chances de pouvoir sauter hors du 4x4 et de prendre la fuite avant que Bo ne réagisse, et décida que c'était trop risqué. Il était fort et rapide, et elle se sentait encore nauséeuse après la dose de chloroforme qu'elle avait inhalée.

Non, sa seule solution était d'attraper son sac — et le couteau qui s'y trouvait…

— Maddie a disparu.

— Quoi ?

Shane battit des paupières et fit un effort pour se réveiller. Le téléphone l'avait tiré d'un cauchemar qui hantait ses nuits depuis des mois.

Il tourna la tête vers la pendulette sur la table de chevet. Il était tout juste 1 heure du matin.

— Mais enfin, Jud, tu sais l'heure qu'il est ?

— C'est Maddie. Je cherche à la joindre depuis des heures, et je suis très inquiet. Même en partant maintenant, je ne serai jamais…

— Une minute !

Shane s'assit dans son lit, l'esprit encore passablement embrumé par le malaise qui suivait toujours son cauchemar.

— J'ai décidé de ne plus intervenir dans votre espèce de liaison à distance. Arrête de faire tourner cette pauvre fille en bourrique.

— Shane, je suis sérieux. Personne n'a vu Maddie depuis qu'elle a quitté le Northern Lights à 22 heures. Sa voiture est toujours garée près du restaurant. Elle n'est jamais rentrée chez elle.

Shane perçut une réelle inquiétude dans la voix de son frère.

— Ses cousines ont peur que quelque chose lui soit arrivé, continua Jud. Le shérif a envoyé un de ses adjoints en patrouille, mais la région est si vaste que les recherches risquent de prendre du temps.

Le téléphone toujours calé contre son oreille,

Shane fit basculer ses jambes par-dessus le rebord du matelas.

— Une amie est peut-être passée la chercher, et elle n'a pas vu le temps passer.

— Elle aurait appelé. Ses cousines se font du souci à propos de son ex-petit-ami. Il paraît qu'il est dangereux. Je suis très inquiet. Je sais très bien que nous ne sommes pas faits l'un pour l'autre, mais je ne voudrais pas qu'il lui arrive quelque chose.

Shane étouffa un juron entre ses dents.

— Je t'en prie. Tu es entraîné pour ce genre de situations. Si quelqu'un peut la retrouver, c'est bien toi. Je te jure que j'arrêterai tout avec elle dès que je serai rassuré sur son sort. Trouve-la, et assure-toi qu'elle va bien. C'est tout ce que je te demande.

— C'est tout ce que tu demandes ? répéta Shane d'un ton ironique.

— S'il te plaît, vieux frère.

Shane soupira.

— Allez, donne-moi les renseignements.

Il nota le nom des cousines de Maddie, et leur numéro.

— Je vais voir ce que je peux faire, promit-il avant de raccrocher.

Arrivée en haut d'une nouvelle côte, Jerilyn se dit que quelque chose clochait.

Elle aurait dû voir les feux arrière du 4x4 depuis un moment, maintenant. Etait-il possible que la voiture ait tourné sans qu'elle s'en aperçoive ?

Elle s'était efforcée de rester assez loin en arrière

pour que le cow-boy ne se rende pas compte qu'il était suivi. A présent, elle réalisait que c'était une erreur.

Elle songea à faire demi-tour, mais elle n'avait pas la moindre idée de la direction qu'il pouvait avoir prise. Elle continua donc à avancer, voulant croire qu'il était toujours devant elle.

A l'horizon se dessinait la silhouette sombre et vaguement menaçante d'une pinède. Sur la droite, une route montait vers la colline. Elle aperçut la charpente nue d'une maison en construction. Il n'y avait pas de lumière, pas de voitures aux alentours, et elle décida de tourner.

Arrivée en haut, elle fit demi-tour, et constata qu'elle avait une vue parfaite sur la route par laquelle elle était arrivée.

Il devait être derrière elle, décida-t-elle finalement. Malgré ses précautions, il avait sans doute remarqué qu'il était suivi, et s'était arrêté. Peut-être que si elle l'attendait…

Elle coupa ses phares, refusant de penser à ce qui se passerait si elle avait tort.

Ce salaud avait sa fille. Elle n'allait quand même pas le laisser faire du mal à sa fille.

Elle réalisa soudain que les cousines de Maddie allaient s'inquiéter et qu'elles préviendraient le shérif. Tout le comté partirait à la recherche de Maddie Cavannaugh.

Tout le monde penserait qu'elle avait été enlevée.

Le cow-boy avait peut-être l'intention de demander une rançon… Non, la façon dont il avait procédé paraissait plus personnelle que financière. Jerilyn aurait pu jurer que Maddie le connaissait. Et, de toute façon, sa famille n'avait pas d'argent.

Mais, tout de même, elle aurait bien aimé savoir ce que les propriétaires de ce joli restaurant seraient prêts à verser pour le retour de Maddie.

C'était juste une pensée en l'air. Une façon de passer le temps en attendant.

Kidnapper sa propre fille… Quelle drôle d'idée.

Bo trouva le ruban adhésif et se redressa. Il avait cru entendre grincer les ressorts de la banquette.

Peut-être Maddie avait-elle changé de position en dormant ? Normalement, il lui faudrait encore un bon moment avant de reprendre conscience. Et, si elle avait été éveillée, n'aurait-elle pas déjà essayé de prendre la fuite ?

Il n'en était pas sûr. Cette Maddie était très différente de celle avec qui il s'était fiancé.

« Maddie Cavannaugh n'est pas faite pour toi, lui répétait sa mère à longueur de journée. Je connais sa famille, et j'ai entendu des choses à son sujet. Elle est dérangée. Personne ne peut dire de quoi elle est capable. »

De toute façon, il se fichait de ce que pouvait penser sa mère. Quand on voyait ce qu'elle avait fait de sa vie, cela ne donnait pas envie de suivre ses conseils.

Tout plutôt que de lui ressembler. Il n'avait pas envie d'être fermier, ni d'exercer aucun autre métier, d'ailleurs.

Et il n'avait même pas vraiment envie de se marier. S'il avait demandé à Maddie de l'épouser, c'était uniquement parce qu'il ne pouvait pas supporter l'idée qu'un autre homme soit avec elle.

Quoi qu'il en soit, Maddie avait changé.

Et sa mère aussi. Il ne parvenait pas à croire que sa propre mère l'ait chassé de la maison. Autrefois, elle ne pouvait rien lui refuser. Et elle lui pardonnait toujours quand il se comportait mal. Puis Arlene avait rencontré un homme, et elle avait pris son fils en grippe.

« Tu as vingt-cinq ans, lui avait-elle dit la dernière fois qu'ils s'étaient vus. Fais quelque chose de ta vie. Ne la gâche pas. S'il y a une chose que j'ai apprise, c'est qu'il n'est jamais trop tard pour tout recommencer. Je fais ça pour ton bien. Un jour, tu me remercieras. »

Bo avait éclaté de rire.

« Quand il gèlera en enfer », avait-il répliqué, se réjouissant du chagrin qu'il lisait dans les yeux de sa mère.

Mais elle n'avait pas changé d'avis, et il la détestait. Tout comme il détestait Maddie pour ce qu'elle lui avait fait.

Tandis qu'il s'apprêtait à claquer le rabat du coffre, il s'interrompit et s'approcha lentement du côté de la voiture. La banquette arrière était dans la pénombre, et il ne pouvait pas voir si elle était réveillée et le guettait.

Il sentit un frisson courir le long de sa nuque tandis qu'il posait la main sur la poignée de la portière.

Maddie avait entendu le grincement du ressort quand elle s'était penchée pour prendre le couteau dans son sac, et elle craignait que Bo l'ait entendu aussi.

S'agrippant au couteau, elle se recroquevilla sur elle-même et attendit, le cœur battant à tout rompre.

La portière du côté de sa tête s'ouvrit subitement, et elle sentit l'air frais de la nuit caresser ses cheveux. Elle s'obligea pourtant à ne pas bouger.

Elle sentait la présence de Bo qui la surplombait, et se sentait sale rien qu'en songeant à la façon dont il devait la regarder.

Elle entendit un claquement, et faillit sursauter quand le faisceau lumineux d'une torche passa sur elle.

Elle retint son souffle, anticipant le moment où il la toucherait.

Malgré toute sa volonté, elle frémit quand sa paume moite se posa sur son épaule. Il ne semblait pas s'en être rendu compte car sa main glissait à présent le long de son bras.

Sa main ralentit, et lorsqu'il effleura son sein gauche, elle sentit monter la nausée.

Elle dut faire appel à toute sa raison pour ne pas brandir son couteau et viser la gorge de Bo. Mais elle savait qu'elle n'était pas en position de force. Placé derrière elle comme il l'était, il verrait venir son geste.

Il fallait qu'elle attende le moment propice.

Shane roulait vers Whitehorse sous le clair de lune. Il n'y avait aucune circulation à cette heure de la nuit, et il éprouvait la curieuse sensation d'être la seule personne vivante sur terre.

Il espérait que Maddie s'était simplement rendue

chez une amie, mais son instinct lui disait qu'elle n'aurait pas agi ainsi sans prévenir sa famille.

Whitehorse ressemblait à une ville morte. Il y avait deux voitures devant le seul bar encore ouvert à cette heure. Un peu plus bas dans la rue, garée près du Northern Lights, se trouvait la voiture de Maddie.

Shane s'arrêta et en fit le tour. A son grand soulagement, il n'y avait aucune trace de lutte dans les parages : pas de sang, pas de sac renversé sur la chaussée…

Posant les mains au-dessus de ses yeux, il regarda à l'intérieur de la voiture. Là non plus, il n'y avait rien d'inhabituel.

Il essaya la portière. Fermée.

Tandis qu'il tournait la tête vers le restaurant, il vit de la lumière à l'intérieur, et une femme qui attendait, l'air anxieux.

Elle déverrouilla la porte tandis qu'il s'approchait.

— Vous êtes Shane ?

Il hocha la tête.

— Laci Duvall. La cousine de Maddie.

Shane prit la main que lui tendait la jeune femme, et constata qu'elle était glacée.

— Vous avez prévenu le shérif ?

— Oui. Mon beau-frère, le shérif adjoint Nick Giovanni, est parti à la recherche de Maddie. Ainsi que mon mari, Bridger.

— Ils connaissent Bo Evans ?

Laci grimaça.

— Tout le monde le connaît.

— Bo s'est mis à harceler Maddie ces derniers temps. Vous en a-t-elle parlé ?

Elle secoua la tête, visiblement prête à fondre en larmes.

— Elle n'en a pas dit un mot. Elle a dit qu'elle l'avait vu, mais c'est tout.

— Est-il possible qu'elle soit partie de son plein gré avec lui ?

— Non ! Elle ne veut plus rien avoir à faire avec lui.

— J'ai entendu dire qu'ils avaient été fiancés.

— C'était il y a longtemps. Maddie semblait comme ensorcelée par lui.

— Ne pourrait-elle pas avoir de nouveau succombé ?

Laci secoua vigoureusement la tête.

— Bo l'a manipulée. Elle traversait une période difficile, et il a profité de sa vulnérabilité. Mais Maddie n'est plus comme ça. Elle est forte et déterminée. Elle ne renouera jamais avec lui, et il le sait.

Shane aimait la conviction de Laci, mais il savait aussi que les gens se laissaient parfois entraîner dans des situations préjudiciables, sans trouver la force de s'en échapper. Cela lui fit aussitôt penser à Kate, et il se demanda dans quel piège sa belle-mère se débattait.

— Nous devons trouver Bo le plus vite possible, dit-il.

— J'espérais que Maddie était avec votre frère, Jud. Je me disais qu'il était peut-être venu à l'improviste du Canada pour lui faire une surprise.

— Elle n'est pas avec Jud.

— Je sais. Je suppose que je ne supporte pas l'idée qu'elle puisse être avec Bo. Jud a dit que vous étiez dans les Rangers. Pouvez-vous nous aider à retrouver Maddie ?

Il ne lui dit pas qu'il était en congé maladie, ni qu'il ne se sentait pas à la hauteur. Si Maddie était en danger, elle avait besoin de quelqu'un qui soit en pleine possession de ses moyens.

— Je vais essayer, dit-il Pouvez-vous appeler Nick ? Il a peut-être déjà trouvé Bo.

Laci déplia le clapet de son portable et s'éloigna un court un instant, la main posée sur son ventre arrondi.

— Rien pour le moment, dit-elle en revenant vers Shane. Le problème, c'est que Bo n'a plus de résidence permanente ici. Mais Nick a découvert que trois hommes se déplaçant dans une voiture immatriculée dans l'Arizona avaient demandé où ils pouvaient trouver Bo. Nick va creuser cette piste.

Shane pensa aux deux hommes qu'il avait vus avec Bo le soir du rodéo. Apparemment, ils l'avaient trouvé.

— Et les amis de Bo ?

— A ma connaissance, il n'en a qu'un seul, Cody Barnes. Il vit dans un mobil-home près de la rivière. Mais je suis sûre que Nick l'a déjà interrogé.

— Cela ne fera pas de mal de recommencer.

Bo s'apprêtait à lui attacher les chevilles avec une cordelette, et Maddie décida qu'elle devait agir immédiatement.

Les doigts crispés sur le manche du couteau, elle se redressa et jeta son bras en avant.

A la dernière seconde, elle dévia vers la droite, incapable de poignarder en plein cœur un être humain.

Mais la lame entra en contact avec sa chair, et, lorsque Bo hurla, elle prit conscience de ce qu'elle avait fait.

— Espèce de garce ! hurla Bo.

Une étrange fleur pourpre s'était épanouie sur la manche courte de son polo, là où elle l'avait frappé au biceps.

Il vacilla en arrière, soudain happé par les ténèbres.

— T'es complètement dingue ! Je suis blessé.

Profitant de ce moment où il ne prêtait plus attention à ce qu'elle faisait, Maddie essaya de se glisser vers l'autre portière, mais Bo fut plus rapide qu'elle.

Avant qu'elle ait eu le temps de réagir, il avait plongé sur la banquette pour l'immobiliser.

Les mains autour de son cou, il lui cognait la tête contre la vitre en hurlant des obscénités.

Les poumons en feu, les yeux exorbités, Maddie tendit la main et enfonça les ongles dans le visage de Bo, bien décidée à se battre jusqu'à son dernier souffle.

Earl-Ray ne croyait pas aux coïncidences. Lorsqu'il avait enfin découvert la maison de Jones, il avait eu la surprise de voir sa Buick dans l'allée. Mais il n'y avait pas âme qui vive.

Et, quand il avait essayé de joindre Bo Evans, cette vermine n'avait pas répondu.

Il se tramait quelque chose. Il en aurait mis sa main au feu.

— On bouge de là, dit-il à ses complices, dès qu'il fut de retour au motel.

Comme Dude ne bronchait pas, il lui arracha la télécommande des mains et éteignit la télévision.

— Hé, ça va pas ! C'est ma série préférée.

— Qu'est-ce que tu m'as apporté à manger ? demanda Bubba.

Earl-Ray lui lança un paquet de chips, et la bande se mit en route.

— Où on va ? demanda Dude.

— Chercher Bo Evans, répondit Earl-Ray.

Il ne dit pas que le portable qu'il avait donné à Bo était équipé d'un G.P.S. Bo et le téléphone étaient dans le sud, dans un coin appelé Missouri Breaks.

Quant à Jerilyn, pas moyen de savoir où était passée cette folle.

Tandis que la voiture de location quittait Whitehorse, Earl-Ray ne put s'empêcher de songer à sa toute première rencontre avec Jerilyn. Elle était assise au bar et jouait avec une mèche de ses cheveux blonds comme le font les adolescentes. Elle paraissait jeune et excitante.

Il lui avait fallu un petit moment pour réaliser qu'elle n'était ni l'une ni l'autre. C'était une femme engluée dans le passé. Une petite fille qui n'avait jamais grandi.

Earl-Ray ne l'avait compris qu'en trouvant ce bout de papier dans son sac. Il n'était pas psychiatre, mais il aurait parié tout ce qu'il avait que les problèmes de Jerilyn étaient liés à l'abandon de ce bébé.

— Je pensais qu'on devait récupérer Jerilyn, dit tout à coup Dude, comme s'il lisait dans ses pensées.

— Contente-toi de conduire, et évite de penser, répliqua Earl-Ray.

Jerilyn devait s'être assoupie.

Elle se réveilla en sursaut, aveuglée par des phares. Instinctivement, elle se rapetissa sur son siège, même s'il y avait peu de chance que le conducteur l'aperçoive.

La voiture passa en contrebas, sa silhouette se découpant sur fond de lune, et elle reconnut le vieux 4x4 du cow-boy. Il n'y avait plus que lui dans la voiture.

Aurait-il abandonné Maddie sur le bord de la route ?

Elle en doutait. Elle connaissait trop bien ce genre d'hommes. Le cow-boy avait pris des risques pour enlever Maddie dans la rue, et il ne s'en débarrasserait pas aussi vite. Ce que ces types-là aimaient, c'était terroriser, faire souffrir. C'était leur raison d'être.

Non, décidément, elle était prête à parier que Maddie était toujours dans la voiture. Sinon, le cow-boy serait retourné en ville.

Elle attendit quelques instants, puis elle fit démarrer la voiture. La lune était plus brillante à présent, et elle pouvait voir assez loin, ce qui lui permit de ne pas allumer ses phares.

Tandis qu'elle s'enhardissait à prendre un peu de vitesse, Jerilyn laissa son esprit vagabonder.

Une pensée qui l'avait tourmentée jusqu'à ce qu'elle s'endorme lui revint. Qu'avait-elle à gagner dans cette histoire ?

Après tout, elle risquait sa vie. N'aurait-elle pas dû avoir une récompense ? Et peut-être sa photo dans le journal avec Maddie.

Ce n'était pas très juste. Elle était fauchée, et elle avait bien besoin d'un coup de pouce. Les autres s'en sortaient toujours tellement mieux qu'elle.

Buck n'appellerait pas tout de suite le shérif, songea-t-elle tandis qu'elle essayait d'établir un plan. Il s'inquiéterait un peu pour sa voiture — après tout, c'était un homme —, mais il ne paniquerait pas. Il se dirait qu'il n'y avait pas de raison de s'en faire puisque la Buick était toujours garée devant chez lui. Il lui ferait confiance et attendrait un jour ou deux. Peut-être plus, étant donné que c'était un brave type naïf toujours prêt à aider son prochain. L'idiot !

Au loin, Jerilyn vit les feux stop du 4x4 s'allumer, et elle leva le pied. Elle attendit de voir où il tournait, puis se gara un peu plus loin à la lisière d'un bois.

Coupant le contact, elle baissa sa vitre et écouta le moteur du 4x4 ralentir et s'arrêter.

Ouvrant à tout hasard la boîte à gants, Jerilyn eut un petit cri de surprise et de satisfaction mêlées en découvrant le pistolet.

Elle avait toujours su que Buck avait l'esprit pratique. En plus du calibre 22, il y avait une boîte complète de munitions.

La corde autour de ses chevilles et de ses poignets lui coupait la circulation, et l'adhésif sur sa bouche l'empêchait de respirer correctement.

Maddie essaya de ne pas paniquer et de se concentrer sur ce qui se passait autour d'elle.

La voiture avait ralenti et s'était engagée sur un chemin cahotant. Par la vitre, elle ne voyait rien d'autre qu'un sombre mur de sapins. Elle entendit Bo soupirer. Commençait-il à réaliser la folie de son acte ?

La voiture s'arrêta et la portière conducteur s'ouvrit,

laissant entrer dans l'habitacle un coup de vent glacé qui la fit frissonner.

Sa portière s'ouvrit à son tour, et elle ferma les yeux. Elle avait le visage tuméfié par les coups que Bo lui avait assenés. Sa gorge était sèche et douloureuse, et elle savait qu'elle ne pourrait longtemps retenir les larmes qui lui brûlaient les yeux.

Elle ne se faisait plus aucune illusion maintenant sur la gravité de la situation.

Quand elle sentit les mains de Bo glisser sous ses épaules, elle s'efforça de ne pas broncher. Elle ne devait surtout pas lui montrer qu'elle avait peur, cela lui aurait fait trop plaisir.

Il la tira hors de l'habitacle, la redressa contre la voiture, et la jeta en travers de son épaule comme un vulgaire sac de pommes de terre.

Elle aperçut un petit chalet en rondins, et reconnut les lieux. Bo l'y avait emmenée plusieurs fois quand ils étaient fiancés. Le chalet dépourvu de confort était complètement isolé, et rarement utilisé. Il n'y avait pas de téléphone, et pas le moindre voisin à des kilomètres à la ronde.

Elle fit un effort pour ne pas céder à la panique, sachant que c'était ce que Bo espérait d'elle. Elle le connaissait hélas ! suffisamment pour savoir qu'il attendait qu'elle essaie de prendre la fuite, afin de pouvoir la traquer comme du gibier.

Devant la porte, il la cala contre le mur de rondins et tâtonna au-dessus du chambranle pour trouver la clé.

Elle pria pour que la famille Barnes ait changé la clé de place, puis réalisa que cela ne suffirait pas à l'arrêter. A défaut de clé, il briserait tout simplement un carreau.

Bo mit finalement la main sur la clé, ouvrit la porte et souleva de nouveau Maddie.

Une fois à l'intérieur, il la jeta sans ménagement sur un vieux canapé d'où s'échappait une odeur de moisi, et alluma une lampe à pétrole.

Leurs regards se croisèrent un instant, et Maddie sentit son estomac se révulser en lisant dans les yeux de Bo ce qu'il avait en tête.

9

En quittant le Northern Lights, Shane remarqua un homme qui rôdait autour du pick-up de Maddie.

Pressant le pas, il héla l'inconnu alors que celui-ci faisait demi-tour.

— Attendez !

— Oui ?

L'homme avait une bonne cinquantaine. Il portait un jean, des bottes, et une veste de chasse kaki.

— J'ai remarqué que vous vous intéressiez à ce pick-up, dit Shane, en faisant un geste vers la voiture de Maddie.

L'homme eut un petit rire embarrassé.

— De loin, j'ai cru que c'était le mien. C'est le même modèle et, dans l'obscurité, la couleur m'a semblé identique.

— Vous ne retrouvez plus votre voiture ?

Il était évident que l'homme avait bu quelques verres, mais il ne semblait pas ivre au point de ne plus savoir où il avait garé sa voiture.

— Ma petite amie me l'a empruntée pour aller dîner.

Plissant les yeux, l'homme étudia Shane plus attentivement.

— Je ne crois pas vous avoir déjà vu dans le coin.

— Shane Corbett. J'habite au…

— Ranch Trails West. Vous devez être le Ranger, celui qui a été blessé en service. J'ai remarqué que vous boitiez légèrement.

Il grimaça un sourire, et tendit la main.

— Buck Jones. Désolé, mais il est impossible de garder un secret dans une petite ville comme Whitehorse.

— Je suppose que non, dit Shane en riant.

Mais il n'était pas d'accord. Tout le monde avait des secrets, et les petites villes en regorgeaient.

— Vous disiez que votre petite amie vous avait emprunté votre voiture ? demanda-t-il d'un ton détaché.

— Oui, enfin je suppose qu'on peut l'appeler comme ça, dit Buck, soudain timide. Je m'inquiétais un peu pour elle. Elle était tellement nerveuse.

— Vraiment ?

Buck s'expliqua sans se faire prier davantage.

— Elle devait rencontrer sa fille au restaurant. La petite y travaille comme serveuse.

Tous les sens de Shane se mirent en alerte.

— De quelle serveuse s'agit-il ?

— Maddie Cavannaugh.

Shane fit un effort pour ne pas laisser transparaître sa surprise.

— Je croyais que la mère de Maddie avait coupé les ponts avec toute sa famille.

Buck secoua la tête.

— Je ne parle pas de Sarah, mais de Jerilyn Larch, la mère biologique de Maddie.

— Maddie a été adoptée ? demanda Shane, surpris que Jud ne lui en ait pas parlé.

— Il faut croire. Jerilyn a abandonné sa fille à la naissance, et ne l'a plus jamais revue. Elle allait au restaurant pour se présenter. J'aurais bien aimé l'accompagner, mais elle voulait le faire seule.

Shane n'en croyait pas ses oreilles.

— Donc, vous ne savez pas si cette Jerilyn… Quel est son nom de famille, au fait ?

— Larch. Elle vient d'Arizona.

L'Arizona ? Un curieux pressentiment envahit Shane.

— Vous ne savez pas si elle a dit à Maddie qui elle était ?

Buck secoua la tête.

— J'espère que tout s'est passé comme elle le voulait.

— Il n'y a pas que votre voiture qui ait disparu, dit Shane. Personne n'a vu Maddie depuis qu'elle a quitté le restaurant à la fermeture. Ses cousines sont inquiètes pour elle. Je crois que vous devriez appeler le shérif. Son adjoint, Nick Giovanni, est parti à la recherche de Maddie. Si elle est avec Jerilyn…

Buck hocha la tête.

— J'appelle tout de suite. Mais elles sont sans doute parties faire un tour pour discuter.

Cela faisait plusieurs minutes que Jerilyn tentait de se frayer un chemin dans le raidillon où s'était engagé le 4x4.

Au bord de la route, un simple piquet surmonté d'une planche indiquait le nom des habitants. Elle avait dû se pencher pour déchiffrer les lettres délavées. Barnes. Sans doute la maison était-elle désertée depuis des années car le chemin était redevenu la proie des ronces et des herbes folles.

Marquant une pause pour reprendre son souffle, elle massa le genou qu'elle s'était égratigné en tombant quelques instants plus tôt. Elle s'était aussi entaillé la main, et sa blessure n'arrêtait pas de saigner.

Elle commençait à se sentir un peu nauséeuse, et se demandait si elle n'avait pas une fois de plus agi sans réfléchir.

Elle était sur le point de faire demi-tour quand elle aperçut une faible lumière dans la nuit.

Pressant le pas, elle ne tarda pas à découvrir le 4x4 abandonné en plein milieu du chemin.

Le mieux était peut-être de jeter un coup d'œil par la fenêtre pour voir se qui se passait dans le chalet. Ensuite, elle prendrait une décision.

Longeant la voiture, elle changea d'avis. Un rayon de lune venait de faire scintiller la clé dans le contact.

Lentement, elle ouvrit la portière, et se crispa quand elle l'entendit grincer. Son intention était de démarrer la voiture. Le cow-boy sortirait en courant, et Maddie aurait le temps de s'échapper.

A moins qu'elle ne soit blessée et dans l'incapacité de bouger.

Jurant entre ses dents, elle prit la clé, la mit dans sa poche, et se redressa en laissant la portière ouverte.

Un frisson la parcourut tandis qu'elle se dirigeait vers le chalet. C'était sûrement la chose la plus dangereuse qu'elle ait faite de sa vie.

Mais son bébé était en danger.

Et la famille de Maddie serait sans doute heureuse si Jerilyn lui sauvait la vie.

Refermant les doigts autour de la crosse de l'arme qu'elle avait glissée dans sa poche, elle se demanda à quel point ils se montreraient reconnaissants. Ils feraient au moins l'effort de lui payer un billet de bus pour quitter cette fichue ville, non ?

Aucun bruit ne s'échappait du chalet, mais Jerilyn n'avait pas envie de prendre de risques. Dos au mur, elle se déplaça lentement jusqu'à la fenêtre, en essayant de contrôler sa respiration. L'altitude ne lui valait rien. A moins que ce ne soit l'abus de tabac et d'alcool. Si elle s'en sortait, elle se promit d'adopter une meilleure hygiène de vie.

Après une courte pause, elle se rapprocha de la fenêtre et jeta un coup d'œil à l'intérieur.

Maddie était ligotée sur le canapé, son chemisier ouvert et son soutien-gorge déchiré. Penché au-dessus d'elle, le cow-boy la menaçait d'un couteau.

En voyant l'expression terrifiée de sa fille, Jerilyn songea à tous les hommes qu'elle avait connus, si semblables à celui-là, et décida qu'elle ne serait plus jamais une victime.

Animée par une violente montée d'adrénaline, elle sortit l'arme de sa poche et défit la sécurité.

Shane appela Laci depuis sa voiture.

— Maddie était-elle la seule serveuse à travailler ce soir ? demanda-t-il.

— Oui.

— L'avez-vous vue après le départ des derniers clients ?

— Je suis descendue quelques minutes avant la fermeture. Pourquoi ?

— Semblait-elle agitée, contrariée ?

— Non. Je m'en serais rendu compte. Mais, pourquoi toutes ces questions ? Un client l'aurait-il importunée ?

Shane lui répéta la description que Buck Jones lui avait faite de Jerilyn Larch.

— Savez-vous si Maddie a servi cette femme ?

— Maintenant que vous en parlez, je me souviens d'avoir vu cette personne, et d'avoir trouvé curieux qu'elle soit seule.

Donc, elle était seule, nota Shane, qui cherchait à établir un lien avec les trois hommes venus eux aussi d'Arizona.

— Avez-vous vu Maddie lui parler ?

— Oui.

— Serait-il possible que Maddie soit partie avec elle ?

— Mais pourquoi aurait-elle fait une chose pareille ? Je suis certaine que Maddie ne la connaissait pas. Elle n'était pas de la région. Et pourquoi me posez-vous toutes ces questions ?

Shane se passa une main sur le visage et bâilla.

— Maddie a-t-elle été adoptée ?

— Adoptée ? répéta Laci d'un ton choqué. Bien sûr que non, voyons.

— Vous en êtes sûre ?

— Oui. Enfin, je ne sais pas. Je me rappelle que tante Sarah a eu une grossesse difficile et qu'elle devait rester couchée, ce qui fait que nous ne l'avons pratiquement pas vue lorsqu'elle était enceinte.

Shane sentit que Laci commençait à se poser des questions.

— Il se pourrait que cette femme, Jerilyn Larch, ait dit à Maddie qu'elle était sa mère biologique.

— Quoi ? C'est vrai ?

— Je n'en sais rien. Si c'était le cas, comment Maddie aurait réagi, selon vous ?

— C'est difficile à dire. Maddie a vécu des choses tellement difficiles… Où se trouve cette femme, maintenant ?

— Apparemment, elle a disparu dans la nature avec une voiture qu'on lui avait prêtée. Le bureau du shérif a été prévenu, et un avis de recherche a été lancé.

— Vous pensez que Maddie est avec elle ?

— C'est possible. Je vais chez Buck Jones. Il semblerait que Jerilyn ait abandonné sa voiture devant chez lui. J'espère que nous y trouverons des indices qui nous éclaireront sur la direction qu'elle a prise.

Bo Evans sentit le téléphone portable vibrer dans sa poche.

C'était la quatrième fois en moins de cinq minutes, et ça commençait à l'agacer sérieusement.

Inquiet à l'idée que le marché conclu avec Earl-Ray tombe à l'eau, il jura et s'écarta du canapé, non sans caresser au passage les seins de Maddie.

Posant le couteau sur la table basse, il écouta les messages, et se dit qu'il garderait le téléphone quand cette histoire serait terminée. Il n'avait pas les moyens de s'en offrir un. D'ailleurs, il n'avait même plus de quoi remplir le réservoir de sa voiture. Et même si Earl-Ray lui avait promis une belle somme, il n'avait pas l'intention de la dilapider en achetant n'importe quoi.

Les messages étaient tous plus ou moins identiques. Sauf le dernier, qui n'avait rien de vraiment amical :

« Ecoute, espèce de petite ordure. Tu as intérêt à m'appeler immédiatement. Si je n'ai pas de tes nouvelles dans un quart d'heure, je viens de te chercher. Et tu vas le regretter, crois-moi. »

Bo avait bien envie de dire à Earl-Ray d'aller voir ailleurs. Mais il avait besoin de ce fichu fric. Tout ce qu'il avait à faire, c'était de lui livrer Maddie.

Il le ferait demain matin, c'était promis.

— Je dois passer un coup de fil, chérie, dit-il à Maddie. Ne t'inquiète pas, je n'en ai pas pour longtemps. Ensuite, nous pourrons nous amuser. Je sais que tu en meurs d'envie.

Dans la petite pièce à l'arrière qui servait de remise, il appuya sur une touche de numérotation abrégée. Earl-Ray avait pensé à tout.

Son commanditaire décrocha à la première sonnerie.

— Qu'est-ce que tu fiches ? hurla-t-il. Pourquoi tu ne réponds pas ?

— Je suis occupé, murmura Bo. Vous voulez Maddie, non ?

— Quoi ? Tu veux dire que tu l'as ?

— Ouais.

— Pourquoi tu ne m'as pas prévenu ?

— J'étais en train de penser à renégocier notre

accord. On dirait que vous avez sacrément envie de la récupérer.

— A ta place, je ne pousserais pas le bouchon trop loin.

— Vous n'êtes pas à ma place. Si vous doublez la mise, je vous la livre demain matin.

— Pourquoi pas ce soir ?

Bo réfléchit à une réponse.

— Parce que je ne suis pas en ville. C'est demain, ou pas du tout.

— T'es vraiment un beau salaud !

— Hé, pas d'insultes, ou le marché est annulé.

Bo retint son souffle, inquiet à l'idée qu'Earl-Ray raccroche sans négocier.

— Si vous la voulez vraiment, vous savez ce qu'il vous reste à faire, insista-t-il.

— Demain matin. Mais laisse le téléphone allumé. Ne m'oblige plus à te laisser des messages.

Bo perçut quelque chose dans la voix d'Earl-Ray qui lui fit comprendre que l'homme ne plaisantait pas. Il avait hâte de retrouver Maddie, mais il se raisonna.

Après tout, ils avaient toute la nuit…

Et, demain, il serait riche !

Par moments, la vie pouvait être vraiment belle.

— Vous pourrez en prendre livraison à 10 heures, dit-il.

— Je préfère 8 heures. J'en ai assez d'attendre.

8 heures ? Pourquoi pas ?

Cela lui laissait encore suffisamment de temps avec Maddie…

— Comme vous voudrez.

*
* *

Le cow-boy s'était éloigné pour téléphoner, et Maddie, qui avait réussi à se redresser, se débattait pour se libérer de ses liens.

C'était maintenant ou jamais, décida Jerilyn en se précipitant vers la porte.

Elle posa la main sur la poignée et la tourna doucement, puis elle se glissa silencieusement dans l'entrebâillement de la porte, avant de la refermer derrière elle.

Elle entendait la voix de l'homme qui parlait au téléphone dans une pièce à l'arrière.

Le canapé n'était qu'à quelques pas, mais Jerilyn avait peur que le sol de bois ne craque sous ses pieds, ou que l'homme ne termine sa communication trop rapidement.

Tandis qu'elle avançait avec prudence, Maddie tourna soudain la tête, et ses yeux s'écarquillèrent de stupeur.

Jerilyn posa un doigt sur ses lèvres, remit son arme dans sa poche, et s'empara du couteau posé sur la table basse. Puis elle s'attaqua aux liens qui entravaient les chevilles de Maddie.

La corde était plastifiée, et il lui fallut quelques secondes pour la trancher. Maddie leva ses poignets liés, les écartant autant qu'il lui était possible pour que Jerilyn puisse passer la lame sous la corde.

Tandis que les liens se défaisaient, Maddie arracha d'un coup sec l'adhésif sur sa bouche.

De nouveau, Jerilyn lui fit signe de se taire, et Maddie hocha la tête. Posant le couteau, Jerilyn lui montra la clé du 4x4, et de nouveau Maddie acquiesça.

Poussant sa fille vers la porte, Jerilyn brandit son arme, et remarqua que Maddie, qui essayait tant bien que mal de couvrir sa poitrine dénudée, avait emporté le couteau.

Shane fit le tour de la vieille Buick immatriculée dans l'Arizona, avant d'ouvrir la portière côté passager.

Une odeur de linge sale lui monta au nez, et il grimaça. De toute évidence, Jerilyn avait vécu dans sa voiture.

Son inquiétude s'amplifia quand il ouvrit la boîte à gants, et trouva la carte grise de la voiture.

La Buick était enregistrée au nom d'Earl-Ray Pitts, domicilié à Bullhead City.

Jerilyn avait-elle emprunté la voiture ? L'avait-elle volée ?

Et où se trouvait M. Pitts ?

Il songea aux deux hommes qu'il avait vus avec Bo Evans. A sa connaissance, ils n'étaient pas de Whitehorse.

Malheureusement, il ne trouva rien dans la voiture qui puisse le mettre sur la piste de Jerilyn ou d'Earl-Ray.

En partant, il appela le bureau du shérif, et le régulateur transféra son appel à Nick. Shane transmit ce qu'il savait à l'adjoint du shérif, y compris le numéro d'immatriculation de la voiture.

— Des nouvelles de Bo Evans ? demanda-t-il à Nick.

— Malheureusement, non. J'ai vérifié auprès de sa mère, et elle ne l'a pas vu depuis des semaines. Il ne vit plus chez elle, et ils semblent en mauvais termes. Quant à son ami Cody, il jure qu'il n'est au courant de rien.

Shane tourna dans un petit chemin, et le mobil-home de Cody Barnes apparut dans la lumière de ses phares.

— Je m'apprête à aller l'interroger moi-même. Vous avez mon numéro de portable. Appelez-moi si vous avez du nouveau.

Shane mit fin à la communication, se gara et coupa le moteur.

Un vieux break était garé dans l'allée, et il y avait de la lumière dans le mobil-home, d'où s'échappait le battement sourd et lancinant d'une musique techno.

Il ne prit pas la peine de frapper, et surprit Cody en poussant la porte.

Le jeune homme portait un bonnet de laine enfoncé jusqu'aux yeux, un jean démesurément large, et un sweat-shirt à la propreté douteuse.

Shane marcha vers le lecteur de C.D., et arracha la prise du mur, ce qui eut pour effet de plonger le mobil-home dans un silence surprenant.

— Hé, qu'est-ce que…, commença Cody.

Il se tenait devant un réchaud à gaz, une spatule à la main, et se préparait un hamburger.

— Je cherche Bo Evans, dit Shane.

— Il n'est pas ici. Je l'ai déjà dit au shérif. Et vous êtes qui, d'abord ?

— Shane Corbett. Bo vit bien chez vous, n'est-ce pas ?

Il fit un pas en avant, et en profita pour jeter un œil sur les deux chambres à peine plus grandes qu'une penderie.

Cody haussa les épaules.

— Il n'a nulle part où aller, et je lui ai dit qu'il pouvait rester ici. Mais je ne l'ai pas vu ce soir, d'accord ?

— Et d'après vous, où peut-il être ?

— Qu'est-ce que j'en sais ?

— Et s'il voulait emmener sa fiancée quelque part, où irait-il ?

— Maddie ?

Cody eut l'air sincèrement surpris.

Une odeur de viande brûlée commençait à s'élever dans la pièce, et il coupa le gaz sous la poêle.

— Ils sont de nouveau ensemble ?

— Ça a l'air de vous étonner.

— Vous rigolez ? Elle l'a laissé tomber en disant qu'elle ne voulait plus jamais le voir.

— C'est peut-être pour cette raison que les cousines de Maddie sont inquiètes et m'ont demandé de la retrouver. Si vous savez quelque chose, il faut me le dire. Elle est peut-être en danger.

Le jeune homme hésita.

— S'il lui arrive quelque chose, vous risquez d'être inculpé de complicité, insista Shane.

Une lueur apeurée passa dans les yeux de Cody.

— Ben… il avait l'habitude de l'emmener au chalet de mes vieux, à Missouri Breaks. Il doit encore se rappeler où on cache la clé.

Grayson se réveilla en sursaut, et trouva le lit vide à côté de lui.

Il regarda l'heure, vit qu'il était tard, et partit à la recherche de sa femme.

Il découvrit Kate debout dans le salon, en train d'observer le jardin par la fenêtre. Sa mince silhouette se dessinait dans le clair de lune. Elle avait les épaules baissées, la tête penchée, et les doigts pressés contre la vitre.

Pendant longtemps, Grayson avait fait mine de ne rien remarquer. Il ne voulait pas la brusquer, et avait décidé d'attendre qu'elle se résolve à se confier à lui.

Mais cela ne pouvait plus durer. Il aimait Kate, et il ne supportait plus de la voir souffrir.

Tandis qu'il avançait vers elle, il envisagea la possibilité que ses confidences lui brisent le cœur, mais rien n'aurait pu l'arrêter.

Pas cette fois.

Elle ne semblait pas l'avoir entendu venir, car elle sursauta au contact de ses doigts sur son épaule. Tandis qu'elle pivotait vers lui, il l'attira dans ses bras et la berça longuement.

Au début, elle se tint si raide qu'il eut le sentiment de pouvoir la briser entre ses doigts. Puis elle se détendit peu à peu, jusqu'à passer les bras autour de sa taille et se blottir contre lui.

Ils restèrent ainsi un long moment, sans échanger un mot. Puis Grayson la repoussa à bout de bras, et plongea dans les yeux de Kate un regard débordant de tendresse.

— Parle-moi, dit-il d'une voix altérée par l'émotion.

*
* *

Les larmes aux yeux, Kate observa longuement le visage de l'homme qu'elle aimait.

— Parle-moi, répéta-t-il en lui pressant doucement les épaules.

Elle déglutit avec peine, à la fois effrayée et incapable de garder plus longtemps ce douloureux secret.

— Cela restera entre nous, dit-il.

Elle hocha la tête et se mordit la lèvre inférieure, émue par tant de compassion.

— Pouvons-nous nous asseoir ? demanda-t-elle d'une voix faible.

Il la guida vers le canapé et prit place à côté d'elle, lui tenant la main dans les siennes.

Kate prit une profonde inspiration et relâcha son souffle.

— Je... J'ai eu un bébé, autrefois. J'étais seule, je ne savais pas quoi faire...

Grayson ne montra aucune surprise.

— Où était le père du bébé ? demanda-t-il d'une voix posée.

— Il n'était pas libre, dit-elle, en proie à un immense sentiment de culpabilité pour toutes ces vies qu'elle avait gâchées.

Elle soupira.

— J'étais tellement égoïste, Grayson, tellement stupide.

— Non, dit-il avec émotion, tout en l'attirant dans ses bras. Tu étais jeune, et tu étais dépassée par les événements.

Repoussant tendrement ses cheveux, il déposa un baiser sur sa tempe.

— Je suis désolé, mon amour.

— Le père du bébé…, commença Kate d'une voix hachée, avant d'éclater en sanglots.

Grayson la réconforta, lui murmurant des mots rassurants, puis il chercha son regard, attendant la suite, la devinant peut-être.

— Il vit encore ici, dit-elle.

— Tu l'as revu ?

Elle hocha la tête.

— Tu l'aimes toujours ?

— Non, s'empressa-t-elle de répondre, devinant combien c'était difficile pour Grayson. Mais ce n'est pas de lui qu'il est question.

Grayson scruta longuement son visage, comme s'il essayait de déterminer si elle disait vrai.

— Et de quoi est-il question, Kate ?

— Le bébé… Cette petite fille que j'ai abandonnée, il y a vingt-six ans… Je dois la retrouver.

10

Une fois hors du chalet, Jerilyn courut vers la voiture, effrayée à l'idée que le cow-boy les poursuive.

Elle avait une arme, d'accord, mais elle avait vu les yeux de ce type, et elle n'était pas sûre que le 22 l'arrête avant qu'il ne réussisse à s'en emparer.

Se glissant au volant, Jerilyn inséra la clé dans le contact, tandis que Maddie prenait place sur le siège passager.

— Ça va ? demanda-t-elle, en remarquant que sa fille avait l'air un peu barbouillée.

Maddie hocha la tête et ferma la portière tandis que Jerilyn démarrait et enclenchait la marche arrière.

— Qui êtes-vous ?

Jerilyn tourna la tête pendant sa manœuvre, et heurta le tronc d'un jeune sapin.

— Je m'appelle Jerilyn Larch.

Elle enclencha la première et tourna le volant à fond.

Le lourd véhicule commença à braquer, mais le chemin était trop étroit pour tourner en une seule fois, et elle dut de nouveau passer la marcher arrière.

Jetant un coup d'œil au rétroviseur, elle vit le cow-boy apparaître sur le pas de la porte.

— Jerilyn Larch, répéta Maddie d'un ton absent,

comme si elle s'attendait à ce que le nom lui évoque quelque chose.

Terminant précipitamment son demi-tour, Jerilyn patina dans le sol meuble et humide du sous-bois, offrant ainsi à Bo l'occasion de les rattraper.

Comme il s'accrochait à la poignée de la portière de Maddie, cette dernière eut la présence d'esprit de la verrouiller.

Jerilyn prit de la vitesse et, bien qu'il commence à trébucher, Bo ne lâcha pas prise.

Le visage déformé par un rictus de dément, il se laissait traîner pas la voiture sur le chemin cabossé.

Heureusement, Jerilyn savait comment régler le problème.

Donnant un brusque coup de frein sur le côté, elle s'en alla racler un bosquet de pins sur le bas-côté.

Il y eut un bruit mat, puis un cri tandis que leur assaillant s'effondrait à terre.

Continuant à rouler, Jerilyn regarda dans son rétroviseur.

Le cow-boy gisait au sol, immobile.

Elle ne pensait pas l'avoir tué, mais, de toute façon, elle n'allait pas pleurer sur son sort.

— Qui est ce type ? demanda-t-elle.

— Bo Evans, marmonna Maddie, tout en tournant la tête pour voir s'il s'était relevé.

Cela donna l'occasion à Jerilyn de voir les marques d'étranglement sur son cou.

— Votre petit ami ?

— Ex. Une erreur de jeunesse.

Jerilyn hocha la tête.

— Je vois ce que tu veux dire. Ça ne t'ennuie pas si je te tutoie ? Après tout, je pourrais être ta mère.

— Je vous en prie.

— Je crois que j'ai vu une chemise sur la banquette arrière.

Maddie se souleva de son siège et se pencha vers l'arrière pour attraper la chemise.

Au passage, elle essaya de voir ce qu'était devenu Bo, mais elles étaient déjà trop loin.

Enfilant la chemise par-dessus son chemisier déchiré, elle la boutonna et roula les manches, tout en se demandant par quel miracle cette étrange touriste s'était retrouvée dans le coin.

Contemplant à la dérobée le profil de la conductrice qui se découpait dans l'ombre, elle vit que cette dernière ne semblait pas le moins du monde émue par la pensée d'avoir peut-être tué un homme.

Par précaution, elle glissa le couteau dans le bac de portière, là où elle pourrait le récupérer facilement en cas de besoin.

Elle se souvenait parfaitement de cette cliente qui était arrivée un peu avant la fermeture et avait dîné seule près de la fenêtre. Elle n'avait pas terminé son repas, et avait laissé un gros pourboire.

Malgré sa gentillesse apparente et ses questions anodines, Maddie s'était sentie mal à l'aise.

Exactement comme maintenant.

Il y avait quelque chose chez cette femme qui lui glaçait le sang, même si elle avait conscience qu'elle aurait dû lui être reconnaissante de l'avoir sauvée des griffes de Bo.

— Comment m'avez-vous trouvée ? demanda-t-elle.

La blonde lui lança un regard hésitant.

— Je l'ai vu t'enlever devant le restaurant. Il n'y avait personne à qui demander de l'aide, alors j'ai suivi la voiture.

L'explication était plausible, mais cela ne suffisait toujours pas à rassurer Maddie.

Son sentiment d'inquiétude s'amplifia quand, arrivée au bas du chemin, Jerilyn prit la direction du sud, au lieu de revenir en ville.

Puis elle se rappela que l'inconnue lui avait dit qu'elle n'était pas de la région. Il n'y avait rien d'anormal à ce qu'elle se trompe de direction.

— Whitehorse est de l'autre côté, dit-elle, en s'efforçant de ne pas laisser paraître son appréhension.

— Il faut que je récupère mon pick-up, expliqua Jerilyn. Il est un peu plus loin dans un fourré. C'était plus facile et plus rapide de lui prendre sa voiture. Comme ça, au moins, on peut être sûres qu'il ne nous suivra pas.

Elle ricana.

— Remarque, si tu veux mon avis, ça m'étonnerait qu'il soit en état de le faire.

Maddie songea au corps qu'elles avaient abandonné sur le chemin.

Bo était-il vraiment mort ?

Elle essaya de ressentir quelque chose, mais n'y parvint pas.

Tout cela était tellement étrange, se dit-elle en continuant d'observer la conductrice.

Pourquoi une parfaite inconnue risquerait-elle sa vie pour elle ?

Et quel genre de femme se déplaçait avec un pistolet de ce calibre ?

— Détends-toi, dit Jerilyn en lui adressant un sourire. Je ne te veux aucun mal.

Maddie n'en était pas aussi sûre.

— Et si tu me disais ce que tu as fait pour le mettre en rogne comme ça, ce Bo Evans.

— Rien. Il a toujours été violent, mais, au début de notre relation, je n'ai pas su le voir, ou je n'ai pas voulu y croire. Ensuite, quand il a commencé à me maltraiter, je me suis dit que je le méritais sûrement.

Tout en parlant, Maddie réalisa que c'était la première fois qu'elle parvenait à définir la nature de sa relation avec Bo.

— Je vois ce que tu veux dire. Mon ex, Earl-Ray, est une vraie brute. Mais, parfois, il peut être adorable, tu vois ?

Maddie voyait très bien.

Dans le groupe de soutien pour femmes battues qu'elle fréquentait, elle avait souvent vu ce genre de femmes à la dérive.

Le regard absent, les rides d'amertume, la voix devenue rauque à force d'alcool et de tabac… Il était évident que l'inconnue avait eu son lot de malchance.

— Tu sais qui il appelait au téléphone ?

Maddie mit quelques secondes à comprendre la question. Elle avait complètement oublié le coup de fil que Bo avait passé.

Elle était trop occupée à essayer de s'enfuir.

— Je n'ai pas fait attention, dit-elle.

— Je l'ai entendu dire quelque chose comme

« je vous la livre demain matin ». Tu vois de quoi il voulait parler ?

— Non, répondit Maddie d'un ton hésitant.

Elle ne voulait pas concevoir qu'il ait pu parler d'elle.

Jerilyn lui jeta un coup d'œil inquiet.

— Tu connais quelqu'un qui serait capable de payer pour t'avoir ?

Maddie frissonna de peur et de dégoût.

— Pourquoi me posez-vous une question pareille ?

— Parce que j'ai entendu ton ex réclamer plus d'argent pour te remettre à son commanditaire.

Maddie dévisagea l'inconnue.

Elle avait une migraine atroce, et la fatigue la submergeait.

Tout ce qu'elle voulait, c'était rentrer chez elle, prendre un bain, se coucher, et tout oublier.

Jerilyn ralentit et s'engouffra dans un sous-bois.

Tout d'abord, Maddie ne vit pas le pick-up, puis elle fut surprise. C'était le même modèle que le sien, et il était presque du même gris.

Jerilyn se gara à côté et coupa le moteur.

— C'est ton sac, sur la banquette, non ? Prends-le et viens.

Maddie referma les doigts sur le manche du couteau et ne bougea pas.

La plaque d'immatriculation était locale, mais Jerilyn avait dit qu'elle venait d'Arizona.

A qui était cette voiture ? L'avait-elle empruntée ou volée ?

— Tu veux conduire ? proposa Jerilyn en lui tendant ses clés.

Maddie ne fit pas un geste. Son instinct lui soufflait de ne suivre cette femme sous aucun prétexte.

Jerilyn plongea la main dans sa poche et pointa son arme vers la tête de Maddie.

— Tu vas faire gentiment ce que je te demande, d'accord ? Je ne te ferai pas de mal, c'est promis.

— Je ne comprends pas. Que me voulez-vous ?

Maddie n'en pouvait plus.

Après tout ce qu'elle avait subi ce soir, il fallait maintenant qu'elle se retrouve aux prises avec une folle.

— Nous devons parler, dit Jerilyn. C'est tout. Ensuite, je te raccompagnerai chez toi saine et sauve. Allons dans un endroit où personne ne nous dérangera.

— De quoi voulez-vous me parler ?

La blonde eut un sourire mystérieux, puis elle agita son arme pour faire signe à Maddie de descendre de voiture.

La voie rapide défilait sous les yeux de Shane, sombre ruban coupant en deux l'immensité de la prairie semblable à une mer d'argent sous la lune.

La plaine s'étendait à perte de vue, ne rencontrant aucun obstacle, à l'exception de la chaîne des Little Rockies à l'ouest.

Ses phares capturèrent sur le bas-côté plusieurs paires d'yeux phosphorescents. Il freina en catastrophe, réalisant qu'une harde de six biches broutait sur le bas-côté. L'une d'elles bondit de l'autre côté de la route, passant à quelques centimètres de son capot.

Le danger évité de justesse, Shane reprit de la vitesse.

La nuit cédait progressivement la place au jour, et son inquiétude pour Maddie augmentait à chaque minute qui s'écoulait.

Il n'avait croisé aucune voiture depuis qu'il avait quitté Whitehorse, ce qui n'avait rien d'étonnant compte tenu de l'heure et de l'endroit où il se trouvait : un véritable désert.

Jamais il n'avait ressenti à ce point l'isolement qui caractérisait cette région. C'était bien simple, il n'avait pas vu la lumière d'un ranch depuis des kilomètres, ni croisé un seul être humain.

Lorsqu'il arriva aux abords de Missouri Breaks, le paysage changea brusquement, avec ses immenses blocs de roches émergeant entre des coulées de genévriers et de cyprès, tandis que l'atmosphère, soudain gorgée d'humidité, annonçait la présence toute proche du fleuve.

Cody lui avait indiqué différents chemins pour accéder au chalet. La plupart d'entre eux, totalement impraticables en hiver en raison des coulées de boue, étaient toutefois accessibles en cette saison avec un véhicule tout-terrain.

S'engageant sur une sente étroite qui descendait à pic vers les gorges du Missouri, il espéra qu'il ne s'était pas trompé de direction.

Maddie fixa le revolver que sa ravisseuse pointait sur elle, puis elle se résigna à quitter la voiture.

— On ne peut pas parler ici ? demanda-t-elle tandis que Jerilyn lui faisait signe de se mettre au volant.

— Non. Fais demi-tour, et roule jusqu'au carrefour. Ensuite, tu prendras la direction des gorges du Missouri.

Maddie hésita. Plus elle descendrait vers la rive du fleuve, moins elle aurait de chance de trouver de l'aide.

— Tu aurais adoré vivre en Arizona, dit tout à coup Jerilyn, confortant Maddie dans l'idée qu'elle avait affaire à une folle.

— Je ne crois pas.

Sa réponse déplut à Jerilyn.

— Tu aurais été heureuse en Arizona. J'y aurais veillé.

L'absurdité de cet argument renforça l'inquiétude de Maddie. D'autant que Jerilyn s'était mise à pleurer.

— J'aurais été une bonne mère, gémit cette dernière. Je t'assure.

— J'en suis certaine, dit Maddie, dans l'espoir de la calmer. Mais j'ai déjà une mère.

— Cette femme n'est pas ta mère ! cria Jerilyn. C'est moi.

Tandis que Maddie bifurquait vers le fleuve, elle crut avoir mal entendu.

— Je suis ta mère. Ta vraie mère, insista Jerilyn.

Maddie se garda de réagir pour ne pas envenimer la situation.

Il était évident que la pauvre femme était dérangée. Aucune personne normale n'aurait suivi une voiture jusque dans un coin aussi reculé, pour venir en aide à une serveuse avec qui elle avait échangé trois mots.

— Tu n'as pas remarqué la ressemblance ? insista Jerilyn.

— Beaucoup de femmes sont blondes aux yeux bleus, rétorqua Maddie.

Puis elle se mordit la langue, et se reprocha de ne pas avoir réfléchi avant de parler.

— J'ai su que tu étais ma fille à l'instant où je t'ai vue au restaurant. Je me doutais que tes parents ne t'auraient rien dit. Mais j'ai pris mes renseignements. L'infirmier m'a donné leur nom. Ta mère ne pouvait pas avoir d'enfants, alors elle a pris le mien. Je n'avais que seize ans, je n'étais moi-même qu'une enfant. Mais j'aurais pu t'élever si ma mère m'avait laissée faire.

Maddie essaya de se concentrer sur sa conduite, tandis que la route se faisait plus étroite.

Sarah Cavannaugh était sa mère. Il n'y avait aucune raison d'en douter. Elle lui avait assez souvent raconté que sa grossesse avait été un cauchemar, et son accouchement un enfer.

— L'infirmier s'est renseigné et a trouvé leur nom, insista Jerilyn. Roy et Sarah Cavannaugh. C'est comme ça que j'ai su qu'ils t'avaient prénommée Madeline, mais te surnommaient Maddie.

Sous l'effet de la surprise, Maddie faillit quitter la route.

— Tu vois que je suis bien ta vraie mère. J'ai toujours voulu venir te voir, mais ma mère disait que je gâcherais ta vie comme j'ai gâché la mienne.

Non, se dit Maddie. Ce n'était pas possible. Elle refusait d'y croire.

— Si vous étiez ma mère, vous ne pointeriez pas une arme sur moi.

Jerilyn haussa les épaules.

— C'était la seule façon pour que tu écoutes ce que j'avais à te dire.

— Ce n'est pas vrai.

Le visage de Jerilyn se tordit soudain de colère.

— Pourquoi tu roules aussi doucement ? Accélère, ou nous ne serons jamais assez loin.

— Loin de quoi ?

— Roule. Je sais que tu ne me croiras pas, mais je viens d'une famille qui avait une bonne réputation, beaucoup d'argent, des terres et un statut social. Ce n'est pas ma faute si tout s'est écroulé, et si aujourd'hui j'ai besoin de l'aide de ma fille.

Maddie lui glissa un regard en coin.

— Je n'ai pas d'argent, si c'est ce à quoi vous pensez.

— Mais tes cousines en ont. Le restaurant est plutôt chic. Et, avec les prix qu'elle pratique, la propriétaire doit rouler sur l'or. Je suis sûre qu'elle n'hésitera pas à payer ta rançon.

Maddie écarquilla les yeux.

— Vous me kidnappez ?

Earl-Ray ne tenait plus en place.

Jamais il n'avait été aussi près de récupérer son petit carnet noir.

Il réfléchit à la première chose qu'il allait s'acheter une fois qu'il serait riche. Un billet d'avion pour quitter le pays était peut-être la décision la plus raisonnable…

Il préférait ne pas penser aux gens à qui il avait dérobé le carnet, ou à ce qu'ils lui feraient s'ils découvraient qu'il était maintenant en sa possession.

A la place, il s'imagina la tête de Jerilyn quand il lui présenterait sa chère fille.

Cela promettait d'être impayable.

Quand il était allé chez Jones, il avait découvert sa Buick devant la maison. Mais il n'y avait aucune trace de Jerilyn. Un voisin lui avait fourni la réponse qu'il cherchait.

Jerilyn avait filé avec le pick-up. Cette idiote cherchait sa fille, et Bo Evans venait de lui jurer qu'il l'avait.

Earl-Ray se frotta les mains. Quelque chose lui disait qu'il allait mettre la main sur Jerilyn plus tôt que prévu.

Localisant le signal G.P.S. du portable qu'il avait donné à Bo Evans, il indiqua à Dude de ralentir.

Puis, tandis que la voiture de location s'engageait dans un étroit chemin de terre, il vérifia son arme.

Il n'avait pas l'habitude de laisser de témoins derrière lui.

Maddie songea qu'elle devait absolument faire quelque chose.

Elles s'enfonçaient de plus en plus vers les gorges du Missouri, dans une nature hostile où elle n'aurait aucune chance d'échapper à cette femme dont la stabilité mentale restait sujette à caution.

Alors que le pick-up tanguait au passage d'une portion de route déformée, elle vit la lune se refléter dans une petite étendue d'eau située légèrement en contrebas, là où le fleuve, canalisé entre les formations rocheuses, formait une série de réservoirs naturels.

En prenant place au volant, elle avait attaché sa

ceinture, et désactivé l'airbag passager après avoir constaté que Jerilyn ne bouclait pas la sienne.

Evaluant les risques, elle se dit que ce qu'elle s'apprêtait à faire pouvait être dangereux.

Mais n'était-ce pas encore plus dangereux de rester avec cette folle ?

Le lac n'avait pas l'air très profond, mais elle baissa sa vitre par simple précaution.

— Qu'est-ce que tu fais ? aboya Jerilyn. On gèle.

— J'ai besoin d'air.

— Remonte cette vitre !

Jerilyn poussa un cri tandis que le pick-up se mettait à zigzaguer.

— Que se passe-t-il ? demanda-t-elle d'une voix terrifiée.

— Je ne sais pas, mentit, Maddie. Je crois qu'un pneu vient d'éclater.

— Freine !

— J'essaye, mais on dirait que ça ne répond pas.

Baissant son arme, Jerilyn reporta son attention sur la route.

— Attention, cria-t-elle, tandis que la voiture faisait une embardée sur la droite. Essaie de rétrograder.

Au contraire, Maddie écrasa la pédale d'accélérateur et fonça tout droit vers le lac.

Le pick-up rebondit telle une balle sur le sol accidenté, et finit sa course dans le lac, projetant autour de lui une gerbe d'eau qui entra par la vitre ouverte de Maddie.

La voiture roula encore une dizaine de mètres dans l'eau, dont le niveau monta jusqu'au ras du pare-brise, et s'immobilisa, prisonnière de la vase.

Du coin de l'œil, Maddie vit que la tête de Jerilyn avait heurté le pare-brise, et qu'elle avait perdu connaissance.

Elle n'avait pas une minute à perdre.

Sans attendre que la voiture se soit complètement arrêtée, elle défit sa ceinture et posa la main sur la poignée.

11

Grayson garda Kate dans ses bras jusqu'à ce qu'elle s'endorme. Puis, incapable de trouver le sommeil, il se leva et erra dans la maison vide.

Le pick-up de Shane n'était pas devant la maison d'amis, où il s'était installé le temps de sa convalescence, et il s'en étonna. Mais Shane était adulte. S'il avait décidé de passer la nuit ailleurs, c'était très bien.

Juanita avait quant à elle élu domicile dans un chalet situé sur la propriété, mais à l'écart de la maison principale.

Il avait voulu que chacun ait son espace privé, et que le ranch Trails West leur tienne lieu de petit paradis.

Sur la terrasse, Grayson se laissa tomber dans l'un des fauteuils et regarda le jour qui commençait à se lever.

Il avait bien peur que son plan pour attirer ses fils dans le Montana ne fonctionne pas, même s'il lui tenait particulièrement à cœur.

Tout cet espace, toutes ses dépendances qu'il avait aménagées pour sa famille et ses amis… Et, pourtant, quelque chose lui disait que Kate et lui se retrouveraient finalement seuls.

Il se dit qu'il avait acheté cet endroit pour Kate, mais une part de lui avait espéré y retrouver un peu de l'âme de Rebecca.

Parfois, il lui semblait entendre son rire porté par la brise, ou voir son ombre caracoler à cheval à travers la prairie. Il savait combien elle avait été heureuse, ici.

Toutefois, si le souvenir qu'il conservait de Rebecca était toujours aussi fort, son amour pour Kate l'était tout autant. Elle était son médiateur entre le passé et le présent, celle qui l'avait aidé à guérir…

Et voilà qu'il découvrait que Kate avait une fille de vingt-six ans. Une fille qu'elle avait abandonnée…

Une fille qu'elle avait eue avec un homme qui vivait toujours à Whitehorse.

Cette nouvelle lui avait coupé le souffle. Il savait évidemment que Kate avait eu des amants, mais cet homme lui avait donné ce qu'ils ne pourraient jamais avoir ensemble. Et, malgré ses efforts pour se raisonner, il ne pouvait s'empêcher d'être jaloux de cet inconnu.

Il ne tourna pas la tête en entendant la porte s'ouvrir et Kate marcher pieds nus sur le plancher de bois de la terrasse. Il ne voulait pas qu'elle le voie ainsi.

Il se faisait honte. Il ne croyait pas être aussi mesquin.

Mais, au moment où elle lui toucha le bras, il éprouva toute la force de ce lien mystérieux qui existait entre eux.

C'était la femme de sa vie. Elle l'aimait, et il l'aimait aussi. Désespérément.

Elle s'installa sur ses genoux et se blottit contre lui.

— Je suis désolée, murmura-t-elle. J'aurais dû t'en parler plus tôt.

— C'est pour cette raison que tu ne voulais pas revenir ici, n'est-ce pas ? demanda-t-il après avoir laissé passer un moment de silence.

Elle hocha la tête.

Et il avait rouvert sa blessure en achetant le ranch sans même songer à lui en parler. Comment avait-il pu être aussi stupide ?

— Pourras-tu me pardonner ? demanda-t-elle de sa voix douce et mélodieuse, tandis que la brise jouait avec ses cheveux.

— Il n'y a rien à pardonner.

Il rejeta la tête en arrière pour voir son visage dans le jour naissant.

— Nous retrouverons ta fille, si c'est ce que tu veux.

Les larmes aux yeux, Kate lui donna un baiser qui emplit son cœur de tendresse, et renforça sa détermination.

Un jour, se promit-il, le ranch résonnerait des voix et des rires de leur famille au grand complet.

Même si la voiture n'était pas profondément immergée, le poids de l'eau appuyait sur la portière, et Maddie dut faire appel à toutes ses forces pour l'ouvrir.

Tandis qu'elle se glissait à l'extérieur, Maddie jeta un coup d'œil à Jerilyn qui s'était affaissée sur le tableau de bord.

Elle respirait mais ne bougeait pas. Le pistolet était introuvable.

Maddie se laissa glisser dans l'eau, dont la fraîcheur lui coupa le souffle, même si elle ne lui arrivait qu'à la taille.

Elle dérapa dans la vase et, tandis qu'elle battait l'air de ses bras pour retrouver son équilibre, elle entendit Jerilyn marmonner son nom.

Elle essaya de se dépêcher. Le jour commençait à se lever, faisant d'elle une cible parfaite.

Jerilyn ne pouvait pas être sa mère. Aucune mère ne menacerait sa fille d'une arme.

Bien sûr, Sarah Cavannaugh avait été une mère épouvantable, mais Jerilyn était sans doute encore pire.

Et puis, si elle avait été adoptée, elle le saurait, non ?

Elle frissonna en se rappelant combien Sarah avait été froide et distante. Elle ne ressemblait en rien à une mère. Mais il y avait Géraldine, la voisine, et Sarah n'avait pas semblé s'offusquer que sa fille aille chercher un peu d'affection auprès de la vieille dame.

— Maddie ! Reviens ! Tu dois m'aider.

Elle était presque arrivée sur la terre ferme, et ne se retourna pas.

— Tu l'as fait exprès ! Tu nous as jetées dans ce lac. Tu aurais pu nous tuer.

Maddie entendit la portière s'ouvrir et Jerilyn sauter dans l'eau.

Quelque chose de métallique cogna contre la carrosserie de la voiture. Elle avait apparemment retrouvé son arme.

Maddie essaya de presser le pas, malgré l'eau boueuse qui entrait dans ses bottes et les alourdissait.

— Ne m'abandonne pas ! cria Jerilyn. Tu dois m'aider. Je suis ta mère.

Maddie ne se retourna pas.

De l'autre côté de l'étroit chemin de terre, les sapins plantés en rangs serrés formaient un mur en apparence infranchissable. Mais de l'autre côté se trouvait le début du territoire d'Old Town.

Elle courut pour traverser le chemin, sachant qu'elle serait pendant un court instant à découvert.

— Maddie !

Une balle siffla près de son oreille tandis qu'elle accélérait sa foulée et piquait tout droit vers le refuge que lui offrait la futaie.

Elle atteignit les arbres au moment où une deuxième déflagration déchirait le silence.

Terrifiée, courant à l'aveuglette, elle trébucha sur une racine et tomba la tête la première, en dérapant sur un tapis d'aiguilles de pin roussies.

Son épaule heurta une souche, et elle serra les lèvres pour ne pas crier.

Se redressant lentement, elle s'accorda quelques instants pour reprendre son souffle et laisser la douleur refluer, puis elle rampa pour aller s'accoter à un tronc.

Grâce à une brèche dans la végétation, elle pouvait voir la route, et la furie qui était plantée au milieu.

Jerilyn se penchait pour essayer d'apercevoir quelque chose entre les arbres, et semblait hésiter à s'engager dans la pinède. Maddie comprit pourquoi en découvrant qu'elle était pieds nus. Elle avait remarqué que Jerilyn portait d'invraisemblables escarpins à talons aiguilles, et ils avaient dû rester plantés dans la vase.

Serrant les dents, Maddie essaya de faire bouger

son épaule. Elle ne semblait pas cassée. Les paumes de ses mains étaient écorchées, et elle s'était fait une entaille dans le haut du bras en courant à travers les arbres.

Elle n'en pouvait plus.

Elle était blessée, affaiblie, terriblement vulnérable, et elle craignait de ne pas pouvoir tenir le coup beaucoup plus longtemps.

Tandis que sa respiration reprenait un rythme normal, elle entendit le bruit d'un moteur, puis le halo des phares illumina la futaie.

Maddie eut un mouvement de recul en voyant Jerilyn cacher le pistolet dans son dos.

Maddie eut envie d'appeler à l'aide.

Quelqu'un venait, et elle savait que le conducteur s'arrêterait en voyant une voiture embourbée. Dans cette partie de l'Etat, l'entraide n'était pas un vain mot. Seulement, cette personne ignorait que Jerilyn était armée et dangereuse.

La voiture ralentit, ses feux stop dessinant un halo rouge dans la lumière encore grise de l'aube.

Maddie décida qu'elle ne pouvait pas laisser une personne innocente et bien intentionnée se faire tuer à cause d'elle.

Se redressant péniblement, elle revint vers la route en boitillant.

Earl-Ray n'avait jamais été aussi heureux de retrouver quelqu'un.

Si ce n'était pas de la chance de tomber comme ça sur Jerilyn ! Ah, elle avait bonne mine, avec sa dégaine de rat mouillé.

Il n'avait même pas besoin de demander ce qui s'était passé, étant donné que le pick-up était à moitié immergé dans le lac.

Il baissa sa vitre.

— On dirait que tu n'es pas très soigneuse avec les voitures des autres.

— Earl-Ray.

Elle avait prononcé son nom avec naturel, comme s'ils ne s'étaient jamais quittés, comme si elle ne lui avait pas volé sa voiture et son argent avant de l'abandonner dans un motel minable, le forçant à faire des milliers de kilomètres pour la retrouver.

— Qu'est-ce qui ne tourne pas rond chez toi, ma vieille ? demanda-t-il, perdant patience.

— Rien que tu ne puisses réparer, mon chou.

Elle lui adressa un sourire charmeur.

— Tu n'es pas content de me revoir ?

— Où est mon carnet ? Je sais que tu l'as trouvé.

— Oui, je l'ai trouvé.

Une lueur dangereuse passa dans son regard.

— C'est tout ce qui t'intéresse, ton fichu carnet ?

Il la saisit par le devant de son chemisier couvert de boue.

— Où est-il ?

— Je l'ai jeté par la vitre en roulant.

Il n'eut que le temps de la repousser et de se recroqueviller, avant qu'elle ne passe le canon d'un pistolet par la vitre.

Le coup retentit dans l'habitacle, mais ne couvrit pas le hurlement de douleur de Dude.

Elle tira de nouveau, et il entendit cette fois Bubba jurer, avant de s'effondrer contre son dossier.

Croyant sa dernière heure venue, Earl-Ray ne comprit pas pourquoi Jerilyn s'éloignait tout à coup, retournant vers le lac.

Ouvrant sa portière, il sortit péniblement de la voiture, et ne fut vraiment sûr de ne pas avoir été touché quand il fut sur ses pieds.

S'élançant derrière Jerilyn, il n'eut que le temps de la plaquer à terre alors qu'elle se tournait vers lui, prête à faire feu.

Ils atterrirent dans la terre humide qui bordait le lac, Earl-Ray écrasant Jerilyn de tout son poids. Se débattant en dessous de lui, elle le bombardait d'obscénités, puis il entendit un coup de feu partir.

Un liquide chaud lui barbouilla le visage, et il fut certain cette fois d'avoir été touché. Il serra les mains autour du cou de Jerilyn, bien décidé, s'il devait mourir, à ce qu'elle ne lui survive pas.

Tout était calme. Dude avait cessé de crier, ce qui n'était pas forcément bon signe.

Etonné que Jerilyn ne se débatte pas, il vit soudain qu'elle avait les yeux vitreux, et mit quelques secondes à comprendre ce qui s'était passé.

Quand il l'avait plaquée, l'arme se trouvait entre eux, et elle avait tiré. Son poids avait enfoncé le pistolet dans les côtes de Jerilyn, le canon pointé vers sa gorge.

Ecartant les mains du cou de Jerilyn, Earl-Ray regarda avec hébétude ses doigts couverts de sang, puis il se releva en titubant.

Il n'avait jamais vraiment eu l'intention de tuer Jerilyn. Tout ce qu'il voulait, c'était récupérer son carnet.

Et maintenant, c'était fichu.

Il essuya ses mains sur son pantalon, et essaya de se calmer. Mais il en était incapable.

Jerilyn était morte.

— Dude ! appela-t-il. Bubba !

Aucun des deux ne répondit.

Jetant un coup d'œil vers le pick-up immobilisé dans le lac, il réalisa qu'il allait devoir y aller lui-même.

Elle pouvait avoir menti à propos du carnet. Si ça se trouve, il était toujours dans son sac.

L'eau était glacée, et la vase gluante lui arracha une de ses chaussures au premier pas. Il la récupéra, recula vers la rive, et ôta l'autre chaussure avant de faire une nouvelle tentative.

Les deux portières du pick-up étaient ouvertes, et il se dirigea du côté conducteur.

Le sac abandonné sur le siège n'était pas celui que Jerilyn avait en Arizona. Il le fouilla rapidement, et ne trouva pas de carnet.

Il jura, puis constata que ce n'était pas le sac de Jerilyn. Le permis de conduire était au nom de Madeline Cavannaugh.

Maddie Cavannaugh ?

Un frisson courut dans sa nuque. Il était si perturbé qu'il n'avait pas noté que les deux portières étaient ouvertes.

Cela voulait dire qu'il y avait un passager.

Ou, plutôt, une passagère.

Il passa rapidement en revue le reste de la voiture, et découvrit le sac de Jerilyn sur le plancher, flottant dans l'eau boueuse.

Il fouilla à l'intérieur, en espérant qu'il pourrait sauver son carnet et ce qui était écrit à l'intérieur.

Mais il ne trouva rien.

Elle ne pouvait quand même pas l'avoir jeté, se dit-il. Elle n'était quand même pas stupide à ce point.

Ou peut-être bien que si.

Il tâtonna tout le long du plancher, glissant la main sous les sièges, en pensant que le carnet avait pu tomber. Là encore, ce fut en pure perte.

Tandis qu'il regagnait la route, une pensée lui vint.

Et si Jerilyn avait montré le carnet à Maddie en lui demandant de le garder au cas où il lui arriverait quelque chose ?

Il ôta ses chaussettes boueuses, et enfila ses chaussures pieds nus, puis il se tourna vers le bois.

Maddie était quelque part par là.

Il pouvait presque sentir sa présence. Et elle ne pouvait pas ne pas avoir entendu les cris et les coups de feu. C'était un témoin potentiel.

Mais ce qui l'intéressait davantage, c'était ce que Jerilyn avait pu lui donner.

Maddie s'apprêtait à se manifester, quand elle avait entendu Jerilyn appeler par son nom l'homme qui s'était arrêté.

Earl-Ray… Jerilyn n'avait-elle pas dit que son ex s'appelait ainsi ?

Elle eut à peine le temps d'enregistrer cette information qu'elle avait entendu des coups de feu et des cris.

Immédiatement, elle était retournée à sa cachette,

et s'était mise à réfléchir à la décision qu'elle devait prendre.

A présent, le temps lui semblait long, s'égrenant avec une lenteur exaspérante.

Le silence était retombé depuis longtemps, et elle n'avait pas entendu la voiture repartir.

Peut-être étaient-ils tous morts ?

Soudain, une branche s'écarta, et une large et sombre silhouette apparut à l'entrée de la pinède.

Son cœur fit un bond dans sa poitrine quand elle entendit son nom.

— Maddie ? Je sais que vous êtes là. Montrez-vous. Je ne vous ferai aucun mal. Je suis un ami de votre mère.

Un frisson la parcourut.

Il savait qu'elle était là. Il connaissait son nom. Il pensait même que Jerilyn était sa mère…

Mais il n'avait rien d'un ami.

Maddie retint son souffle, s'obligeant à ne pas bouger.

Où était Jerilyn ? Et les deux autres, ceux que l'homme avait appelés Dude et Bubba ?

Elle voyait l'homme, mais elle était sûre qu'il ne la voyait pas.

Un téléphone sonna dans la voiture. Il l'ignora.

— Allez, Maddie. Je vous assure que vous ne risquez rien. Je vais vous raccompagner en ville. La nuit a été longue, et je sais que vous avez hâte de revoir votre famille.

Le téléphone sonnait toujours. Il laissa échapper un juron et fit demi-tour vers la voiture.

Maddie saisit cette occasion pour se mettre à

courir, le cœur battant si fort qu'elle était incapable d'entendre s'il la suivait.

Earl-Ray trouva le téléphone là où il l'avait laissé, dans le vide-poche du tableau de bord. Une seule personne avait ce numéro.

— Qu'est-ce que tu veux encore ? aboya-t-il.

— Je suis blessé, gémit Bo. Il faut que vous veniez me chercher.

Earl-Ray éclata de rire.

— Mais je ne sais pas où tu es. Dommage que tu ne m'aies pas livré Maddie ce soir, comme je te l'avais demandé. Tu l'as toujours, n'est-ce pas ?

Il y eut un silence à l'autre bout de la ligne.

— Euh… C'est-à-dire que quelqu'un l'a emmenée.

Earl Ray fit le tour du 4x4 de location.

Il avait bien envie d'abandonner Bo à son triste sort, mais le gamin semblait si désespéré qu'il risquait de faire n'importe quoi. Comme d'appeler une ambulance, par exemple.

Jurant entre ses dents, Earl-Ray ouvrit la portière conducteur, se pencha avec dégoût au-dessus du cadavre de Dude, et défit sa ceinture.

Le corps inerte bascula dans le vide, et il n'eut plus qu'à le tirer complètement à terre, de sa main libre.

— Dis-moi où je peux te trouver, demanda-t-il à Bo.

Ecoutant d'une oreille distraite, puisqu'il était déjà dans les parages, il fit subir le même sort au cadavre de Bubba, affalé sur la banquette arrière.

— Tu es seul ? demanda-t-il encore.

— Oui. Et ne vous en faites pas pour Maddie. Je la retrouverai. Je vous le jure.

— Ouais, c'est ça.

Earl-Ray raccrocha au moment où des phares apparaissaient dans le lointain.

La crête des Little Rockies baignait dans une lumière flamboyante, mais des lambeaux de brume s'étiraient encore au creux des gorges du Missouri, ne suffisant pas toutefois à masquer les pics impressionnants qui surgissaient de toutes parts.

Dans une percée entre deux rangées de pins noirs, ses phares firent scintiller une masse métallique un peu en contrebas de la route.

Shane ralentit, et son cœur s'emballa quand il vit le pick-up de Buck Jones au milieu du lac.

Il s'arrêta, prit une lampe torche et courut jusqu'au lieu de ce qu'il présumait être un accident.

Les deux portières étaient ouvertes, et il n'y avait plus personne à l'intérieur.

Tandis qu'il cherchait des empreintes de pas sur la terre meuble autour du lac, Shane remarqua un corps à demi enfoui dans la vase, et son sang ne fit qu'un tour lorsqu'il aperçut une mèche de cheveux blonds.

Maddie.

Il braqua le faisceau de la torche sur le visage de la femme, et laissa échapper un soupir de soulagement.

C'était Jerilyn. Elle correspondait à la description de Buck Jones.

Tandis qu'il dirigeait sa torche vers le bord de la route, il découvrit deux autres corps, et se demanda ce qui s'était passé. Repérant enfin des empreintes de bottes de petite pointure, il les suivit de l'autre côté de la route, en constatant qu'elles étaient plus espacées.

Maddie, si c'était elle, avait couru.

Malheureusement, les empreintes s'arrêtaient là où commençait un épais tapis d'épines de pin à l'orée du bois.

— Maddie ? appela-t-il. C'est Shane. Shane Corbett.

Pas de réponse.

Remontant en voiture, il appela le bureau du shérif et relata ce qu'il avait découvert.

Le régulateur lui demanda de rester sur les lieux jusqu'à ce que le shérif le rejoigne. Une recherche par hélicoptère serait lancée dès que le jour se serait complètement levé.

Earl-Ray s'engagea dans le chemin balisé par un panonceau presque effacé. En roulant, il remarqua un bout d'étoffe sanglant accroché à l'écorce d'un arbre. Il ralentit et vit des traces indiquant que quelqu'un avait été traîné.

Cela avait l'air tout frais.

Il y avait de nombreuses traces de pneus près du chalet, laissées par des manœuvres intempestives, et un jeune arbre était à moitié déraciné, comme si on l'avait percuté.

Il voyait très bien qui avait pu faire ça, et songea avec un rien de nostalgie que Jerilyn était quand même une sacrée bonne femme. Il suffisait de ne pas se trouver dans son passage quand elle perdait les pédales.

Il sortit son arme. Ce n'était pas un joujou,

comme celui dont s'était servi Jerilyn pour tuer ses complices, mais un revolver d'homme, fait pour un travail d'homme.

Sortant de la voiture, il ne prit même pas la peine de couper le moteur.

Une chouette hulula, le faisant sursauter au moment où il approchait du chalet.

La porte était entrouverte, il y avait du sang sur le seuil, et des gémissements provenaient de l'intérieur.

— Bo ? appela-t-il jovialement.

— Par ici.

Le sourire d'Earl-Ray s'élargit.

— Prêt pour une petite balade ?

Maddie ne savait pas combien de chemin elle avait parcouru.

Elle avait perdu toute notion de temps et de distance. Elle courait parce qu'elle ne pouvait rien faire d'autre que de dévaler la montagne à travers bois.

Même quand son point de côté la reprit, et qu'elle eut l'impression qu'elle ne pourrait pas faire un pas de plus, elle continua à courir.

En tout cas, elle savait où elle allait.

Elle avait parcouru toute la région à cheval quand elle était adolescente, et elle était persuadée d'avoir pris la direction d'Old Town.

Elle courait comme si le tueur était sur ses talons, mais elle savait qu'elle cherchait aussi à fuir ce que Jerilyn lui avait dit.

Elle n'avait pas osé regarder en arrière, et courait éperdument, quasiment aveuglée par les larmes.

Entre le bruit de sa respiration haletante, et le

battement sourd de son pouls, elle n'entendit pas la voiture.

Elle n'avait pas réalisé qu'elle venait de déboucher sur une route, jusqu'à ce que des phares l'éclaboussent de lumière.

Surprise, elle trébucha et tomba juste devant le capot.

12

Le soleil venait de dissiper les brumes matinales, donnant à l'atmosphère une limpidité de cristal, rehaussant l'ocre des rochers, et faisant scintiller l'herbe couverte de rosée.

Shane vit le mouvement du coin de l'œil, quelques secondes seulement avant que la personne ne jaillisse du bois et se jette devant ses roues.

Il eut le temps de voir une chevelure blonde, de lire de la terreur dans ses yeux bleus… Puis il réalisa qu'il s'agissait de Maddie.

Il freina en catastrophe et tourna le volant vers la gauche.

Le pick-up zigzagua, quitta la route, et s'enfonça entre les pins.

Les branches frappaient les vitres, griffaient la carrosserie, et Shane fut bientôt aveuglé.

L'avant de la voiture percuta violemment un arbre, et l'airbag se déploya devant son visage.

Tout ce que Maddie avait pu voir, c'était le pare-buffles qui se rapprochait d'elle.

Dans son esprit, cela ne pouvait être qu'Earl-Ray.

Quand elle avait vu la voiture foncer sur elle, elle avait pensé que le tueur avait retrouvé sa trace.

Elle se releva, ramassant au passage une branche épaisse tombée sur le bas-côté de la route.

Elle avait atteint l'autre côté de la route, quand elle entendit claquer une portière.

Cette fois, il était bel et bien sur ses talons.

Il l'appela par son prénom, comme il l'avait fait la dernière fois.

A découvert, sans aucun endroit où se cacher, elle se tourna, levant son bâton à deux mains, prête à livrer bataille jusqu'à son dernier souffle.

Ce ne fut qu'à la dernière minute qu'elle eut conscience de connaître cet homme.

— Maddie ! Ne craignez rien, Maddie. C'est Shane. Shane Corbett.

Elle cilla dans le soleil, et se concentra sur son visage.

Oui, c'était vraiment Shane Corbett.

— Je… Je…

Elle laissa tomber le bâton et se mit à vaciller.

Sans doute serait-elle tombée si Shane ne s'était pas précipité pour la soutenir.

— Qui vous a fait ça ? demanda-t-il, en observant son visage d'un air horrifié.

Elle ne répondit pas.

Quelle importance cela avait-il, maintenant ? Le contact de sa main tiède était si doux sur sa joue, son regard empli de compassion si caressant.

— Ne vous inquiétez pas, dit-il. Le shérif est prévenu, et il ne devrait pas tarder à arriver avec ses hommes. Il a aussi prévu un hélicoptère.

Maddie hocha la tête, mais elle ne croyait pas que tout se passerait bien.

Elle avait les nerfs à fleur de peau, et elle aurait pu jurer qu'elle venait d'entendre une voiture. Mais elle avait eu cette impression pendant sa course folle à travers bois. Elle aurait même pu jurer qu'elle sentait le souffle du tueur dans son cou.

Elle vit Shane plonger la main dans sa poche et se rembrunir.

— Qu'y a-t-il ?

— Mon portable. Il est sûrement dans la voiture. Il a dû tomber quand j'ai heurté l'arbre. Où est passé Bo Evans ?

— Il est mort, répondit-elle sans hésiter.

Après tout, il avait l'air mort la dernière fois qu'elle l'avait vu.

— Il y a un autre homme, expliqua-t-elle. Earl-Ray. Il a tué une femme blonde qui prétendait être ma mère.

Les mots s'échappaient de ses lèvres, et elle n'était pas certaine de s'exprimer de façon cohérente.

Elle plongea les yeux dans les magnifiques yeux bleus de Shane, y lut son inquiétude.

— Il me poursuit.

Shane hocha la tête et l'attira dans ses bras.

— Le shérif le trouvera.

Maddie tremblait comme une feuille. Elle ne se rappelait pas s'être un jour sentie aussi faible.

Ni aussi soulagée de voir quelqu'un d'amical.

Elle s'appuya contre lui, profitant de sa chaleur et de sa force, et rêvant de pouvoir rester à tout jamais dans ses bras.

Shane était venu à son secours, fidèle à sa vocation de Ranger. Lorsqu'il avait cherché à la mettre en garde contre Bo, il n'avait pas eu d'autre idée en tête que de la protéger. Mais elle s'était montrée si certaine de pouvoir se prendre en charge toute seule… A présent, elle débordait de reconnaissance à son égard.

Shane eut l'impression d'entendre une voiture qui se rapprochait.

Il s'agissait sans doute du shérif ou de l'un de ses adjoints. Quelqu'un accompagnerait Maddie dans un endroit où elle serait en sécurité, tandis qu'il resterait pour aider l'équipe à retrouver Bo Evans et Earl-Ray Pitts.

Le conducteur les avait vus, et Shane attendit qu'il ralentisse. Au lieu de quoi, le 4x4 prit de la vitesse et fonça droit sur eux.

Shane saisit Maddie par le bras et la tira vers le fossé. Alors qu'ils roulaient à terre, il entendit un crissement de gravillons tandis que le conducteur s'arrêtait.

Aidant Maddie à se relever, il l'entraîna vers les bois.

Une portière claqua. Un instant après, une balle sifflait à leurs oreilles et allait casser une branche. La seconde se ficha dans un tronc, projetant des bouts d'écorce et de la poussière.

Shane et Maddie zigzaguèrent à travers les pins, courant de toutes leurs forces pour mettre le plus de distance possible entre le tueur et eux.

Shane savait que Maddie était épuisée. Il l'avait sentie trembler contre lui, et il avait lu dans ses yeux l'envie de renoncer à lutter, juste avant qu'elle ne le reconnaisse.

Leur marge de manœuvre était étroite.

Ils avaient un tout petit peu d'avance, mais ils risquaient de la perdre à tout moment.

S'ils voulaient survivre, ils allaient devoir repousser leurs limites.

Pour la première fois depuis longtemps, Shane regretta de ne pas avoir son arme. Il n'y avait pas touché depuis qu'il avait quitté l'hôpital, mais il réalisait maintenant combien c'était stupide de sa part.

Et c'était encore plus stupide de ne pas avoir pensé à prendre l'une des armes de son père avant de quitter le ranch.

Mais la simple pensée d'employer de nouveau une arme à feu…

Il sentit que Maddie traînait en arrière, et vit qu'elle boitait sévèrement.

Il savait qu'elle ne pourrait pas aller beaucoup plus loin, et pourtant il continua sa course sans ralentir, parce qu'ils ne pouvaient pas s'offrir le luxe de s'arrêter.

— Par ici, indiqua Maddie, en pointant le doigt vers une vertigineuse paroi rocheuse.

— Non, protesta-t-il. Il faut continuer.

— Je ne peux pas.

Elle boitait de plus en plus, grimaçant à chaque pas. Elle lui fit signe de le suivre tandis qu'elle se dirigeait vers le mur de roche.

Il la suivit, espérant qu'elle ne s'était pas mis en tête d'escalader la paroi.

Tandis qu'il approchait, Maddie disparut dans

une anfractuosité entre deux blocs de pierre. La crevasse était si étroite et si bien dissimulée, qu'il ne l'avait pas vue.

Shane jeta un coup d'œil en arrière. Apparemment, il n'y avait personne, mais il savait que leur poursuivant n'était pas loin derrière.

— Venez, appela Maddie.

Espérant qu'elle savait ce qu'elle faisait, et qu'ils tiendraient tous deux à l'intérieur.

En raison de sa stature, il ne lui fut pas facile de se glisser au cœur du rocher, mais il sentit la main de Maddie chercher la sienne et le guider.

A sa grande surprise, la crevasse ouvrait un passage vers un puits que le soleil commençait doucement à éclairer. Entre les roches disjointes du sol, l'eau de pluie s'accumulait en flaques limpides.

Maddie s'agenouilla, les mains en coupe, et porta l'eau fraîche à ses lèvres.

Shane fit de même, tout en évaluant la situation.

D'après de qu'il pouvait voir, ils étaient dans une impasse. Le seul moyen de sortir était de repasser par la crevasse.

— Maddie, nous ne pouvons pas rester ici, murmura-t-il. S'il nous trouve, ce sera comme de pêcher des poissons dans une nasse.

Elle lui adressa un sourire fatigué, et posa un doigt sur ses lèvres. Puis elle se releva en grimaçant de douleur, et boita jusqu'à une autre crevasse qui dessinait un V tandis qu'elle partait à l'assaut de la paroi.

Elle lui fit signe de la suivre, et commença à

grimper à l'intérieur de la crevasse, qui ressemblait à un conduit de cheminée.

Shane voyait qu'elle faisait appel à ses dernières forces, et redoutait que sa cheville blessée finisse par lâcher.

— Maddie ?

Il ne pouvait plus la voir, mais il l'entendait grimper méthodiquement.

Prenant appui sur les pierres naturellement disposées en espalier, il se hissa à sa suite.

Sa cheville la faisait atrocement souffrir, et Maddie sut qu'elle ne pourrait pas faire un pas de plus.

Des larmes brûlantes jaillissant des ses yeux, elle se glissa vers un large renfoncement, en s'aidant de ses genoux, et s'y assit, dos à la paroi.

Tandis qu'il arrivait à sa hauteur, Shane écarquilla les yeux en découvrant la superficie de la cheminée, et le ciel bleu au-dessus de leurs têtes.

— Toute la zone est truffée de grottes, expliqua Maddie. J'ai découvert celle-ci par hasard.

— Quelqu'un d'autre connaît son existence ?

— En tout cas, je n'en ai jamais parlé à personne.

C'était son endroit secret. Elle n'y avait jamais amené personne.

Et, aussi étrange que cela paraisse, il lui semblait naturelle de la partager pour la première fois avec Shane Corbett.

Il s'assit près d'elle dans l'alcôve qui s'enfonçait profondément dans la roche, telle une chambre secrète.

Le soleil entrait à flots, apportant à Maddie une

chaleur bienvenue après sa baignade dans l'eau glacée et sa folle cavale à travers bois.

— C'est marrant, cette niche, dit-il.

Elle avait à peine assez de force pour lui rendre son sourire, mais, quand elle plongea dans ses yeux, elle ressentit un brutal élan de désir qui la fit frissonner.

C'était encore plus fort que la nuit où elle avait dansé avec lui, mais une fois encore Shane se méprit sur sa réaction.

Au bal, il avait cru qu'elle avait peur de Bo. A présent, il devait croire qu'elle avait froid puisqu'il ôta sa veste pour la draper sur ses épaules.

Ils étaient si proches qu'elle pouvait sentir son souffle sur sa joue, si proches qu'il aurait été très facile de l'embrasser. Elle le désirait secrètement depuis longtemps.

Maddie effleura les lèvres de Shane, fermant les yeux tandis qu'elle était traversée de la tête aux pieds par un délicieux picotement.

L'alchimie.

Elle en avait entendu parler, mais ne l'avait jamais éprouvée jusqu'à sa première rencontre avec Shane — le jour où il était venu la chercher pour la conduire au rodéo.

Cela lui avait fait peur, à ce moment-là. Et elle était toujours aussi peu rassurée.

La seule différence, c'est qu'elle avait le sentiment de ne rien avoir à perdre.

— Maddie ? fit Shane en s'écartant pour la scruter d'un air surpris.

Elle caressa son beau visage du plat de la main, se grisant de son parfum si masculin.

— Chut, dit-elle, mutine.

Elle vit quelque chose passer dans son regard, et se demanda ce qu'il avait pensé d'elle lors de leur première rencontre.

Avait-il eu le coup de foudre, lui aussi ?

Il semblait tellement sérieux, visiblement agacé par son frère, et gêné parce qu'il pensait que Jud se moquait d'elle.

Se nichant contre lui, elle l'embrassa de nouveau, plus passionnément cette fois. Son corps était merveilleusement fort et tiède, et la douceur de ses caresses la faisait fondre.

Une bouffée de désir s'épanouit en elle, lui donnant une nouvelle énergie.

Tout à coup, elle ne ressentait plus aucune douleur, elle n'avait plus mal. Plus rien n'avait d'importance à part Shane.

Elle se perdit dans la sensualité et la fougue de leur baiser, et fut amusée par l'expression étonnée de Shane quand ils se séparèrent.

— Je ne suis pas sûr de comprendre, dit-il.

Elle lui caressa la joue qu'ombrait une barbe naissante. Tout chez cet homme éveillait en elle une passion qui ne ressemblait à rien de ce qu'elle avait connu jusqu'alors.

— Fais un effort, Shane.

— Mais, et Jud dans tout ça ?

— Jud t'a piégé. Nous a piégés.

— Comment ?

Elle rit en faisant courir ses doigts le long de sa puissante mâchoire.

— Tu n'as jamais trouvé bizarre qu'il multiplie les occasions de rencontres entre nous ?

Shane parut surpris.

— Je n'étais pas certaine de ce qui se tramait, poursuivit Maddie, jusqu'à ce que tu me parles de ce pacte de mariage. Je parie qu'il a promis un mariage pour très bientôt, non ?

— Comment le sais-tu ?

Elle eut un petit rire bienveillant.

— Quelle serait la meilleure façon de donner satisfaction à ton père, sans avoir à se marier lui-même ? Trouver une femme pour l'un d'entre vous. Ne serait-ce pas là tout à fait le style de Jud ?

Shane étouffa un juron.

— Je savais qu'il manigançait quelque chose, mais je n'ai jamais imaginé…

Il croisa son regard.

— Apparemment tu le connais mieux que moi.

— J'ai tout de suite vu le genre d'homme qu'il était quand je l'ai rencontré pour la première fois. La seule raison pour laquelle j'ai accepté de sortir avec lui — en tout bien tout honneur, je tiens à le préciser —, c'est que mes cousines s'inquiétaient de me voir seule depuis ma rupture avec Bo. Je ferais n'importe quoi pour leur faire plaisir.

Elle eut une petite moue amusée.

— Même sortir avec ton frère. Je savais que je ne tomberais pas amoureuse de lui. Il n'est pas mon genre, et je n'ai jamais cru qu'il s'intéressait sincèrement à moi.

— J'ai quand même du mal à croire que Jud…

— Si, je t'assure, tu peux le croire. Quand nous

sommes sortis ensemble, il n'a pas arrêté de parler de toi, de vanter tes mérites…

Shane éclata de rire.

— C'est un malin. Il n'arrêtait pas de répéter qu'il avait trouvé la femme parfaite.

— Il avait seulement oublié de préciser pour qui, dit Maddie en riant.

— En tout cas, il avait raison. Tu es parfaite.

Il l'attira plus étroitement contre lui, et ils s'embrassèrent avec fièvre.

— Je ne veux pas te faire de mal, dit-il en effleurant son visage tuméfié.

— Je ne suis pas si fragile que cela, dit-elle.

Elle aimait cette retenue devenue rare de nos jours.

Shane Corbett, le rude et courageux Texas Ranger, dont la principale mission était de porter secours aux personnes en détresse, était aussi un homme sensible, tendre et presque pudique.

Ce qui ne l'empêchait pas, elle en était certaine, d'avoir connu son lot de conquêtes. Mais il n'était en rien semblable à Jud.

Et cela lui convenait très bien. La douceur et le respect dont il faisait preuve attisaient en elle plus de brasiers que ne l'aurait fait une attitude plus audacieuse.

— Tu en es certaine ? demanda-t-il.

Jamais elle n'avait été aussi sûre d'elle. Jud l'ignorait peut-être, mais il était parfait dans le rôle de Cupidon.

En réponse à la question de Shane, elle noua les bras autour de son cou et l'attira à elle.

A la seconde où leurs bouches se frôlèrent de

nouveau, tout son corps frémit, et un gémissement bref lui échappa.

Renversant Maddie en dessous de lui, Shane fit courir ses lèvres le long de sa gorge délicate.

Le complot ourdi par son frère n'avait plus d'importance. Seule comptait la vague puissante et impérieuse du désir qui l'emportait.

Déboutonnant sa chemise, il révéla ses seins parfaits et en eut un instant le souffle coupé.

— Maddie, murmura-t-il avec émotion, avant de refermer ses lèvres sur la pointe durcie.

Il vécut la suite dans un état second, ne se rappelant pas qui avait déshabillé l'autre, dérivant vers un monde de sensations enivrantes, qui les laissa tous deux éblouis.

Plus tard, tandis qu'il berçait doucement Maddie dans ses bras, en lui murmurant des mots tendres, Shane ne put s'empêcher de penser à Jud et à sa remarque sur la force du destin.

Son incroyable pouvoir les avait réunis Maddie et lui, et avait changé le cours de leur existence à jamais.

— C'est de cela que tu avais peur, n'est-ce pas ? murmura-t-il dans ses cheveux. Le soir du bal. Je croyais que tu avais peur de Bo, mais tu pressentais ce qui se passerait entre nous.

Elle hocha la tête contre son torse.

— Je n'avais jamais ressenti les émotions que tu faisais naître en moi. Le fait d'être dans tes bras… Je n'étais pas prête à ça.

— Mais tu l'es, maintenant ?

Elle lui sourit tandis qu'il cherchait son regard.

— Le fait d'être traqué par un tueur, ça vous change une personne. Quand j'ai pris conscience que je risquais de mourir, sans avoir eu la chance de t'embrasser…

— Raconte-moi ce qui s'est passé.

En sécurité au creux de ses bras, Maddie lui expliqua comment Bo l'avait enlevée et conduite au chalet, et lui parla de cette étrange cliente du restaurant qui s'était mis en tête de la sauver.

— Elle était folle. Elle prétendait être ma vraie mère.

Comme Shane ne répondait pas, elle se hissa sur un coude, saisie d'un doute.

— Ne me dis pas que j'ai un lien de parenté avec cette femme. Elle m'a enlevée, menacée d'une arme… Quelle mère ferait ça ?

— Pour le moment, rien ne permet d'affirmer que Jerilyn Larch est ta mère, dit-il, en percevant la détresse de Maddie. Il faudra procéder à un test A.D.N.

— Ce qui me fait peur, avoua Maddie, c'est que nous nous ressemblons.

— Des quantités de femmes sont blondes aux yeux bleus. Ma mère l'était. C'est aussi le cas de ma belle-mère, Kate, et de tes cousines.

Maddie hocha la tête, guère rassurée.

— Bo n'est pas le seul à t'avoir fait du mal, n'est-ce pas ? Pourquoi t'es-tu éloignée si longtemps de Whitehorse ?

Elle haussa les épaules.

— J'avais simplement besoin de prendre du recul.

Mais Shane ne fut pas dupe.

— Qui t'a fait souffrir ?

— Par où veux-tu que je commence ? La liste est tellement longue.

— Parle-moi de ta mère, Sarah Cavannaugh.

— Tu es sûr que tu as envie d'entendre ça ?

— Oui. Je veux que tu puisses te libérer de tes secrets et tourner la page. Les secrets ne servent qu'à empoisonner la vie, crois-moi.

En disant cela, il pensait aussi à Kate, dont le regard mélancolique lui faisait penser à celui de Maddie.

Il la sentit se détendre entre ses bras.

— Je suis sûre que tu étais un excellent Ranger.

Il aimait à le penser autrefois, mais aujourd'hui il n'en était plus aussi certain.

Quant à Maddie, il comprenait que sa relation avec Bo cachait un profond malaise. Une femme telle que Maddie ne sortirait pas avec un homme de son espèce, à moins d'avoir vécu un événement traumatisant qu'il l'avait amenée à penser qu'elle ne méritait pas d'être aimée par quelqu'un de bien.

— Tu peux te confier à moi, tu sais.

— C'est une longue histoire, dit-elle en détournant les yeux.

— J'ai tout mon temps.

La grotte était une cachette idéale et, s'ils avaient dû être découverts, il y a longtemps que cela aurait dû se produire.

— Ma mère… enfin, la femme que j'ai toujours appelée ma mère, Sarah Cavannaugh, était froide et indifférente.

Sa voix se brisa, et elle avala sa salive avant de reprendre.

— J'ai passé toute mon enfance dans la ferme voisine. Géraldine Shaw était âgée et très douce. Elle m'a appris à coudre et à cuisiner. J'adorais être chez elle, car sa maison était chaleureuse et vivante, contrairement à celle de ma mère qui ressemblait à une publicité pour un magazine de décoration. Lorsque Géraldine est morte, on a découvert qu'on la faisait chanter à propos de la mort de son mari. Ollie souffrait d'une maladie incurable, et elle l'a aidé à partir. J'étais au courant, mais je n'ai jamais rien dit. C'était déjà tellement douloureux pour elle. Pourquoi lui imposer un procès à son âge ?

Les yeux de Maddie s'emplirent de larmes, et Shane la serra plus étroitement contre lui.

— Je suis désolé.

— Mais tu ne sais pas le pire. Nick Giovanni venait d'être engagé comme shérif adjoint, et c'est lui qui a mené l'enquête pour identifier le maître-chanteur qui avait saigné Géraldine à blanc.

Maddie prit une profonde inspiration et rejeta la tête en arrière pour croiser le regard de Shane.

— Ce maître-chanteur n'était autre que ma mère. Je ne sais pas comment elle l'a appris, mais elle n'a pas hésité un seul instant à faire souffrir une femme merveilleuse qui a contribué à rendre mon enfance plus supportable.

Elle soupira.

— Mais peut-être qu'elle n'était pas ma vraie mère. Ma mère était peut-être cette folle qui a essayé de m'enlever. Des deux, je ne sais pas qui est la pire.

Shane la laissa pleurer.

Quand elle fut apaisée, il lui prit le menton dans la main, et lui sourit avec tendresse, sachant que le message qui passait dans son regard pouvait se passer de mots.

Et, lorsque Maddie lui sourit à son tour, il sut qu'il l'aimerait jusqu'à ce que la mort les sépare.

Ils firent de nouveau l'amour, comme si le monde à l'extérieur de la grotte n'existait pas, et Maddie finit par s'endormir dans ses bras.

Il n'avait pas conscience du temps qui s'était écoulé, mais tout devait être terminé à présent. Le shérif et ses hommes devaient avoir trouvé les corps, y compris celui de Bo, et arrêté Earl-Ray Pitts.

C'était la fin de l'aventure. Maddie était saine et sauve.

Il essaya de ne pas penser à l'avenir. Il ne savait toujours pas s'il allait réintégrer les Texas Rangers.

Il se sentait guéri émotionnellement, et il savait qu'il le devait à Maddie.

Cette pensée à peine formulée, il entendit le bruit caractéristique d'un rotor d'hélicoptère. Puis la grotte fut envahie par l'obscurité tandis que l'appareil restait en stationnaire au-dessus de la cheminée, leur masquant le soleil.

13

— Ce sont les secours qui viennent nous chercher, dit Maddie, en ouvrant les yeux.

Elle se redressa brusquement, et tendit en grimaçant la main vers sa cheville.

— Nous devons y aller.

Shane vit que sa cheville était rouge et gonflée et, tandis qu'elle s'habillait, il constata qu'elle peinait à se tenir debout.

— Tu vas devoir y aller seul, dit-elle finalement.

— Il n'en est pas question. Je ne te laisserai pas ici toute seule.

— Je t'en prie, le moyen le plus rapide de sortir est de passer par la cheminée, mais je ne parviendrai jamais à grimper jusqu'en haut. Normalement, l'ascension est très facile, grâce aux encoches dans la paroi. Une fois à l'extérieur, on surplombe toute la vallée. La vue est époustouflante, et l'hélicoptère ne pourra pas te manquer.

Il s'agenouilla près d'elle.

— Maddie…

— Tout ira bien. Il ne m'arrivera rien.

Elle plaqua un baiser sur ses lèvres.

— Vas-y.

La serrant dans ses bras avec passion, il l'embrassa longuement, réveillant instantanément son désir.

— Je ne veux pas te perdre de vue tant que je n'aurai pas l'assurance que Pitts a bien été arrêté.

Elle lui sourit tendrement en lui caressant la joue.

— Tu ne seras pas loin. Si j'ai besoin d'aide, je crierai. Dès que tu auras attiré l'attention de l'hélicoptère, ils feront descendre une nacelle dans le conduit, et je sortirai d'ici. Quant au tueur, je suis sûre qu'il est déjà sous les verrous.

Shane espérait qu'elle avait raison.

Il chercha à se rassurer en se disant que Pitts était trop corpulent pour passer par la crevasse. Et, de toute façon, il ne connaissait pas l'existence de la grotte.

— Va et fais-leur signe. Je meurs de faim.

Il grimaça un sourire tandis qu'elle effleurait ses lèvres du bout des doigts, en sachant qu'il ne trouverait jamais le courage de la laisser derrière lui s'il cédait à la tentation de l'embrasser de nouveau.

— Je reviens dès que possible avec de l'aide, promit-il. N'essaie pas de monter.

— Ne t'en fais pas. Je ne bouge pas d'ici.

La tête levée, Maddie suivait la progression de Shane vers le soleil.

Malgré la situation, elle ne pouvait s'empêcher de sourire, le cœur empli d'allégresse. Ses baisers, ses caresses, étaient inoubliables.

Il était fort, déterminé, capable d'affronter le pire sans jamais reculer, mais il savait aussi se montrer tendre et doux.

Il lui suffisait de repenser aux heures merveilleuses

qu'elle avait passées dans ses bras, pour que son cœur s'emballe.

A l'instant où elle s'était trouvée en présence de Shane, elle avait su qu'elle tomberait irrémédiablement amoureuse de lui. L'attirance était là, le courant passait entre eux, explosant tel un feu d'artifice dans la nuit.

Après son expérience malheureuse avec Bo, elle avait cru qu'elle ne pourrait plus jamais faire confiance à un homme.

Maintenant elle savait qu'il fallait seulement qu'elle trouve le bon.

Elle avait eu quelques aventures à l'université, mais elle n'avait jamais ressenti ce déferlement d'émotions. Il lui suffisait d'entendre la voix de Shane pour sentir ses jambes flageoler.

Shane avait presque atteint le sommet du conduit, et elle put enfin se réjouir pleinement. Même sa douleur lancinante à la cheville ne parvenait pas à ternir sa joie.

Bientôt, tout serait fini, et ils pourraient rentrer chez eux.

Oui, mais ensuite ?

Jud lui avait expliqué que Shane était en convalescence, après avoir été blessé lors d'une arrestation.

— J'espère qu'il ne rempilera pas dans les Rangers, lui avait avoué Jud. Papa tient vraiment à ce qu'il s'installe dans le Montana.

— Vu son âge, il a dû s'engager tout de suite après avoir terminé ses études ? avait-elle demandé, déjà anxieuse de tout savoir de Shane.

— Il a même fait mieux que ça. Il est entré dans les Rangers, tout en finissant en parallèle ses études supérieures. C'était un rêve d'enfant.

Une lueur malicieuse était passée dans le regard de Jud.

— Mais s'il rencontrait la femme idéale, une vraie fille du Montana, je parie qu'il y réfléchirait à deux fois avant de retourner au Texas. D'autant qu'il s'est beaucoup remis en question depuis qu'il a été blessé.

Parler de Shane et de sa vie amoureuse l'avait mise mal à l'aise. A ce moment-là, déjà, elle savait qu'elle n'avait pas envie d'être celle qui empêcherait Shane de réaliser ses rêves.

Jamais elle ne permettrait qu'il renonce à sa carrière par amour pour elle.

Shane franchit les derniers mètres qui le séparaient du sommet, cria qu'il était arrivé, et disparut à l'extérieur.

Atterrée, Maddie eut soudain l'impression qu'un immense poids s'abattait sur elle. Elle resta un moment à fixer le cercle de ciel bleu au-dessus d'elle, avec le sentiment étrange qu'elle ne reverrait jamais Shane.

Elle n'avait aucune raison de pleurer et, cependant, les larmes ne cessaient de couler.

C'était pourtant elle qui avait poussé Shane à aller chercher de l'aide. D'ailleurs, c'était la seule décision raisonnable.

Il ne l'avait pas abandonnée. Dans quelques minutes, il serait de retour avec les secours.

Et, de toute façon, elle ne risquait rien. Au mieux,

Pitts avait été arrêté. Au pire, il s'était volatilisé dans la nature.

Le bourdonnement de l'hélicoptère s'était éloigné, et, dans le silence inquiétant de la grotte, elle entendit soudain un curieux crissement.

Un éboulis de petits cailloux.

Quelqu'un était entré par la crevasse dans la paroi rocheuse, empruntant le même chemin que Shane et elle avaient suivi quelques heures plus tôt.

Shane repéra l'hélicoptère alors que le pilote effecutait une reconnaissance au-dessus des gorges du Missouri.

L'appareil volait à basse altitude, cherchant visiblement à les localiser.

A moins qu'ils soient toujours occupés à traquer le fugitif ?

Shane se redressa au sommet de la colline et agita les bras.

Maddie avait raison. La vue était à couper le souffle. Elle plongeait jusqu'au fleuve, dont la surface mouvante, canalisée par les roches, scintillait au soleil tel un long ruban de soie agité par la brise.

Il pensa à Maddie, coincée plusieurs mètres en contrebas, et son cœur se serra de mélancolie au souvenir de leur étreinte.

Se pouvait-il qu'elle ait raison à propos du piège que leur avait tendu Jud ? Il ne pensait pas que son cadet soit à ce point intelligent.

Mais, si c'était vrai, il avait une dette envers son frère. Jamais il n'aurait cru pouvoir tomber amoureux à ce point.

Le destin, la rencontre avec l'âme sœur, le grand amour… Combien de fois s'en était-il moqué, prétendant que cela n'existait pas ?

Désormais, il lui faudrait réviser son jugement. Car il avait trouvé en Maddie tout ce qu'il attendait depuis si longtemps sans le savoir : l'amour, la confiance, la compréhension… Et, pour elle, il était prêt à changer définitivement de vie.

Il vit l'hélicoptère faire demi-tour. Le pilote devait l'avoir aperçu car l'appareil se dirigeait maintenant vers lui.

Shane bouillait d'impatience à l'idée de retrouver Maddie. Grâce à l'hélico, ils allaient pouvoir la faire sortir de la grotte sans aggraver sa blessure à la cheville.

Il voulait tout simplement la mettre à l'abri, la nourrir et la laisser se reposer.

Il songea à la délicieuse cuisine de Juanita, et décida d'emmener Maddie au ranch. Il ne pouvait pas supporter l'idée d'être éloigné d'elle, surtout tant qu'il n'aurait pas eu confirmation de la mort de Bo Evans et de l'arrestation d'Earl-Ray Pitts.

Et, plus tard, il lui ferait peut-être l'amour dans un vrai lit, songea-t-il avec amusement.

Mais jamais il n'oublierait cette grotte, ni la façon dont les rayons du soleil éclairaient son visage.

Il était toujours aussi déconcerté par les sentiments qu'il éprouvait pour elle. Jamais aucune femme ne lui avait fait cet effet-là.

Son sourire s'élargit tandis que le bourdonnement de l'hélicoptère se rapprochait.

***

Maddie se leva et alla se plaquer contre le fond de la paroi, basculant tout le poids de son corps sur sa jambe valide.

Elle n'avait pas rêvé, quelqu'un était bel et bien entré dans la grotte.

Par l'ouverture au-dessus de sa tête, elle pouvait entendre le bruit de l'hélicoptère qui se rapprochait.

Le pilote avait dû repérer Shane… Mais comment la personne qui s'était introduite par la crevasse savait-elle qu'elle se trouvait là ?

Il était impossible que Shane ait déjà réussi à donner sa position aux secouristes. Et la probabilité qu'une patrouille à pied la découvre par hasard était quasi inexistante.

Il devait s'agir d'une personne qui connaissait l'existence de la grotte.

Traversée par un sombre pressentiment, elle ramassa une grosse pierre.

Bo Evans s'avança dans la grotte et marcha tout droit vers l'entrée de la cheminée, prenant soin de s'assurer avant d'y entrer que Maddie était bien seule.

Son regard de bête traquée prisonnière de son terrier lui mit du baume au cœur.

— Tu m'as laissé pour mort, dit-il d'une voix aussi froide que son regard.

Tétanisée par la peur, Maddie le regarda avancer d'une drôle de démarche saccadée.

Ses vêtements étaient maculés de sang, et il se tenait les côtes en marchant, évoquant un mort-vivant dans un film d'horreur. Mais ce n'était hélas pas une hallucination. Il était toujours en vie, et son regard haineux ne laissait aucun doute sur ses intentions.

Elle ne dit rien, sachant qu'il était inutile d'essayer de le raisonner. Il déformait toujours la réalité, et se complaisait à jouer les victimes.

— Tu m'as fait tomber amoureux de toi, et tu m'as plaqué, dit-il de son même ton monocorde. Tu mérites tout ce qui t'est arrivé. J'aurais pu te sauver. Il te suffisait d'être un peu gentille avec moi.

Encore des mensonges. Elle savait que c'était la vulnérabilité de Bo qui l'avait attirée vers lui, et l'illusion qu'elle pourrait le sauver de ses démons.

Elle avait échoué.

Tout ce qu'il lui restait à faire, maintenant, c'était d'essayer de se sauver elle-même.

— Tu ne dis rien ? Même pas que tu regrettes ? insista Bo.

La pierre pesait lourd dans sa main, et Maddie se demanda si elle parviendrait à s'en servir.

Bo continuait d'avancer en traînant la jambe, et elle assura sa prise, consciente que ce serait elle ou lui.

— Tout est de ta faute, Maddie, dit-il avec une lueur de folie dans le regard.

Il se pencha vers elle, et elle sut que le moment était venu.

La pierre entra en contact avec le front de Bo.

Il vacilla, l'air désorienté, mais ne s'effondra pas.

Le bruit assourdissant du rotor masquait à Shane le bruit des pas de l'homme qui s'avançait derrière lui, et le coup sur la nuque le prit par surprise.

Il mit un genou au sol, tandis qu'au-dessus de lui le scintillement du soleil sur les pales l'aveuglait.

Le coup de pied dans ses reins le projeta face contre terre, mais il parvint à se remettre rapidement sur pied et à faire face à son agresseur — et à l'arme que celui-ci pointait sur lui.

Reconnaissant l'homme qu'il avait vu avec Bo Evans au bal country, il devina qu'il s'agissait d'Earl-Ray Pitts.

— Rends-moi ce qui m'appartient, et je file, dit Earl-Ray, tout en surveillant l'hélicoptère du coin de l'œil.

— De quoi parlez-vous ?

— Un petit carnet de cuir noir. Je sais que Jerilyn l'a donné à Maddie.

— Je ne vois pas du tout de quoi vous parlez, mais je doute que vous puissiez filer comme ça. Je suis sûr que le shérif brûle d'impatience de vous interroger sur le meurtre de Jerilyn.

— C'était un accident. Cette stupide bonne femme a essayé de me tuer, et tout ce qu'elle a réussi à faire, c'est à se tirer dessus. Juste avant, elle a tué mes deux hommes.

— Je suis convaincu que le shérif saura apprécier cette version à sa juste valeur.

Au bruit, Shane savait que l'hélicoptère était tout proche maintenant. Il attendit, sachant que Pitts ne pourrait pas s'empêcher de lever les yeux vers l'appareil.

Il guetta le bon moment et s'élança, faisant tomber le revolver de la main de Pitts d'un geste habile.

L'arme glissa sur les rochers plats, et ils plongèrent

en même temps pour essayer de l'intercepter, mais elle ricocha sur le rebord de la cheminée, et tomba dans la grotte.

Earl-Ray se remit sur pieds et chargea comme un taureau en furie, entraînant Shane jusqu'au bord de la falaise.

Ils luttèrent un moment, vacillant dangereusement près du vide, et Shane devina que Pitts n'hésiterait pas à le faire basculer dans le ravin.

Alors qu'il se trouvait dans une posture délicate, et voyait sa dernière heure venue, la pensée de Maddie lui insuffla un regain d'énergie, et il parvint à renverser la situation en sa faveur.

Tombant à genoux pour éviter un mauvais coup, il profita du moment où Pitts ployait en avant, à la limite du déséquilibre, et le souleva pour le faire basculer par-dessus son épaule.

Le tueur dévala la falaise en rebondissant comme un fétu de paille ballotté par le vent, tandis que le bruit de l'hélicoptère noyait ses cris.

Bo secoua la tête comme s'il avait été piqué par un insecte. Son œil droit était injecté de sang, et l'entaille sur son front n'était pas belle à voir.

Mais il était toujours debout.

Pendant quelques secondes, il regarda Maddie, comme s'il n'était pas certain de la connaître.

Puis il laissa échapper un rire hystérique.

— Tu croyais que je ne connaissais pas cette grotte ? Je venais pour y fumer en cachette quand j'étais gosse. Et puis, un jour, je t'ai vue dans le coin, et j'ai su que tu avais découvert ma tanière secrète.

Je t'ai détestée à ce moment-là. Et j'ai encore plus de raisons de te détester aujourd'hui.

Maddie se cramponnait si fort à la pierre que ses jointures lui faisaient mal.

Elle savait qu'il allait tenter une nouvelle attaque, seulement, cette fois, il s'attendait à une riposte de sa part.

Il était plus grand, plus fort, et plus vicieux qu'elle.

Et son regard disait qu'il n'avait plus rien à perdre.

Un bruit venu d'en haut leur fit lever la tête en même temps. Ils virent le pistolet glisser le long de la paroi et rebondir à plusieurs reprises avant de s'immobiliser entre eux.

Maddie agit à l'instinct, jetant la pierre au visage de Bo, avant de plonger pour s'emparer du pistolet.

Il poussa un cri rauque tandis que la pierre atteignait sa cible et s'effondra, le bras tendu pour attraper l'arme.

Ratant sa cible, il saisit Maddie par les cheveux, alors que celle-ci se contorsionnait pour tenter elle aussi de récupérer le pistolet.

Se souvenant qu'il se tenait le côté en entrant dans la grotte, elle lui asséna un violent coup de coude dans les côtes, qui eut pour effet de lui faire lâcher prise.

Roulant sur le côté, Maddie parvint enfin à refermer les doigts sur la crosse du revolver.

Les yeux rivés sur Bo, elle défit la sécurité, et enroula l'index autour de la gâchette.

Elle ne pouvait pas.

C'était comme avec le couteau. Il lui était tout simplement impossible d'ôter la vie à quelqu'un.

— Tu ne le feras pas, la nargua Bo. Je te connais par cœur. Tu n'as pas le cran.

Le visage crispé par la douleur, il essaya de se relever, vacillant et retombant pitoyablement à plusieurs reprises, tandis que Maddie reculait le plus loin possible contre la paroi.

Au moment où elle entendit la voix de Shane l'appeler par le conduit, Bo s'effondra face contre terre, inconscient.

14

Lorsque Shane entra dans le salon, Maddie leva vers lui un regard interrogateur.

Il lui était impossible de dissimuler combien l'attente des résultats du test A.D.N. la rendait nerveuse.

D'ailleurs, elle ne pouvait rien cacher à Shane.

— Jerilyn Larch n'était pas ta mère, dit-il, en s'avançant pour la prendre dans ses bras.

Maddie le serra de toutes ses forces contre elle, tandis que des larmes de soulagement coulaient sur ses joues.

Après quelques instants, elle s'écarta et se laissa tomber dans le fauteuil qu'elle venait à peine de quitter, les jambes coupées.

— Mais je ne comprends pas. Elle savait tellement de choses sur moi.

— D'après ce que le shérif a pu découvrir, une autre femme a donné naissance à une petite fille cette nuit-là, exactement au même moment. Apparemment, on lui a transmis les mauvais renseignements.

Maddie essuya ses larmes d'un revers de main, et se perdit dans la contemplation du beau visage de Shane.

Depuis son épouvantable mésaventure, il ne l'avait pas quittée un instant.

Et quand, parfois, elle se réveillait en pleine nuit, s'imaginant que Bo continuait de la poursuivre sans relâche, Shane était là pour l'apaiser, la cajolant dans ses bras, et lui rappelant avec douceur que Bo n'avait pas survécu à ses blessures.

Lui seul pouvait comprendre ce qu'elle ressentait, après avoir frôlé la mort au Texas.

— Mais Jerilyn était bien la mère de quelqu'un, dit-elle, en revenant au présent. Elle a abandonné son bébé ici, à Whitehorse, il y a vingt-six ans.

Il hocha la tête.

— D'après le shérif, il existait à cette époque-là un groupe de vieilles dames qui se chargeaient de trouver un foyer aux bébés que leurs mères ne pouvaient pas garder. Une sorte de cercle d'adoption privé qui agissait dans le plus grand secret. Ces femmes ne demandaient pas d'argent. Elles voulaient simplement que ces enfants grandissent dans de bons foyers. Cela peut sembler étonnant, mais elles étaient persuadées d'agir pour le bien de tous, celui des mères comme celui des bébés.

Maddie se leva et marcha jusqu'à la fenêtre pour observer son cheval qui s'ébrouait dans le pré dont l'herbe grasse ondulait sous la brise.

Shane l'avait amené au ranch Trails West pour qu'elle puisse le monter dès que sa cheville serait guérie. Depuis, Shane et elle étaient partis en randonnée équestre tous les jours, explorant la région, pique-niquant au bord de la rivière, parlant pendant des heures…

Pour finir, ils étaient devenus aussi proches que deux personnes pouvaient l'être.

— Tu essaies de me faire comprendre que je suis l'un de ces bébés ? demanda-t-elle.

— Ton A.D.N. ne correspond pas non plus à celui de Roy et Sarah.

Elle se tourna pour lui faire face.

— Ce qui veut dire que l'autre femme qui a accouché cette nuit-là était ma mère ?

— Il semblerait.

— Et, bien sûr, on ne sait pas qui elle est ?

— Pas pour le moment, mais je peux faire des recherches si tu veux. Seulement, je te préviens, cela risque de prendre du temps.

— Et, en attendant, je ne sais pas d'où je viens, ni qui je suis.

— Nous savons tous les deux qui tu es, répliqua Shane en la rejoignant près de la fenêtre. Une femme forte, intelligente, et sexy. Qu'avons-nous besoin de savoir d'autre ?

Elle lui sourit, le cœur débordant d'amour.

— Et si ça ne me suffit pas, à moi ?

— J'ai peut-être une idée. Tu as toujours ta couverture de bébé offerte par le club de couture ?

Maddie plissa le front.

— Oui, mais pourquoi…

Elle écarquilla les yeux.

— Tu veux dire que les vieilles dames qui s'occupaient des adoptions faisaient partie du club de couture ?

— C'est difficile de le savoir, car elles ont toujours préservé jalousement leur secret, mais, d'après la tradition, toute l'histoire du bébé est racontée à travers les broderies et les applications de tissus, un peu comme des hiéroglyphes. Le tout est de déchiffrer les indices.

Maddie était abasourdie par ce qu'elle venait d'apprendre.

Elle comprenait mieux maintenant pourquoi Sarah détestait cette couverture au point de la cacher au fond d'un placard. Et elle se faisait aussi une meilleure idée des relations de sa mère adoptive avec les membres du club de couture.

A vrai dire, tout prenait un sens nouveau.

— Je ne peux pas m'empêcher d'être soulagée que Sarah ne soit pas ma vraie mère. Elle était tellement épouvantable. Je ne pense pas que Jerilyn aurait été beaucoup mieux, mais qui sait ce qu'elle a traversé comme épreuves pour devenir cette femme-là. En revanche…

Elle adressa un sourire timide à Shane.

— Je ne sais pas si je suis prête à rechercher ma mère biologique.

— Comme tu voudras, dit Shane. Je te soutiendrai quelle que soit ta décision.

Maddie lui tendit les lèvres, et ils s'embrassèrent longuement, passionnément.

— Il y a autre chose, dit-il quand ils eurent repris leurs esprits. Buck Jones a trouvé un petit carnet de cuir noir chez lui, dissimulé dans une vieille boîte à biscuits. Il l'a donné au shérif, qui l'a transmis au F.B.I. Apparemment, Earl-Ray Pitts avait suivi Jerilyn jusque dans le Montana pour récupérer ce carnet. D'après le F.B.I., les informations qu'il contient devraient permettre de démanteler un vaste réseau criminel en Arizona et dans une partie du Nevada.

— J'ai entendu Earl-Ray questionner Jerilyn à propos du carnet. C'est pour cela qu'il l'a tuée ?

— Earl-Ray m'a juré que c'était un accident. Jerilyn aurait tué ses deux hommes de main dans un accès de folie, puis elle aurait essayé d'en finir avec Pitts. Une bagarre se serait ensuivie, et le coup serait parti tout seul.

Maddie frissonna et Shane la serra plus étroitement contre lui.

— Il ne faut plus y penser, maintenant.

— C'est quand même un beau gâchis quand on pense à tous ces morts. La vie est tellement précieuse…

— Je sais. Et c'est pour ça que j'ai décidé de ne pas réintégrer les Texas Rangers.

Maddie s'écarta et le considéra avec surprise.

— Mais j'avais une autre raison, reprit-il : toi.

— Je ne comprends pas. Tu adores ton métier.

— Je l'ai aimé, c'est vrai, jusqu'à ce que je prenne vraiment conscience des dangers que je courais chaque jour. J'ai travaillé dur pour intégrer cette unité d'élite. Et, pourtant, j'avais l'impression qu'il me manquait quelque chose pour être parfaitement heureux.

Soudain, il lui prit le menton entre les doigts, et plongea son regard dans le sien.

— Je n'éprouve plus cette impression.

— Tu es absolument sûr de ta décision ?

Il hocha la tête et lui sourit.

— Le shérif a la possibilité de créer un nouveau poste d'adjoint et il m'a dit que la place était à moi si je la voulais.

Il posa avec douceur ses mains sur les épaules de Maddie.

— Tu sais ce que je lui ai répondu ?

— Non.

— Que ça dépendrait de toi.

— Moi ? Mais je…

Elle secoua la tête.

— Non, Shane, je ne veux pas influencer tes choix de carrière. Si tu as vraiment envie de cet emploi, c'est très bien. Mais je ne veux pas que tu te sacrifies pour moi.

— Ce n'est pas un sacrifice, puisque je t'aime.

Maddie sentit son cœur se dilater de joie, mais n'osa croire totalement à son bonheur.

Il y avait tellement longtemps qu'elle rêvait d'entendre ces mots.

— Tu pourrais répéter ?

Il rit doucement.

— Ce ne sont pas des mots que je prends à la légère, c'est pourquoi je ne les ai jamais dits avant. Je voulais attendre d'être absolument sûr de vouloir m'engager. Je t'aime, Maddie.

Elle sourit à travers ses larmes.

— Oh, Shane.

A sa grande surprise, Shane plongea la main au fond de sa poche et en sortit un petit écrin de velours.

— Qu'est-ce que c'est ? demanda-t-elle d'une voix étranglée.

Il souleva le couvercle, révélant une magnifique alliance en diamants.

— Elle appartenait à ma mère. Et, comme je suis le premier des frères Corbett à faire une demande en mariage, elle revient à ma fiancée.

— Oh, Shane, je l'adore.

La bague était réellement splendide, et le fait qu'elle ait appartenu à la mère de Shane ne la rendait que plus chère à ses yeux.

— Je n'ai pas eu le temps de la faire ajuster, dit-il en soulevant sa main. Mais…

Ils laissèrent tous deux échapper un petit hoquet de surprise en constatant que l'anneau était parfaitement adapté au doigt de Maddie.

Puis il échangèrent un long regard débordant d'amour, aussi troublés l'un que l'autre.

C'était comme si leur amour était écrit.

Comme si quelque part au-dessus de leur tête, une force qui les dépassait avait tout ordonnancé.

Mais aucun des deux n'y croyait, n'est-ce pas ?

— Veux-tu m'épouser ? demanda Shane, d'une voix émue.

Maddie hocha la tête, trop bouleversée pour parler, et se blottit plus étroitement contre lui.

Puis, quand les battements de son cœur se furent un peu calmés, elle parvint à articuler :

— Oh oui, Shane. C'est mon vœu le plus cher.

Un tonnerre d'applaudissements éclata dans le salon, les faisant sursauter.

Quand ils se tournèrent, ils virent que toute la famille Corbett, pour une fois réunie au grand complet, s'était rassemblée dans la pièce.

*
* *

— On dirait bien que certaines choses sont programmées de toute éternité, déclara Jud, en affichant un grand sourire. Et, quoi qu'on fasse, on ne peut pas y échapper.

Shane vit que ses autres frères étaient fous de joie. Derrière eux, son père semblait au bord des larmes. Kate souriait, et pour une fois aucune ombre ne ternissait l'éclat de ses splendides yeux bleus.

— Toi, j'ai deux mots à te dire, déclara Shane, en abattant sa main sur l'épaule de Jud.

Son cadet s'était fait discret durant ces dernières semaines, prétextant qu'il ne pouvait pas quitter le tournage de son nouveau film. Mais Shane savait à quoi s'en tenir.

— Contente-toi de me remercier, et n'en parlons plus, plaisanta Jud.

— Vous savez quel tour pendable il m'a joué ? demanda Shane au reste de la famille.

— Tu plaisantes, dit Russel. Depuis que tu as demandé la bague à papa, il raconte à qui veut l'entendre que ce mariage ne se serait jamais fait sans lui.

Jud éclata de rire.

— Hé, je suis un homme de parole. J'ai promis un mariage, et mariage il y a. Seulement, je n'ai jamais dit que ce serait le mien. A l'instant où j'ai rencontré Maddie, j'ai su qu'elle était la femme idéale… pour toi. Je savais que vous auriez le coup de foudre.

— Rassure-moi, tu n'avais pas prévu tout le reste ? demanda Shane.

— J'ai de l'imagination, c'est vrai, mais pas à ce point-là. Je ne pouvais pas deviner qu'elle se ferait enlever. En tout cas, tu dois reconnaître que tu es arrivé dans sa vie pile au moment où elle avait besoin de toi.

Jud tapa sur l'épaule de son frère.

— Et, après ça, tu diras que le destin n'existe pas.

Shane grommela, mais il devait reconnaître qu'il n'aurait jamais rencontré Maddie si une série d'événements inattendus n'étaient pas venus bouleverser la vie tranquille de la famille Corbett.

Cela avait commencé par le remariage de son père et le déménagement dans le Montana. Puis il y avait eu sa blessure qui l'avait contraint à un repos forcé…

— Bon, alors, et ces remerciements ? insista Jud.

Shane lui adressa un regard de mise en garde.

— A ta place, je ne me ferais pas trop remarquer. Tu as toujours la paille la plus courte, et tu es le prochain sur la liste.

— Pas de précipitation, vieux frère. J'ai droit à un an. Et il peut s'en passer des choses en un an.

— Eh bien, je crois que le champagne s'impose, déclara Grayson, en s'avançant pour embrasser sa future belle-fille.

Shane observa Kate tandis qu'elle prenait Maddie dans ses bras.

Sa belle-mère avait les larmes aux yeux, et elle tremblait. Sa joue appuyée contre celle de Maddie, elle ferma un instant les paupières, puis elle repoussa la jeune femme à bout de bras et l'observa intensément, avant de prononcer d'une voix vibrante d'émotion :

— Bienvenue dans la famille, mon enfant.

— Bon, eh bien, puisque personne ne se décide, je vais encore devoir me dévouer pour ouvrir le champagne, déclara Lantry, en se dirigeant vers le bar où une bouteille refroidissait dans un seau à glace.

— Ce n'est pas trop tôt, renchérit Dalton. J'ai bien besoin d'un remontant, après avoir supporté pendant des heures les vantardises de mon cher frère, alias Cupidon.

Juanita entra avec un plateau de tacos accompagnés de sauce de son cru.

A sa suite arrivèrent les cousines de Maddie et leurs maris. Même Titus et Pearl avaient fait le déplacement.

Shane enveloppa sa famille d'un regard fier et affectueux, puis il reporta son attention sur Maddie.

Sa future femme avait les joues en feu, et ses yeux, plus bleus que jamais, étincelaient de bonheur.

Elle avait traversé beaucoup d'épreuves, mais elle était forte, et Shane savait qu'elle saurait faire face aux prochaines surprises que la vie lui réservait — comme des retrouvailles avec sa mère biologique, par exemple.

Du coin de l'œil, il vit son père rejoindre Kate, qui s'était isolée au fond de la pièce, et passer un bras autour de ses épaules.

Elle pleurait, une main pressée sur ses lèvres, les yeux rivés sur Maddie.

La ressemblance entre les deux femmes était

frappante, et Shane s'étonna que personne n'en ait encore fait la remarque.

Elles auraient pu être mère et fille…

Gardant cette étonnante découverte pour lui, il décida de s'en remettre au destin.

RITA HERRON

Sous le charme de mon ennemi

Traduction française de
HERVÉ PERNETTE

BLACK ROSE

HARLEQUIN

Titre original :
PLATINUM COWBOY

Ce roman a déjà été publié en 2010

1

Le prince Viktor Romanov, son meilleur ami, avait été tué, ainsi que l'ensemble de la famille royale.

Tandis que Flint McKade traversait le hall de l'aéroport pour rejoindre au bar Jackson Champion et Akeem Abdul, ses amis et associés en affaires, le chagrin lui comprimait la poitrine.

La bague de l'université d'Aggie qu'il portait au doigt scintillait sous les lumières et lui rappela le temps qu'ils avaient passé tous les quatre dans cette université du Texas. Ils s'étaient alors eux-mêmes surnommés les Quatre d'Aggie.

Aujourd'hui, l'un d'eux n'était plus là.

Flint avait la gorge serrée. Qu'en était-il des Quatre d'Aggie, puisqu'ils n'étaient plus que trois ?

Lorsqu'il avait rencontré Viktor pour la première fois, il l'avait dédaigné à cause de son titre.

A cette époque, lui-même n'était qu'un cow-boy au mauvais caractère, un gamin qui avait grandi dans la pauvreté, sans perspectives d'avenir.

A moins de se forger soi-même un futur.

Pour lui, l'amitié entre un cow-boy et un prince était inconcevable.

Il avait toujours vécu dans le ranch où travaillaient ses parents. Viktor, de son côté, avait grandi à Londres et fréquenté diverses écoles partout dans le monde ; ce jeune boursier avait pour ambition de consacrer sa vie à sa patrie, la Rasnovie.

Toute sa famille vivait en exil.

Cette quête avait impressionné Flint. Voir Viktor si déterminé l'avait convaincu qu'il était, lui aussi, capable d'accomplir de grandes choses. Il avait appris par la suite que Viktor avait perdu son père pendant l'adolescence, et ce point commun les avait rapprochés.

Viktor lui avait présenté Akeem, lequel était destiné à devenir cheik du Beharrian, et ç'avait été le début d'une autre amitié inconcevable. Ils étaient devenus comme des frères, et avaient fait entrer Jackson dans leur cercle, pour devenir les Quatre d'Aggie.

Chacun d'eux avait eu à surmonter des obstacles quasi-impossibles pour asseoir leur réussite. Mais ils s'étaient montrés résolus, déterminés et ambitieux.

Ils avaient fait le serment de devenir milliardaires. Mais en ne le devant qu'à leur travail.

Tous quatre avaient réussi.

Après être parvenus à bâtir des empires financiers, ils avaient décidé de créer une fondation à but non lucratif, afin de récolter des fonds pour des causes caritatives.

Flint observa les visages défaits de ses amis qui l'attendaient, installés à une table. Il y avait trois verres devant eux.

Trois, et non pas quatre.

L'un d'eux n'était plus là. Tué dans l'explosion de

son palais, le jour de la fête de l'indépendance de la Rasnovie.

Akeem vit Flint le premier. Il était aussi triste que lui. Ce soir, ils étaient censés célébrer leur dernier projet, et non pas pleurer Viktor. Dans son ranch, qui couvrait plus de deux cents hectares, Flint élevait et entraînait des chevaux de race et du bétail, et Akeem l'avait convaincu de se lancer dans l'élevage de pur-sang arabes. L'avion qui transportait les bêtes devait atterrir d'un moment à l'autre. C'était Jackson, dont la société était spécialisée dans le transport international d'animaux de race, qui s'était occupé de la logistique.

Mais chaque fois qu'il achetait de nouvelles bêtes, Flint se déplaçait en personne pour les accueillir.

Il s'installa en face d'Akeem. Jackson était à sa droite. Au milieu du brouhaha du terminal bondé de l'aéroport, le silence entre eux s'étira. Aucun d'eux n'avait envie de parler.

Flint prit le pichet de bière posé sur la table, remplit les trois chopes, puis contempla la mousse qui se formait dans son verre, cherchant quoi dire.

— Je n'arrive pas à y croire, finit-il par déclarer.

Akeem se passa la main sur le menton.

— Les autorités du pays ne divulguent aucun détail sur ce qui s'est passé.

— Crois-tu que ce sont les rebelles de Rasnovie qui ont tué la famille royale ? demanda Jackson d'une voix râpeuse.

Flint haussa les épaules.

— C'est probable. Après l'instauration d'un régime démocratique, les membres de la famille royale souhaitaient jouer le rôle d'ambassadeurs de leur pays.

Chez lui, Viktor était une icône. Il avait tout fait pour aider à la reconstruction des infrastructures du pays et remettre son économie sur les bons rails.

Les Quatre d'Aggie avaient investi en Rasnovie. Mais ce soir, il n'était pas question d'argent. La mort de leur ami était le seul sujet qui comptait.

Flint leva son verre et porta un toast à la mémoire de leur camarade. Jackson et Akeem se joignirent à lui. Soudain, le téléphone portable de Flint sonna.

C'était son pilote. Il prit l'appel et fronça les sourcils. La réception était perturbée.

— Reuben ?

— Al… alerte, dit Reuben d'une voix étouffée. A l'aide…

Le sang de Flint ne fit qu'un tour.

— J'arrive !

— Qu'est-ce qui se passe ? fit Jackson.

— Un problème. Allons-y.

Il posa sur la table un billet pour la bière, puis tous trois se hâtèrent en direction du bureau de la sécurité de l'aéroport.

Joey Stamos, le responsable de la sécurité, les retrouva à la porte de débarquement et les conduisit à l'avion, qui s'était déjà garé à la hauteur du pont de déchargement.

Les lumières de la piste d'atterrissage avaient été coupées, si bien que l'appareil était plongé dans l'obscurité.

— Que se passe-t-il, bon sang ? demanda de nouveau Jackson d'un ton inquiet.

— Cherche-t-on à voler les pur-sang ? hasarda Akeem.

— Il faudra me passer sur le corps, dit rudement Flint.

Brusquement éclata un déluge de coups de feu provenant de l'avion. Les gardes postés près du pont de déchargement se déployèrent autour de l'appareil et se mirent à l'abri.

— Restez à l'intérieur du véhicule et baissez-vous, leur ordonna Stamos en sortant.

Flint tendit le bras pour ouvrir la portière. Stamos l'arrêta.

— Je ne plaisante pas, McKade. Ce sont des tirs d'arme automatique.

Stamos avait raison.

De nouvelles rafales furent échangées de part et d'autre. Les gardes répliquaient, les balles ricochaient sur la carlingue de l'avion. Flint et ses amis eurent l'impression que ce déluge de feu durait des heures.

Enfin, le calme revint, et Stamos s'approcha d'eux.

— C'est bon, c'est terminé, mais ce n'est pas beau à voir.

Tout en sortant de la voiture, Flint imagina le pire.

— Je dois aller me rendre compte par moi-même.

Stamos lui posa une main sur la poitrine pour l'arrêter.

— Non, attendez l'équipe d'analyse de scènes de crime.

— Stamos, ce sont mes employés qui sont là-bas, répliqua Flint avec mauvaise humeur. Et je dois aller voir comment vont les pur-sang, aussi.

Stamos finit par acquiescer, mais il ordonna à

Akeem et à Jackson d'attendre l'arrivée de la police locale.

Flint suivit Stamos. La peur et la colère le tenaillaient. Il monta à bord.

Quand il entra dans le cockpit, il décela immédiatement une odeur de sang.

Puis il eut l'estomac retourné par le spectacle horrible qui s'offrait à lui. Son pilote avait pris une balle dans la tête à bout portant ; il était affalé sur le tableau de bord, et son sang avait éclaboussé tout l'habitacle.

Flint se détourna, écœuré. Il vit alors deux de ses employés étendus sur le sol. Il reconnut le plus vieux des deux, qui travaillait pour lui depuis des années. L'autre était un jeune type, mais il était défiguré et Flint ne put le reconnaître.

Leurs corps portaient plusieurs impacts de balles au niveau de la poitrine et des membres, des rigoles sanglantes coulaient partout.

Flint enjamba les corps en retenant sa respiration et se rendit à l'arrière de l'appareil, où étaient les chevaux.

Avant un vol, on leur donnait des tranquillisants. Désormais ils étaient éveillés ; ils hennissaient et ruaient sous l'effet de la panique.

— Chut, doucement mes beaux, c'est terminé, du calme.

Il leur parla jusqu'à ce qu'ils s'apaisent, les examina un par un à la recherche d'éventuelles blessures. Par chance, ils semblaient tous indemnes.

— Nous avons les tireurs, lança Stamos en rejoignant Flint. Ils étaient deux, armés jusqu'aux dents.

— Je veux les interroger.

Stamos secoua la tête.

— Trop tard. Ils sont morts.

Flint serra les poings. Il avait envie de frapper sur quelque chose pour libérer sa colère. Mille questions se bousculaient dans son esprit. Des questions que les flics ne manqueraient pas de poser. Des questions auxquelles il voulait avoir des réponses.

Qui étaient ces tireurs ? Avaient-ils agi d'eux-mêmes, ou bien sur ordre ?

— Apparemment, les responsables voulaient soit voler les chevaux, soit vous causer du tort, déclara calmement Stamos.

Flint acquiesça. Il se fit le serment de découvrir qui avait mis en danger ses pur-sang et tué ses hommes.

Le responsable allait payer.

Le Dr Lora Leigh Whittaker détestait Flint McKade.

Et pourtant, elle était là, à parcourir la route privée bordée de grands chênes, qui menait au ranch de Diamondback, l'immense domaine et centre des affaires de McKade, afin de travailler pour lui. Le nom de son ranch lui avait été inspiré par Diamondback Jack, l'étalon qui lui avait rapporté plusieurs millions grâce à ses victoires hippiques et les droits de saillie, et non, comme elle l'avait d'abord pensé, par les diamondback rattlers, ces serpents à sonnette qui pullulaient dans les plaines du Texas.

Elle se sentit gagnée par l'amertume.

Flint lui-même était un serpent. Toujours à l'affût des proies faciles que constituaient les petits propriétaires de ranch.

Toutefois, elle devait ravaler son orgueil et sa colère, car elle avait d'abord besoin d'obtenir des réponses.

Johnny, son frère cadet, avait disparu.

La dernière fois qu'elle lui avait parlé, il travaillait incognito à Diamondback.

Elle n'avait que faire de l'image flatteuse de McKade dans la presse.

Elle était persuadée qu'il avait bâti sa fortune en trompant les petits propriétaires et en s'emparant de leurs terres, et que la taille de son empire n'était qu'un reflet de son ego démesuré.

Elle avait lu les rubriques économiques des journaux, les nombreux articles consacrés à ce milliardaire.

Et dire qu'il avait acheté le ranch de son père pour une bouchée de pain !

Mais de toute façon, le Double W, le ranch de ses parents, n'avait pas de prix. C'était leur foyer, et la concrétisation de leur rêve.

Ils avaient sué sang et eau pour le construire, donné tout leur temps et leur énergie à travailler la terre et choyer le bétail, et ils les avaient élevés, Johnny et elle, dans l'amour de ce ranch.

Lora Leigh n'avait jamais eu d'autre foyer. C'était là-bas qu'elle avait joué avec Johnny quand elle était enfant. Là-bas qu'elle avait eu son premier cheval et développé sa passion pour les animaux. Là-bas qu'elle avait décidé de devenir vétérinaire.

Elle y avait passé des Noël merveilleux avec sa famille. Ils faisaient eux-mêmes toutes sortes de décorations pour le sapin. Là-bas, sa mère avait fabriqué et peint de petites mangeoires à oiseaux, et elle plantait des fleurs au printemps.

Perdre son foyer avait brisé le cœur de Lora Leigh. Plus encore en sachant que son père avait contracté une seconde hypothèque pour financer ses études.

Elle essuya les larmes qui avaient coulé sur ses joues. Deux jours après que son père eut vendu le ranch, il s'était donné la mort.

Tout ça à cause de McKade.

Depuis, la vie avait pris un tournant encore plus sordide. Johnny s'était mis à boire et à accumuler les ennuis. Même si elle était, elle aussi, très affectée par la mort de son père, elle avait tenté de sortir son frère des problèmes, de le convaincre d'arrêter de boire et de se reprendre. Elle ne voulait pas le perdre à son tour.

Mais lorsque, enfin, Johnny était redevenu sobre, sa colère avait resurgi, et il avait parlé de prendre sa revanche sur McKade.

Six semaines plus tôt, il s'était rendu à Diamondback et s'était fait engager sous un faux nom.

Il était sûr de parvenir à trouver la preuve que McKade n'était pas correct en affaires, à démontrer qu'il avait trompé leur père et à l'anéantir. Or depuis deux semaines, Johnny n'avait plus donné de nouvelles, alors qu'il appelait régulièrement.

Et s'il avait découvert des éléments compromettants et que McKade avait compris la raison de sa présence au ranch ? McKade serait-il capable d'aller jusqu'à se débarrasser de lui pour le contraindre au silence ?

Une vague de panique l'envahit.

Elle serra les mains sur le volant. Si elle découvrait que McKade avait fait du mal à son frère, elle le dénoncerait à la police.

Elle avait déjà pensé à cette éventualité, mais elle devait aussi garder en mémoire que Johnny s'était rendu à Diamondback avec la volonté de se venger de McKade. Et s'il était allé jusqu'à faire quelque chose d'illégal… ?

Tandis qu'elle approchait du bâtiment d'habitation de Diamondback, son regard se posa sur les pâturages et les chevaux qui galopaient dans les enclos. Les nerfs en pelote, elle se gara dans l'allée circulaire devant la maison, repéra les corrals et l'annexe à proximité, et inspira profondément pour se calmer, avant de sortir son poudrier et de se refaire une mine présentable.

Elle craignait que McKade prête attention à son nom et refuse de l'embaucher à cause de son père. Jusqu'à présent, elle n'avait pas traité directement avec lui et ne l'avait jamais rencontré.

Bah, il ne devait pas connaître la moitié des noms de famille des gens qu'il pillait…

Pour lui, seul l'argent comptait.

Eh bien, pour elle, tout ce qui comptait, c'était la famille. Sa famille et son foyer.

McKade lui avait déjà volé son foyer et une partie de sa famille.

Si jamais il avait fait du mal à Johnny, il allait le regretter.

— Les pur-sang arabes sont sains et saufs et ont été placés en quarantaine dans mon ranch, dit Flint à Amal Jabar, son contact au Moyen-Orient, qui avait facilité l'importation des chevaux. Je ne sais pas encore si les agresseurs voulaient tuer mes hommes ou bien voler les bêtes, mais j'ai bien l'intention de le découvrir. Il faudra que vous me fournissiez une liste de l'ensemble de vos employés et de tous ceux qui étaient au courant de l'expédition.

— Etes-vous en train d'insinuer que ce sont des hommes à moi qui ont attaqué l'avion ? répliqua Amal en haussant le ton.

Flint marchait sur des œufs : c'est Akeem qui lui avait conseillé de traiter avec Amal, et il lui faisait confiance.

— Je n'insinue rien du tout, mais des hommes ont été tués, et aucune piste ne peut être négligée.

Amal hésita quelques instants.

— Je vous faxerai cette liste. Et j'interrogerai moi-même chacun des hommes qui y figurent. Si j'ai des soupçons, je vous en ferai part.

— Merci, Amal. J'apprécie votre diligence.

— Prenez bien soin des pur-sang.

— Comptez sur moi.

Flint raccrocha, se déshabilla et passa sous la douche. Il ferma les yeux et se laissa aller aux vertus délassantes de l'eau chaude.

Mais des images de cadavres vinrent le hanter. Trois hommes avaient perdu la vie en travaillant pour lui. Ce qui signifiait qu'il portait leur sang sur les mains.

Il ferait tout son possible pour retrouver le responsable de ce massacre.

Alors seulement, les familles pourraient faire leur deuil, sachant que l'assassin était sous les verrous et que justice avait été rendue. Il leur devait bien ça.

Il sortit de la douche, passa un jean et une chemise,

et se crispa en entendant retentir la sonnette de la porte d'entrée. Il n'était vraiment pas d'humeur à recevoir de la visite.

Ce qu'il voulait, c'était rester seul et prendre un verre, pleurer la mort de son ami en paix et réfléchir à qui pouvait lui vouloir du mal. Car en attaquant sa cargaison et ses employés, on s'en était pris directement à lui.

Et si quelqu'un cherchait de nouveau à s'en prendre aux pur-sang ?

Il les avait fait placer en quarantaine dans la zone dédiée à cet effet pendant le délai nécessaire à l'accomplissement des tests médicaux requis par la loi fédérale. Mais peut-être devrait-il engager des agents de sécurité supplémentaires pour assurer leur surveillance.

Un coup fut frappé à la porte de sa chambre.

— Monsieur McKade, vous avez de la visite.

Il espéra que c'était la police, et qu'ils avaient du nouveau. Il ouvrit la porte et se retrouva face à Lucinda, sa femme de chambre et cuisinière, qui le fixait avec des yeux gonflés. Elle travaillait pour lui depuis plus de dix ans maintenant, et elle se considérait plus comme une mère pour lui que comme une employée.

Il la priait sans cesse de l'appeler par son prénom, mais elle s'y refusait.

Elle était amie avec Grover, un des hommes qui avaient perdu la vie, et la nouvelle l'avait énormément affectée.

— Qui est-ce ?

— Le docteur Whittaker.

Ah, mince. Il avait complètement oublié qu'elle devait arriver ce soir.

— Dites-lui que je viens tout de suite.

Lucinda acquiesça et redescendit l'escalier. Il boutonna sa chemise et se passa la main dans ses cheveux encore humides.

Il redoutait cette entrevue depuis des semaines. Depuis que son père s'était suicidé, en fait. Il avait été surpris lorsqu'il avait appris que Lora Leigh Whittaker avait postulé pour travailler chez lui en qualité de vétérinaire, et il s'était demandé si elle avait découvert la vérité au sujet de l'accord qu'il avait passé avec son père.

Peut-être souhaitait-elle le remercier d'avoir tiré d'affaire son père avant qu'ils se retrouvent ruinés. Et ensuite de l'avoir engagée…

Car elle aurait pu exercer n'importe où dans l'Etat. Il avait lu son CV. Elle était sortie major de sa promotion. Mais elle était diplômée d'Aggie, comme lui, et les anciens d'Aggie se devaient de se soutenir mutuellement.

Il poussa un soupir las et descendit l'escalier, s'attendant à rencontrer une jeune femme petite et rondouillarde, comme son père. Une jeune femme avec des manières de garçon, assez forte pour s'occuper de chevaux.

Lorsqu'il vit la femme assise dans un des fauteuils en cuir de son bureau, il eut le souffle coupé.

Bon sang, elle n'était franchement pas ce qu'on pouvait appeler le portrait craché de son père !

Ni enveloppée ni masculine, sa silhouette fluette était si délicate qu'elle semblait disparaître dans le fauteuil. Elle était mince mais généreuse là où il faut, pensa-t-il comme son regard se posait sur ses seins, qui pointaient sous sa veste de tailleur.

De longs cheveux aux reflets dorés tombaient sur ses épaules et brillaient comme de la soie sous l'éclat du lustre ; sa jupe laissait entrevoir des jambes à se damner et des mollets fermes et gracieux, capables, lorsqu'elle chevauchait, d'étreindre un cheval… ou bien un homme ; ses chaussures à talons aiguilles et à bouts pointus, enfin, terminaient de la rendre extrêmement attirante.

Alors c'était elle, sa nouvelle vétérinaire ?

Il s'empressa de repousser l'onde de désir qui le traversa — et qui l'avait d'ailleurs plutôt surpris.

Elle leva les yeux et le vit. Elle se mit aussitôt debout. Un doux parfum de miel se mit à flotter dans la pièce. Son tailleur d'un bleu intense était de la même couleur que ses grands yeux.

Des yeux qui prirent une expression glaciale quand il lui tendit la main.

Il se raidit quelque peu.

Apparemment, elle n'était pas venue le remercier d'avoir sauvé la mise à son père.

Pour tout dire, s'il en jugeait à l'expression de son visage et à la froideur de sa poignée de main, elle ne l'appréciait même pas du tout.

Alors, pourquoi venait-elle travailler dans son ranch ?

2

Lora Leigh fut la proie d'un frisson intérieur lorsque Flint McKade referma sa large main sur ses doigts. Elle avait vu des photos de lui dans la presse — dont l'une en couverture, sous l'accroche : « Un des dix célibataires les plus convoités du Texas » — et elle avait chaque fois fait son possible pour rester indifférente à son charme.

Elle refusait de se pâmer sur les images d'un homme, et surtout pas sur celles d'un type qui profitait du travail des autres.

Cependant elle ne put réprimer l'attirance qu'elle ressentit lorsque son regard ténébreux se posa sur elle. Il était plus grand qu'il le paraissait sur papier glacé — il devait mesurer au moins un mètre quatre-vingt-cinq — et il avait une carrure d'athlète. Ça, elle le savait déjà grâce au calendrier vendu au profit d'une œuvre de charité et pour lequel il avait posé torse nu. Il était bronzé, et ses cheveux bruns ébouriffés qui lui tombaient sur les épaules lui donnaient une allure de cow-boy rebelle.

Mais ce qui l'étonna le plus, c'est qu'il avait les mains rugueuses.

C'était donc vrai : il travaillait bel et bien lui-même

au ranch. Il ne se contentait pas de déléguer et de surveiller ses employés.

— Docteur Whittaker, très heureux de faire votre connaissance. Je suis désolé pour votre père.

Ces derniers mots rompirent le charme sous lequel elle était, et lui rappelèrent la raison de sa présence ici.

Ainsi que de son aversion pour Flint McKade. Elle était là pour prouver qu'il était malhonnête et retrouver son frère.

Elle lâcha sa main, fit de son mieux pour dissimuler son émotion et ravala sa salive.

— Merci.

Il lui fit signe de se rasseoir avant de s'installer face à elle, de l'autre côté du bureau.

— Souhaitez-vous boire quelque chose ? Un café ?

— Non, merci.

Il la regarda un instant sans rien dire. Elle posa ses mains moites sur ses cuisses et inspira profondément : la présence imposante de Flint McKade semblait consommer tout l'air disponible dans la pièce.

— Je pense que mon directeur du recrutement vous a déjà notifié toutes les clauses de votre contrat. Le montant de votre salaire, des primes d'intéressement, les congés auxquels vous avez droit ?

Elle fit signe que oui et dut admettre à contrecœur que les conditions qu'il offrait étaient plus que généreuses. Et elle avait besoin d'argent.

— Oui, tout est en ordre.

— Habiter à Diamondback est optionnel. Si vous préférez vous installer ailleurs, ce n'est pas un problème. Toutefois, vous devez savoir qu'ici nous commençons la journée très tôt, dès l'aube.

— Vivre sur le domaine du ranch me va très bien, s'empressa de répondre Lora Leigh. Et je suis consciente que la journée d'un ranch commence très tôt, monsieur McKade. J'ai d'ailleurs moi-même grandi dans un ranch où l'on élevait des chevaux et du bétail.

Son regard s'assombrit quelque peu.

— Appelez-moi Flint, Lora Leigh.

Elle se passa la langue sur les lèvres, mal à l'aise. Elle ne souhaitait pas entretenir des rapports trop personnels avec lui, et la façon dont il l'avait appelée par son prénom était beaucoup trop intime.

— Je préférerais vous appeler monsieur McKade.

— Et moi je préférerais Flint.

Le ton de sa voix indiquait que ce point ne souffrait aucune discussion.

— Tous mes employés, les commis compris, m'appellent par mon prénom. Pour moi, ils font tous partie de la famille de Diamondback.

Ce commentaire, auquel elle ne s'était pas attendue, la fit frémir. Il avait détruit sa famille, et, pour elle, se considérer comme faisant partie de la sienne était tout bonnement impossible.

— Puis-je vous poser une question, Lora Leigh ?

Elle se crispa.

— Bien sûr.

— Pourquoi avez-vous souhaité venir travailler ici ?

Elle s'inquiéta. Avait-il découvert que son frère était venu au ranch pour l'espionner ? Savait-il qu'elle était ici pour la même raison ?

*
* *

Flint était incapable de quitter Lora Leigh du regard tandis qu'elle se débattait pour garder une contenance et dissimuler les émotions qui l'agitaient. C'était comme si elle s'enfonçait dans des sables mouvants, et il avait envie de lui lancer une perche pour l'en sortir. Mais il se retint et resta concentré. Si elle devait travailler pour lui, il voulait s'assurer qu'elle serait loyale, surtout après ce qui venait de se passer.

— Lora Leigh, pourquoi êtes-vous venue travailler à Diamondback ? répéta-t-il calmement.

Elle se mordait la lèvre inférieure, et elle allait se faire mal si elle ne cessait pas. Il avait envie de tendre la main, de la toucher. Cela la calmerait peut-être…

Il jura intérieurement. Ça ne lui plaisait pas qu'elle l'envoûte à ce point. Avec les soucis qu'il avait en ce moment, il n'avait vraiment pas besoin de cela.

D'autant plus que cette femme ne semblait pas l'apprécier.

Il se sentait meurtri par cette antipathie, et son origine l'intriguait. Elle s'était fait une opinion de lui avant qu'ils se rencontrent, sans doute parce qu'il avait racheté le ranch de son père. Au lieu de le voir comme l'homme qui l'avait sauvé de la ruine, elle le considérait comme son ennemi.

— Vous possédez un des plus grands et des plus beaux ranchs du Texas, finit-elle par répondre. Vous élevez des pur-sang de course avec un succès éloquent ainsi que des quarter horses qui ont gagné un nombre de prix incroyable.

Elle désigna la vitrine aux trophées derrière lui.

L'année dernière, un de ses chevaux avait gagné le championnat national des éleveurs.

— Qui ne souhaiterait pas travailler dans un ranch aussi célèbre et prestigieux ?

Tous ceux qui désiraient avoir leur propre part du gâteau, eut envie de rétorquer Flint. Il avait fait partie de ceux-là. Son père avait travaillé dans un ranch comme simple commis et sa mère avait été cuisinière dans une autre grande propriété. Lui avait voulu posséder ses propres terres. Etre son propre patron.

Diriger ses affaires, ne pas travailler pour un autre. C'est pourquoi il considérait ses employés comme sa famille.

— Vous avez bien appris votre leçon, dit-il.

Il n'en était pas surpris. Il savait qu'elle était considérée comme intelligente, motivée, qu'elle travaillait dur et ne réchignait pas à prendre des initiatives.

Un léger sourire se forma sur son visage, qui lui donna une petite idée de ce que cela pouvait donner lorsqu'elle souriait franchement.

— Evidemment. Cependant, vous êtes plus grand en réalité qu'en photo.

Cette remarque lui fit hausser les sourcils, et il nota qu'elle détourna immédiatement son regard, comme si elle regrettait d'avoir émis un commentaire personnel sur lui.

Divers articles avaient été publiés sur son compte. Certains vantaient ses capacités d'homme d'affaires et de propriétaire de ranch, ses techniques d'élevage innovantes. D'autres se concentraient sur les actions caritatives qu'il menait et le souci qu'il affichait pour la préservation de l'environnement et de la vie sauvage.

Toutefois, d'autres papiers n'étaient pas aussi flatteurs.

D'aucuns le dépeignaient comme un arriviste cupide qui s'emparait des terres de petits propriétaires dans le seul but d'agrandir son empire.

Et puis, il y avait ce fichu calendrier. Il se demandait encore pourquoi il avait accepté de poser pour ce stupide étalage de célibataires dits séduisants, même si les ventes avaient rapporté beaucoup d'argent à des œuvres de charité.

— Ne croyez pas tout ce que vous lisez, dit-il dans un murmure.

Elle croisa les bras.

— J'ai entendu dire que vous aviez importé des pur-sang arabes ?

Il pinça les lèvres.

— Oui. Et j'imagine que vous avez également entendu parler de ce qui s'est passé à l'aéroport ?

Elle fit signe que non, et il lui expliqua. Son visage prit une expression horrifiée.

— Et les chevaux sont sains et saufs ?

Donc, elle aimait sincèrement les chevaux. Elle ferait du bon travail.

Mais elle était quand même petite et frêle. S'en sortirait-elle avec les bêtes ?

Seul le temps le dirait.

— Oui, heureusement, ils sont en bonne santé.

Il consulta sa montre puis se massa la nuque. La fatigue le gagnait.

— Je suis très impatiente de les voir, ainsi que

le reste de votre troupeau. J'ai vu Diamond Daddy gagner le derby à la télévision. Quel fabuleux cheval.

Flint acquiesça et sourit.

— Oui, pour sûr. C'est un descendant de Diamondback Jack…

— Le cheval qui a donné son nom au ranch.

Il pencha la tête pour l'étudier de nouveau.

— Tout à fait. Apparement, vous êtes bien renseignée.

— Oh, oui. Je voulais être prête.

Il sourit. Prête pour quoi ? Le mépriser ?

Il était irrité à l'idée qu'elle ne l'aimait pas. Mais ça changerait. Quand il voulait, il savait se montrer charmant. Tôt ou tard, il finirait par gagner son affection.

Et peut-être même plus.

Ne commence pas à fantasmer. Entre le début de la saison d'élevage et un meurtrier à attraper, tu as déjà de quoi faire.

Il se leva.

— Il est trop tard pour que je vous fasse faire le tour du ranch. Que diriez-vous de se retrouver demain matin ?

Elle se raidit légèrement.

— Je sais que vous êtes très occupé, monsieur McKade…

— Flint.

Elle soupira.

— Flint. Un de vos employés pourrait sans doute se charger de me faire faire le tour de la propriété.

Il serra les dents. Son attitude commençait à l'agacer.

— Hors de question. Si vous devez travailler pour

moi, je veux voir en personne comment les chevaux réagissent à votre contact.

Elle haussa les sourcils.

— Alors, c'est une sorte de test ?

— Non, mais généralement je suis capable de dire si mes employés vont bien s'adapter en les confrontant avec leurs collègues et les animaux.

Le regard de Lora Leigh se rembrunit.

— Et jusque-là, comment est-ce que je m'en sors ?

Il sourit.

— Nous en reparlerons demain. Je vous accompagne à votre logement.

Elle se leva et réajusta sa jupe.

— Bien.

Il s'efforça de détourner le regard de ses jambes. Il allait l'avertir de se mettre en tenue de travail le lendemain matin, quand il se souvint qu'elle lui avait rappelé avoir grandi dans un ranch. Il se tut. Il ne voulait pas l'irriter davantage.

Il espérait simplement qu'elle se montrerait plus avenante avec ses animaux qu'avec lui.

Lora Leigh monta dans sa jeep et suivit la camionnette de Flint sur le chemin accidenté. Ils longèrent des pâturages magnifiques et plusieurs écuries avant d'arriver à un petit chalet de bois blanc situé à l'ombre de grands chênes et de peupliers. Un grand saule pleureur tendait ses branches en direction du porche, comme s'il voulait lui serrer la main pour lui souhaiter la bienvenue.

Sous le porche, une balancelle et des pensées en pot achevaient de donner à l'endroit un aspect accueillant.

Lorsqu'elle se gara et descendit de voiture, un nuage de poussière vola autour d'elle. Elle allait sortir sa valise du coffre, mais Flint la devança, et elle prit la sacoche de son ordinateur portable.

— Il y a des appartements dans la partie ouest du ranch, ainsi que d'autres petits chalets pour les employés partout sur le domaine, dit-il. Mais j'ai pensé que vous seriez mieux ici. Les écuries des chevaux dont vous aurez la charge sont tout près et vous aurez plus de calme.

Elle avait lu un article traitant du programme immobilier qu'il avait développé, aussi bien sur le domaine du ranch qu'en ville.

— En plus des commis, des palefreniers, des entraîneurs et de leurs assistants, et des vétérinaires, un biologiste spécialisé dans la vie sauvage travaille pour moi, ainsi que des agronomes. Chaque vétérinaire est assigné à un secteur précis du ranch, mais il y a aussi une clinique vétérinaire près de ma maison. Elle possède un bureau autonome, un système informatique spécifique et un équipement médical dernier cri. Elle jouxte le bureau de mes chefs de secteur.

Il indiqua de la main un grand bâtiment blanc, duquel montait un panache de fumée.

— Ça, c'est la cafétéria. Nous y servons le petit déjeuner à partir de 5 heures, et on peut y prendre un repas à tout moment de la journée.

Il la précéda dans la petite allée pavée qui menait au porche et monta les marches. Elle ne put s'empêcher de remarquer l'impression de grâce et de puissance que son corps dégageait lorsqu'il se déplaçait.

Il fallait qu'elle arrête de le regarder en détail et de se délecter du spectacle. Il était son ennemi, elle ne devait pas l'oublier.

Flint déverrouilla la porte, l'ouvrit, et l'invita à entrer.

— C'est décoré simplement, mais c'est confortable.

— C'est vraiment bien, dit-elle, pensant que c'était même plus que bien.

Un grand canapé et un fauteuil trônaient dans le salon, lequel s'ouvrait sur une cuisine moderne munie d'un comptoir et d'une table en pin.

— Il n'y a qu'une chambre, reprit Flint, mais la baignoire est grande et la vue agréable. Le matin, depuis le porche, vous pouvez voir le soleil se lever. Dans la cuisine, vous trouverez quelques aliments de base pour les premiers jours. Evidemment, vous êtes libre de prendre vos repas ici ou à la cafétéria.

Elle aimait cuisiner. Il lui suffisait de fermer les yeux pour que lui revienne l'odeur des petits pains à la cannelle et des biscuits au beurre que confectionnait sa mère, ou celle des saucisses qu'elle faisait griller à la poêle.

Mais elle était ici pour découvrir ce qui était arrivé à Johnny, pas pour accomplir des prouesses culinaires.

Flint se rendit en quelques enjambées dans la chambre et déposa la valise sur l'étagère prévue à cet effet, devant le lit que deux fenêtres aux rideaux colorés encadraient et qu'une couette en patchwork bleu et blanc recouvrait.

Elle s'arrêta pour admirer le travail de couture.

— Oh, le motif reprend ceux qu'on trouve sur

les assiettes en porcelaine de Dresde. A-t-elle été faite à la main ?

Flint opina, non sans une certaine mélancolie.

— C'est ma mère qui l'a faite. C'était une sorte de passe-temps pour elle.

— C'est très beau.

Il fit un pas en arrière et croisa son regard.

— Vous pratiquez aussi ce type de couture ?

Elle hésita à répondre. Elle était supposée haïr cet homme et non échanger des propos personnels avec lui.

— Oui, ma mère et ma grand-mère étaient toutes deux de bonnes couturières. Elles m'ont appris comment faire lorsque j'étais enfant.

Et sa mère avait confectionné une couette pour son trousseau. La dernière qu'elle avait faite avant de mourir.

Mais Lora Leigh n'avait pas l'intention de se marier. Elle ne faisait pas confiance aux hommes. Certains étaient intimidés par ses diplômes, d'autres la trouvaient trop garçon manqué, lui faisaient comprendre qu'elle n'était pas assez raffinée. Il y avait toujours quelque chose qui n'allait pas…

— Eh bien ça nous fait au moins un point commun, alors, dit Flint. En plus de notre passion pour les chevaux.

Lora Leigh sentit le trouble la gagner. Elle n'avait pas envie de se trouver des points communs avec lui. En fait, elle se faisait l'impression d'être une traîtresse. Elle se sentait coupable de penser que Flint McKade était bel homme, et plus encore qu'il n'était peut-être pas un sale type.

Pourtant, non, il n'était pas quelqu'un de bien. Il avait dit être désolé pour la mort de son père, mais il ne s'était pas excusé de l'avoir poussé au suicide.

Or, en rachetant son ranch, c'était comme s'il lui avait posé le fusil sur la tempe.

Tout ce sang sur le mur…

Cette image la hantait sans cesse. Les yeux vitreux de son père, la pâleur de sa peau, son corps ensanglanté…

— Bon, il se fait tard. Je vous laisse vous installer. A demain ! Je passerai vers 6 heures.

Trop bouleversée pour parler, elle se contenta d'acquiescer et ne le regarda pas partir.

Quand elle entendit la porte se fermer, elle fondit en larmes.

Elle serra les bras autour d'elle et, par la fenêtre, contempla la nuit. Au loin résonnaient le coassement des grenouilles, les cris des coyotes et les hennissements des chevaux. Tous ces bruits familiers lui rappelaient à quel point elle aimait la vie dans un ranch. Par endroits, la région était aride, rocheuse, couverte d'armoise et investie d'une faune redoutable. Et pourtant, il était possible d'y faire des cultures, de nourrir le bétail. La saison d'élevage allait bientôt battre son plein. Les étoiles scintillaient dans le ciel d'un noir d'encre, l'odeur des chevaux, du foin et de l'herbe coupée semblait lui dire qu'elle était chez elle.

Mais elle n'était pas chez elle. Elle avait perdu son foyer, à cause de Flint.

Avec colère, elle sécha ses larmes, s'en voulut d'être aussi faible et de s'être laissé aller à admirer le ranch que Flint avait bâti. Elle découvrirait ce qui était arrivé à Johnny, s'assurerait qu'il était vivant et en bonne santé. Ensuite, elle partirait loin de Diamondback et entamerait une nouvelle vie.

Mais elle devrait se surveiller, faire de son mieux pour afficher une attitude sympathique et professionnelle, quel qu'en soit le coût. Dans sa partie, Flint était très influent. S'il n'était pas satisfait de son travail, il pourrait ruiner sa réputation au Texas. Et désormais, elle n'avait plus personne pour s'occuper d'elle, personne vers qui se tourner. Elle ne pouvait compter que sur elle-même.

Certes, si le pire survenait, elle pourrait toujours quitter l'Etat. Après tout, lorsqu'elle aurait retrouvé Johnny, plus rien ne la retiendrait ici.

Elle tourna son regard vers le nord. Là où était naguère le ranch dans lequel elle avait grandi, et qui avait fait d'elle ce qu'elle était aujourd'hui. Elle ne savait pas ce que Flint comptait faire de ce lopin de terre, insignifiant pour lui.

Mais son cœur y serait toujours attaché.

Personne ne lui volerait son cœur, et surtout pas Flint McKade.

3

Les premiers rayons du soleil tirèrent Lora Leigh d'un sommeil agité. Elle prépara du café puis s'installa dans la balancelle, sous le porche, pour regarder le jour se lever au-dessus des saules. Puis elle observa une jument et son poulain dans le pré voisin. D'autres chevaux galopaient dans le champ ; une brise légère chahutait leur crinière. Les couleurs de l'aube, jaune d'or et rose pâle, conféraient aux pâtures luxuriantes de Diamondback un aspect élégant et paisible. Une paix qu'elle n'éprouvait pas.

Elle sortit la lettre que son père avait rédigée avant de se donner la mort et la déplia. Elle s'était toujours gentiment moquée de l'écriture de son père. Désormais, ces mots tracés d'une main maladroite avaient quelque chose de déchirant.

Elle avait lu cette lettre des dizaines de fois. Elle la relut une fois encore avant d'affronter la journée à venir.

« Lora Leigh, ma chérie,

» Je t'écris le cœur lourd, mais je ne veux pas que tu sois triste. J'ai vécu soixante merveilleuses années. J'ai aimé ta mère de tout mon être, et Johnny et toi m'avez offert encore plus de bonheur que je n'en ai connu au ranch.

» Le Double W a toujours été mon rêve. Sentir l'odeur de la terre, la travailler, voir les bêtes brouter et galoper dans les prés, tout cela m'a toujours été cher, et rappelé combien la vie est fragile et belle. Je regrette de ne pas avoir pu vous transmettre le ranch. Mais je ne regrette aucun moment de mon existence, ni les sacrifices que nous avons dû faire pour vous.

» Quand on est une vraie famille, c'est comme ça.

» Je souhaite de tout cœur que lorsque je ne serai plus là, vous aussi vous ayez un rêve, et qu'il devienne réalité. Aujourd'hui, il est temps que j'aille rejoindre votre mère. Ne me pleure pas. Dis-toi que j'ai rejoint l'amour de ma vie, et qu'ensemble nous veillerons sur vous pour toujours.

» Je t'aime,

Papa »

Lora Leigh essuya les larmes qui avaient coulé sur ses joues, termina son café, puis se dirigea vers la cafétéria pour aller prendre le petit déjeuner, se préparant à se retrouver face à Flint, à prendre soin de ses précieux animaux, à faire comme si elle ne lui en voulait pas d'avoir brisé le cœur de son père.

Dans son bureau, Flint lisait le journal tout en prenant son petit déjeuner. La une titrait sur la mort du prince Viktor Romanov. Des souvenirs de fêtes étudiantes à l'époque d'Aggie le traversèrent.

D'après les journalistes, les corps des membres de

la famille royale avaient été retrouvés calcinés, ce qui n'avait pas facilité leur identification. Les autorités étaient encore occupées à déblayer les débris du palais et à dresser la liste des victimes.

Flint se passa la main sur le visage, le cœur gros. Mais avoir perdu Viktor, c'était pire encore pour ses compatriotes que pour lui.

La Rasnovie devait se préparer à souffrir. Lorsque les troubles politiques avaient commencé, Viktor avait eu la force de mener son pays vers la démocratie. La fondation des Quatre d'Aggie avait investi en Rasnovie et contribué à relancer l'économie.

Et voilà que le pays retombait dans le chaos. Tous les avoirs étrangers seraient bloqués. Qui prendrait la tête de la Rasnovie pour défendre la démocratie et s'opposer aux rebelles ?

Il acheva son café et serra le poing. Il espérait que les responsables de ce carnage seraient punis.

Lucinda entra d'un pas hésitant, un sourire aux lèvres, pour lui rapporter du café. Flint lui faisait signe qu'il en avait assez quand son téléphone sonna. L'appel venait de Norton International.

Deke Norton, un autre diplômé d'Aggie, un peu plus vieux que Viktor, Akeem, Jackson et lui, avait fait fortune dans l'import-export. Au fil des années, il leur avait dispensé de nombreux conseils financiers, ce qui les avait tous les quatre énormément aidés. C'était aussi un ami, et la mort de Viktor l'avait touché.

Flint prit l'appel.

— Bonjour, Deke.

— Pas sûr que ce soit une bonne journée, répondit Deke d'une voix étranglée par l'émotion.

— Non, en effet, mais j'essaie de rester optimiste.

— Que se passe-t-il, Flint ? D'abord, Viktor perd la vie, ensuite, on s'en prend à tes affaires.

Flint fronça les sourcils. Il était impossible que les deux événements soient liés.

— Je sais, c'est fou. Je n'arrive pas à croire que Viktor soit mort. A tout moment, je m'attends à l'avoir au bout du fil et qu'il me dise que c'est une épouvantable erreur.

— Hélas, ça n'arrivera pas, dit sombrement Deke. Et toi ? As-tu été blessé à l'aéroport ?

— Non, mais deux de mes employés et mon pilote ont été tués.

— Et les pur-sang arabes ?

— Ils vont bien. Ils ont été placés en quarantaine. J'ai engagé une nouvelle vétérinaire pour s'en occuper. Tu comptes toujours en acquérir un ?

— Absolument. Je passerai les voir dès que possible. Souviens-toi que je veux être le premier à faire mon choix.

— Bien sûr.

— Je vais à la vente aux enchères, aujourd'hui. A ce que j'ai entendu dire, il devrait y avoir quelques yearlings prometteurs.

Deke hésita avant de continuer :

— Sais-tu s'il y aura un service funèbre à la mémoire de Viktor, ici aux Etats-Unis ? Je pensais que quelqu'un de l'Université du Texas pourrait en prendre l'initiative.

— A ma connaissance, non.

Ils se promirent de se rappeler bientôt, puis Flint raccrocha.

Il remercia Lucinda pour le petit déjeuner, se leva, prit son Stetson et se dirigeait vers la porte quand son téléphone sonna de nouveau. C'était Tate Nettleton, son demi-frère. Tate était un véritable enquiquineur et il n'avait pas le temps de lui parler. Il laissa sonner.

Cet après-midi, il devait assister aux funérailles de Grover et de son pilote. Mais d'abord il allait passer prendre Lora Leigh et lui faire faire le tour du ranch. Lorsqu'il sortit, il fut accueilli par un soleil printanier, il inhala une bouffée d'air qui sentait bon le foin et l'herbe, et se sentit comblé. Un instant, il s'autorisa à profiter de la sensation d'être sur son domaine, de voir ses chevaux et son bétail, son foyer. Il sourit en contemplant deux juments qui galopaient avec leurs poulains, lesquels tentaient maladroitement de les suivre.

Il n'était pas peu fier de ce qu'il avait réussi à bâtir. Cela impressionnerait-il Lora Leigh ? Sans savoir pourquoi, il l'espérait.

Mais il avait le sentiment qu'elle pourrait être insensible à ce qu'il avait accompli.

Et ça, même si elle avait apprécié la couette qu'il avait demandé à Lucinda de chercher dans la collection de sa mère. Lucinda avait d'ailleurs été curieuse de savoir pourquoi il souhaitait mettre une de ces si précieuses couettes à la disposition d'une employée, et il avait éludé la question en prétendant qu'il était temps de les utiliser.

Ce n'était pas tout à fait vrai. Lorsqu'il était allé chez les Whittaker pour voir le père de Lora Leigh, il avait noté la présence de couettes en patchwork, et il s'était dit que s'il en mettait une dans le chalet qui lui était destiné, la jeune femme se sentirait davantage chez elle.

Il monta dans sa camionnette et roula jusqu'au chalet. Il eut le trac en découvrant Lora Leigh sous le porche. Elle était vêtue d'un T-shirt bleu qui moulait ses seins à la perfection, d'un jean étroit et de bottes, et elle avait noué une veste autour de sa taille. Ses beaux cheveux blonds attachés en queue de cheval, sous une casquette de l'équipe de base-ball de l'université d'Aggie, lui donnaient une allure juvénile et… terriblement craquante.

Jamais il n'avait vu une femme aussi bien porter un simple jean. Lora Leigh lui coupait le souffle chaque fois qu'il la voyait.

Mais à en juger par l'expression distante et professionnelle qu'elle affichait en s'avançant vers la voiture, son sentiment n'était pas réciproque.

Lora Leigh s'installa sur le siège passager et fit de son mieux pour se détendre, malgré la présence de Flint. Ce matin, à la cafétéria, elle avait eu l'intention de montrer la photo de Johnny aux employés et de leur demander s'ils le connaissaient, mais elle avait finalement jugé plus prudent d'attendre un peu. Elle ne devait pas attirer l'attention et les soupçons sur elle dès son premier jour de travail. Mieux valait se montrer patiente, tenter de glaner discrètement des renseignements à droite et à gauche.

Néanmoins, elle avait observé l'ensemble des visages

et s'était présentée à quelques commis, entraîneurs et palefrenicrs, ainsi qu'à deux autres vétérinaires.

A sa grande consternation, tous avaient chanté les louanges de Flint. Il était sympathique. Proche de ses employés. Généreux dans la redistribution de ses bénéfices. Il offrait de bons salaires.

Ses techniques d'élevage, très innovantes, croisaient ce qui se faisait de mieux en Europe et en Amérique pour tirer le meilleur de ses chevaux de race.

Flint lui tendit une carte de Diamondback.

— En fait, le ranch est divisé en quatre secteurs : nord-est, nord-ouest, sud-est, sud-ouest. Je sais que ça peut paraître simpliste, mais c'est comme ça que ça marche. Le nord-est et le nord-ouest, les zones les plus vastes, sont dédiés au bétail, le sud-ouest à l'agriculture, avec beaucoup de vergers et de champs de blé, qui sont les cultures que nous développons le plus. Enfin, le sud-est, où nous nous trouvons en ce moment, est dévolu à l'élevage des chevaux. Nous avons également des pistes de courses d'entraînement.

Elle acquiesça et observa la carte, puis les pâturages, les écuries, les étables et les chalets devant lesquels ils passaient. Partout sur le domaine du ranch, il y avait de grands chênes, des cèdres, des pins et des ormes. Ainsi que des pelouses et des haies naturelles.

— Dans la zone nord, nous élevons un cheptel d'environ cinquante-cinq mille têtes. Le terrain y est plus accidenté. Il y a des collines, des canyons, des vallées avec des lits de rivières asséchés. Mais le fleuve et plusieurs petits ruisseaux nous approvisionnent en eau.

— Utilisez-vous des hélicoptères et des quads pour surveiller le bétail ?

— Je possède un Falcon, oui. Cependant, nous aimons aussi travailler à l'ancienne, et nous sillonnons parfois le ranch à dos de cheval.

Il se gara devant une grande écurie. Deux palefreniers y brossaient des quarter horses. Flint désigna les bêtes d'un geste.

— Justement avec ceux-là. Si ça vous dit un jour d'en prendre un pour faire un petit galop, n'hésitez pas.

Ils descendirent de voiture pour entrer dans l'écurie. Un grand type qui rangeait des selles se tourna vers eux.

— Voici le docteur Whittaker, notre nouvelle vétérinaire, dit Flint. Lora Leigh, je vous présente Jake Kenner. Il travaille depuis peu ici, lui aussi. Il est entraîneur. Si vous lui dites quel cheval vous aimeriez monter, un de nos commis se chargera de le seller.

Lora Leigh tendit la main à Jake.

— Heureuse de faire votre connaissance, Jake. Mais je peux seller un cheval toute seule.

Si Flint prit un air renfrogné, cette remarque fit sourire Jake, qui serra la main de la jeune femme.

Flint lui fit ensuite visiter la clinique vétérinaire et la présenta à sa directrice, Carol, une femme plantureuse d'une quarantaine d'années à l'air avenant. Cette dernière accueillit Flint avec affection.

Flint sourit.

— Ici, Carol est un peu la femme à tout faire. C'est elle qui passe les commandes de médicaments matériel médical, c'est elle qui assure la nication entre les différents vétérinaires, c'est elle aussi qui traite avec le laboratoire d'analyses et qui organise le service des auxiliaires. Je vous ai déjà dit que nous avions des internes dont le rôle est de veiller sur les bêtes la nuit et les week-ends, afin que vous puissiez avoir du temps libre. Même s'il n'est pas exclu que nous devions recourir à vos services en cas d'urgence.

— Bien sûr, répondit Lora Leigh. De toute façon, ça ne me gêne pas de travailler les week-ends.

— Tout le monde a besoin d'avoir du temps pour sa vie privée, rétorqua Flint. Et je ne veux pas que mes employés se tuent au travail.

Mince. Il avait l'air vraiment sympathique. Tout le contraire de ce à quoi elle s'était attendue.

Mais une fois de plus, elle se rappela qu'il était parvenu à tromper son père et à le convaincre de lui vendre son ranch. C'était ça la tactique de Flint : séduire et gagner la confiance des autres pour parvenir à ses fins. Elle ne devait surtout pas se laisser prendre à son jeu.

Ils remontèrent en voiture et se dirigèrent vers une autre partie de la zone consacrée aux chevaux.

— Là, c'est l'écurie des chevaux de course, et là-bas, c'est l'espace voué au dressage des étalons. Celui de l'élevage est un peu plus loin. Nous avons des parcages séparés pour les quarter horses et les chevaux de race. Quant aux juments poulinières, elles sont dressées dans les pâturages, sauf celles qui sont gravides ou vont être saillies.

Il désigna du doigt trois petits enclos dans lesquels elle vit trois superbes juments.

— Les yearlings sont tenus à l'écart, et d'ailleurs, en ce moment, on en charge quelques-uns pour les emmener au marché aux enchères. Je tiens également à l'écart les chevaux de concours et ceux destinés à la vente.

— Et l'hiver, est-ce que vous les laissez dans des écuries éclairées artificiellement pour que leur robe reste brillante ?

— Bien sûr. Certains de nos chevaux de course sont sur la piste d'entraînement, mais nous gardons les deux plus jeunes ici, près de la piste.

— Vous avez mis fin à la carrière de Diamond Daddy pour qu'il serve à la reproduction ?

— Oui, c'est sa première saillie cette année, répondit Flint en souriant, apparemment fier de son étalon. Je suis impatient de savoir si parmi sa lignée il y aura un nouveau vainqueur de la Triple Couronne.

— Vous hébergez et entraînez beaucoup de chevaux pour le compte de propriétaires du Moyen-Orient ?

— En effet, par l'intermédiaire de mes amis, j'ai de nombreux contrats dans cette région du monde. Nous avons fait participer nos quarter horses à des compétitions de dressage, à des concours de chevaux de bétail, et même à des grands rodéos.

— J'ai d'ailleurs vu qu'un de vos chevaux avait gagné le championnat national des éleveurs de chevaux de bétail.

— Salamander, oui. Nous avons des quarter horses dignes de figurer dans des championnats mondiaux.

Lora Leigh aperçut un aigle chauve qui planait sereinement dans les airs.

— J'ai également entendu dire que vous aviez

instauré une stricte régulation de la chasse sur votre domaine.

— Absolument. Je le devais pour protéger des espèces commes les cailles et les daims. Il y a également des oies et des canards sauvages sur le domaine. J'ai fait construire des moulins et délimité des zones avec des barbelés pour que le bétail ne s'y aventure pas et que les animaux sauvages aient des points d'eau. Il y a beaucoup de cailles par ici, et nous ne taillons les haies qu'à moitié afin qu'elles puissent y trouver abri. Dans le même but, nous avons planté des cactus dans les zones ouvertes.

Impressionnant.

— Avez-vous eu des soucis avec les cochons sauvages ?

Il lui lança un regard étrange.

— Quelquefois. Si un jour vous en voyez, dites-le moi. Je vous recommande de ne pas aller galoper seule dans les coins les plus isolés du ranch, notamment ceux près des zones d'élevage du bétail. Il est arrivé que des contrebandiers tentent de nous voler des bêtes. Je vous fournirai une arme pour que vous puissiez vous protéger d'eux et des serpents. Enfin, si vous savez tirer…

Elle lui décocha un regard ironique.

— Evidemment. Mon père me l'a appris quand j'étais enfant.

Il tourna à gauche, vers une grande écurie isolée parmi les arbres, qui s'ouvrait sur des pâtures verdoyantes.

— C'est ici que sont les pur-sang arabes.

Elle ne put cacher son excitation à l'idée de voir

enfin ces animaux. Elle bondit hors de la voiture avant qu'il ait eu le temps de lui ouvrir sa portière et le suivit, déterminée à prouver qu'elle était digne de confiance dans son travail,Trop d'hommes s'imaginaient qu'à cause de sa petite taille, elle n'était pas assez forte pour se faire obéir des bêtes dont elle avait la responsabilité.

Mais la taille ne faisait rien à l'affaire. Elle comprenait la nature profonde des chevaux, elle savait les écouter, jauger leur humeur et les apaiser par sa voix et son comportement.

Dans les stalles, il y avait quatre bêtes magnifiques. Trois alezans et un cheval gris plus grand que les autres.

— Comment s'appellent-ils ? demanda-t-elle.

— Le plus grand des alezans, Sir Huon, les autres, Lord Myers et Iron Legs. Le cheval gris, c'est Eastern Promise.

— Joli nom, dit Lora Leigh en caressant la crinière d'Eastern Promise.

L'une de ses tâches consisterait à vérifier les bonnes aptitudes des chevaux à la reproduction. Une autre serait de s'assurer qu'ils répondaient aux normes sanitaires en vigueur au Texas.

Si Iron Legs hennissait et ruait dans son box, Sir Huon était calme. Elle passa d'une stalle à l'autre, prenant rapidement la mesure de chaque animal, notant leurs caractéristiques, cherchant s'il y avait un défaut de croissance dans leur anatomie. Mais tout chez eux, de leur encolure puissante au crin luisant et fourni de leur queue, respirait la force et la santé.

— Alors, qu'en dites-vous ?

Elle tendit le bras et caressa le plus grand des alezans.

— Ce sont des bêtes magnifiques. Bien sûr, je devrai mener divers tests, mais je pense que vous avez fait un très bon choix.

Elle inclina la tête pour le voir et s'aperçut qu'il souriait.

— Je suis heureux que vous appréciiez mes animaux.

Lorsqu'elle croisa son regard, son cœur s'emballa, et elle inspira profondément pour maîtriser son émotion. Qu'il soit éleveur de talent, habile propriétaire de ranch et homme d'affaires, elle ne songeait pas à le nier.

Le problème, c'était qu'il manipulait les autres pour assurer sa réussite. Ses agissements avaient conduit à la ruine des gens comme son père.

Et c'est pourquoi elle devait faire cesser cela.

Le compliment de Lora Leigh remplit Flint de fierté, même si, au ton de sa voix, il avait l'impression que ça lui coûtait de devoir le formuler.

Pourquoi ?

Il avait relu les informations sur elle dont il disposait. Elle était décrite comme intelligente — plus que cela, même. Les chevaux était sa spécialité.

Et en effet, elle savait s'y prendre avec eux. La façon dont ils avaient immédiatement semblé apaisés lorsqu'elle était entrée dans l'écurie ne lui avait pas échappé. Le ton calme sur lequel elle s'était adressée à eux les avait rassurés.

D'ailleurs, lui aussi était sous le charme.

A un niveau professionnel, ils allaient très bien s'entendre.

Mais il sentait une tension sous-jacente entre eux. Elle ne l'estimait pas, il ne pouvait pas en faire abstraction.

Enfin ! il n'était pas à la recherche d'une compagne, mais d'une employée apte à compléter son personnel…

La sonnerie de son téléphone retentit, le tirant de ses pensées. Un des pur-sang se mit à hennir et à ruer. Flint s'excusa et sortit. Il vit que l'appel provenait de la police.

Peut-être allait-il obtenir des informations au sujet de ceux qui avaient attaqué sa cargaison et tué ses hommes.

— Flint McKade, je vous écoute.

— Monsieur McKade, c'est Brody Green, enquêteur. J'aimerais vous rencontrer aujourd'hui même.

— Avez-vous une piste ?

— Nous en parlerons de vive voix. Je peux être chez vous à midi, si ça vous convient.

Flint donna son accord et raccrocha. Penser qu'il avait un ennemi le rendait nerveux.

Il regarda l'écurie, puis observa le paysage. Au loin, dans le ciel, un vautour tournoyait au-dessus d'un bosquet, les serres déployées, comme s'il s'apprêtait à fondre sur sa proie. Cette vision lui évoqua sa propre situation : lui aussi était guetté par un prédateur qui attendait le bon moment pour l'anéantir.

Etait-il concevable qu'un de ses employés soit à l'origine de ce qui s'était passé ? Les agresseurs voulaient-ils voler les pur-sang ou bien s'en prendre à ses affaires ?

Qui pouvait lui en vouloir ? Quelqu'un qu'il connaissait et en qui il avait confiance, quelqu'un qui travaillait pour lui, ou bien l'un de ses concurrents ?

Mentalement, il dressa une liste.

D'abord, il y avait Tate, son demi-frère, qui le détestait. C'était un profiteur à qui il avait cessé de prêter de l'argent. Il y avait Lawrence McElroy, aussi, qui n'avait pas digéré qu'il devienne propriétaire de Diamond Daddy, que lui-même convoitait. Ou bien, ce pouvait être quelqu'un qui n'appréciait pas qu'il ait des relations privilégiées avec Viktor, ou des contacts au Moyen-Orient.

Soupçonner ses propres employés le mettait mal à l'aise. Pour lui, c'était sa famille.

Hélas, avoir de l'argent signifiait aussi se faire des ennemis, et, lui, il en avait au minimum un.

Il fallait qu'il découvre de qui il s'agissait avant que celui-ci fasse plus de mal qu'il n'en avait déjà fait.

Assis sur son cheval, ce mystérieux ennemi considérait le ranch de Diamondback. « Bon sang, songeait-il, comment les choses avaient-elles pu si mal tourner à l'aéroport ? »

Il n'aurait pas dû y avoir de morts.

Mais il avait été trahi, et le prix de cette trahison avait été lourd.

Tout ce qu'il espérait, c'était que Flint McKade et la police ne comprennent pas ce qui se passait réellement.

Il devait les mener sur une fausse piste.

D'abord, il trouverait un moyen de pirater le système informatique de McKade et truquerait un peu les comptes. Ensuite, il causerait quelques dégâts dans le ranch.

Et si quelqu'un se mettait en travers de son chemin, il l'éliminerait.

Rien ni personne ne l'arrêterait. McKade finirait par tomber.

Qu'il avait hâte de le voir chuter de son piédestal !

4

Flint rangea son téléphone et retourna dans l'écurie. Lora Leigh parlait doucement aux chevaux, d'une voix apaisante, qui n'était guère plus qu'un murmure. Iron Legs se calma lentement et pressa son chanfrein contre sa main tandis qu'elle continuait à lui chuchoter à l'oreille.

Flint avait des scrupules à interrompre ce moment, mais il devait terminer de lui montrer les installations avant l'arrivée de la police.

— Lora Leigh, si ça ne vous dérange pas, poursuivons notre petit tour. Je dois rencontrer la police à midi.

— Oh ! Savent-ils qui a attaqué l'avion ?

— L'enquêteur n'a pas voulu me le dire. Il sera peut-être plus loquace lorsque je le verrai.

Il l'invita à sortir et lui emboîta le pas. Pour remonter dans la camionnette au plancher surélevé, elle devait faire un effort, et il eut la velléité de l'aider. Mais la bouffée de désir qui le prit à la simple vue de sa silhouette moulée dans son jean l'en dissuada ; il craignait que, s'il la touchait, il ne puisse plus se contrôler.

Il serra les dents, se dépêcha de rejoindre le côté

conducteur, et, une fois au volant, se dirigea vers l'une des pistes de courses. Des cahots agitaient le véhicule, et le soleil, à l'approche de midi, commençait à taper fort.

Une légère brise faisait bruisser les arbres et charriait les parfums de la campagne.

— C'est ici que nous entraînons nos jeunes chevaux les plus prometteurs, dit Flint en se garant.

Un jeune quarter horse noir au chanfrein tacheté de blanc trottait sur la piste, sa silhouette ciselée luisant dans l'éclat du soleil. Un entraîneur le surveillait ; un autre faisait sortir un rouan. Plus loin, dans un enclos, un troisième tâchait de maîtriser un étalon gris qui se débattait pour lui échapper.

— Celui-là, on dirait bien qu'il a le tempérament bouillant qu'on prête généralement à sa race, murmura Lora Leigh.

Flint tressaillit. La douceur de sa voix le faisait réagir physiquement. Le contraste entre la froideur qu'elle lui témoignait et sa tendresse pour les chevaux était saisissant.

Comme il aurait aimé qu'elle le regarde avec la douceur et l'admiration qu'elle avait pour ses bêtes !

Mais quelle mouche le piquait ? Il se rappela à l'ordre. Il lui avait offert ce travail parce qu'il se sentait obligé envers son père. Se lancer dans une histoire avec une de ses employées ne faisait pas partie de ses principes.

— Il y a très peu de temps que nous l'avons acheté, mais il a les capacités pour faire de grandes choses, dit-il.

— Oui, je pense que ça vaut la peine qu'on se donne du mal pour lui, répondit Lora Leigh.

Flint acquiesça.

— Les animaux au fort tempérament sont les plus durs à manier, mais au bout du compte, ce sont ceux qui récompensent le mieux nos efforts.

Elle tourna les yeux vers lui. Un éclat indéfinissable passa dans son regard. Avait-elle compris l'allusion à peine déguisée qu'il avait glissé dans son propos ?

Il se morigéna. Un bref instant, il s'était laissé aller.

Mais malgré sa résolution de garder ses distances, il ne pouvait pas nier qu'elle réveillait chez lui un désir et des sentiments qu'il n'avait plus éprouvés depuis longtemps. Il avait envie de mieux la connaître, de la comprendre, ce n'était pas qu'une question d'attirance physique.

Son regard se posa sur ses seins.

Certes, il aimait aussi cet aspect-là chez elle…

— Ils me font penser aux figuiers de Barbarie, reprit-il doucement, sans la quitter du regard. Leurs fleurs sont belles et exotiques.

Il se passa la main sur le bas du dos et ajouta, en lui lançant un sourire aguicheur :

— Mais ces fleurs sont hérissées d'épines. Et il est très difficile de se sortir ces épines de la peau.

Lora Leigh éclata d'un beau rire sonore et musical, qui le fit la désirer encore davantage. Le soleil faisait scintiller ses beaux cheveux dorés. La visière de sa casquette cachait ses yeux, mais il voyait ses lèvres charnues, et elles semblaient si douces qu'il eut envie de les goûter.

Incapable de se retenir, il prit entre ses doigts

une mèche de cheveux qui s'était échappée de sa queue-de-cheval.

Elle s'arrêta de rire, et un éclair de passion fulgura dans ses yeux bleus. Il inclina la tête vers elle.

Une ombre passa alors sur son visage, elle changea de position et regarda sa montre.

— Vous devriez me ramener si vous voulez être à l'heure à votre rendez-vous.

— Je suis désolé, Lora Leigh, je ne…

Elle leva la main pour l'interrompre.

— Ne vous excusez pas. Efforçons-nous simplement de garder des rapports strictement professionnels.

Elle avait raison. Il n'aurait jamais dû la toucher. Ça n'arriverait plus.

Tandis que Flint la ramenait à son chalet, Lora Leigh passait par toutes les émotions. Que lui arrivait-il ? Ils parlaient des chevaux, et il avait suffi qu'il fasse cette plaisanterie sur les figuiers de Barbarie pour qu'elle ne puisse s'empêcher d'éclater de rire.

Alors, elle avait vu le désir irradier son regard.

L'espace d'un instant, elle avait oublié qu'elle était là pour retrouver Johnny et dénoncer Flint si elle découvrait qu'il lui avait fait du mal.

C'était comme s'il l'avait envoûtée. Il s'en était fallu de très peu qu'il l'embrasse et qu'elle le laisse faire.

Elle avait pourtant vu nombre de photos de lui dans les tabloïds en compagnie de femmes, jamais les mêmes. Elle savait qu'il était très convoité, mais, elle, elle ne comptait pas tomber sous le charme de son argent et devenir l'une de ses proies.

A peine s'était-il arrêté devant le chalet qu'elle fusa hors du véhicule.

— Merci pour cette visite, dit-elle. Je vais lire le dossier médical des chevaux et commencer le travail dès cet après-midi.

— Très bien.

Elle entra pour prendre la photo de Johnny puis alla déjeuner à la cafétéria. Le bâtiment, meublé de longues tables de bois, comprenait un comptoir à salades et un autre pour les plats chauds. Un espace offrait également de la viande froide et des sandwichs, des desserts, et au comptoir à boissons étaient disponibles thé, limonade, eau minérale en bouteille et sodas. Une dizaine d'employés étaient déjà occupés à garnir leur plateau.

Elle opta pour un sandwich, des fruits frais et une bouteille d'eau, puis s'avança vers les tables. Des camps s'y dessinaient : les commis en charge du bétail avaient tendance à se rassembler dans un coin, les palefreniers et les entraîneurs de chevaux dans un autre.

Johnny avait dû se faire engager comme palefrenier ; elle s'installa donc à leur table. Elle sentit alors que les hommes à l'autre table l'observaient avec curiosité. Elle se tourna vers eux et leur offrit un sourire avenant. Un homme d'origine hispanique lui renvoya un regard hostile. Elle se détourna et se présenta aux employés assis à la même table qu'elle.

— Bonjour, je suis le docteur Lora Leigh Whittaker. Je vais m'occuper des chevaux, alors si vous voyez que l'un d'eux a un problème, dites-le moi.

Une petite brune qui s'appelait Kiki lui sourit et

se présenta, et les quatre hommes à la table firent de même. Ils bavardèrent quelques minutes, évoquant leur formation et leur parcours professionnel. Puis Lora Leigh demanda, en s'efforçant de parler sur un ton détaché :

— Quelqu'un m'a conseillée de m'adresser à un palefrenier nommé Johnny. L'un de vous sait-il où il se trouve ?

— Il n'y a pas de Johnny ici. A mon avis, tu as mal compris le nom qu'on t'a donné.

Lora Leigh haussa les épaules.

— Sans doute. C'est mon premier jour de travail et j'ai déjà rencontré tellement de monde que je confonds les noms.

Elle mourait d'envie de sortir la photo de son frère et de la leur montrer, mais, si par malheur elle éveillait des soupçons, l'un d'eux risquait de s'en ouvrir auprès de Flint. Peut-être trouverait-elle la liste de son personnel dans ses fichiers.

Son repas terminé, elle prit congé et se rendit à la clinique vétérinaire. Carol était partie déjeuner, et son bureau était vide. Elle s'installa devant l'ordinateur et se mit à éplucher les fichiers, à la recherche de la liste du personnel. Les rapports médicaux sur les chevaux étaient facilement accessibles, et elle en profita pour les parcourir et vérifier que Flint traitait bien ses bêtes avec le soin dont il se vantait.

Mais lorsqu'elle tenta d'ouvrir le fichier du personnel, elle fut bloquée : il fallait entrer un mot de passe.

Elle en essaya plusieurs, suivant ce qui lui passait par la tête et lui semblait plausible. Aucun n'était le bon.

Frustrée, elle tapota sur la table.

Il lui faudrait s'introduire dans le bureau de Flint pour y dénicher une liste papier, ou bien y trouver son mot de passe.

Plus vite elle découvrirait ce qui était arrivé à Johnny, plus vite elle pourrait quitter Diamondback et reprendre le cours normal de son existence.

Flint entra dans son bureau à grandes enjambées, irrité d'avoir à ce point manqué de self-control avec Lora Leigh. C'était son premier jour de travail, quand même, et voilà que, déjà, il avait tenté de donner un tour intime à leurs relations.

Elle qui semblait ne pas beaucoup l'apprécier… devait le détester carrément à présent. Il avait réduit à néant tout le respect qu'il aurait pu lui inspirer grâce à son ranch.

Lucinda avait laissé sur son bureau une pile de messages, qu'il lut rapidement. Plusieurs avaient trait à des événements caritatifs, un d'Akeem le prévenait qu'un service funèbre à la mémoire de Viktor se tiendrait dans deux jours. Un dernier, enfin, provenait d'Amal Jabar, son contact au Moyen-Orient. Il disait avoir interrogé les hommes ayant participé au convoi des pur-sang et n'avoir aucun soupçon sur eux.

Flint prenait son téléphone pour rappeler Jabar lorsqu'on frappa à la porte. Il leva les yeux et vit l'inspecteur Brody Green entrebâiller la porte et passer la tête.

— Monsieur McKade ?

— Entrez, monsieur Green.

Le flic, un homme aux cheveux clairs, l'air quelque

peu tendu, entra d'un pas hésitant et observa la pièce avant de poser son regard sur le trophée de la Triple Couronne, dans la vitrine.

— Impressionnant. J'ai vu la course à la télévision, et j'ai été bluffé par la rapidité de Diamond Daddy.

— C'est un très grand cheval de course.

Flint désigna les fauteuils en cuir devant son bureau.

— Souhaitez-vous boire quelque chose ?

— Non, merci, je viens de déjeuner.

Flint acquiesça et se rassit, les mains posées sur le bureau.

— Qu'avez-vous découvert ?

Le policier sortit un petit bloc-notes de sa poche.

— Rien de concret pour le moment. Le médecin légiste a confirmé l'identité de votre pilote et de Grover Harper. En revanche, celle du troisième de vos employés décédés pose un problème… Vous avez déclaré ne pas savoir qui c'était ?

— J'ai beaucoup de personnel, dans divers corps de métiers. Je ne les connais pas tous personnellement.

— Vous ne leur faites pas passer d'entretien d'embauche ?

— José Ortega, un de mes chefs de secteur, s'occupe d'engager les commis, et Reba Bales a en charge le recrutement du personnel pour les chevaux : palefreniers, entraîneurs, assistants. Il n'avait pas de papiers sur lui ?

Green émit un claquement de langue.

— C'est là le nœud du problème. Ses papiers étaient au nom de Huey Houston. Or, au fichier fédéral, nous avons retrouvé deux Huey Houston. L'un a quatre-vingt-cinq ans et vit dans une maison de retraite à Corpus Christi, l'autre est mort il y a cinq ans dans un accident de la route près d'Austin.

Flint fronça les sourcils.

— Je ne comprends pas. Etes-vous en train de me dire que ce type utilisait un faux nom ?

Le policier haussa les épaules.

— Ça m'en a tout l'air. S'il était d'origine hispanique, j'aurais pensé que c'était un immigré clandestin, mais ce n'était pas le cas. Il est donc possible que ce type ait eu des soucis avec la loi et soit venu dans votre ranch pour se cacher.

Flint se pencha en avant.

— Si c'était un criminel, pensez-vous qu'il a participé à l'attaque ?

— C'est une possibilité. Des tests ADN et des examens d'empreintes digitales et dentaires sont en cours, mais ça va prendre un peu de temps… En attendant, je ferai ma petite enquête parmi votre personnel.

Flint sentit son pouls s'accélérer.

— Vous pensez que cette opération a été menée de l'intérieur ?

— Quels que soient les responsables, ils connaissaient vos projets. Ils savaient à quelle heure l'avion allait atterrir et où.

Flint changea de position, mal à l'aise. Soupçonner ses employés le rendait malade.

— Qui était concerné dans cette opération ? s'enquit l'inspecteur Green.

Flint tapota nerveusement son bureau.

— Simon Cornwall, mon directeur commercial, bien sûr. Reuben Simms, le pilote de l'avion. Amal

Jabar, mon contact au Moyen-Orient. Et les deux employés qui étaient à bord.

Il se remémora le visage sanglant de ces derniers et marqua une pause.

— Qui d'autre ? fit Green.

Flint soupira.

— Mes associés. Et Deke Norton, de Norton International. Mais tous avaient des intérêts dans les pur-sang.

Green eut une moue dubitative.

— Je devrai néanmoins les interroger. Y a-t-il des tensions entre vous ?

— Non, pas du tout. J'ai une confiance totale en eux.

Green désigna l'ordinateur sur le bureau.

— Puis-je avoir la liste du personnel ?

— D'accord.

Flint entra son mot de passe, ouvrit le dossier concerné et lança l'imprimante. Tandis qu'ils attendaient, Green reprit ses questions.

— Avez-vous une idée de qui pourrait vous en vouloir ?

Flint eut un geste de mauvaise humeur, puis se massa la nuque. Il répugnait à désigner quelqu'un sans preuves.

— Allons, McKade, reprit Green, un homme aussi riche et influent que vous a forcément des ennemis.

— J'admets qu'il y a des gens qui ne me portent pas dans leur cœur. Mais je ne les vois pas aller jusqu'au meurtre.

— Le but des assaillants était peut-être de s'emparer de la cargaison. Les choses ont pu mal tourner.

Green désigna le bloc-notes posé sur le bureau.

— Ecrivez là-dessus le nom des gens que vous considérez comme vos ennemis.

L'impression étant terminée, Flint tendit le tout à Green. Puis il ouvrit le bloc-notes. Si les gens dont il donnerait le nom ne l'aimaient déjà pas, ça n'allait pas s'arranger lorsqu'ils recevraient la visite de la police et apprendraient qu'ils étaient considérés comme potentiellement suspects.

Cependant, après le carnage de l'aéroport, il ne pouvait pas faire les choses à moitié. Justice devait être rendue aux hommes qui étaient morts.

— Tate Nettleton, dit Flint en écrivant ce nom.

— Qui est-ce ?

— Mon demi-frère, du moins c'est ce qu'il prétend. Il est venu un jour se présenter à moi, longtemps après la mort de mon père, en déclarant qu'il était son fils. Je lui ai demandé de se soumettre à des tests ADN pour le prouver. Dans le même temps, je lui ai donné du travail. Quelques semaines plus tard, je l'ai surpris en train de tenter de voler du bétail. Je l'ai donc renvoyé et lui ai dit de ne plus revenir.

— Je suppose qu'il n'a pas apprécié de se faire virer comme un malpropre.

Flint serra la mâchoire. Mauvais souvenir.

— Il m'a menacé de se venger.

Green émit un autre claquement de langue.

— Bien. Qui d'autre ?

Flint griffonna un second nom.

— Lawrence McElroy. Il possède le ranch de Stone Creek, pas très loin d'ici. Lorsque j'ai acquis Diamond Daddy aux enchères, il a été fou de rage.

Lui aussi voulait mettre la main dessus, mais mon offre a dépassé la sienne.

Green haussa un sourcil.

— Et juste après, Diamond Daddy a gagné la Triple Couronne…

— Oui. Nous venons d'ailleurs de le retirer des courses pour en faire un reproducteur.

— Les droits de saillie vont vous rapporter une fortune, n'est-ce pas ?

Flint opina.

— Ça me paraît une bonne raison de vous en vouloir. Voyez-vous encore quelqu'un d'autre ?

Flint hésita un long moment avant d'écrire un troisième nom.

— Howard Reed. En décembre dernier, il était sur le point de voir son ranch saisi, et je lui ai racheté ses terres à un bon prix. Il m'a accusé de l'avoir floué et a lancé une action en justice.

— L'affaire est toujours en cours ?

Flint indiqua que oui.

— Est-ce tout ?

Flint pensa un bref instant à l'hostilité de Lora Leigh, mais décida de ne pas en tenir compte. Elle serait incapable de faire courir des risques à des chevaux.

— Pour le moment, je ne vois personne d'autre.

— Bien. Une dernière chose. Il faudrait que vous me fassiez parvenir une copie du bilan financier de vos deux dernières années et de vos prestations d'assurance.

— Dans quel but ? s'étonna Flint, sur la défensive.

Green eut un sourire moqueur.

— Afin d'être sûr que vous ne vous en êtes pas pris à vos propres intérêts pour toucher l'argent de l'assurance.

Flint serra le rebord de son bureau pour contenir sa colère.

— Il vous faut un ordre du procureur pour accéder à de telles informations.

L'inspecteur se leva d'un air déterminé.

— Je peux en obtenir un. Cependant, si vous souhaitez être rayé au plus vite de la liste des suspects, je vous conseille de coopérer de votre plein gré.

— Jamais je ne ferais courir le moindre risque à mes bêtes pour arnaquer l'assurance, et je n'ai pas de soucis d'argent, croyez-moi.

Flint était fou de rage, mais s'il résistait ce flic ne mettrait pas longtemps à le considérer comme coupable.

— Dans ce cas, faxez-moi au plus vite vos bilans, dit Green en tournant les talons.

— Je n'y manquerai pas, répondit Flint entre ses dents.

Dès qu'il fut sorti, Flint prit son chapeau et partit pour assister aux funérailles de ses employés. Sur le trajet, il appela sa sœur, qui tenait sa comptabilité, pour lui demander de faxer à Green les informations qu'il avait demandées.

Les deux heures suivantes furent éprouvantes. Lorsqu'il se recueillit devant la tombe de ses hommes puis réconforta leurs familles, il se fit le serment de retrouver leurs assassins.

A peine avait-il quitté le cimetière que son téléphone sonna. C'était son contremaître, responsable du bétail.

— Oui, allô ?

— Flint, des clôtures près de Little Bluff sont endommagées. Nous tentons de les réparer et de ramener les bêtes dans le pré. Je me suis dit que je devais vous prévenir.

— J'arrive dès que possible.

— Flint ?

— Quoi ?

— J'ai l'impression que les clôtures ont été cisaillées.

5

Afin de mieux connaître les animaux sous sa responsabilité, Lora Leigh passa en revue le bilan médical de chaque pur-sang arabe et de tous les quarter horses. Elle nota les compléments alimentaires dont ils avaient besoin, les résultats de leurs tests sanguins, toutes les données requises pour compléter les documents demandés par les autorités de l'Etat et le gouvernement fédéral.

Elle étudia également les résultats des tests destinés à vérifier la bonne santé des juments qui devaient être inséminées.

Tout indiquait que le soin que Flint portait au suivi de ses animaux était exceptionnel. Dans ce domaine, il était irréprochable.

Elle consacra le reste de l'après-midi à diverses tâches. Elle soigna un quarter horse blessé à la cheville, préleva le sang de deux juments poulinières pour déterminer si elles étaient grosses, puis fit passer un examen de routine aux étalons.

Lorsqu'elle décida d'aller voir les pur-sang, le crépuscule commençait à tomber.

L'écurie était vide, les palefreniers étant partis

dîner. Sir Huon passa la tête au-dessus de la porte de sa stalle pour l'accueillir et se faire caresser.

Avec bonne humeur, elle passa d'un cheval à l'autre, leur disant quelques mots. Leur beauté et leur intelligence l'émerveillaient.

Eastern Promise, contrairement aux autres, paraissait irritable, et lorsque Lora Leigh s'approcha d'elle, elle secoua la tête et recula. La jeune femme l'observa avec un soupçon d'inquiétude.

Les pedigrees et les tests préliminaires semblaient indiquer qu'ils étaient en bonne santé, leurs vaccins étaient à jour, mais elle devrait entreprendre des examens sanguins pour le confirmer.

Elle sortit sa trousse médicale, effectua les prélèvements, étiqueta chaque échantillon pour le laboratoire, puis palpa les animaux un par un, s'attardant sur Eastern Promise, plus nerveuse et plus sensible à son toucher.

Lora Leigh l'apaisa de sa voix, mais la jument avait le regard humide, ce qui l'inquiéta plus encore. Ne devrait-elle pas avertir Flint qu'un des chevaux avait l'air malade ?

Non.

C'était prématuré.

Certains chevaux étaient plus sensibles que d'autres, et il leur fallait plus de temps pour s'habituer à un cadre nouveau.

— Ça va aller, ma belle. Je te promets que je vais m'occuper de toi.

Soudain, un bruit de pas traînants la fit sursauter, et elle se retourna, s'attendant à voir un des palefreniers. Elle découvrit un homme à l'allure dégingandée, portant Stetson blanc, chemise à carreaux et jean. Le revers de son chapeau dissimulait à moitié son visage et il sentait la sueur, le tabac et l'alcool. Si c'était un employé du ranch, alors il buvait sur son lieu de travail.

Elle s'en méfia aussitôt.

L'homme s'avança en titubant et posa une main sur le mur à côté d'elle, lui bloquant le passage.

Il avait une cicatrice au menton et des yeux gris, froids et inquiétants.

— Hé, bonjour, petite. Tu viens d'où ?

Elle redressa les épaules pour lui faire face.

— Je suis le docteur Whittaker, une des vétérinaires du ranch. Et vous êtes ?

— Je m'appelle Tate. Je suis le frère de Flint.

— Vraiment ? fit-elle, perplexe. Je ne savais pas qu'il avait un frère.

L'homme pinça les lèvres.

— C'est parce que moi, je ne fais partie du clan des riches de la famille McKade. Et ce n'est pas normal, d'ailleurs.

Elle fronça les sourcils. Que voulait-il dire au juste ? Le ton hostile de sa voix ne lui disait rien qui vaille. Elle fit un pas de côté pour s'éloigner un peu de lui. Derrière elle, Iron Legs devint nerveux et s'agita dans sa stalle ; les autres se mirent à hennir, comme s'ils avaient senti son appréhension.

— Travaillez-vous ici ? s'enquit Lora Leigh, en gardant un ton calme pour ne pas affoler les chevaux.

L'homme renifla avec dédain.

— Non, j'étais à la recherche de Flint. On m'a dit qu'il serait peut-être ici, avec ses nouveaux animaux chéris. Je croyais même qu'il allait coucher à côté d'eux dans l'écurie.

Lora Leigh comprit que mieux valait ne rien répondre qui puisse l'irriter.

— Je suis désolée, mais il n'est pas ici. Vous devriez aller voir à la maison.

— Mmmh.

Il se pencha en avant et posa de nouveau la main sur le mur, lui coupant toute retraite.

— Je préfère rester ici. J'aime mieux la vue.

Lora Leigh s'exhorta à ne pas perdre son sang-froid. Si elle mettait cet homme en colère, la situation pourrait très vite déraper.

— Ces chevaux sont superbes, en effet, dit-elle, feignant de ne pas remarquer son regard lubrique. Mais je dois vous laisser, Flint attend le rapport de l'examen que je viens de faire des pur-sang.

C'était évidemment un mensonge, mais peu lui importait. Son instinct lui disait de fuir ce type au plus vite.

Elle lui fit un sourire enjôleur, se baissa pour passer sous son bras, prit sa mallette et les échantillons sanguins, et s'éloigna.

L'homme lui saisit alors le poignet. Elle se retourna et lui lança un regard outré.

— Que voulez-vous ?

— Lâche-la, Tate.

L'homme resserra son emprise sur le poignet de Lora Leigh, qui leva les yeux et vit Flint, dont la large silhouette se découpait en contrejour dans l'encadrement de la porte. Tate avait peut-être l'air dangereux, mais lorsque Flint marcha à grandes enjambées vers son frère, le mettant au défi de ne pas lui obéir, il était proprement effrayant.

Flint bouillait intérieurement. C'était déjà assez pénible de savoir que Tate avait essayé de le voler, mais le voir brutaliser une de ses employées était intolérable.

Il regretta de ne pas avoir porté plainte contre lui. Si jamais il découvrait qu'il était mêlé de près ou de loin au massacre de l'aéroport, au sabotage des clôtures qu'il avait lui-même passé des heures à réparer, ou bien s'il posait encore la main sur Lora Leigh, il ferait tout pour l'envoyer pourrir en prison.

C'était d'ailleurs troublant qu'il soit là alors que, plus tôt dans la journée, des déprédations avaient été commises.

Il réfléchit à la meilleure façon d'en terminer avec lui. Seul l'argent pourrait l'éloigner définitivement du ranch. Peut-être devrait-il lui offrir une somme substantielle en lui demandant de quitter la ville.

Mais tant qu'il le soupçonnerait d'être responsable de la mort de ses hommes, il ne pourrait pas le faire.

— Tate, répéta-t-il d'une voix grave, je t'ai dit de la lâcher.

Tate s'exécuta et leva les mains avec un petit rire innocent.

— Hé, petit frère, y a pas de mal, je ne faisais que discuter avec la demoiselle.

Lora Leigh prit une expression fermée. Flint n'aurait pas su dire si c'était à cause de la remarque de son frère ou bien de son intervention.

— Ça va ? lui demanda-t-il.

Elle lui lança un regard courroucé, comme si elle voulait lui signifier qu'elle aurait pu se débrouiller toute seule. Elle ne savait pas à qui elle avait affaire !

— Je vais bien. Je disais justement à votre frère que je devais venir vous voir pour vous faire mon rapport sur les pur-sang.

Flint croisa son regard et acquiesça.

— C'est exact. Qu'est-ce que tu fais là, au juste, Tate ?

Tate s'avança vers lui, et Flint sentit son haleine chargée. Il était ivre. Sobre, il avait déjà mauvais caractère ; l'alcool n'arrangeait rien.

— J'ai entendu dire que tu avais acheté de nouvelles bêtes, dit-il avant de couler un regard vers Lora Leigh. J'étais venu les voir, mais on dirait bien que tu t'es payé d'autres beautés qui valent le coup d'œil.

Flint glissa les pouces dans les passants de son jean, histoire d'avoir l'air détendu, mais il était prêt à se battre s'il le fallait.

— Tu as bu, Tate. Tu n'aurais pas dû conduire jusqu'ici.

Tate releva son chapeau.

— J'ai bu deux bières, c'est tout. Alors ne va pas faire croire à la demoiselle que tu es un saint.

Il se tourna vers Lora Leigh, le regard plein de haine.

— Ne vous laissez pas berner, docteur. Il ne s'intéresse qu'à lui-même. Les autres, il n'en a rien à faire.

— Ecoute, Tate, répliqua Flint, excédé. Je n'ai pas le temps de t'écouter déblatérer tes sornettes. Je viens de perdre mon meilleur ami, trois de mes hommes ont été tués l'autre soir, et, cet après-midi, j'ai été obligé de réparer des clôtures cisaillées par un vandale. Je t'ai déjà dit de rester à l'écart du ranch, et j'étais sérieux.

A son grand soulagement, Lora Leigh ne se mêla pas de la discussion. Elle passa près de lui et lui dit :

— Je vais faire porter les échantillons sanguins au laboratoire. Je vous verrai plus tard, Flint.

Il acquiesça et serra les poings tandis qu'elle franchissait calmement la porte, comme si l'attitude de Tate ne l'avait pas ébranlée. Pourtant, il avait lu la peur dans ses yeux lorsqu'il était entré dans l'écurie.

Son demi-frère l'avait-il également remarqué ? Il le pensait capable de profiter de sa supériorité physique sur une femme.

— Est-ce toi qui as cisaillé les clôtures ? lui demanda Flint sans détour.

Tate le fusilla du regard. Il se balançait légèrement. A coup sûr, il avait bu plus de deux bières.

— Quoi que tu en penses, j'ai mieux à faire que passer mon temps à chercher à te causer des ennuis.

— Donc, tu ne m'en veux pas ?

Tate changea de position, son visage pâlit.

— Ce n'est pas ce que j'ai dit.

— Alors que fais-tu ici ?

Il se passa la main sur le visage, et Flint fixa la cicatrice sur son menton.

Sans doute l'avait-il récoltée dans une bagarre entre ivrognes.

— Je suis venu voir les pur-sang, je te l'ai déjà dit. Je m'intéresse sincèrement aux chevaux et au fonctionnement d'un ranch. Si tu m'avais laissé une chance…

— C'est ce que j'ai fait. Et tu en as profité pour tenter de me voler du bétail. J'aurais dû te dénoncer à la police, alors considère que tu as eu de la chance.

Il saisit son demi-frère par le col de sa chemise.

— Mais ça ne se reproduira plus. Si par malheur tu tentes de t'en prendre à moi, à mes bêtes ou à mes employés, je te le ferai payer.

Il le tira hors de l'écurie et le poussa vers sa voiture.

C'est alors qu'il vit une paire de tenailles sur la banquette arrière.

Fou de rage, Flint ouvrit la portière et s'en saisit.

— C'est toi qui as saboté les clôtures, n'est-ce pas ?

— Non, fit Tate en lui jetant un regard froid. Mais je regrette de ne pas l'avoir fait. Rends-moi mes tenailles.

— Hors de question. Fiche le camp et ne reviens plus.

Tate marmonna des obscénités puis remonta en voiture et démarra sur les chapeaux de roue, faisant voler de la poussière et du gravier.

Flint le regarda partir avec appréhension. Il aurait mieux fait de ravaler son orgueil et de lui donner de l'argent pour avoir la paix. Mais récompenser quelqu'un pour sa paresse et sa malhonnêteté, c'était au-dessus de ses forces.

Il essuya la sueur sur sa nuque. Il avait un mauvais pressentiment. Si Tate n'était pas responsable de ses soucis du moment, il n'allait pas tarder à lui en causer d'autres. Aucun homme n'appréciait de se voir rappelé à l'ordre devant une femme.

Encore moins Tate Nettleton.

Sur le chemin de la clinique vétérinaire, Lora Leigh s'efforça de chasser le sentiment de malaise que Tate avait fait naître chez elle.

L'intervention de Flint avait fini de la convaincre que c'était un homme dangereux.

Elle n'avait pas envie de ressentir de la compassion pour Flint ; néanmoins, lorsqu'il avait fait allusion à la mort de son meilleur ami, il avait paru sincèrement affecté, et cela l'avait touchée. Elle avait lu dans le journal l'article sur la mort du prince Viktor Romanov.

Au cours des mois précédents, les magazines avaient publié dans leurs pages mondaines de nombreuses photos de Flint en sa compagnie. Les rubriques économiques revenaient souvent sur les actions caritatives menées par la fondation des Quatre d'Aggie créée par Flint, le prince Romanov, Akeem Abdul et Jackson Champion.

Lorsqu'elle pénétra dans la clinique, Carol éteignait son ordinateur. Elle se retourna et lui sourit.

— Comment s'est passée votre première journée, docteur Whittaker ?

— Bien. Et appelez-moi Lora Leigh, je vous en prie.

Elle désigna les prélèvements sanguins.

— Pourriez-vous vous charger de les envoyer au laboratoire dès que possible ?

— Bien sûr. D'habitude, un coursier s'arrête ici

deux fois par jour. Il devrait être là d'un instant à l'autre.

Lora Leigh mit les tubes dans le réfrigérateur et remplit le formulaire destiné au laboratoire, précisant les recherches qu'elle souhaitait voir menées. Carol avait pris son sac à main et s'apprêtait à partir lorsque le coursier arriva.

Une fois ces deux-là sortis, Lora Leigh compulsa encore une fois les suivis médicaux des deux dernières années, s'arrêta sur le détail du régime alimentaire des chevaux, des blessures et maladies dont ils avaient été affectés, ainsi que sur leurs horaires et cadences d'entraînement. Décidément, les bêtes étaient traitées ici avec le plus grand soin et le plus grand respect de leur santé et de leur condition.

Elle entendit la porte s'ouvrir en grinçant et tressaillit, craignant une nouvelle apparition de Tate. Mais c'est Flint qu'elle vit dans l'encadrement de la porte. Elle s'empressa d'éteindre l'ordinateur.

Le visage fermé, il ôta son Stetson et repoussa ses cheveux, qui lui tombaient dans les yeux. Même fatigué, en sueur et avec sa tête des mauvais jours, il était terriblement sexy.

— Je suis venu m'excuser pour le comportement de Tate, déclara-t-il. Il a une dent contre moi, mais cela ne lui donne pas le droit de tenter d'intimider les gens avec qui je travaille.

— Ne vous inquiétez pas pour ça, dit-elle le plus fermement qu'elle put. Je sais me débrouiller seule.

Une émotion indicible passa dans ses yeux avant qu'il réponde :

— Peut-être, mais c'est un ivrogne et on ne

peut pas lui faire confiance. Je lui ai défendu de se montrer sur la propriété, aussi, si vous le rencontrez de nouveau et qu'il vous ennuie, je vous demande de me le faire savoir.

Il hésita puis ajouta :

— Je suis également désolé de ce qui s'est passé un peu plus tôt.

Lora Leigh opina puis se leva, touchée par la sincérité de son ton. Etait-ce Tate qui avait saboté les clôtures, ou était-il possible que Johnny rôde encore dans les parages ? Mais si c'était le cas, pourquoi ne l'appelait-il pas pour l'en avertir ?

Elle observa Flint, dont elle sentait flotter le parfum. A son regard grave, on devinait que la mort de Viktor, l'attaque de l'avion et le meurtre de ses employés l'affectaient beaucoup.

Un instant, elle eut envie de le réconforter.

Non. Elle devait penser à Johnny avant tout.

— Sinon, comment s'est passée votre journée ? lui demanda-t-il. Vous n'avez rien remarqué d'anormal ?

— Les poulinières me semblent en forme. En revanche… Eastern Promise m'a paru un peu agitée et irritable. Quelques examens me semblent nécessaires.

Une nouvelle inquiétude se marqua sur ses traits, creusant davantage les cernes sous ses yeux.

— Pensez-vous qu'elle soit malade ?

— Je ne sais pas. Peut-être est-elle simplement déphasée. Mais j'ai pour habitude de ne pas prendre de risques.

— J'ai confiance dans votre jugement.

Elle se sentit assaillie par la culpabilité. Il se fiait à elle alors qu'elle était prête à ruiner sa réputation.

Son téléphone sonna et il consulta l'identité de l'appelant.

— Excusez-moi, je dois répondre. C'est ma sœur. C'est elle qui s'occupe de ma comptabilité…

— Bien sûr.

Elle se mit à rédiger une note à l'intention des internes.

Quelques minutes plus tard, Flint raccrocha en soupirant.

— Un problème ? s'enquit Lora Leigh.

— Quelqu'un a tenté cet après-midi de s'introduire dans le système informatique et d'accéder au fichier du personnel. Après les récents événements, je dois me résoudre à admettre qu'un de mes employés tente de me nuire.

Lora Leigh se crispa. Parviendraient-ils à déterminer que c'était elle qui avait farfouillé dans l'ordinateur ?

Puis elle sursauta lorsqu'il lui posa doucement la main sur le bras.

— Faites attention à vous, Lora Leigh. Si vous découvrez quelque chose de suspect, ne tentez pas de vous en occuper vous-même, appelez-moi immédiatement. D'accord ?

Une nouvelle vague de culpabilité la submergea. Il semblait si sincère, tellement… soucieux de sa sécurité à elle.

Pourtant, s'il connaissait la véritable raison de sa présence ici, il la renverrait sur-le-champ.

Elle devait donc trouver au plus vite le mot de passe de l'ordinateur, afin découvrir si son frère apparaissait dans la liste du personnel. Le temps ne venait-il pas pour elle d'alerter la police de sa disparition ?

Pressée de s'éloigner de Flint, elle s'en fut dîner à la cafétéria. Il y avait beaucoup moins de monde qu'à midi, remarqua-t-elle. La majorité des employés devaient dîner avec leur famille.

Ce qu'elle ferait elle-même si son père ne s'était pas donné la mort et si son frère n'avait pas quitté la maison dans l'intention de le venger.

Lorsqu'elle eut terminé, elle décida de repasser voir les pur-sang avant d'aller se coucher. Même si les internes veillaient toute la nuit, elle ne parvenait pas à se débarrasser de son inquiétude. Elle voulait voir Eastern Promise elle-même.

La nuit était tombée et la lune produisait un faible halo de lumière au-dessus de l'écurie. Elle regarda autour d'elle pour s'assurer que Tate n'était pas revenu, puis sortit de voiture. Elle entendit les chevaux hennir et s'agiter et elle leur parla doucement en entrant pour les apaiser. Mais lorsqu'elle s'approcha du box d'Eastern Promise, toutes les lumières de l'écurie s'éteignirent.

Elle se retourna, sentant une présence.

— Qui est là ?

Elle repensa à l'avertissement de Flint et chercha à tâtons une fourche ou tout autre objet pour se défendre. Elle perçut alors des bruits de pas, puis ressentit un coup violent sur la nuque.

Une vive douleur lui vrilla le crâne, tout se mit à tourner et elle s'effondra, inconsciente.

6

Flint allait monter se doucher avant de dîner quand Lucinda l'appela du salon.

— Monsieur McKade, c'est Roy Parkman. Il dit que c'est urgent.

Bon sang. Quoi encore ?

Il se rua dans la pièce et saisit le combiné du téléphone.

— C'est Flint. Qu'y a-t-il ?

— Je suis dans l'écurie des pur-sang, dit Roy, qui semblait essoufflé. J'y ai découvert le docteur Whittaker, qui gisait inconsciente.

Flint serra la mâchoire.

— Comment va-t-elle ?

— Elle reprend connaissance, mais elle pourrait bien avoir un traumatisme crânien.

Le ranch avait son médecin attitré.

— Appelez le docteur Hardin. J'arrive tout de suite.

Il prit son Stetson et ses clés, monta dans sa camionnette et roula jusqu'à l'écurie. Que s'était-il passé ? Un des chevaux l'avait-il frappée d'une ruade ? Etait-elle tombée ?

Ou bien était-ce une nouvelle agression caractérisée ?

Il repéra le véhicule de Roy, garé à côté de la jeep de Lora Leigh, et fit à pied un rapide tour des lieux.

Après les récents événements, il ne pouvait écarter l'hypothèse que Lora Leigh se soit fait attaquer ; son agresseur pouvait être encore dans les parages. Ne voyant rien de suspect, il entra dans l'écurie.

Il sentit son cœur se serrer à la vue de Lora Leigh étendue sur le sol près des stalles, Roy agenouillé à côté d'elle. Les chevaux hennissaient et s'agitaient, perturbés et inquiets. Il examina chaque box pour s'assurer que personne ne s'y dissimulait.

— Chut, doucement, doucement, tout va bien, murmura-t-il aux chevaux avant d'aller voir la jeune femme.

Ses cheveux étaient légèrement maculés de sang, mais Roy avait déjà posé une compresse à l'endroit où une bosse se formait et glissé sous sa tête un plaid propre en guise d'oreiller.

Lora Leigh gémissait.

— Avez-vous vu quelqu'un s'enfuir ? demanda Flint à Roy.

L'employé secoua la tête.

— Cependant, lorsque je suis arrivé, l'écurie était plongée dans le noir. J'ai trouvé cela bizarre, d'autant que j'avais vu la jeep du docteur Whittaker garée devant.

— Essayez de calmer les chevaux, moi je reste avec elle jusqu'à l'arrivée du docteur Hardin.

Roy s'exécuta. Flint caressa la joue de Lora Leigh du revers de la main et s'efforça de lui parler calmement.

— Lora Leigh, c'est moi, Flint. Vous m'entendez ?

Ses yeux s'ouvrirent lentement. Elle battit plusieurs fois des paupières puis fronça les sourcils.

— Que… que s'est-il passé ?

— J'espérais que vous pourriez me le dire. Un de mes employés vous a découverte ici, inconsciente. Avez-vous fait une mauvaise chute ?

Elle porta la main à sa tête puis tenta de se redresser.

— Restez tranquille, un médecin va arriver d'une minute à l'autre.

— Je n'ai pas besoin de médecin. J'ai seulement pris un coup, j'ai déjà fait des chutes de cheval bien pires.

— Ecoutez, Lora Leigh, je ne veux pas prendre le moindre risque. Alors allongez-vous confortablement et racontez-moi ce qui s'est passé.

Elle soupira lentement, comme si bouger lui était pénible.

— J'étais venue revoir les pur-sang. Soudain, l'écurie s'est trouvée plongée dans l'obscurité et quelqu'un m'a frappée par-derrière.

La porte s'ouvrit, et Jesse Hardin appela pour signaler son arrivée.

— Par ici ! cria Flint.

Quelques instants plus tard, le médecin avait examiné Lora Leigh et confirmé qu'elle avait une bosse et une lègère entaille au cuir chevelu. Des points de suture n'étaient pas nécessaires.

— Vous allez avoir une migraine carabinée toute la soirée, et vous aurez besoin qu'on veille sur vous.

— Non, c'est inutile, fit Lora Leigh.

— Je m'en occupe, assura Flint, ignorant ses protestations. Cette nuit, elle dormira chez moi.

Lora Leigh lui lança un regard noir et tenta de nouveau de se redresser. Elle vacilla et Flint la retint.

— Ne soyez pas si entêtée, Lora Leigh. Vous êtes médecin, vous savez qu'un risque de commotion cérébrale est toujours possible.

Elle lui décocha un autre regard hostile, comme si l'idée de passer la nuit sous son toit lui était insupportable.

Il n'en avait cure.

Elle avait été agressée dans sa propriété. Par quelqu'un qui, apparemment, tâchait de lui nuire par tous les moyens.

Il sortit son téléphone et composa le numéro de l'inspecteur Green. Il en avait assez de voir ses employés souffrir. Il fallait découvrit le coupable avant qu'il y ait de nouvelles victimes.

Il avait déjà trois morts sur la conscience. Il ne supporterait pas qu'il y en ait un quatrième.

Lora Leigh aurait voulu hurler qu'elle ne voulait pas aller chez lui, qu'elle n'avait que faire de sa sollicitude — ou de la culpabilité qu'elle percevait dans sa voix —, mais il était clair qu'il ne l'écouterait pas.

Quel entêté !

Tandis qu'il demandait au policier d'envoyer une équipe, il hocha la tête et l'observa, d'un regard presque… possessif, au point qu'elle sentit un frisson d'excitation parcourir son bas-ventre.

Quel entêté sexy !

Elle n'avait pas pour habitude de voir quelqu'un veiller sur elle.

Certes, son père était d'un naturel protecteur, mais

quelques années avant sa mort, il n'était déjà plus le même, et, sa mère n'étant plus là, c'est elle qui s'était occupée de Johnny et d'elle-même.

Elle passa une main sur sa blessure. Qui avait bien pu la frapper ? Elle n'avait pas d'ennemis.

Etait-il possible que quelqu'un du ranch ait découvert qu'elle était liée à Johnny et veuille l'empêcher de découvrir la vérité ?

Le médecin nettoya sa plaie avec un antiseptique, puis lui tapota le bras avec bienveillance.

— Appelez-moi si besoin est. Flint McKade est un type bien, et il prendra soin de vous ce soir.

Elle acquiesça. Jusqu'à présent, tous les employés du ranch qu'elle avait rencontrés avaient exprimé une opinion favorable sur leur patron.

Flint se redressa.

— Je vais attendre Green et lui demander de passer les lieux au peigne fin. Avez-vous touché votre agresseur, Lora Leigh, vous êtes-vous débattue ?

Elle essaya de se remémorer le plus de détails possibles, mais tout était flou dans son esprit.

— Non, il est arrivé par-derrière, je n'ai pas eu le temps de me défendre.

— C'était un homme ?

— Oui. Je me souviens qu'il sentait le tabac et la sueur.

Flint fureta autour de lui, comme s'il cherchait à déterminer avec quoi elle avait été frappée.

— Bien. Je pense que nous devrions mettre vos vêtements de côté pour que la police puisse les examiner. Peut-être parviendront-ils à retrouver un cheveu ou d'autres traces qui leur permettront de coincer le responsable.

Le médecin l'aida à se relever.

— Ce serait bien que vous vérifiiez à deux reprises au moins comment elle se porte au cours de la nuit, dit-il à Flint.

— Entendu. Je n'y manquerai pas.

Lora Leigh commença à expliquer qu'elle pouvait très bien rester seule. Le regard sombre de Flint la dissuada d'aller plus loin.

— Je peux la conduire chez vous, proposa le docteur Hardin.

Lora Leigh s'appuya sur lui pour se mettre debout.

— Laissez-moi simplement faire un crochet à mon chalet, que je puisse prendre quelques affaires.

— Je vous retrouve après l'arrivée de la police, dit Flint.

Il raccompagna Lora Leigh jusqu'à la voiture du médecin et l'aida à monter.

— Reposez-vous, je vous en supplie, Lora Leigh. Je vous laisserai autant de temps que vous le souhaitez pour vous remettre.

Elle leva les yeux vers lui, émue par la tendresse et la sincérité de ses paroles.

Il dut interpréter sa réaction comme de la peur, car il prit sa main entre les siennes et la serra.

— Ne vous inquiétez pas, je retrouverai ce type. S'il tente de vous faire de nouveau du mal, il aura affaire à moi.

Elle lui adressa un petit signe de tête, et se sentit encore une fois terriblement coupable. S'était-elle complètement trompée à son sujet ?

Ou bien était-il avant tout inquiet que sa réputation soit ternie par les récents événements ?

Flint retrouva Green à l'entrée de l'écurie, le fit entrer et lui expliqua où Lora Leigh avait été retrouvée.

— J'ai fait le tour de l'écurie à la recherche d'une arme, mais je n'ai rien vu.

Green fronça les sourcils.

— A-t-elle vu son agresseur ?

— Non, il l'a frappée par-derrière. Hélas, elle n'a pas eu le temps de se débattre.

— Peut-être a-t-il laissé une empreinte quelque part, ou perdu quelque chose. Nous allons vérifier.

Flint se passa la main sur le menton, perplexe.

— Je me demande bien ce qu'il faisait là. Apparemment, il n'est pas venu avec une remorque, donc son intention n'était pas de voler les chevaux. Ou alors, si c'était le cas, pourquoi n'a-t-il pas attendu le milieu de la nuit pour agir ?

— Remarque pertinente, répliqua Green. Peut-être voulait-il faire du mal aux pur-sang.

Flint sentit son sang se glacer.

— C'est plutôt inquiétant.

— Si l'agresseur a un lien avec l'attaque à l'aéroport, il n'en est plus à cela près.

Flint dut admettre que c'était une possibilité. Puis il regarda le policier déposer de la poudre sur les grilles des stalles et les murs.

— Il y a beaucoup d'empreintes différentes, dit Green. Je devrai les comparer avec celles des employés qui travaillent dans cette écurie.

Flint accepta de coopérer, en souhaitant de tout

cœur que l'enquête finisse par déterminer que ce n'était pas un de ses hommes qui cherchait à lui causer du tort.

Green se baissa et balaya de la paille sur le sol avant de se relever avec un petit morceau de flanelle entre les doigts.

— Je vais faire examiner cela aussi.

Le policier fit des recherches pendant encore une demi-heure, puis Flint et lui quittèrent l'écurie.

— A mon avis, vous devriez convoquer tous vos employés, dit Green en se dirigeant vers sa voiture. Ce serait bien de pouvoir s'entretenir avec chacun d'eux afin de voir comment ils réagissent.

— Vous comptez assister à ces entrevues ? demanda Flint.

Green déposa ses sachets de pièces à conviction dans une boîte à l'arrière de sa voiture.

— Oui, je compte les interroger tous un par un.

Flint n'aimait pas ça, mais il ne pouvait faire autrement que donner son accord.

Las, il rentra chez lui. Lucinda avait déjà montré sa chambre à Lora Leigh, qui était à l'opposé de la sienne. Il frappa ; elle ne répondit pas. Inquiet, il entrouvrit la porte. Il la vit alors sortir de la salle de bains, en peignoir. Ses cheveux mouillés bouclaient sur ses épaules.

Il ne put réprimer l'onde de désir qui le parcourut.

Lora Leigh leva brusquement la tête et eut le réflexe de serrer son peignoir autour d'elle.

Il ne savait pas si sa réticence à venir passer la nuit chez lui était due à son esprit d'indépendance ou à sa volonté de laisser de la distance entre eux, mais tant que son agresseur n'aurait pas été arrêté, il ne voulait pas la laisser seule.

— Je venais juste voir comment vous alliez.

Elle se passa la main sur l'arrière du crâne.

— Ça va. J'ai simplement récolté une bosse, je vous l'ai déjà dit.

— Si vous avez besoin de quoi que ce soit, appelez-moi. Ma chambre est de l'autre côté du couloir.

Elle prit un air contrarié et lorgna vers le bureau où elle avait posé son ordinateur.

— Je pense que tout ira bien.

— Avez-vous dîné ?

— Oui, j'étais allée à la cafétéria avant de passer à l'écurie.

Il hésita, la main posée sur la poignée de la porte.

— Si toutefois vous aviez un petit creux, demandez à Lucinda. Ou bien allez vous servir dans la cuisine.

— Merci, mais je ne vais pas tarder à me coucher.

Il n'avait pas envie de la laisser seule. Son cœur battait la chamade.

— Je suis vraiment désolé de ce qui vous est arrivé, Lora Leigh. Jamais rien de tel ne s'était passé.

Une expression étrange traversa son regard.

— Je vais bien Flint, je vous assure. Ne vous inquiétez pas.

Facile à dire. Elle n'avait pas trois morts sur la conscience.

— Si vous souhaitiez vous éloigner du ranch jusqu'à ce que ceux qui cherchent à me nuire aient été arrêtés, je comprendrais.

Elle le contempla longuement, puis secoua la tête.

— Non, je suis venue pour travailler, et c'est ce que je compte faire. Personne ne me fera fuir.

Il repensa au moment où il l'avait vue allongée dans l'écurie. Son cœur battait de plus en plus fort. Il eut envie de tendre la main pour écarter la mèche qui lui tombait dans les yeux.

Il se retint. Elle lui avait demandé de garder des rapports strictement professionnels avec elle, et il entendait respecter sa volonté.

Mais cela ne lui plaisait pas. Lora Leigh était intelligente, forte et déterminée.

C'était une femme qu'il pourrait aimer.

Une femme qui l'attirait.

Si seulement elle lui laissait une chance.

Cependant, le moment n'était pas propice à ce qu'il se lance dans une relation. Car si quelqu'un voulait s'en prendre à lui, alors tous ses proches seraient également en danger.

Bon sang ! Il n'arrivait pas à croire que cette satanée vétérinaire était revenue dans l'écurie. Quelle malchance. Elle l'avait empêché de finir le travail.

Maintenant, avec les flics qui rôdaient dans les parages, ça allait devenir encore plus compliqué. Et s'il avait laissé ses empreintes quelque part ?

Et si Flint avait découvert son identité et ce qu'il manigançait ?

En tout cas, si le docteur Whittaker se mettait une fois de plus en travers de son chemin, elle ne s'en tirerait pas avec un simple coup derrière la tête.

Il devrait l'éliminer.

Un sourire se forma sur son visage. S'il était obligé d'en arriver là, il pourrait faire en sorte qu'on accuse Flint. Oui, ça, ça serait bien.

Alors, il irait en prison et c'en serait fini de lui.

7

Flint consulta ses messages.

L'un d'eux concernait la plainte de Howard Reed contre lui. Il rappela son avocat.

— Salut Bill, c'est Flint.

— Bonsoir, McKade. Je voulais vous tenir au courant de l'affaire.

Flint se massa la nuque. Allait-il enfin apprendre une bonne nouvelle ?

— Oui, et alors ?

— J'ai tenté d'obtenir une conciliation, mais Reed maintient qu'il a été floué. Je crains que le litige doive être tranché par un tribunal.

Flint n'avait pas de temps à perdre avec cette histoire. Il ne s'était pas moqué de Reed. Au contraire, il lui avait évité la saisie.

— Ecoutez, augmentez le montant de mon offre de rachat, et dites-lui que c'est à prendre ou à laisser. S'il refuse de retirer sa plainte, je ne lui ferai pas de cadeau. Tout le Texas apprendra à combien s'élèvent ses dettes et comment il les a contractées.

Il avait appris auprès de sources bien informées que Reed avait trompé sa femme avec des prostituées mineures et avait dû les payer très cher pour qu'elles gardent le silence.

— Il est temps que vous lui montriez de quel bois vous vous chauffez, répondit Bill. Je l'appellerai dès que possible.

Flint raccrocha, exaspéré que des types comme Reed rendent les autres responsables de leurs erreurs au lieu de les assumer.

Il monta dans sa chambre dans l'intention de se coucher, mais il savait qu'il allait avoir du mal à fermer l'œil. Il frappa doucement à la porte de la chambre de Lora Leigh et l'entendit gémir. Il ouvrit pour voir ce qui se passait.

La jeune femme se débattait dans son sommeil et poussait de petits cris effrayés.

Il s'assit au bord du lit et lui caressa les cheveux.

— Chut, Lora Leigh, ça va, vous êtes en sécurité.

Elle sursauta et il la prit dans ses bras.

— Ça va, je suis là.

Elle se serra contre lui, tremblante, et il caressa son dos et ses épaules pour l'apaiser.

— Flint…

— Vous avez fait un cauchemar.

Elle rougit légèrement. Un faible rayon de lune entrait dans la pièce et soulignait ses traits délicats. Elle était douce comme du satin, et il eut terriblement envie d'elle.

— Je suis désolée, chuchota-t-elle.

Il repoussa une mèche de ses yeux.

— Non, c'est moi qui suis désolé. Si vous ne travailliez pas pour moi, on ne vous aurait pas agressée.

Elle se mordit la lèvre inférieure et leva les yeux vers lui.

— Je vais bien maintenant. Je ne voulais pas vous déranger et vous tenir éveillé.

Il sourit, et résista à l'envie de l'embrasser.

Elle le mettait dans tous ses états, mais il avait compris qu'elle voulait qu'il la laisse tranquille. Il passa un doigt sur sa joue, puis se leva et marcha jusqu'à la porte. Là, il se retourna.

— N'oubliez pas que si vous avez besoin de moi, je suis de l'autre côté du couloir.

Il attendit un instant avec l'espoir fou qu'elle lui demande de rester. Elle ne le fit pas. Il alla donc à sa chambre et ferma la porte. Il prit une douche froide puis se mit au lit. Mais très vite des images de cadavres, de chevaux malades et de Lora Leigh allongée sur le sol de l'écurie vinrent le hanter.

Il fit les cent pas dans sa chambre, sortit dans le couloir. La nuit s'étirait lentement et son angoisse ne faiblissait pas.

— Flint, je vous en prie, cessez de vous tracasser, dit Lora Leigh en entrant dans la cuisine, le lendemain matin. Je vais tout à fait bien, je n'ai même plus mal à la tête.

— Navré, mais que mes employés se fassent attaquer dans mon ranch, ça me met vraiment mal à l'aise. Je suis très protecteur envers mes proches.

Une expression troublée passa dans le regard de Lora Leigh et elle baissa les yeux, le visage fermé. Le téléphone de Flint sonna.

C'était Taylor, sa sœur.

— Désolé, je dois répondre.

— Bien sûr.

Lora Leigh s'éclipsa.

— Salut, Taylor, quoi de neuf ?

— J'ai entendu aux informations que les funérailles de Viktor devaient avoir lieu sous peu. Je suis désolée, Flint. Je sais à quel point vous étiez proches.

Le chagrin lui serra la gorge.

— Je n'arrive toujours pas à y croire. A tout moment, je m'attends à l'avoir au bout du fil ou à ce qu'il passe me rendre visite, comme avant.

— J'espère que les assassins de la famille royale seront arrêtés. Au sujet de l'attaque à l'aéroport, où en est l'enquête ?

— Pour l'instant, la police n'a rien découvert de plus. Et toi, comment vas-tu ?

Elle soupira.

— Je fais de mon mieux. Je suis inquiète pour Christopher. Il a besoin d'une présence masculine qui lui serve de modèle.

— Tu sais que je suis là pour vous deux. Je t'aime, Taylor.

— Moi aussi je t'aime. J'espérais que nous pourrions passer quelques jours au ranch prochainement.

— J'en serais très heureux. Seulement, hier soir, une de mes vétérinaires s'est fait agresser. Je pense qu'il serait plus prudent que vous attendiez quelque temps avant de venir. Je ne veux pas courir le risque de vous mettre en danger.

— Bien, mais tiens-moi au courant, Flint.

Sa voix fut soudain étranglée par l'émotion.

— Et fais attention, je t'en prie. Je ne veux pas te perdre.

— Ne te fais pas de souci, ça n'arrivera pas.

Il raccrocha et se passa la main sur le visage, songeur. S'il s'inquiétait pour sa sœur et son neveu, il ne voulait pas qu'ils viennent au ranch pour le moment. Ils étaient sa seule famille.

La visite de Tate, la veille, lui revint à la mémoire. Mais Tate ne ferait jamais partie de sa famille.

Il n'avait pas digéré son renvoi. Et il avait essayé de draguer Lora Leigh.

Tate n'était tout de même pas revenu pour l'agresser ?

Lora Leigh dit bonjour à Lucinda, qui était à la recherche de recettes sur internet, et pénétra dans la salle à manger. Sur la desserte, elle choisit quelques fruits et des muffins, tout en tendant l'oreille pour écouter la conversation de Flint.

Tout ce qu'elle l'entendit dire à son interlocuteur fut qu'il l'aimait.

Elle éprouva une sensation étrange, sans en comprendre la nature. Après tout, elle aurait dû être soulagée de découvrir qu'il avait une liaison, et se sentir du coup moins coupable de ne pas lui dire toute la vérité sur sa présence au ranch comme de se refuser à avoir avec lui des rapports trop personnels.

Lorsqu'il la rejoignit, leurs regards se croisèrent. A le regarder, il paraissait fort et dur, et pourtant, hier soir, il l'avait serrée si tendrement pour l'apaiser qu'elle en avait été bouleversée.

Pourquoi Flint éveillait-il de tels sentiments en elle ? Pourquoi regrettait-elle que les choses ne soient pas différentes ? Pourquoi se sentait-elle rassurée, protégée et… excitée lorsqu'elle était près de lui ?

— Ça va, Lora Leigh ? Vous avez le rouge aux joues.

Elle se sentit confuse et but son café à petites gorgées pour dissimuler son émotion.

— C'est à cause de la chaleur, dit-elle.

Cette nuit, lorsqu'elle s'était serrée contre lui, elle avait eu envie qu'il reste avec elle, qu'il la tienne ainsi jusqu'à l'aube.

Et elle avait eu envie de le toucher, de le caresser.

Mais ce n'était pas possible.

— Vraiment ?

Il s'approcha d'elle, assez près pour qu'elle sente le parfum de sa peau bronzée et la chaleur qui émanait de lui.

— Etes-vous sûre que ce soit la chaleur ? Peut-être devriez-vous retourner vous coucher.

Elle se vit au lit en sa compagnie. Torturante vision…

— Ce dont j'ai besoin, c'est de travailler. Et vous ? Vous avez des projets avec votre petite amie ?

Il fronça les sourcils, l'air perplexe, et elle désigna le téléphone. Il se pencha alors au-dessus d'elle et lui dédia un sourire aguicheur.

— C'était ma sœur, Lora Leigh. Je n'ai pas de petite amie.

Il reprit plus bas :

— Je n'ai personne dans ma vie du tout, à vrai dire.

Elle fit de son mieux pour dissimuler son embarras, se fustigeant de ne pas avoir gardé ses pensées pour elle. Désormais, ses yeux pétillaient de désir…

Mais si elle comprenait mieux pourquoi la moitié des femmes du Texas s'évanouissaient à sa vue, il n'en restait pas moins qu'elle devait rester hermétique à son charme.

— Oh, ça ne me regarde pas. Je tenais simplement à vous faire comprendre que vous ne deviez pas vous sentir obligé de veiller sur moi comme si j'étais une enfant en bas âge.

Il éclata de rire.

— Ce n'est pas comme ça que je voyais les choses. Tant que vous travaillerez pour moi, dit-il en reprenant son sérieux, je me sentirai le devoir de veiller sur vous.

Mais elle ne comptait pas s'éterniser ici.

Elle ne pouvait pas continuer à ressentir le trouble qu'elle éprouvait quand il était près d'elle. Et tant pis s'il la détestait lorsqu'il apprendrait pourquoi elle était venue ici.

— L'inspecteur Green m'a demandé de rassembler tous mes employés, lui apprit-il en se dirigeant vers la porte. Il veut les interroger. Le rendez-vous est fixé à la cafétéria à 7 heures, avant que tout le monde attaque sa journée.

Il hésita avant d'ajouter :

— Il souhaitera sans doute vous poser quelques questions sur hier soir.

Lora Leigh posa les coudes sur la table et croisa les doigts.

— Je serai là.

Pour tout dire, ça l'arrangeait. Si tous les employés étaient réunis, ce serait plus facile pour elle de trouver Johnny. Peut-être était-il encore au ranch et se cachait-il.

Tout ce qu'elle espérait, c'était qu'il n'avait rien fait d'illégal, qu'il n'était en rien responsable de la mort des hommes de Flint.

Flint fit entrer Green dans son burerau et lui proposa un café. Puis il demanda à Lora Leigh de les rejoindre et les présenta l'un à l'autre.

— Comment allez-vous, docteur Whittaker ?

Lora Leigh se força à sourire.

— Bien, merci.

L'enquêteur but une gorgée de café.

— Pouvez-vous me raconter exactement ce qui s'est passé hier soir ?

Elle domina sa nervosité et lui expliqua qu'elle avait souhaité revoir les chevaux, étant inquiète pour eux.

— Soudain, j'ai entendu des pas, je me suis retournée, et à ce moment, on m'a assommée par-derrière. Je regrette de ne pas pouvoir vous aider plus, mais je n'ai pas vu l'homme qui m'a frappée.

Green la considéra un moment en silence.

— D'accord. Je vous ferai savoir si l'analyse des indices nous en dit plus sur l'identité de votre agresseur.

Lora Leigh se leva.

— Merci. Si vous permettez, je vais aller travailler.

— N'oubliez pas de venir nous retrouver à la cafétéria, dit Flint. Ça me donnera l'occasion de vous présenter à mon équipe de direction.

— J'y serai.

Flint la regarda quitter la pièce. Il aurait préféré

qu'elle passe la journée à se reposer, mais elle était trop obstinée pour accepter.

Le policier s'éclaircit la gorge.

— J'ai parlé avec Lawrence McElroy. Il a un alibi pour la nuit de l'attaque de l'avion, ainsi que pour hier soir.

Flint renifla avec dédain.

— De toute façon, McElroy n'aurait pas fait le sale boulot lui-même.

Green acquiesça.

— J'en suis bien conscient, c'est pourquoi je ne l'ai pas éliminé de la liste des suspects.

— Avec qui d'autre vous êtes-vous entretenu ?

— Avec vos associés des Quatre d'Aggie et avec Deke Norton. Ils ont tous été très élogieux à votre sujet et m'ont paru soucieux de votre bien-être.

— Ce sont des amis que je tiens en très haute estime. Vous faites fausse route si vous pensez que l'un d'eux aurait pu me trahir.

— Peut-être, concéda Green, même si son expression indiquait qu'il restait méfiant. J'ai également mené une enquête sur Reuben Simms, votre pilote. Saviez-vous qu'il était lourdement endetté ? Qu'il avait perdu de l'argent au jeu ?

Flint fronça les sourcils.

— Non, je n'en savais rien.

— Peut-être faisait-il partie du complot et a-t-il été tué au cours de l'échange de coups de feu. Il pourrait en être de même pour les deux employés tués.

— Jamais Grover n'aurait fait une telle chose, répliqua sèchement Flint. Pour lui, l'argent ne comptait pas.

— J'ai tenté de joindre votre contact au Moyen-Orient, mais il ne m'a pas rappelé, continua Green.

Flint haussa les épaules.

— Jabar n'est pas toujours facile à joindre. Cependant j'ai reçu un message de sa part dans lequel il m'assurait que ses hommes n'avaient rien à voir avec cette affaire.

— Peut-être a-t-il quitté le pays pour de bon.

Green ouvrit son bloc-notes.

— J'ai réfléchi à cette attaque. Si le mobile n'en était pas le vol des chevaux, il est possible qu'on ait utilisé la cargaison pour dissimuler une opération de contrebande.

Flint but son café, perdu dans ses pensées.

— Je ne le pense pas. Je travaille avec lui depuis des années. Jabar est un ami d'Akeem et je n'ai jamais eu aucun souci avec lui. J'ai toujours supervisé en personne l'arrivée de mes cargaisons et je n'ai jamais rien remarqué de suspect.

Il tapota nerveusement son bureau.

— Hier, quelqu'un a saboté une clôture dans une pâture au nord-ouest, et ensuite il y a eu cette agresssion dans l'écurie. Ces deux événements laissent à penser que quelqu'un veut me causer du tort, et je ne vois pas le rapport avec une affaire de contrebande. Avez-vous enquêté sur Howard Reed ?

Green hocha la tête.

— Il ne vous aime pas, c'est évident. Mais il insiste sur le fait qu'il a suivi la voie légale en portant plainte contre vous et que, dans ces conditions, il serait bien bête de prendre le risque de ruiner ses chances d'obtenir gain de cause.

— Hum. Ça se tient.

Green consulta sa montre.

— Il est temps de nous rendre à la cafétéria.

Flint prit son chapeau et suivit Green. Cinq minutes plus tard, il passait en revue son personnel.

Tous étaient là : cadres, employés administratifs, commis, vétérinaires, palefreniers et autres entraîneurs. Il n'arrivait pas à croire que l'un d'eux puisse vouloir lui nuire.

Néanmoins, il ne pouvait pas écarter cette possibilité, et il devait laisser Green les interroger.

Certes, il savait que certains pouvaient mal le prendre et qu'il risquait de se mettre une partie de ses employés à dos.

Mais c'était un risque à courir pour découvrir la vérité.

Alors que Flint la présentait à son personnel, Lora Leigh tentait de repérer son frère dans la foule de visages. En vain. Elle se sentit déçue et inquiète.

« Où es-tu, Johnny ? Dans quel pétrin t'es-tu fourré ? »

— Je suis désolé de devoir vous réunir dans de telles circonstances, dit Flint. Vous savez tous ce qui s'est passé à l'aéroport l'autre soir et que trois hommes sont morts.

Des murmures parcoururent l'assemblée.

Flint s'éclaircit la voix.

— Par ailleurs, hier soir, le docteur Whittaker s'est fait agresser dans une des écuries.

Les murmures s'intensifièrent avant que Flint ne désigne l'inspecteur Green et explique qui il était.

— Vous connaissez tous mon crédo : travailler dur, être loyal, honnête, se respecter les uns les autres... Nous sommes solidaires.

Il marqua une pause.

— Alors si l'un de vous sait quelque chose qui pourrait aider l'enquête, parlez-en à l'inspecteur.

Un homme dans l'assistance leva la main.

— Oui, Ortega.

— Etes-vous en train d'insinuer que l'un de nous est responsable de l'attaque de la cargaison ou de l'agression du docteur Whittaker ?

Jake Kenner, le nouvel entraîneur que Flint lui avait présenté, croisa le regard de Lora Leigh et la dévisagea d'un air inquiet.

Reba Bales s'agita nerveusement, et plusieurs commis firent entendre des grognements de protestation. Roy Parkman, l'homme qui avait découvert Lora Leigh dans l'écurie, pénétra dans la cafétéria et prit un siège en étouffant une quinte de toux dans un mouchoir.

— Gardez tous votre calme, s'il vous plaît, reprit Flint. Ce n'est qu'une procédure de routine. De la même façon, la police a interrogé tous mes amis et associés. Ne le prenez pas mal. Je voulais aussi vous demander de rester sur vos gardes. Si vous apercevez sur le domaine quelqu'un que vous ne connaissez pas et dont le comportement vous paraît suspect, prévenez-moi immédiatement.

Green commença à former plusieurs groupes pour se faciliter la tâche, et Lora Leigh demanda l'autorisation de retourner auprès des chevaux.

Elle roula jusqu'à l'écurie des quarter horses et sella

un cheval nommé Sly. Puis elle chevaucha jusqu'à l'écurie des poulinières, où elle procéda à un passage en revue des bêtes et examina plus longuement deux juments qui allaient bientôt mettre bas.

Ensuite, elle passa à la clinique vétérinaire pour consulter ses messages et voir si l'équipe de nuit avait eu des soucis particuliers. Carol n'étant pas encore revenue de la cafétéria, ce fut donc elle qui releva le fax qui venait d'arriver. Le laboratoire envoyait les résultats des prises de sang effectuées sur les pur-sang arabes.

Lora Leigh sentit l'inquiétude la gagner lorsqu'elle lut que le taux de globules blancs d'Eastern Promise et d'Iron Legs était anormalement bas. Ce pouvait être le signe qu'ils souffraient d'une infection ou de la grippe équine.

Elle prit sa mallette et se précipita vers l'écurie des pur-sang.

Il n'y avait personne.

— Bonjour, mes jolis, dit-elle en s'approchant de la première stalle.

Sir Huon et Lord Myers sortirent tous deux la tête et poussèrent un petit hennissement de bienvenue. Elle les gratta affectueusement derrière les oreilles.

— Vous êtes tellement beaux, tous les deux. Vous vous habituez à votre nouvelle maison ?

Sir Huon frotta la tête contre son épaule, ce qui la fit rire. Elle passa les bras autour de son encolure en lui parlant doucement. Puis elle alla voir les autres.

Iron Legs était en train de manger. Eastern Promise, en revanche, semblait apathique.

— Salut, ma belle.

Elle entra dans le box et s'aperçut immédiatement que la jument était malade. Elle avait le nez qui coulait et toussait.

Elle lui prit sa température, qui se révéla élevée. En outre, ses glandes lymphatiques étaient enflées.

Ce n'était pas bon signe.

D'autant plus que ses vaccins étaient à jour.

Lorsqu'une bête souffrait de la grippe équine, son état pouvait se détériorer très vite.

Par chance, elle ne semblait pas avoir les articulations enflées, mais il fallait à tout prix l'empêcher de développer une pneumonie.

Lora Leigh devait démarrer un traitement antibiotique très rapidement et l'isoler des autres.

Eastern Promise avait passé plusieurs jours en compagnie des autres pur-sang. Et s'il était trop tard et qu'ils tombaient tous malades ?

Il lui fallait alerter Flint. Mais cela lui coûtait d'allonger la liste de ses soucis.

Une autre pensée inquiétante la traversa : y avait-il un lien entre les récents événements et la maladie d'Eastern Promise ?

Elle devrait approfondir les examens pour déterminer à quoi ils avaient affaire exactement. Si c'était la grippe ou bien une infection qui produisait les mêmes symptômes.

Dans le second cas de figure, l'hypothèse d'un acte de malveillance devrait être envisagée.

8

Flint, en compagnie de ses chefs de secteur, consulta les rotations de personnel et découvrit que deux hommes ne s'étaient pas présentés à leur poste : Pedro Gonzalez et Emanuel Sanchez.

— Quel est le problème ? demanda Flint à Ortega. Sont-ils en situation irrégulière ? Green voudra le savoir.

Ortega se voûta et détourna le regard.

— Oui.

— Oui, quoi ? Ils sont en situation irrégulière ?

— Ils ont un permis de travail, dit Ortega avec un fort accent. Et ce sont des hommes honnêtes. Ils veulent juste pouvoir nourrir leur famille.

Flint décrypta les propos d'Ortega.

— Mais tu n'as pas la certitude que leurs papiers sont en règle, n'est-ce pas ?

Il tira Ortega à part et reprit à voix basse :

— Je t'ai déjà dit que ça ne me dérange pas de venir en aide à tes amis et à ta famille, mais c'est important pour moi que mes affaires soient irréprochables. Je dois être en conformité avec la loi, et toi aussi.

— Je vais tenter de les retrouver, dit Ortega d'un air contrit.

Ortega travaillait pour lui depuis plusieurs années, et Flint lui faisait confiance.

Il savait que sa famille avait beaucoup souffert et qu'il voulait sincèrement aider ceux qui franchissaient la frontière pour trouver du travail.

— Je te donne vingt-quatre heures. Après, je les dénonce à Green.

Son téléphone sonna et il fut surpris de constater que c'était Lora Leigh.

S'était-elle de nouveau fait agresser ?

En plein jour, c'était peu probable.

Il jeta un dernier regard appuyé à Ortega puis quitta la pièce où Green interrogeait toujours ses employés pour prendre l'appel.

— Allô, oui, c'est Flint.

— Flint, c'est Lora Leigh. Je suis auprès des pur-sang.

Elle avait une voix étrange.

— Que se passe-t-il ?

— Eastern Promise présente tous les symptômes de la grippe équine. Je dois procéder à des tests pour savoir exactement de quoi elle souffre.

Il se passa la main dans les cheveux. Quand allait-il en finir avec les soucis ?

— Je suis désolée, Flint, reprit-elle doucement. Les résultats des prises de sang effectuées hier démontrent que son taux de globules blancs est très bas. Je vais commencer un traitement antibiotique et mener de nouveaux examens. Si jamais c'est bien la grippe, il faut l'arrêter avant qu'elle se propage.

— J'arrive tout de suite.

Il alla dire à Green où il se rendait, puis, comme il ressortait, vit Roy Parkman, secoué d'une violente quinte de toux. Inquiet, il vint auprès de lui.

— Roy, ça va ?

Ce dernier leva des yeux vitreux vers lui, et Flint lui posa une main sur front. Il était brûlant.

— Vous êtes malade, Roy. Allez immédiatement voir le docteur Hardin.

— J'ai du travail, répondit Roy. Les pur-sang arabes…

— …sont entre de bonnes mains. Le docteur Whittaker est avec eux, le coupa-t-il, de plus en plus soucieux.

Eastern Promise avait les symptômes de la grippe. Roy aussi.

Qu'est-ce que cela signifiait ?

Flint tapota le dos de Roy.

C'était un employé dévoué, qui travaillait pour lui depuis dix ans.

— Prenez un congé maladie, Roy, j'ai besoin de vous en pleine forme. Je vous en prie, allez voir le médecin et reposez-vous. Si vous avez besoin d'un traitement, votre mutuelle remboursera les frais.

Il leva les yeux et vit Jake Kenner.

— Jake, pourriez-vous accompagner Roy chez le médecin ?

— Bien sûr.

Jake prit Roy par les épaules et l'aida à marcher.

— Allez, venez, il faut que vous vous reposiez un peu.

Flint leur emboîta le pas puis monta dans sa voiture. Il était inquiet et en colère.

L'homme qui avait frappé Lora Leigh la veille avait-il fait du mal à Eastern Promise ?

Jamais une de ses cargaisons n'avait été attaquée avant celle des pur-sang.

Quelqu'un voulait-il éliminer ces derniers, ou bien tentait-on à travers eux de s'en prendre à lui ? Et qui pouvait bien le détester à ce point ?

Lorsqu'il pénétra dans l'écurie, Flint avait l'air tellement bouleversé que Lora Leigh eut envie de le consoler.

Et lorsqu'elle le vit s'agenouiller auprès d'Eastern Promise et lui parler tendrement, elle en oublia presque que c'était l'homme qui avait poussé son père au suicide et qui savait peut-être ce qui était arrivé à Johnny…

Et si son frère s'était trouvé nez à nez avec celui qui cherchait à nuire à Flint ?

Ou pire, si c'était lui le coupable ?

Elle tenta de bannir cette pensée. Flint tourna son regard vers elle.

— Elle a de la fièvre ?

Lora Leigh acquiesça en flattant l'encolure du cheval.

— Elle a le regard éteint, le nez qui coule et des ganglions.

Eastern Promise s'était allongée sur le flanc et balançait la tête de droite à gauche.

— Ça va aller, ma belle, murmura Flint. Tu es entre de bonnes mains.

Il entraîna Lora Leigh hors de la stalle.

— Comment peut-elle avoir la grippe équine puisqu'elle a été vaccinée ? Ses vaccins étaient bien à jour ?

— Oui, en tout cas si on se fie à son pedigree. Parfois, il arrive qu'un animal soit résistant à un vaccin. Ou alors…

— Ou alors, quoi ?

— Ou alors nous avons affaire à une nouvelle souche de virus, ou encore à une maladie dont les symptômes ressemblent à ceux de la grippe équine.

Flint inspira profondément, déployant sa carrure imposante.

Si elle ne l'avait pas détesté, elle aurait eu, à cet instant, de la compassion pour lui.

— Comment devons-nous procéder ? s'enquit-il.

Lora Leigh croisa les bras.

— Je vais mener une nouvelle batterie de tests et consulter un spécialiste du centre de recherches de l'université.

Flint soupira.

— Vous avez senti que quelque chose n'allait pas dès la première fois que vous les avez vus, n'est-ce pas ?

Elle se mordit la lèvre inférieure.

— A dire vrai, je pensais qu'Eastern Promise était nerveuse, mais il faut parfois quelque temps pour qu'un cheval s'adapte à son nouvel environnement.

— J'apprécie votre perspicacité. Et aussi que vous n'ayez pas pris vos jambes à votre cou après ce qui s'est passé hier soir.

Elle repoussa un nouveau sentiment de culpabilité.

— Il en faut plus pour m'impressionner, Flint. Et j'aime relever un défi.

Un léger sourire incurva ses lèvres. Enfin un petit moment de plaisir.

— Moi aussi j'aime relever les défis. Et je peux vous assurer que celui qui a tué mes hommes et vous a frappée ne va pas s'en tirer comme ça.

Son ton protecteur la toucha. Mais que se passerait-il si Johnny avait un rapport avec ce qui s'était passé ? Supporterait-elle de voir Flint lui faire du mal ou l'envoyer en prison ?

Une nouvelle expression d'inquiétude passa sur le visage de Flint.

— Nous devons isoler Eastern Promise, n'est-ce pas ?

— Oui. Elle aura besoin d'au moins six semaines de repos complet, dans un endroit bien ventilé. Et le traitement devra être efficace. C'est pourquoi je vais commencer les tests sur elle et les autres sans tarder. Il faut aussi se débarrasser des réserves d'eau et de nourriture qui sont ici, elles pourraient être contaminées.

Cette dernière remarque retint l'attention de Flint.

— Je dois vous poser une question, Lora Leigh. Tout à l'heure, j'ai vu Roy tousser, et il a de la fièvre. Pourrait-il avoir attrapé la même maladie qu'Eastern Promise ?

Lora Leigh sentit l'appréhension la gagner.

— C'est impossible à dire sans procéder à des examens.

— Mais est-ce possible ?

Elle hésita, inspira doucement, puis acquiesça.

— Demandez au médecin de lui faire une prise de sang, et limitez strictement le nombre de personnes qui le côtoient. Je vais appeler mon contact au centre de recherches. Agissons vite afin de ne pas mettre l'ensemble de vos bêtes en danger.

Le reste de la journée passa, et Flint était toujours sur les nerfs.

Il n'avait jamais eu de problème de grippe équine, et il craignait que la chose se propage et ternisse sa réputation. Si une épidémie se répandait ou bien si l'on découvrait qu'un virus venu du Moyen-Orient infectait son ranch, les investisseurs et clients potentiels risquaient de prendre peur.

Il admirait la lucidité de Lora Leigh et sa capacité à prendre une situation en main.

Elle s'était occupée d'isoler Eastern Promise puis avait appelé le spécialiste qu'elle avait mentionné avant de procéder à des examens ; après quoi, elle avait coordonné les tours de garde de l'équipe de nuit auprès des chevaux, en s'assurant que tous les internes soient bien équipés de gants et de masques médicaux.

Le lendemain, avant de partir pour la ville, Flint passa à l'écurie des pur-sang.

— L'état d'Eastern Promise est stable, lui dit Lora Leigh. Mais à présent c'est Sir Huon qui devient irritable…

Flint ôta son Stetson et repoussa les cheveux sur son front. Lora Leigh semblait épuisée, mais elle était superbe, même avec un masque et des gants.

— Avez-vous obtenu le résultat des tests ?

— Non. Je vous préviendrai dès que j'aurai des nouvelles.

Il lui prit la main et la serra.

— Merci, Lora Leigh. Ça me soulage de savoir que vous êtes là.

Elle parut gênée, et elle détourna les yeux.

— Je ferai le maximum pour sauver les chevaux et faire en sorte qu'ils se rétablissent.

— Je dois aller à Kingsville pour le service funéraire de Viktor. Je repasserai plus tard, mais n'hésitez pas à m'appeler s'il y a du nouveau.

— D'accord. Comment va Roy ?

— J'ai parlé au médecin ce matin. Roy ne réagit pas aux antibiotiques, hélas.

— L'a-t-il fait hospitaliser ?

— Oui. Il a développé une pneumonie.

— Oh, Flint, je suis désolée.

La douceur de sa voix le toucha. Elle avait l'air si sincère. Il était clair qu'elle aimait les chevaux et la vie dans un ranch autant que lui.

Contrairement aux femmes qu'il avait fréquentées depuis qu'il avait fait fortune. Des femmes avides de luxe et de réussite sociale.

Lora Leigh était différente.

Désintéressée.

Elle soupira et se massa les bras. Il comprit qu'elle était à bout de forces. Elle ne comptait pas son temps pour s'occuper des chevaux.

Il avait envie de la serrer contre lui, de lui dire à quel point il admirait son travail, son professionnalisme… tout, en somme. Et qu'il aimerait être plus proche d'elle.

A cet instant, Eastern Promise émit un gémissement, et elle se retourna vers elle.

Il garda donc le silence.

Ce n'était pas le moment.

Le cœur lourd, il repassa chez lui se doucher rapidement puis revêtit un jean noir et une veste assortie, puis partit. Lorsqu'il arriva devant l'église, il vit plusieurs de ses amis sur le perron.

Il se gara et repéra Akeem, Jackson et Deke Norton qui l'attendaient sur la pelouse. Il mit les mains dans les poches et marcha vers eux, la mine sombre.

Un mois plus tôt, les Quatre d'Aggie s'étaient réunis pour fêter l'achat des pur-sang, l'avenir prometteur du pays de Viktor et les actions de bienfaisance qu'ils avaient contribué à mener à terme.

Aujourd'hui, il n'y avait plus rien à fêter : la Rasnovie était retombée dans le chaos, et les affaires et l'avenir de Flint ne s'annonçaient guère mieux.

Mais Flint ne voulait penser qu'à son ami.

Il serra la main d'Akeem et de Jackson, et ils décidèrent de s'adresser à l'assistance pour honorer la mémoire de Viktor. Ensuite, ils lui diraient adieu.

Les Quatre d'Aggie ne seraient plus que trois.

Malgré sa résolution de considérer Flint comme son ennemi, Lora Leigh ne pouvait pas s'empêcher de compatir à ses soucis. Elle n'aimait pas voir souffrir, ni les gens, ni les animaux.

Epuisée et soulagée qu'un interne ait pris la relève auprès d'Eastern Promise, elle ramena Sly, le quarter horse qu'elle chevauchait, à son écurie, le dessella, puis retourna à la maison de Flint.

Ce dernier n'était pas encore revenu du service funéraire et Lucinda était dans la cuisine, occupée à la préparation du dîner.

C'était le moment ou jamais pour elle de s'introduire dans le bureau de Flint et de tenter de découvrir le mot de passe pour pénétrer dans les fichiers informatiques.

Elle se remémora les principes que Flint avait rappelé à son personnel au cours de la réunion du matin. Des valeurs qu'elle faisait siennes également, ce qui augmentait encore sa culpabilité.

Elle entra discrètement dans son bureau.

Lucinda lui avait dit qu'après le service funéraire, Flint dînerait sans doute en compagnie de ses amis. Elle regarda sa montre puis s'avança vers l'ordinateur et commença à chercher.

Si jamais elle découvrait que Johnny avait bien travaillé à Diamondback, elle demanderait des comptes à Flint.

Flint observa l'assemblée, la gorge serrée.

— Viktor Romanov était un modèle pour sa famille, ses amis et ses compatriotes. Il laisse derrière lui un héritage dont les citoyens de Rasnovie, ses successeurs et ses amis peuvent être fiers et qu'ils doivent défendre et faire perdurer.

Au bord des larmes, il cligna des yeux pour les retenir. Voir l'église d'Aggie remplie faisait remonter à la surface des souvenirs de l'époque où, étudiant, il était devenu l'ami de Viktor, des rêves qu'ils avaient partagés, de leur volonté commune de réussir dans la vie. Jamais ils n'avaient envisagé l'échec.

Ni de mourir jeune.

Il s'éclaircit la voix.

— Viktor nous manquera à tous. Rendons grâce à sa mémoire et à ce qu'il a accompli pour son peuple. Si nous nous montrons capables de suivre son exemple, alors nous rendrons le monde meilleur.

Craignant d'être submergé par le chagrin, il descendit de l'estrade et regagna sa place, tête basse.

Les Quatre d'Aggie avaient réussi dans la vie, au-delà de leurs rêves les plus fous. Pourtant, Flint avait le sentiment qu'il lui manquait quelque chose.

Une famille.

Certes, il avait Taylor et son neveu. Mais il n'avait aucune femme dans sa vie qui tenait vraiment à lui.

Bien sûr, beaucoup de femmes l'avaient séduit.

Mais elles attendaient quelque chose en retour.

Et jamais il n'avait voulu leur offrir ce qu'elles désiraient.

Il avait envie d'une relation dans laquelle l'argent n'entrerait pas en ligne de compte.

L'image de Lora Leigh s'imposa à lui. Il regarda ses amis tandis qu'il se rasseyait. Que penseraient-ils d'elle ?

Comprendraient-ils qu'elle l'attirait ?

Etait-ce possible qu'il ait trouvé la femme qu'il lui fallait ? Une femme en laquelle il pourrait avoir confiance et qu'il pourrait aimer sans arrière-pensées ?

Il devait tenter sa chance.

Il refusait de finir comme Viktor, qui était certes un homme accompli mais n'avait jamais rencontré l'âme sœur. Il voulait avoir une famille, une épouse, des enfants à qui léguer ce qu'il avait construit.

Le prêtre termina son homélie. Puis tout le monde se leva et commença à sortir de l'église.

— Est-ce que ça te dirait d'aller manger un steak quelque part ? demanda Jackson.

Flint hésita.

En temps normal, il n'aurait pas manqué une occasion de partager un repas ou un verre avec ses amis. Mais ce soir, il ressentait un besoin ardent de rentrer au ranch au plus vite.

— Merci, ce sera pour une autre fois. J'ai du travail à Diamondback.

Il parla de l'agression de Lora Leigh, du risque d'épidémie de grippe équine, de ses craintes que quelqu'un tente de lui nuire.

— N'hésite pas à nous appeler si nous pouvons t'aider, dit Akeem.

— Nous t'aiderons à coincer le type qui est derrière tout ça, Flint, ajouta Jackson. S'en prendre à toi c'est s'en prendre à nous.

— Merci, murmura Flint, touché d'entretenir des rapports aussi fraternels avec ses amis.

— Je préviendrai Sylvester Robbins, reprit Jackson, que celles de tes bêtes qui devaient être conduites au marché aux enchères le seront plus tard. Mais je ne lui dévoilerai pas la véritable raison de ce report.

Deke Norton avait un air sombre.

— Je suis vraiment déterminé à retrouver celui qui a mis les pur-sang en danger. J'avais l'intention d'en acquérir un, or, maintenant, c'est un investissement à risque.

— Je te tiens au courant de l'évolution de la situation, dit Flint.

Il jeta un nouveau regard sur la foule qui se dispersait. Ne devrait-il pas profiter de l'occasion pour renouer avec certains de ses anciens camarades d'université ?

Mais le ranch était sa priorité. Qui plus est, le poids de l'absence de Viktor rendait la communication difficile. Il avait envie d'un verre, d'oublier ses problèmes quelques instants.

Et de voir Lora Leigh, aussi.

Il dit au revoir et reprit sa voiture. Son anxiété croissait à mesure qu'il approchait de Diamondback. D'habitude, c'était un sentiment de paix qui l'envahissait lorsqu'il apercevait l'entrée du ranch, les vertes pâtures et les chevaux qui galopaient. Aujourd'hui, l'inquiétude ne le quittait pas. Il avait l'impression de humer le danger.

Il s'exhorta à se reprendre.

Si l'état des chevaux s'était encore détérioré, Lora Leigh l'aurait appelé.

Lorsqu'il se gara, cette dernière occupait toutes ses pensées. Jamais une femme ne l'avait mis dans cet état.

Plus il passait de temps avec elle, plus elle l'attirait. Et plus il avait envie d'être avec elle.

La maison semblait calme, un délicieux fumet de rosbif et de pommes de terre flottait dans l'air. Mais un rai de lumière sous la porte de son bureau l'alerta immédiatement. Personne n'était censé pénétrer dans cette pièce en son absence.

Etait-ce une nouvelle intrusion ?

Il s'avança vers la porte sans faire de bruit, l'entrouvrit tout doucement et regarda par l'entrebâillement.

Le temps parut alors se figer.

Lora Leigh était dans son bureau.

Elle était installée devant l'ordinateur et ouvrait les tiroirs, soulevait les papiers, comme si elle cherchait quelque chose.

Mais quoi ?

Lora Leigh était arrivée le soir de l'attaque à l'aéroport. Lors de leur première rencontre, elle s'était montrée hostile.

Puis Taylor l'avait appelé pour l'avertir qu'on avait tenté de pénétrer son système informatique…

Une colère froide s'empara de lui. Il lui avait fait confiance.

Jamais il n'aurait pensé qu'elle lui dissimulait quelque chose, qu'elle le trahissait. Il l'avait engagée parce qu'il avait compati à la mort de son père.

Etait-elle derrière les sinistres événements de ces derniers jours ?

9

Lora Leigh leva brusquement la tête et sentit la panique la gagner lorsqu'elle vit Flint sur le seuil de la pièce. Son expression froide le rendait encore plus intimidant. Il avança vers elle.

— Que faites-vous là, Lora Leigh ?

Elle se mordit la lèvre inférieure, à la recherche d'une explication plausible à lui fournir.

— Il fallait que j'examine certains dossiers.

Il haussa les sourcils, peu convaincu, et, avant qu'elle ait eu le temps de refermer les fichiers qu'elle parcourait, il contourna le bureau et lui attrapa le poignet. Ils se fixèrent droit dans les yeux, et elle sentit une telle chaleur émaner de lui qu'elle se mit à trembler. Il dégageait force et virilité, mais c'était la colère et le soupçon qu'elle lisait dans son regard.

— Quels dossiers ?

Son cœur battait à tout rompre.

— Flint, je peux tout vous expliquer.

Il contempla l'écran et plissa les yeux lorsqu'il comprit qu'elle était parvenue à ouvrir le dossier contenant la liste de son personnel.

Elle avait réussi à mettre la main sur le mot de passe et avait commencé à rechercher une trace de son frère. Comme elle l'avait espéré, il y avait une photo de chaque employé ainsi qu'un descriptif de son expérience et, parfois, des lettres de référence d'employeurs précédents. Elle avait cherché parmi les palefreniers mais n'avait pas trouvé Johnny, et elle passait en revue les commis en charge du bétail quand elle avait été interrompue.

L'expression de Flint trahissait la confusion dans laquelle il était, mais il ne lâcha pas son bras pour autant.

— Pourquoi regardiez-vous la liste de mes employés ? Cherchiez-vous à identifier l'homme qui vous a agressée ?

Il lui offrait une explication valable. Elle aurait dû en profiter. Mais elle n'en pouvait plus de jouer double jeu. Entre les dangers que couraient les pur-sang et le temps qui passait, elle ne maîtrisait plus la situation. Il lui fallait des réponses au plus vite.

Tout ce qu'elle espérait, c'était que Johnny était en bonne santé et n'avait pas de problèmes.

— Lora Leigh, insista Flint, d'un ton calme mais implacable. Vous venez de me dire que vous pouviez tout expliquer.

Elle ferma les yeux pour se donner du courage. Elle avait commencé par soupçonner Flint d'avoir fait du mal à Johnny. Mais après avoir passé deux jours auprès de lui, elle était persuadée qu'il était incapable de blesser quelqu'un, et encore moins de tuer.

Soudain, il la lâcha.

— Dites-moi ce qui se passe. Que faites-vous là ?

Elle percevait la pointe d'espoir qui subsistait dans sa voix, et elle se sentit davantage fautive.

— Dites-le-moi, Lora Leigh. Que cherchiez-vous dans mes fichiers ?

La souffrance se peignait sur ses traits, à présent, et elle eut envie de disparaître dans le sol.

Elle avala une grande goulée d'air et résolut de tout avouer.

S'il n'avait rien fait à Johnny, il pouvait peut-être l'aider à le retrouver. Si du moins il ne décidait pas de la renvoyer de Diamondback dès ce soir.

— Je recherchais mon frère.

Un long silence suivit.

— Admettons. Et pourquoi pensiez-vous trouver des informations sur lui dans mes dossiers ?

Elle espérait ne pas commettre une erreur fatale en lui disant tout.

— Parce qu'il est venu ici il y a quelques semaines pour se faire embaucher.

Flint souleva son chapeau et se gratta la tête.

— Je n'ai pas souvenir d'avoir engagé un Whittaker.

Elle sentit une rigole de sueur couler le long de son dos, et elle se renfonça dans le fauteuil.

— Il a sans doute donné un faux nom.

Flint haussa les sourcils mais ne répondit pas tout de suite, comme s'il cherchait à mettre bout à bout ce qu'elle lui révélait.

— Je ne comprends pas. Pourquoi aurait-il donné un faux nom ? A-t-il eu des problèmes ?

Elle soupira, posa les coudes sur le bureau et se prit la tête à deux mains.

— Non. Enfin, il a eu des problèmes d'alcoolisme après la mort de notre père. Mais il n'a pas de casier judiciaire, si c'est ce que vous sous-entendez. Seulement, il ne voulait pas que vous sachiez qui il était.

Il y eut un nouveau blanc. Puis elle entendit résonner le talon de ses bottes sur le plancher tandis qu'il arpentait la pièce.

Lorsqu'elle trouva le courage de relever la tête, il était à la fenêtre, regardant dehors, le visage fermé. Quand il se retourna, il semblait tellement déçu qu'elle en eut le cœur brisé.

— Il pense que je suis responsable de la mort de votre père, n'est-ce pas ?

Sa question n'appelait pas de réponse.

Elle se contenta d'opiner, la gorge nouée par l'inquiétude et la peine.

— Et vous ? demanda calmement Flint.

Le sentiment d'être trahi perçait dans sa voix.

— Je… l'ai pensé.

Il poussa un long soupir et passa une main dans sa barbe naissante.

— Et c'est pour cela que vous êtes venue travailler ici ? Ça n'avait rien à voir avec le fait que vous appréciiez ce que j'avais bâti, comme vous l'avez prétendu ?

— Je suis venue dans l'intention de retrouver Johnny. Il m'avait appelée pour me dire qu'il s'était fait embaucher à Diamondback. Je lui ai fait promettre de ne rien faire de répréhensible et de me téléphoner régulièrement.

Un sanglot se glissa dans sa voix.

— Mais ça faisait deux semaines que je n'avais plus de nouvelles de lui, et j'étais inquiète.

Flint la fixa.

— Et que comptait faire votre frère en venant travailler ici incognito ?

Lora Leigh détourna les yeux. Elle ne supportait pas son regard qui la condamnait.

— Je ne sais pas.

— Bien sûr que si, vous le savez.

Sa voix était dure, maintenant.

— Il me croit malhonnête. Il voulait découvrir quelque chose qui puisse me compromettre. C'est pour ça qu'il a pris un faux nom.

— Peut-être, concéda-t-elle.

Flint serra les poings et vint mettre son visage tout près du sien.

Le sentir si près et dans une telle rage manqua la faire défaillir.

— Jusqu'où serait-il capable d'aller pour se venger de moi ?

Elle coinça ses mains entre ses genoux et s'exhorta au calme, sans y parvenir complètement.

— Je n'en sais trop rien, articula-t-elle avec peine. Comme je vous l'ai dit, la mort de notre père l'a beaucoup affecté, il était perdu, il buvait trop…

— Croyez-vous qu'il soit responsable de l'attaque à l'aéroport ? De la mort de mes hommes ? De la maladie des pur-sang ?

— Non, dit-elle tout bas, consciente que sa dénégation manquait terriblement de conviction.

— Vous le redoutez, n'est-ce pas ? Vous pensez qu'il pourrait au minimum être impliqué.

Il frappa du poing sur le bureau.

— Serait-il prêt à aller jusqu'à vous frapper, Lora Leigh, afin que vous n'entraviez pas son projet de vengeance ?

— Sincèrement, je ne saurais vous répondre, dit-elle, les yeux pleins de larmes. Johnny était devenu incontrôlable. La perte du ranch a été un coup fatal. J'ai tenté de le raisonner, sans succès.

Pourtant, elle aurait dû tout faire pour le dissuader de venir ici.

C'était son petit frère, la seule famille qui lui restait.

S'il avait des ennuis, s'il était mort, jamais elle ne se le pardonnerait.

Tout comme elle ne se pardonnait pas le suicide de son père. Si ses études de vétérinaire n'avaient pas coûté aussi cher, si son père n'avait pas dû contracter une seconde hypothèque pour les financer, il n'aurait peut-être pas perdu le ranch.

Et il serait encore en vie. Alors, Johnny, son père et elle seraient ensemble, chez eux, à travailler la terre qu'ils aimaient tant.

Flint était anéanti. Et dire qu'en revenant du service funéraire il avait espéré la retrouver, dîner avec elle, lui parler, l'embrasser…

Plus même, peut-être.

Comment avait-il pu être aussi stupide ?

— Je suis désolée, Flint, dit doucement Lora Leigh. Mais je n'ai plus que lui comme famille. Je ne veux pas le perdre lui aussi.

Il serra les dents. Malgré ses torts, elle semblait

très inquiète pour son frère, et il ne pouvait pas le négliger.

— Si vous êtes réellement venue ici pour rechercher votre frère, dit-il sur un ton pondéré, pourquoi ne m'avez-vous pas tout simplement demandé si je le connaissais, Lora Leigh ? Pourquoi m'avoir dissimulé vos intentions ?

Elle soupira, mal à l'aise, et se leva. Son regard était empli de remords, et, sans qu'elle prononce la moindre parole, il eut sa réponse.

— Vous avez cru que j'avais percé à jour les motivations de votre frère et que je l'avais réduit au silence, dit-il d'un ton brusque.

Elle ne le détrompa pas, et sa colère ne fit qu'empirer.

— Que pensiez-vous que j'avais fait, Lora Leigh ?

Elle détourna les yeux. Il la prit par le bras pour l'obliger à lui faire face.

— Vous ne pensiez tout de même pas que j'aurais été capable de meurtre ? ajouta-t-il sur un ton où se mêlaient colère et incrédulité.

— Je… je ne savais que penser, dit-elle, à bout d'arguments.

Il poussa un soupir de dépit et de douleur, la lâcha et traversa la pièce à grandes enjambées. Il avait besoin de mettre un peu de distance entre eux pour se calmer.

— Bon sang, Lora Leigh, vous avez vraiment une piètre opinion de moi. Vous devez me détester.

Elle s'approcha de lui et posa une main sur son épaule. Il se dégagea avec agacement.

— Flint, je… je ne sais pas quoi dire. Je suis

désolée. J'avais peur pour Johnny, c'est tout. Je ne savais ni quoi faire ni en qui avoir confiance…

Il se força à rester sourd à ses regrets. Il avait trop mal. Des femmes l'avaient déjà manipulé par le passé, pour tenter de s'octroyer une part de son argent, de ses terres. Mais jamais encore l'une d'elles ne l'avait suspecté d'être capable de tuer de sang-froid.

Apprendre que Lora Leigh pouvait penser cela de lui le déchirait.

Il se maîtrisa pour ne pas exploser puis lorgna vers l'ordinateur.

— L'avez-vous trouvé ?

Elle fit non de la tête en s'enveloppant de ses bras.

— Avez-vous passé toutes les photos en revue ?

— Non.

Elle fouilla la poche de son jean et en sortit une photo usée, qu'elle lui tendit.

— Voilà à quoi il ressemble. Il a seulement vingt-deux ans, c'est encore un gamin.

Il prit la photo sans trembler. Il frôla ses doigts et sentit un frisson le parcourir.

Et à cette sensation, il eut encore plus mal.

Il avait espéré qu'il pourrait se passer quelque chose de fort avec Lora Leigh. Or, en quelques instants, tous ses espoirs avaient été taillés en pièces.

A présent, il devait se concentrer sur ses affaires. Il allait tenter de retrouver son frère, ensuite il s'occuperait d'elle. Pour lui, ses employés étaient comme sa famille. C'est ce qu'il lui avait dit.

Elle n'en avait pas cru un mot, bien sûr.

Il observa la photo. Le jeune homme, blond aux

yeux bleus, se tenait entre Lora Leigh et son père. Son expression était presque enfantine.

— Le reconnaissez-vous ? s'enquit timidement Lora Leigh.

— Non. Mais vous savez qu'énormément d'hommes travaillent pour moi. Je ne les reçois pas tous en personne.

Qui plus est, il était possible que Johnny ait tout fait pour éviter de le rencontrer.

— Je vais faxer une copie de cette photo à mes chefs de secteur.

Il gagna le bureau, toujours tendu, s'assit, scanna la photo puis mit le fax en marche. Il rédigea un message et envoya le tout.

— Je leur ai également demandé de montrer la photo autour d'eux.

Il croisa le regard méfiant de Lora Leigh.

— S'il est encore au ranch, nous le retrouverons.

— Merci, Flint.

Elle ramena derrière son oreille une mèche de cheveux qui s'était échappée de sa queue-de-cheval.

— Je… ne sais quoi dire de plus, à part que je comprendrais très bien que vous me renvoyiez.

Il avait envie de la chasser pour lui avoir menti, avoir cru qu'il était un monstre. En fait, il souhaitait même qu'elle quitte le ranch au plus tôt. Ainsi, il n'aurait plus à la regarder et à se dire combien elle était belle et combien il avait envie d'elle.

Car, malgré tout ce qu'elle lui avait fait, il avait toujours le désir de la prendre dans ses bras. De la serrer contre lui et de faire disparaître la tristesse qu'il lisait dans son regard.

De panser la blessure qu'elle avait ouverte en lui en ne lui faisant pas confiance.

Il voulait la convaincre qu'il n'était pas celui qu'elle avait imaginé.

Qu'il était quelqu'un de bien, qu'il comprenait sa peine, car lui aussi venait de perdre un être cher.

Mais il se retint. Il ne pouvait plus se permettre d'avoir ce genre de sentiments pour elle. Plus maintenant.

Il allait l'aider à retrouver son frère, puis il leur demanderait à tous deux de quitter Diamondback.

— Flint ?

— Non, dit-il, songeant aux pur-sang malades. J'ai besoin d'un vétérinaire pour les chevaux, et vous êtes la plus qualifiée pour ce poste.

— Alors je resterai jusqu'à ce que vous m'ayez trouvé un remplaçant.

Il hocha la tête, sans conviction. Son téléphone sonna. C'était Jake Kenner. Au même moment, le portable de Lora Leigh lui indiqua qu'elle avait reçu un message.

— C'est la clinique, dit-elle.

Flint prit l'appel.

— Flint, Lady Luck est en train de mettre bas, et ça se passe mal, dit Jake. Je cherche à joindre le docteur Whittaker.

— Elle est avec moi. Nous arrivons.

Il raccrocha et se dirigea vers la porte tout en expliquant à la jeune femme ce qui se passait. La nuit allait être longue.

Mais même si ça lui était pénible, il devait rester

auprès d'elle pour veiller à ce qu'il ne lui arrive rien, car elle s'était déjà fait agresser.

Lorsqu'ils furent en route pour l'écurie, Flint fut agité par une nouvelle idée. La police n'était pas encore parvenue à identifier le jeune homme portant de faux papiers qui avait été tué au cours de l'attaque de l'avion.

Et si c'était le frère de Lora Leigh ? Et s'il était mort alors qu'il travaillait pour lui ?

Mon Dieu.

Alors Lora Leigh se mettrait à le détester plus encore.

Il faisait les cent pas dans l'écurie et s'essuyait le front, son téléphone vissé à l'oreille.

— Je vous ai dit que j'avais déjà cherché. Je n'ai pas encore mis la main sur la marchandise.

— Vous devez la retrouver sans tarder. Si McKade la trouve le premier et prévient la police, toute l'opération tombera à l'eau.

Il poussa un juron.

— Vous croyez que je n'en suis pas conscient ? Je risque ma peau, ici.

— Moi aussi. Alors dépêchez-vous de faire le boulot pour lequel je vous ai engagé, sinon vous le regretterez.

— Vous ne ferez rien. N'oubliez pas que je pourrais vous dénoncer.

— Pas si vous êtes mort. Pas si vous tenez à votre famille.

La communication fut coupée, et, de rage, il jeta

son téléphone. Il regrettait de s'être embarqué dans cette histoire. Il regrettait d'avoir accepté l'argent.

Mais sa petite fille avait désespérément besoin de soins médicaux. Sans cette transplantation d'organe, elle mourrait.

Il était trop tard pour faire machine arrière. Il devait garder le silence et s'exécuter, sinon tout cela n'aurait servi à rien.

10

Jamais Lora Leigh n'oublierait l'expression de douleur de Flint lorsqu'il avait pris conscience de sa duplicité.

Ils roulèrent sans échanger la moindre parole. La tension entre eux et sa colère étaient palpables. Peut-être aurait-elle dû lui parler ouvertement de Johnny dès le départ. Mais elle avait eu peur de lui… et elle craignait que Johnny ait commis un acte illégal.

Elle le craignait toujours, d'ailleurs.

Si Johnny était responsable des ennuis que connaissait le ranch, Flint la haïrait ; et si par malheur il avait tué ses hommes…

Non, son petit frère n'irait pas jusqu'à tuer.

Mais où était-il ?

Lorsqu'ils pénétrèrent dans l'écurie, Jake leur fit signe. Allongée sur le flanc, la respiration saccadée, la jument hennissait et se contorsionnait.

— Quand le travail a-t-il commencé ? demanda Lora Leigh.

Jake haussa les épaules.

— Il y a une vingtaine de minutes, environ.

Cette réponse l'alarma. D'habitude, la phase de travail n'était pas si longue.

— Doucement, doucement, Lady Luck. Ça va aller.

Elle s'agenouilla pour caresser l'animal. Flint l'imita.

— Elle va s'en sortir, n'est-ce pas ?

— Je pense, oui. Je dois l'examiner.

Elle enfila des gants et se mit à palper la jument afin de vérifier la position du poulain.

— Elle est presque prête à la délivrance.

L'heure suivante fut éreintante. Lora Leigh et Flint se relayèrent pour calmer la poulinière et l'aider à mettre bas. Lady Luck était à bout de souffle, l'effort l'affaiblissait.

— Allez, Lady Luck, tu peux le faire, lui chuchotait Lora Leigh. Accroche-toi.

Enfin, le poulain sortit, et Lora Leigh poussa un grand soupir de soulagement.

Flint fit de même et sourit. Mais lorsqu'il croisa son regard, son sourire s'effaça.

Les regrets assaillirent Lora Leigh. Elle ne pouvait plus nier son admiration pour Flint. Sa réputation n'était pas usurpée, il traitait aussi bien ses animaux que son personnel.

« Cela n'empêche pas qu'il a quand même racheté les terres de papa, qui serait encore vivant sans cela. »

Lora Leigh nettoya le nombril du poulain avec une solution antiseptique pour éviter une infection. Puis Lady Luck lécha son petit pour le nettoyer. La jeune femme rit de bon cœur en voyant le poulain s'évertuer à se mettre debout, vaciller sur ses jambes encore incertaines, tandis que sa maman levait la tête pour le regarder et l'encourager.

Lady Luck avait expulsé le placenta. Lora Leigh s'assura qu'il était sorti entièrement et que la poulinière ne souffrirait pas d'inflammations.

— C'est bien, Lady Luck, murmura-t-elle.

Le poulain commença à têter.

Attendrie par ce spectacle et heureuse de constater que le petit et sa maman allaient s'en sortir, elle entreprit de nettoyer les lieux, et ne fut pas étonnée que Flint l'aide. Il ne se contentait pas de diriger le ranch, il mettait aussi la main à la pâte.

Jake, qui était allé voir les autres bêtes, réapparut.

— Comment va-t-elle ?

— Tout va bien, répondit Lora Leigh. Je vais tout de même rester auprès d'elle un moment.

Flint se tourna vers elle, surpris.

— Me cachez-vous quelque chose ?

— Non. Seulement, j'aime mieux qu'il y ait quelqu'un auprès d'elle.

— Dans ce cas, je vais faire appeler un auxiliaire médical. C'est leur travail.

Lora Leigh baissa les yeux sur la jument et son poulain.

— Ça ne me dérange pas de rester.

En outre, après ce qui s'était passé entre eux, elle préférait passer la nuit dans l'écurie que dans la maison de Flint.

— Non, vous en avez assez fait, répliqua-t-il d'un ton brusque.

La sonnerie de son téléphone retentit. Il décrocha.

— Oui, docteur Hardin ?

Lora Leigh vit le visage de Flint se décomposer.

— Merci de m'avoir prévenu, docteur.

Il raccrocha et se passa la main sur le visage.

Incapable de se retenir, elle tendit la main et la posa sur son bras.

— Qu'est-ce qui ne va pas, Flint ?

— Roy Parkman est mort il y a quelques minutes. On va procéder à une autopsie.

Lora Leigh frissonna. S'il était affecté par le même virus que les pur-sang, alors non seulement les chevaux seraient en danger, mais aussi tous ceux qui avaient été en contact avec eux.

Sur le chemin du retour, Flint ne dit pas un mot.

Qu'allait-il encore se passer ?

Bon sang. Ils avaient pourtant placé les chevaux en quarantaine, instauré des mesures préventives afin d'éviter que la maladie se propage, limité le nombre de personnes qui étaient en contact avec eux.

Mais ils avaient mis en place ces mesures après que Roy fut tombé malade.

Il serra plus fort le volant, il était tellement oppressé qu'il avait du mal à respirer.

Quelle était la cause de tous ces événements ?

— J'appellerai le laboratoire demain à la première heure et je leur parlerai des chevaux afin que nous puissions comparer les souches de virus, si nécessaire, dit soudain Lora Leigh.

Flint s'engagea dans l'allée devant la maison puis se gara.

— Très bien. Tenez-moi au courant des résultats.

— Je n'y manquerai pas.

Ils entrèrent dans la maison, qu'embaumait le ragoût que Lucinda avait fait mijoter. Mais Flint n'avait pas faim. Une douche et un bon verre, c'était tout ce qu'il demandait.

Lora Leigh lui effleura le bras.

— Flint ?

Il se crispa.

— Allez vous coucher, Lora Leigh. Nous parlerons demain.

Elle le contempla longuement avant de tourner les talons.

Lui aussi se rendit dans sa chambre. Il se déshabilla, se lava. Puis il passa un vieux jean et une chemise sans la boutonner, redescendit à son bureau, se servit un scotch et s'installa devant l'ordinateur, là où il avait surpris Lora Leigh un peu plus tôt.

Le poids de tous les soucis lui tomba dessus, il but son verre d'un trait. Il marcha jusqu'à la fenêtre et regarda au-dehors le ciel chargé. Il n'y avait qu'un mince croissant de lune et aucune étoile.

Trois de ses hommes avaient été tués. Ses pur-sang arabes étaient malades. Un autre de ses employés était mort, peut-être victime de la même maladie que ces derniers.

Lora Leigh l'avait trompé.

Et Viktor était parti pour toujours.

La peine et l'inquiétude l'accablaient. Il se sentait au bord du désespoir.

Il était tellement perdu dans ses pensées qu'il ne s'aperçut pas que quelqu'un s'approchait de lui. Il sentit soudain une main sur son épaule.

— Flint ?

Il ferma les yeux. Il devait rester fort et déterminé, et arrêter celui qui s'en prenait à lui.

— Oui, Lora Leigh ?

— Je suis désolée pour Roy. Ainsi que pour Viktor. Je sais que vous teniez beaucoup à lui.

Il n'arrivait pas à la regarder. Viktor était comme un membre de sa famille.

— Je suis désolée pour tout. Je… j'ai eu tort de ne pas vous faire confiance. Je m'en rends compte à présent. Vous êtes un homme bien et jamais vous n'auriez fait de mal à Johnny.

Ses mots agirent comme un baume sur son âme meurtrie. Il se retourna, inhala son parfum, lut la sincérité dans son regard, et, alors, toutes ses résistances tombèrent.

Au fond de lui, il savait qu'il ne devrait pas la toucher. Elle travaillait pour lui, du moins pour le moment. Elle lui avait menti, l'avait cru capable de meurtre, accusé d'être responsable de la mort de son père.

Mais il n'en avait que faire. Il prit son visage entre ses mains, sentit l'émotion le gagner, toute la peine des derniers jours remonter à la surface en même temps que le désir qu'il avait éprouvé pour elle.

Quand elle s'humecta les lèvres, son regard devint ardent, et la passion le submergea.

— Flint…

Elle leva la main pour le toucher. Il inclina alors la tête et l'embrassa.

Lora Leigh entrouvrit les lèvres et s'abandonna à son baiser.

Simplement descendue dans la cuisine pour se préparer un thé, elle avait aperçu de la lumière dans son bureau. En le voyant devant la fenêtre, l'air si seul et si malheureux, elle avait voulu s'assurer qu'il allait bien, le consoler, s'excuser de la peine qu'elle lui avait causée. Mais dès qu'elle l'avait touché, elle avait été physiquement troublée.

Son baiser se fit plus intense, et il la serra fort contre lui.

Elle sentit une douce chaleur envahir son corps.

Son baiser devenait de plus en plus passionné, ses gestes plus empressés, sa respiration plus saccadée. Si elle ne l'arrêtait pas maintenant, ce serait trop tard.

Mais alors il laissa ses lèvres descendre sur son cou, posa sa main sur sa hanche pour la tenir contre lui, contre son corps tellement ferme et viril, et, au lieu de le repousser, elle caressa son torse. Sa peau était douce, ses muscles fermes sous ses mains, une telle force et une telle virilité émanaient de lui que son désir en fut décuplé.

Il déposa de petits baisers le long de son cou, et elle se pressa contre lui.

Jamais aucun homme ne lui avait fait ressentir de telles émotions. Elle avait envie de jeter aux orties toute retenue, de faire tomber toutes ses inhibitions.

Elle lui ôta complètement sa chemise. La vision de son torse lui arracha un petit gémissement.

— Lora Leigh…

— Chut, dit-elle en l'embrassant.

Il glissa ses mains sous sa veste et empauma délicatement ses seins.

Il eut un long soupir de plaisir, puis se mit à déboutonner sa veste de pyjama.

Il embrassa sa gorge, puis laissa courir sa langue sur ses tétons durcis par le désir.

Elle s'accrocha à ses bras pour ne pas perdre l'équilibre, tant l'onde de plaisir était forte.

Elle cria son nom, brûla de sentir son corps recouvrir le sien, de le sentir en elle.

Mais alors le téléphone de Flint sonna, et il se figea. Il redressa la tête et la regarda. Elle se sentit confuse : sa veste était ouverte, ses seins exposés à sa vue.

— Devez-vous absolument répondre ?

Son regard s'assombrit. Il posa les yeux sur sa poitrine, puis referma les pans de sa veste.

— Oui. Nous nous sommes laissé emporter. Allez vous coucher, Lora Leigh.

Le ton de sa voix lui fit l'effet d'une gifle. Il se détourna et prit l'appel.

Elle sortit de la pièce et remonta l'escalier à la hâte, les larmes aux yeux. Elle sentait encore le feu de ses caresses sur son corps.

Mais il avait raison. C'était une erreur.

Dans ses bras, elle avait oublié tout ce qui s'opposait à ce qu'ils soient ensemble.

Que penserait son père s'il savait qu'elle avait failli faire l'amour avec l'homme qui lui avait pris son ranch ? Un sanglot mêlé de honte et de désir insatisfait lui échappa. Elle s'allongea sur son lit et se roula en boule.

Elle craignait de tomber amoureuse de Flint McKade.

*
* *

Flint dut convoquer tout son sang-froid pour se calmer et retrouver une respiration normale avant de répondre. Il n'y avait rien dont il avait plus envie que d'achever ce qu'il avait commencé avec Lora Leigh. Si le téléphone n'avait pas sonné, il aurait été en train de la prendre sur son bureau…

— McKade, vous m'avez appelé ?

C'était Green. Pendant que Lady Luck mettait bas, il était sorti de l'écurie pour passer l'appel.

— Oui, en effet. C'est au sujet de l'homme tué dans l'avion que vous n'êtes pas encore parvenu à identifier.

— Vous pensez savoir de qui il s'agit ?

Il espérait de tout cœur se tromper, en fait.

— Je n'en suis pas sûr, mais j'aimerais que vous fassiez comparer ses empreintes dentaires avec celles d'un dénommé Johnny Whittaker.

Il y eut un blanc.

— Whittaker. N'est-ce pas le nom de famille de votre vétérinaire ?

— Si. L'homme en question est son frère. Apparemment, il me juge responsable du suicide de son père, dont j'ai racheté les terres. Il est venu travailler chez moi sous un faux nom, et aujourd'hui il est porté disparu.

Le policier s'éclaircit la voix.

— Je fais procéder au plus vite aux vérifications.

Flint le remercia et raccrocha. Il repensa à Lora Leigh, à ses baisers, à ses gémissements de plaisir.

Elle lui avait menti.

Mais, il avait appelé Green sans la prévenir, et

il avait maintenant l'impression que c'était lui qui la trompait. Tout ce qu'il espérait, c'était que son intuition n'était pas la bonne, que son frère n'était pas décédé. Et que ce dernier n'était pour rien dans la mort de ses deux employés.

Car si le jeune Whittaker avait perdu la vie en travaillant pour lui, alors jamais Lora Leigh ne le laisserait la toucher de nouveau — et il en crèverait.

11

Flint regarda les infos en buvant son café matinal, écœuré par ce qu'il voyait.

— L'agitation est de plus en plus forte en Rasnovie, commentait le reporter. Les partisans de la famille royale se sont réunis en masse devant le palais pour rendre hommage aux défunts. Dans le même temps, des rebelles armés ont provoqué des émeutes dans tout le pays, et de nombreux échanges de tirs et des incendies ont été recensés la nuit dernière. La population vit de nouveau dans l'insécurité.

Flint éteignit la télévision.

Deux jours s'étaient écoulés depuis qu'il avait surpris Lora Leigh dans son bureau et que Roy Parkman était mort. Elle avait semblé vouloir l'éviter, et lui-même avait gardé ses distances. Le souvenir de leurs baisers le hantait toujours.

Il avait férocement envie d'elle, mais il y avait trop d'obstacles entre eux.

Sauf s'il lui avouait tout au sujet de son père.

Mais il avait fait la promesse de ne jamais divulguer la vérité. Elle ne ferait peut-être d'ailleurs qu'intensifier le sentiment de culpabilité de la jeune femme.

De toute façon, il était un homme de parole. S'il

renonçait à ses principes, sa fortune et tout ce qu'il possédait n'auraient plus de valeur.

Et puis, même si elle savait quel accord il avait passé avec son père, il restait encore le problème de son frère…

Il attendait toujours de se voir confirmer que le troisième homme mort à l'aéroport était bien Johnny Whittaker.

Si cette confirmation arrivait, Lora Leigh ne voudrait plus jamais être près de lui.

Dépité, il consulta ses e-mails et en ouvrit un de sa sœur. Taylor lui apprenait que, dans sa comptabilité, des écarts importants apparaissaient entre les sommes déclarées et les versements effectifs et qu'elle cherchait d'où venait l'erreur.

Perplexe, Flint répondit en quelques mots qu'il lui donnait carte blanche.

Quelqu'un frappa à la porte.

— Entrez.

Ortega entra dans son bureau en traînant des pieds. Flint lui proposa un café.

Ortega refusa d'un signe de tête et posa sur le bureau la photo de Johnny que Flint avait faxée à ses chefs de secteur.

— Le reconnais-tu ? demanda Flint.

— Oui. Il a dit qu'il s'appelait Houston.

Flint grimaça. Houston, c'était le nom qui figurait sur les faux papiers retrouvés sur l'homme tué à l'aéroport.

— Je l'avais engagé pour nettoyer les stalles et faire deux trois bricoles.

Ortega ôta son chapeau et se gratta le cuir chevelu.

— Mais ça fait plusieurs jours qu'il n'est pas venu travailler.

— A-t-il eu une attitude ou des propos suspects ?

— Non, mais j'ai retrouvé Sanchez et Gonzalez, et, eux, c'est possible qu'ils en sachent plus.

— Tu penses qu'ils pourraient avoir un rapport avec le sabotage du ranch et l'agression du docteur Whittaker ?

— Non, non, monsieur, se récria Ortega. Ce sont des types bien, ils travaillent dur.

— Tu en es bien sûr ? Même si on leur offrait beaucoup d'argent ?

— Oui. L'un est le fils de ma sœur, l'autre mon cousin. Ils sont honnêtes. Ils ont juste peur parce qu'ils n'ont pas de papiers.

Il hésita, puis désigna la porte.

— Ils attendent dehors. Je les ai convaincus de venir vous voir.

— Alors fais-les entrer.

Ortega baissa les yeux.

— Je suis désolé si j'ai mal agi. Je comprendrais si vous me demandiez de partir.

Flint ne pouvait rien lui reprocher. Ortega avait bon fond, et il en avait bavé avant d'être engagé.

— Je n'ai aucune raison de te renvoyer, Ortega. J'apprécie ton sérieux et ton dévouement.

Un sourire éclaira le visage inquiet d'Ortega.

— Merci, monsieur Flint, merci.

Il sortit de la pièce puis revint en compagnie de Sanchez et Gonzalez, tous deux tête basse et soucieux.

— Señor Flint, dit Gonzalez dans un mauvais

anglais, nous sommes désolés. Je vous en supplie, ne nous renvoyez pas chez nous.

Sanchez était au bord des larmes.

— Oui, s'il vous plaît, monsieur. Ma famille a besoin de manger. Ma femme va avoir un enfant.

— Je ne vous renverrai pas, mais il va falloir que nous nous occupions de vous procurer des papiers en règle. Je passerai quelques coups de fil et je verrai ce que je peux faire.

Soulagement et espoir se marquèrent sur le visage des deux hommes.

Flint désigna la photo de Johnny.

— Dites-moi ce que vous savez sur cet homme.

Sanchez se concentra sur la photo.

— Il travaillait pas beaucoup et il était bizarre.

— Que voulez-vous dire ?

Sanchez fit une grimace. Son anglais n'était pas assez bon. Gonzalez vint à sa rescousse.

— Il posait des questions étranges. A propos de vous, monsieur. Et il parlait mal de vous. Mais nous, nous lui avons dit que vous étiez bon.

— Quel genre de mauvaises choses disait-il ?

Silence.

— Dites-le-moi, s'il vous plaît. S'il en avait après moi, je dois le savoir.

— Il a dit qu'il allait vous ruiner.

Flint serra les dents. C'est bien ce qu'il redoutait. Johnny n'était pas à l'aéroport par hasard.

Lora Leigh tapota affectueusement le flanc d'Eastern Promise.

— Accroche-toi, ma belle. Nous allons te tirer d'affaire.

La jument hennit et fit l'effort de redresser la tête, mais elle la laissa retomber très vite.

— J'ai deux ou trois choses à faire. Je reviens plus tard, dit la jeune femme à un des commis.

Elle se rendit au vestiaire, ôta son masque, ses gants et sa combinaison, puis se lava les mains.

Elle sortit, inhala une bonne bouffée d'air frais et retourna chez Flint sur le dos de Sly.

Flint, également à cheval, s'arrêtait devant la maison quand celle-ci lui apparut. A sa vue, elle ne put réprimer un frisson d'excitation.

Elle fit ralentir sa monture et serra les doigts sur les guides tout en contemplant Flint qui mettait pied à terre.

Elle n'en pouvait plus de la tension qui régnait entre eux. Depuis deux jours, elle marchait sur des œufs, dans l'attente de savoir si certains des employés du ranch avaient reconnu Johnny. Elle donna un petit coup de talon pour faire partir Sly au galop. Flint l'entendit approcher et tourna la tête. Dès qu'elle fut près de lui, il prit les rênes et attacha Sly à côté de son cheval.

Il releva la tête et croisa son regard.

— Est-ce que tout va bien ?

— L'état des pur-sang est stable. Je n'ai pas encore reçu les résultats du laboratoire, et je comptais justement me rendre en ville pour en savoir plus.

Il la contempla un long moment, le regard sombre.

— Je vais vous y conduire.

Lora Leigh sentit la panique la gagner. Se retrouver

seule avec lui était au-dessus de ses forces. Elle voulait garder ses distances jusqu'à ce qu'elle sache ce qu'il était advenu de Johnny. Ensuite, elle sortirait définitivement de sa vie.

Diamondback était le foyer de Flint. Pas le sien.

— Merci, mais j'ai un rendez-vous pour déjeuner. J'irai donc seule.

— Il est hors de question que je vous laisse sans surveillance tant que nous ne savons pas qui tente de s'en prendre à moi et qui vous a agressée.

— Flint…

— N'en parlons plus, Lora Leigh. C'est réglé.

Son ton autoritaire la fit tiquer et il sourit.

— Je vous ai promis de vous protéger, et je tiendrai parole, même si vous n'avez pas envie d'être avec moi.

C'était bien là le problème. Elle avait en permanence envie qu'il soit près d'elle.

Impossible.

Si par bonheur il était sain et sauf, son frère n'admettrait pas qu'elle soit attirée par Flint. Quant à son père, il se retournerait dans sa tombe…

— De toute façon, je dois également me rendre en ville, ajouta-t-il. Je dois voir ma sœur et mon neveu.

Flint alla faire un brin de toilette tandis qu'elle allait prendre son sac à main et se brosser les cheveux, qu'elle attacha. Quand ils montèrent en voiture, elle appela le laboratoire, et un chercheur lui dit qu'il aurait peut-être les résultats dans le courant de l'après-midi.

— Où avez-vous rendez-vous pour déjeuner ? demanda Flint d'un ton bourru.

— Au Cactus Café.

— Avec qui avez-vous rendez-vous ?

Elle sourit.

— Une connaissance.

Il n'insista pas et sortit son téléphone.

— Taylor, c'est moi. Je te retrouve dans une demi-heure au Cactus Café.

Lorsqu'il raccrocha, elle le dévisagea, ébahie.

— Qu'est-ce que vous faites ?

— Je conduis.

— Enfin, c'est inutile, Flint. En ville, je ne risque rien.

Il lui jeta un regard qui disait clairement qu'il était bien plus qu'inutile qu'elle discute plus avant.

— L'établissement est grand. Nous nous installerons loin de vous, et vous disposerez de toute l'intimité nécessaire.

Ce ton protecteur la révoltait, lui procurait une sensation d'étouffement. Mais en même temps, elle avait le sentiment qu'on s'inquiétait pour elle, qu'on la prenait en compte, et ça ne lui était plus arrivé depuis longemps.

A mesure qu'ils approchaient de la ville, elle sentait Flint se contracter, elle percevait son anxiété.

Lorsqu'il se gara à deux pas du Cactus Café, c'était une véritable boule de nerfs. Ils marchèrent en silence vers l'entrée.

Ils allaient en franchir le seuil quand, soudain, il lui posa la main en bas du dos. Elle se sentit toute petite. Flint furetait autour de lui, comme pour s'assurer que personne ne les surveillait. Pensait-il vraiment que quelqu'un prendrait le risque de l'agresser en pleine rue ?

Un homme grisonnant vêtu d'un jean et coiffé d'un Stetson bloqua alors le passage de Flint.

— Qu'est-ce que tu fiches là ? fit-il d'un ton désagréable. Je croyais que tu ne déjeunais qu'avec des gens riches et célèbres.

— Bonjour, McElroy, répondit calmement Flint.

L'homme la regarda de bas en haut avec mépris avant de reporter son attention sur Flint.

— Elle n'a pas le genre des femmes qui t'accompagnent d'habitude.

— Je n'ai pas de genre préféré. Et tu n'as aucune raison de me parler sur ce ton. J'ai fait la meilleure offre pour Diamond Daddy, un point c'est tout. Tout s'est passé dans les règles.

— Quand on a de l'argent, il faut en gagner encore plus, c'est ça, hein ?

— Moi, tout mon argent, je l'ai gagné honnêtement. Et toi ?

McElroy fit un pas de recul et ferma le poing. Lora Leigh prit peur.

— J'ai entendu dire que tu avais des soucis, ironisa McElroy.

— Ouais.

Flint s'avança tout près de McElroy.

— Jusqu'à quel point es-tu au courant de ce qui m'arrive, d'ailleurs ?

McElroy rejeta la tête en arrière et éclata de rire.

— Ça te sert de leçon pour m'avoir volé Diamond Daddy.

— Je n'ai rien volé du tout. Si ça t'intéresse, tu peux obtenir un droit de saillie. Mais il faudra que tu mettes la main à la poche.

Le regard de McElroy s'emplit de rage.

— Jamais je ne te paierai quoi que ce soit.

L'homme passa son chemin.

Lora Leigh allait prendre la parole lorsqu'une jolie blonde et un garçonnet d'environ quatre ans s'approchèrent de Flint.

— Hey, salut, grand frère.

— Oncle Flint, j'ai une dent qui va bientôt tomber.

Flint se pencha en avant pour soulever le petit garçon et l'embrassa. Cette vison fit fondre Lora Leigh. L'instant d'avant, son altercation avec McElroy lui avait démontré que Flint pouvait être ferme en affaires. Mais lorsqu'il était avec sa famille, une autre facette de sa personnalité se révélait.

Flint la présenta à sa sœur et à son neveu. Taylor lui jeta un regard étrange, mais elle se montra sympathique.

Lora Leigh repéra Amy Gallagher, l'amie avec qui elle avait rendez-vous, et lui fit signe de la main.

Flint parut troublé.

— C'est elle votre rendez-vous ?

Lora Leigh rougit. Pensait-il qu'elle était venue en ville pour rencontrer un homme ? Etait-ce pour cela qu'il avait tant insisté pour l'accompagner ?

Flint était-il jaloux ?

Elle eut un petit rire nerveux.

— Eh bien, oui. Le docteur Gallagher était ma compagne de chambre à l'université, puis à l'école vétérinaire.

Flint était visiblement soulagé.

— Je vois. Eh bien, bon déjeuner. Prévenez-moi lorsque vous serez prête à partir.

— Entendu.

Elle se dirigea vers son amie et frissonna lorsqu'elle croisa au passage le regard de prédateur que lui lança Flint.

Amy l'embrassa et désigna Flint du regard.

— Ça fait plaisir de te voir. Alors, ça te plaît de travailler pour ce beau mec plein aux as ?

Lora Leigh soupira et s'installa sur la banquette.

— C'est précisément de cela que je voulais te parler. Je ne compte pas travailler encore longtemps à Diamondback, et je tenais à te le faire savoir au cas où tu souhaiterais que je te recommande pour me remplacer.

Flint s'installa face à Taylor et Christopher et fit de son mieux pour rester concentré sur la conversation de son neveu.

— Je veux venir au ranch et monter sur Big Boy, disait-il. Est-ce que je peux, oncle Flint ?

— Bien sûr. Mais pas cette semaine, petit gars. Je dois d'abord régler certains détails.

L'enfant eut une moue boudeuse. Sa mère soupira d'un air contrit.

— J'ai essayé de lui expliquer, mais ce n'est pas facile pour lui de comprendre la nature de tes problèmes. Il a connu beaucoup de bouleversements dernièrement.

Flint tendit la main et prit le menton de sa sœur entre deux doigts, comme il le faisait lorsqu'ils étaient enfants.

— Tu t'en sors très bien, Taylor. Je suis fier de toi.

La serveuse leur apporta des menus et ils commandèrent des burgers et des frites. Tandis qu'ils attendaient leurs plats, Christopher s'amusait à colorier le dessin d'une soucoupe volante censée s'être posée parmi des cactus.

— Alors, que t'arrive-t-il exactement ? s'enquit Taylor.

Flint lui parla de la maladie des pur-sang et de l'agression dont avait été victime Lora Leigh.

Les yeux de Taylor s'agrandirent d'effroi.

— Oh, mon Dieu, Flint, c'est terrible.

— Oui, les ennuis ne cessent de s'accumuler.

Taylor lui prit la main.

— Tu les surmonteras, j'en suis sûre.

— Tout ce que j'espère, c'est que personne n'aura plus à souffrir physiquement.

— Et… quelle est exactement la nature de ta relation avec Lora Leigh ?

Flint prit le verre de thé glacé que la serveuse lui apportait et en but une gorgée.

— Nous travaillons ensemble, c'est tout.

Taylor lui fit un clin d'œil.

— Mais oui, mais oui. Tu oublies que tu parles à ta sœur. J'ai remarqué la façon dont tu la regardes.

Flint haussa les épaules. Il ne pensait pas que c'était si facile de le percer à jour.

— Tu te fais des idées, petite sœur.

Taylor éclata de rire.

— Oh que non ! Tu étais follement jaloux car tu croyais qu'elle avait rendez-vous avec un homme.

Il plissa les yeux, ramassa un crayon de couleur que Christopher avait fait tomber et le lui rendit.

— De toute façon, ça n'a pas d'importance. Il ne peut rien se passer entre elle et moi.

Il lui expliqua qu'il avait racheté les terres de son père et que son frère et elle le jugeaient responsable de sa mort.

— Et désormais Johnny a disparu et j'ai bien peur que…

Il baissa la voix pour que Christopher n'entende pas.

— … ce soit l'homme mort dans l'avion qui n'a pas été identifié.

Taylor tordit le nez et prit l'expression maternelle et protectrice qu'elle réservait d'ordinaire à Christopher.

— Elle n'a aucun droit de t'accuser d'être responsable de la mort de son père ou de celle de son frère, surtout si ce dernier était venu au ranch pour se venger de toi.

Le ton de sa voix fit rire Flint. Sa sœur était peut-être plus petite que lui, mais elle se battrait bec et ongles pour ceux qu'elle aimait.

Il était heureux qu'elle ait pris la décision de quitter son mari pour protéger Christopher, et se protéger elle.

— Je suis très touché par ta sollicitude. Mais je saurai régler mes problèmes tout seul.

Taylor lui retourna un regard inquiet.

— Tu as toujours joué les protecteurs pour les autres. Et maintenant, c'est toi qui te débats dans les ennuis. Je voudrais vraiment t'aider.

Il se sentit ému.

— Tu m'aides déjà. Tu t'occupes de mon neveu préféré.

Christopher leva la tête et sourit en voyant arriver les plats. Ils se mirent tous trois à manger.

Voir sa sœur avec son fils lui donnait envie d'avoir un enfant lui aussi. Il jeta un regard à Lora Leigh et la vit se lever. Leurs regards se croisèrent, et il sentit aussitôt une intense chaleur l'envahir.

Lora Leigh se dirigea vers lui et s'arrêta à leur table.

— Désolée de vous interrompre, Flint, mais l'inspecteur Green vient de m'appeler. Il m'a demandé de passer au poste. C'est au sujet de Johnny.

Flint agrippa le coin de la table et le serra, le cœur battant. Bon sang. Si le policier avait à lui dire que le cadavre du troisième homme de l'avion était celui de Johnny, il pouvait définitivement dire adieu à Lora Leigh.

Lora Leigh était morte d'inquiétude. Le ton de la voix du policier l'avait effrayée.

La sœur de Flint lui adressa un regard appuyé, et elle se demanda si Flint lui avait révélé la véritable raison de sa venue à Diamondback.

Le téléphone de Flint sonna et il leva la main.

— Une minute, c'est Akeem.

Il sortit son portefeuille.

— Je vais régler l'addition en lui parlant et je reviens.

Il se leva et gagna le comptoir. Son neveu ne tenait pas en place.

— Est-ce que je peux avoir une glace, maman ?

Taylor passa la main dans les cheveux du garçonnet.

— Nous passerons chez le glacier en sortant d'ici.

— Super !

Il sourit et reprit son coloriage. Taylor leva les yeux vers Lora Leigh.

— Je suis désolée pour votre père. J'espère que vous vous en remettrez.

Lora Leigh se crispa. Elle craignait fort que le pire soit à venir. Que Johnny soit mort et qu'elle se retrouve toute seule.

Taylor lui sourit avec compassion et lui prit la main.

— Tout ce que je vous demande, c'est de ne pas accuser Flint, dit-elle doucement. C'est évident qu'il vous apprécie beaucoup. Jamais je ne l'ai vu regarder une femme comme il vous regarde, vous. Avec ce regard intense et possessif.

— Il n'est pas…

— Si, il l'est, la coupa Taylor. Et c'est quelqu'un de bien, Lora Leigh. Alors ne lui faites pas de mal.

Lora Leigh croisa les bras.

— Comment pourrais-je lui faire du mal ? Il peut obtenir tout ce qu'il désire.

— Il a de l'argent, mais il a travaillé dur pour le gagner, répliqua Taylor, sur la défensive. Hélas, les femmes ont tendance à ne voir que cela chez lui. Elles veulent son argent, ses terres, mais pas ce qu'il est au fond de lui.

Lora Leigh se mordit la lèvre inférieure.

— Moi je ne veux ni son argent ni ses terres. Mais mon père… ma famille…

Le regard de Taylor s'imprégna d'une profonde sagesse.

— Tout le monde fait des choix dans la vie. Votre père a fait les siens, sans doute parce qu'il vous aimait et souhaitait vous offrir la meilleure vie possible.

Elle regarda son fils avec tendresse.

— C'est ce que font les parents. Ils se sacrifient pour leurs enfants.

— Si je n'avais pas insisté pour aller à l'université, il n'aurait pas eu à vendre ses terres, repartit Lora Leigh, d'une voix étranglée par l'émotion. Il a tout donné pour moi.

— Il l'a fait parce qu'il souhaitait que vous ayez vos propres rêves.

Taylor se leva et lui prit de nouveau la main.

— Alors soyez heureuse, comme il le voulait. Et ne vous laissez pas ronger par la culpabilité.

Lora Leigh était au bord des larmes. Taylor avait raison. En surface, elle avait accusé Flint, mais au fond, la seule personne qu'elle avait haïe, c'était elle-même.

Parviendrait-elle à se débarrasser de cette colère ?

Flint revint et les considéra toutes deux alternativement d'un air interrogateur.

— Tout va bien ?

Lora Leigh lui fit signe que oui.

— Nous devons y aller.

Flint la suivit jusqu'à sa voiture. Il conduisit sans mot dire, l'air grave, jusqu'au poste de police. Lora Leigh, elle, avait la nausée. Son estomac se noua quand ils montèrent les marches du bâtiment.

Sur le point d'y entrer, Flint la prit par le bras.

— Lora Leigh…

Elle battit des paupières pour chasser les larmes qui menaçaient, et les mots de Taylor lui revinrent.

« C'est quelqu'un de bien. Jamais je ne l'ai vu regarder une femme de la façon dont il vous regarde. »

Mais si la police prouvait que Johnny était responsable des attaques contre Flint et de la mort de ses hommes ?

Comment la considérerait-il, alors ?

12

Green sortit de son bureau pour les inviter à entrer avant que Flint n'ait le temps de dire un mot de plus. Son expression confirma à Lora Leigh qu'elle devait se préparer au pire.

— McKade, docteur Whittaker, entrez, je vous prie.

De nouveau, Flint lui posa la main en bas du dos en un geste protecteur, puis Lora Leigh s'installa dans un des deux fauteuils. Flint s'assit à côté d'elle. Green leur fit face, le visage fermé.

Lora Leigh croisa les jambes et posa les mains sur ses genoux.

— Que se passe-t-il, inspecteur ?

Celui-ci leva les yeux vers Flint, puis les posa sur elle. Elle comprit alors que Flint savait pourquoi il l'avait appelée. Un frisson lui parcourut l'échine.

— M. McKade a dû vous expliquer que nous n'avions pas pu identifier un des hommes tués au cours de la fusillade de l'aéroport, son visage étant trop endommagé.

Il faisait de son mieux pour garder un ton de voix égal, mais il avait du mal à soutenir son regard.

— Et qu'il avait de faux papiers sur lui.

Lentement, la panique commençait à prendre possession de Lora Leigh.

L'inspecteur ouvrit un dossier posé devant lui et s'éclaircit la gorge.

— Ce matin, j'ai reçu un nouveau rapport d'autopsie, basé sur un examen d'empreinte dentaire. Cet homme était votre frère, docteur Whittaker.

— Vous en êtes sûr ? demanda Flint d'une voix éraillée.

— Oui, répondit Green sans détour.

— Non…, fit Lora Leigh.

Il devait s'être trompé. C'était inconcevable. Johnny…

Tout, autour d'elle, se mit à tourner. Sa vue se brouilla, comme si elle venait de pénétrer dans un tunnel.

Flint lui passa un bras autour des épaules pour la réconforter. Lora Leigh se redressa, puis se pencha en avant, incapable de respirer normalement. Elle se prit la tête entre les mains.

— Non, non… Il doit y avoir une erreur…

— Je suis navré, docteur Whittaker, reprit posément Green. Je sais que c'est un choc pour vous. Croyez bien que ça me coûte à moi aussi, mais je dois vous poser quelques questions.

Lora Leigh avait envie de pleurer. Une nausée la prenait. La pièce autour d'elle se remettait à tourner, il fallait qu'elle sorte, qu'elle s'échappe.

— Les questions, ce sera pour plus tard, dit fermement Flint. Je suis désolé, Lora Leigh. Laissez-moi vous raccompagner à la maison.

Elle était sous le choc, en colère, prostrée. Soudain, toutes ces émotions la firent exploser.

— A la maison ? Je n'ai plus de maison, Flint. Et désormais, à cause de vous, je n'ai plus de famille non plus.

Elle se leva brusquement, secouée de sanglots, et quitta la pièce, cherchant la sortie à l'aveuglette. Elle repéra les toilettes pour dames, s'y précipita et s'y enferma.

Flint avait une boule dans la gorge. Même s'il s'était préparé à l'inévitable, entendre Lora Leigh proférer de vive voix ces accusations lui faisait encore plus mal qu'il ne l'avait cru.

— Vous ne lui aviez pas fait part de vos soupçons avant de venir ? s'enquit Green.

Flint secoua lentement la tête.

— Jusqu'au bout, j'ai espéré me tromper.

— Avez-vous demandé à vos employés s'ils connaissaient Whittaker ?

— Oui, dit Flint, qui répugnait à salir la mémoire du frère de Lora Leigh. Deux de mes hommes l'ont reconnu et m'ont dit qu'il agissait de manière étrange. Il me dénigrait, fouinait là où il n'avait rien à faire.

— Il avait une dent contre vous ?

A contrecœur, Flint acquiesça.

— Il me tenait pour responsable de la mort de son père. J'avais racheté son ranch, le Double W, peu avant qu'il se suicide.

— Je vois. Donc, il est possible qu'il ait pris une part active dans l'attaque de votre cargaison à l'aéroport ?

— Je pense, oui. Mais ne l'accusez pas sans preuves devant Lora Leigh.

— Selon vous, il ne s'était pas ouvert à sa sœur de ses projets ?

Flint ne répondit pas.

— McKade, connaissait-elle ses intentions, oui ou non ?

— Elle savait qu'il était venu travailler au ranch pour se venger de moi. Mais elle ignorait ce qu'il avait précisément en tête.

— Et vous la croyez ? s'écria Green, incrédule.

Faisait-il confiance à Lora Leigh ?

— Oui, je la crois.

Même si son frère était le responsable de ses ennuis, il ne pouvait pas l'accuser, elle.

Flint se leva, les poings serrés.

— Si vous n'avez pas d'autres questions, je vais aller voir comment elle va.

Green eut un geste de mauvaise humeur.

— En fait, il y a un autre problème, encore. Nous avons épluché vos comptes, et nous avons constaté des anomalies. Vous avez omis de me préciser qu'il y avait des écarts entre vos déclarations et certains versements effectifs. Cherchez-vous à dissimuler une partie de vos gains pour payer moins d'impôts ?

Flint fronça les sourcils, soudain très en colère.

— Je ne sais pas de quoi vous parlez.

L'inspecteur fit la moue.

— Selon les documents en ma possession, vous avez souscrit une assurance spéciale pour les pur-sang arabes.

Flint tapa du poing sur le bureau, fou de rage devant les allégations de Green.

— C'est un mensonge. Je mets un point d'honneur à mener mes affaires sans quitter d'un pouce le droit chemin. Je n'ai aucun revenu non déclaré, et risquer la vie d'animaux pour glaner quelques sous supplémentaires, c'est la dernière chose que je ferais. J'imagine que celui qui tente de me nuire s'est introduit dans mon système informatique pour truquer mes comptes et me compromettre. N'avez-vous pas compris qu'on cherche à me ruiner ?

Green lui lança un regard froid et accusateur.

— Peut-être, peut-être pas, McKade. Mais je vous garantis que je découvrirai la vérité. Ni votre colère ni les larmes du docteur Whittaker ne m'arrêteront.

— Eh bien, lorsque vous saurez la vérité, prévenez-moi, rétorqua Flint sur un ton sarcastique. Je serai ravi d'entendre vos excuses.

Sur ces mots, il tourna les talons ; ses bottes martelaient le sol.

Il repéra Lora Leigh qui sortait des toilettes, le teint pâle, les yeux gonflés. S'il éprouva un élan de compassion pour elle, la dernière phrase qu'elle avait prononcée avant de sortir lui faisait encore mal.

Qu'importe. Elle avait besoin d'un appui. Il était prêt à se dévouer.

Lora Leigh avait le cœur et l'âme meurtris. Elle sortit des toilettes sans trop savoir ce qu'elle devait faire ni ou aller.

Elle se sentait perdue, seule, abandonnée.

Alors, elle aperçut Flint dans le couloir, avec

sa stature imposante, virile, rassurante. Elle ne put réprimer un gémissement. Elle n'aurait pas su répondre aux questions de Green, mais elle imaginait bien quels soupçons les auraient motivés, et elle avait peur qu'ils soient fondés.

Elle croisa le regard de Flint et se mit à trembler. Il devait éprouver un terrible ressentiment à son égard.

Elle l'avait accusé d'être responsable de la mort de son frère, alors qu'elle savait que c'était la rancœur de Johnny qui l'avait conduit à sa perte.

Pourtant, elle était trop triste, trop désespérée pour être capable de s'excuser.

Elle essuya les larmes qui avaient coulé sur ses joues. Elle aurait tout donné pour disparaître sous les jupons de sa grand-mère, comme elle le faisait enfant ! Mais elle non plus n'était plus là.

Flint se mit à marcher vers elle d'un pas résolu. Elle se prépara à l'entendre lui dire tout le mal qu'il pensait d'elle.

Or, contre toute attente, il la prit dans ses bras et la serra fort. D'abord, elle résista. Elle ne méritait pas son soutien après ce qu'elle lui avait dit. Mais ses mains puissantes caressaient tendrement son dos, et elle finit par se laisser aller contre lui.

— Je suis tellement désolé, Lora Leigh, chuchota-t-il, la bouche tout près de son oreille. Je…

— Chut. Ça va. Vous… vous n'avez pas besoin de dire quoi que ce soit.

Elle resta blottie contre son buste. Son souffle caressait sa joue. Il faisait tout son possible pour l'apaiser et la consoler.

Lora Leigh sut alors qu'elle était profondément amoureuse de lui.

Au point qu'elle en prit peur.

Il la tint contre lui pendant un temps qui lui parut une éternité. Autour d'eux, des gens passaient, des téléphones sonnaient, mais c'était comme si tout cela n'avait pas existé.

Enfin, elle cessa de trembler et fut capable de retenir ses larmes. Elle inspira à fond, inhala le parfum de Flint et en grava le souvenir dans sa mémoire.

Lorsqu'elle releva la tête, la sollicitude qu'elle lut dans son regard la bouleversa. Qui mieux que lui connaissait la douleur de perdre un proche ? Il venait d'enterrer son meilleur ami.

Et deux de ses hommes.

Peut-être à cause de son frère.

— Je dois le voir, dit-elle tout bas.

Il se rembrunit.

— Je ne suis pas sûr que ce soit une bonne idée, Lora Leigh.

— Pourquoi ? Oh… Vous l'avez vu, n'est-ce pas ? Et il était méconnaissable…

— Oui.

Du pouce, il écarta une mèche de cheveux de son front.

— Croyez-moi, ce n'est pas l'image que vous aurez envie de garder de lui.

Elle ferma les yeux, et le visage de son frère lui apparut. Cependant, elle savait que si elle ne le voyait pas, jamais elle ne pourrait faire son deuil, jamais sa mort ne serait une réalité. Elle voulait lui prendre la main et lui dire adieu.

— J'ai besoin de le voir, dit-elle. Je dois le voir pour me convaincre qu'il est bien mort.

Quelques secondes passèrent sans un mot.

— Mais vous ne le reconnaîtrez pas. Il a… reçu plusieurs balles dans la tête.

— Si, je le reconnaîtrai, répliqua-t-elle, rassemblant son courage. Me conduirez-vous, oui ou non ?

L'expression de Flint s'adoucit.

— D'accord, je vais vous emmener. Je ne vous laisserai pas surmonter seule cette épreuve.

Lora Leigh s'appuya contre lui et il la mena jusqu'à la voiture. Dès qu'elle aurait appris la vérité et que Johnny aurait été enterré, se dit-elle, elle quitterait Diamondback.

Car le ranch de Flint lui rappellerait toujours la perte de son foyer et de sa famille.

Si seulement elle avait dissuadé son frère de venir à Diamondback, tout cela ne serait pas arrivé. Il serait vivant et en pleine forme, et peut-être que leur rancœur pour Flint et leur peine d'avoir perdu leur père auraient fini par s'estomper.

Un tel espoir était à jamais anéanti…

Flint n'aurait pas dû conduire Lora Leigh à la morgue. Elle tremblait à côté de lui, et lui-même n'en menait pas large tandis qu'ils traversaient le long couloir froid. Une odeur de formol et de désinfectant lui sauta au visage, le type d'odeur qui imprégnait tout, cheveux, vêtements, et dont on parvenait difficilement à se débarrasser.

Des souvenirs remontèrent à la surface. Des souvenirs du jour de la mort de ses parents.

Il avait seize ans alors, et il éprouvait du mépris pour son père. Il lui en voulait de ne pas être plus ambitieux, de se contenter de gagner un salaire de misère en travaillant pour un autre.

Bon sang, qu'il était bête, à l'époque. Lorsqu'il s'était retrouvé à la morgue et avait contemplé le regard sans vie de sa mère et de son père, il s'était effondré et avait imploré son père de le pardonner.

Il avait gardé l'ambition de posséder ses propres terres, de mener ses propres affaires, sans pour autant négliger de travailler dur, de se salir les mains. Aujourd'hui, il priait toujours pour que son père ait compris qu'il l'aimait et qu'il lui était reconnaissant de tout ce qu'il lui avait donné.

La respiration oppressée de Lora Leigh le tira de ses pensées. Ils se rendirent au bureau du Dr Parrish, un homme d'une soixantaine d'années qui travaillait là depuis longtemps. A l'expression qui se marqua sur son visage, Flint devina qu'il se souvenait de lui.

Flint lui présenta Lora Leigh.

— L'inspecteur Green m'a dit que c'était vous qui aviez identifié mon frère, dit-elle.

Le Dr Parrish jeta un regard à Flint, puis prit les mains de Lora Leigh entre les siennes.

— Oui, en effet. Je vous présente toutes mes condoléances, docteur Whittaker.

Lora Leigh le remercia d'un bref signe de tête.

— J'aimerais le voir, s'il vous plaît.

Le Dr Parrish jeta un nouveau regard inquiet à Flint, et ce dernier haussa les épaules.

— Je le lui ai déconseillé, mais elle insiste.

— Je suis médecin, déclara Lora Leigh avec

conviction. Je supporterai cette vision. Et je dois lui dire adieu.

— Très bien, dit calmement le Dr Parrish. Si vous préférez, nous pouvons le faire par écran interposé.

— Non, je veux le voir en… personne. C'est seulement ainsi que je pourrai faire mon deuil.

Le Dr Parrish lui fit signe de le suivre. Flint resta juste derrière elle, déterminé à lui laisser de l'intimité tout en se tenant prêt à la soutenir si elle se sentait mal.

Lorsqu'ils entrèrent dans la pièce, une odeur âcre de produits chimiques l'assaillit et le fit tousser. Lora Leigh, elle, sembla ne pas même y prendre garde. Son regard était rivé sur le corps de son frère, et elle s'avança lentement vers le brancard où il était étendu. Le Dr Parrish l'accompagna et souleva légèrement le drap qui recouvrait le cadavre.

Lora Leigh gémit mais ne fléchit pas. Lorsque Flint la vit prendre la main de son frère et la contempler, il sentit son cœur se serrer.

Elle se retourna vers lui. Ses yeux luisaient de larmes.

— C'est bien lui. Il avait cette cicatrice à la main depuis ses dix ans. Il se l'était faite en aidant mon père à tailler une haie.

La douleur de sa voix fit mal à Flint, mais que faire ?

Lora Leigh passa doucement un doigt sur la mâchoire de Johnny, puis se pencha et déposa un baiser sur sa main.

— Que s'est-il passé, Johnny ? murmura-t-elle. Si seulement tu pouvais me le dire…

*
* *

Les souvenirs submergeaient Lora Leigh. Johnny jouant au base-ball et remportant une balle décisive au tournoi de l'école, quand il avait dix ans, et porté en triomphe par ses camarades. Johnny s'amusant à lui tirer les couettes et à glisser des vers de terre dans son lit. Leurs courses à cheval sur les terres du Double W…

Une dernière fois, elle embrassa sa main. Si elle avait su calmer son ardeur vengeresse… Ensemble, ils auraient pu trouver un moyet pas craquer. Elle se redressa, remercia le médecin, lui dit qu'elle le recontacterait pour organiser l'enterrement.

Ils quittèrent l'établissement. Elle s'arrêta et avala une grande bouffée d'air frais.

Au cours de ses études, elle avait appris à se blinder contre de telles visions.

Mais en tant que grande sœur, le visage en charpie de Johnny n'avait pas fini de venir la hanter.

Flint lui passa un bras autour de la taille.

— Ça va ?

Elle fit non de la tête. A quoi bon mentir ? Elle n'avait plus de famille.

Elle ne s'en remettrait jamais.

13

Dès qu'ils arrivèrent au ranch, Lora Leigh se précipita dans l'escalier.

Flint la suivit, inquiet. Sur le chemin du retour, elle n'avait pas dit un mot.

Elle était dans sa chambre. Il frappa, ouvrit la porte. Elle avait sorti sa valise de son placard et commençait à y ranger des affaires. Jeans, chemises, sous-vêtements.

Des soutiens-gorge et des petites culottes en dentelle sexy dont la simple vue l'excita.

— Que faites-vous ?

— Je fais ma valise. Je vais aller m'installer en ville.

— Pourquoi ?

— Je ne peux plus rester ici, Flint. Après ce qui…

— Vous n'allez nulle part, Lora Leigh. Ce n'est pas prudent. Pas tant que l'homme qui vous a attaquée l'autre soir n'a pas été retrouvé.

A cette évocation, il vit la peur passer dans son regard. Peur qu'elle s'empressa de dissimuler.

— Vous n'avez pas envie de continuer à me voir ici. Pas avec les soupçons que vous avez au sujet de Johnny.

— Pour le moment, nous n'avons aucune certitude.

— Non...

Des sanglots se glissèrent dans sa voix.

— Mais même si nous découvrons qu'il a commis l'irréparable, Flint, c'était mon frère, et je l'aimais.

Flint ne supportait pas de la voir se torturer ainsi. Il lutta pour ne pas la toucher.

— Je le comprends très bien. D'ailleurs, je ne serais définitivement pas quelqu'un de bien si je vous tenais pour responsable de ce qu'il pourrait avoir fait.

Le trouble se lut dans ses yeux. Puis, tant de peine qu'il s'approcha tout près d'elle.

— Je suis désolée de ce que je vous ai dit tout à l'heure, Flint. Ce n'était pas juste.

Elle baissa la tête et s'empara d'une autre chemise.

— J'étais bouleversée, c'est tout.

Il savait que ça lui coûtait de s'excuser.

— N'en parlons plus.

Elle se remit à empiler ses vêtements.

— L'amie avec qui j'ai déjeuné est intéressée pour travailler chez vous. Si vous souhaitez que je l'appelle pour convenir d'un rendez-vous, je le ferai.

Flint eut une expression perplexe.

— Je n'ai pas besoin d'une autre vétérinaire à temps plein pour le moment.

— Je pensais à elle pour me remplacer.

Son regard s'assombrit.

— Je ne veux pas vous remplacer, Lora Leigh. Je vous veux, vous.

— Flint...

Elle fondit en larmes.

Le désir et la passion l'investirent, ainsi qu'un besoin ardent de la réconforter.

Incapable de résister, il la prit dans ses bras.

— Je vous en supplie, Lora Leigh. Les chevaux ont besoin de vous.

Il baissa la voix et ajouta :

— Et moi aussi.

Elle était secouée de sanglots.

— Comment pouvez-vous dire ça ? Comment pouvez-vous ne pas nourrir de rancœur contre moi ?

Il déposa un baiser dans ses cheveux et caressa son dos.

— Parce que vous m'attirez, Lora Leigh. Ne ressentez-vous pas cette attirance, ce feu qui couve entre nous ?

Elle leva la tête pour le regarder, des larmes aux yeux.

— Vous aussi vous m'attirez. Mais il ne faut pas…

Il secoua la tête.

— Comment pourrait-ce être mal ? Ce que nous ressentons est si fort.

Ils se regardèrent longuement, et Lora Leigh leva la main pour caresser son visage. Ce simple geste le rendit fou, et Lora Leigh lui offrit ses lèvres, comme si elle se rendait à lui.

Il l'embrassa doucement, et ses mains coururent sur son corps, sur ses épaules, ses seins. Il l'implorait de le laisser lui montrer à quel point il l'aimait.

Il repensa aux dessous en dentelle aperçus tantôt, et il eut envie de savoir de quelle couleur étaient ceux qu'elle portait. Il se mit à déboutonner son chemisier, impatient de caresser sa peau nue, de lui donner du plaisir. Mais à ce moment quelqu'un frappa à la porte, et Lora Leigh se figea.

— Docteur Whittaker, appela Lucinda, êtes-vous là ?

Flint poussa un juron silencieux et leva la main.

— Laissez-moi m'en occuper.

Il alla ouvrir.

— Oui, Lucinda, que se passe-t-il ?

Cette dernière parut surprise et confuse.

— Pardon, monsieur. Un policier... un dénommé Green, il dit qu'il doit voir le docteur Whittaker.

Flint grimaça.

— Très bien, merci Lucinda. Nous descendons tout de suite.

Il se retourna et regarda Lora Leigh. La passion qui illuminait son visage avait disparu. La peur et le désespoir étaient de retour.

Lora Leigh fit de son mieux pour se calmer avant de se retrouver face au policier. Au fond d'elle, elle aurait voulu rester dans les bras de Flint, dans son étreinte protectrice.

Car ce que Green avait à lui apprendre risquait d'être pour elle le coup de grâce.

Mon Dieu, Johnny, son petit frère, était mort. Il était parti pour toujours.

Flint vint près d'elle et lui massa la nuque.

— Je vais descendre lui dire de revenir demain.

— Non. Je dois savoir pourquoi il est ici.

Il l'aida à se relever, et ils descendirent l'escalier côte à côte. Green attendait dans le bureau de Flint. Sa chemise était fripée et sa cravate de travers.

— McKade, docteur Whittaker.

Son ton était bref, ses gestes nerveux.

Lora Leigh aurait voulu rester debout, mais la peur lui coupait les jambes. Elle s'installa dans un des fauteuils et croisa les bras.

— Que faites-vous ici ? s'enquit Flint sans préambule.

Green s'adressa à Lora Leigh.

— Je suis passé à l'appartement de votre frère en ville et j'y ai découvert des indices intéressants.

— Lesquels ?

Green posa un petit carnet sur le bureau.

— Votre frère tenait une espèce de journal. Sur des pages et des pages, il ne parle que de faire tomber Flint Mckade.

Lora Leigh se mit à trembler.

— Est-ce qu'il entre dans les détails ?

Flint se pencha sur le bureau et feuilleta le carnet.

— Il écrit qu'il me déteste, que son père s'est donné la mort à cause de moi.

Il leva les yeux vers elle.

— Il dit aussi qu'il veut découvrir quelque chose de compromettant sur mon compte pour ruiner ma réputation.

— Projeter d'attaquer la cargaison de vos pur-sang pouvait tout à fait entrer dans ses plans, dit Green. Qui plus est, il semblerait que ce soit lui qui ait falsifié vos comptes.

Lora Leigh aurait voulu protester. Elle ne le pouvait pas.

— Pirater un système informatique, Johnny en était tout à fait capable. En revanche, je n'arrive pas à l'imaginer tuer quelqu'un, ni mettre en danger la vie d'animaux. Il a toujours adoré le ranch et les chevaux autant que mon père et moi.

Green émit un grognement dubitatif et sortit une feuille de papier de la poche intérieure de sa veste.

— Vraiment ? Nous avons épluché ses appels, sur sa ligne fixe et sur son portable, et nous avons découvert qu'il avait été plusieurs fois en communication avec Amal Jabar, le contact de monsieur McKade au Moyen-Orient.

Flint changea de position.

— Ça ne prouve rien. Johnny faisait partie de l'équipe chargée de transporter les pur-sang du centre de quarantaine à l'aéroport et de faire le voyage avec eux. Ce n'est donc pas surprenant qu'il ait été en contact avec Jabar.

— Vous le défendez ? s'étonna Green.

Flint haussa les épaules.

— J'essaie simplement de comprendre ce qui s'est passé. Je veux la vérité.

— Hum. Quoi qu'il en soit, je souhaite interroger Jabar moi-même. Il ne répond toujours pas à mes appels, et pour moi, ça suffit à le rendre suspect.

— Je tenterai de savoir où il est. Mais j'imagine mal Jabar mettant la vie des pur-sang en danger. En outre, autant que je sache, il n'y a jamais eu de contentieux entre nous.

Green se gratta le cuir chevelu.

— Peut-être Johnny souhaitait-il simplement lui soutirer des informations à votre sujet. Ou alors ils étaient complices, et Jabar a disparu dans la nature parce qu'il sait que nous le suspectons.

De nouveau, Lora Leigh secoua la tête.

— Jamais Johnny n'aurait fait de mal à quelqu'un. Je le sais.

— Les notes qu'il a rédigées prouvent qu'il était plein de haine, s'obstina Green. Sachant cela, comment pouvez-vous avoir la certitude qu'il n'a rien fait ?

Lora Leigh baissa les yeux et prit entre deux doigts un petit fil sur son chemisier.

— Tout ce que je sais, c'est qu'auparavant, jamais Johnny n'a eu recours à la violence.

— Drogue et alcool peuvent transformer un homme.

— Imaginons un instant que Johnny soit innocent, reprit Flint. A part s'en prendre à moi, quelle aurait pu être la motivation du ou des responsables ?

Green se passa la main dans les cheveux.

— Comme je vous l'ai déjà dit, il est possible que ce soit une opération de contrebande qui a mal tourné.

Flint n'était pas convaincu.

— Je travaille avec Jabar depuis des années, et il est plein aux as. Je ne vois pas pourquoi il se serait compromis dans une opération de contrebande.

— Tâchez de le contacter, et nous lui en demanderons plus, répliqua Green.

Il se tourna vers Lora Leigh.

— Peut-être pourra-t-il nous dire exactement quelles étaient les intentions de votre frère.

Au cours des deux jours suivants, Flint sentit que le moral de Lora Leigh ne tenait qu'à un fil. Pour tenir le coup, elle se démenait. Quand elle ne s'occupait pas des chevaux, elle réglait le détail des funérailles de son frère.

Quand il la croisa ce jour-là au bas de l'escalier, il fut inquiet de constater qu'elle avait de larges cernes sous les yeux, accentués par la pâleur de son teint et la robe noire qu'elle portait. Pendant la nuit, il l'avait entendue pleurer. Il avait eu envie d'aller la consoler. Or il l'avait aussi entendue verrouiller sa porte, comme si elle voulait ériger une barrière entre eux.

Et il ne savait pas comment la faire tomber.

— Je vais vous emmener, dit-il.

— Merci, mais Amy passe me prendre d'une minute à l'autre.

La sonnette retentit, et elle se rua vers l'entrée.

— C'est sans doute elle.

Lucinda avait déjà ouvert la porte et accueilli son amie, qui sourit à Flint. C'était la jeune femme que Lora Leigh avait rencontrée en ville et qu'elle avait proposée pour la remplacer.

— Flint, je vous présente le docteur Amy Gallagher.

Il tendit la main.

— Heureux de faire votre connaissance.

— Tout le plaisir est pour moi.

— J'étais en train de dire à Lora Leigh que je pouvais l'emmener. Evidemment, la proposition s'applique également à vous.

— Compte tenu des circonstances, je ne pense pas que ce soit une bonne idée, trancha Lora Leigh.

Son amie la regarda, puis le regarda lui, gênée.

— Ne vous inquiétez pas, je prendrai soin d'elle.

Il acquiesça, puis suivit Lora Leigh du regard tandis qu'elle et son ami quittaient la maison.

Il fallait qu'il fasse quelque chose.

Il fallait qu'il découvre la vérité afin que Lora Leigh et lui puissent reprendre le cours normal de leur vie.

Même s'il aurait aimé qu'ils aient un avenir commun.

Mais cela semblait impossible.

Il alla dans son bureau et composa le numéro d'Akeem.

— C'est Flint. As-tu réussi à joindre Jabar ?

— Non, hélas, répondit Akeem. J'ai laissé des messages à toutes les personnes susceptibles de savoir où il est. Selon son assistante, il est en Turquie pour affaires. Elle lui a laissé un message lui demandant de la rappeler.

— L'inspecteur Green insinue que Jabar pourrait avoir trempé dans une opération de contrebande. Je n'arrive pas à y croire.

— Non, moi non plus.

— Je sais que tu as confiance en lui, et évidemment je n'ai aucun doute sur toi, Akeem. Mais je dois absolument aller au bout de cette histoire.

— Dès que j'aurai réussi à parler à Jabar, je t'appelle.

— Merci.

Flint raccrocha et se passa la main sur la nuque. Lora Leigh, en ce moment même, se rendait à l'enterrement de son frère…

Si Johnny avait su pourquoi son père lui avait vendu son ranch, un même désir de vengeance l'aurait-il agité ?

Il se prit la tête entre les mains. Quel gâchis. Tout ça à cause de mensonges.

De mensonges et d'un secret qu'il avait fait le serment de garder à cause de l'orgueil d'un vieil homme.

Lora Leigh s'essuya les yeux avec son mouchoir et jeta des pétales de roses sur la tombe. Le soleil de la fin d'après-midi chauffait son dos, le parfum des fleurs embaumait l'air. C'était une trop belle journée pour enterrer un frère.

Des amis de Johnny, et d'elle, de l'époque où elle était étudiante, vinrent lui présenter leurs condoléances.

— Je suis vraiment désolé pour Johnny, déclara le Dr Murdock, qui venait en dernier. C'est vraiment terrible de mourir si jeune. Mais maintenant, il est au côté de ton père.

Lora Leigh avait la gorge serrée par l'émotion. Le Dr Murdock et son père avaient été amis de longue date. C'est grâce à lui que Johnny et elle étaient venus au monde, c'était lui leur médecin de famille, lui qui avait pris soin de leur mère lorsqu'on lui avait diagnostiqué un cancer.

— N'hésite pas à m'appeler si tu as besoin de quoi que ce soit, dit-il solennellement

Elle acquiesça, puis l'assistance commença à se disperser.

Amy lui posa la main sur l'épaule.

— Ça va ?

Comment pourrait-elle aller bien alors qu'elle avait perdu tous ses proches ?

— Donne-moi quelques minutes. J'aimerais me recueillir sur la tombe de mes parents.

— Je t'attends dans la voiture.

— Merci, je n'en ai pas pour longtemps.

Elle s'agenouilla entre la tombe de ses parents et celle de Johnny. Mille souvenirs d'enfance remontaient à la surface. Elle se revoyait faire une course en sac avec Johnny. Cueillir avec lui des tomates cerises que leur mère faisait pousser, les laver en s'éclaboussant, les croquer en riant…

Elle repensa aux bêtises de son frère. Au jour où il avait tiré avec une carabine à gros sel sur les concombres, à celui où il avait caché une grenouille dans sa boîte à sandwichs pour l'effrayer.

Elle repensa à Johnny, effondré, le jour de l'enterrement de leur père, lui promettant de se venger de Flint.

— Oh, Johnny, qu'as-tu fait ?

Elle essuya ses larmes, en colère, démunie.

— Je suis désolée de t'avoir laissé tomber. Je te promets de ne plus recommencer. Si tu es innocent, je ferai tout pour le faire savoir.

Et s'il ne l'était pas… Non, elle refusait de l'envisager.

Enfin, alors que le soleil commençait à descendre derrière les arbres, elle se releva et rejoignit Amy. Celle-ci l'attendait à l'ombre d'un grand chêne, et elle la reconduisit au ranch.

Lora Leigh entra discrètement dans la maison, pour que Flint ne l'entende pas, passa un jean et un T-shirt, prit le pistolet qu'il lui avait laissé, ressortit et partit au volant de sa jeep. Elle avait besoin d'être seule, d'aller chevaucher dans un coin isolé du domaine.

Elle voulait aussi rendre une petite visite aux chevaux.

Elle alla aussi loin que possible, avalant l'air frais et pur à pleines goulées. Elle contempla un héron qui prenait son envol, puis des canards siffleurs. Elle aperçut des daims qui couraient librement dans les collines.

Au moment où elle repartait, elle vit un roitelet. Le soin qu'apportait Flint à la protection de la nature et de la vie sauvage méritait le respect. Il avait même sacrifié des zones de son ranch qui auraient pu être cultivées pour préserver des espèces en danger. Elle comprenait pourquoi, dans la presse, on parlait de lui comme d'un homme d'affaires d'avant-garde.

Quand elle reprit le chemin de la maison, le crépuscule nimbait d'un gris bleuté le paysage.

Ici, c'était le domaine de Flint.

Pas le sien.

Pourtant, elle commençait à s'attacher à Diamondback, à tout ce que Flint avait contribué à préserver.

Mais tomber amoureuse de Flint ou de son ranch, ce serait trahir son père et son frère…

Soudain, un bruit étrange la fit sursauter. Elle eut juste le temps de voir une silhouette franchir une clôture et s'enfuir. Aussitôt en alerte, elle partit au galop.

Elle se souvint que Flint lui avait parlé d'une clôture qui avait été cisaillée et que Tate, son demi-frère, avait tenté de lui voler du bétail.

Alors qu'elle passait près de l'écurie des poulinières, une lueur orangée attira son regard.

Elle tira sur les rênes pour faire ralentir Sly.

Cette lueur orange se détachait sur le ciel d'encre et, à mesure qu'elle s'en approchait, se faisait plus intense. Elle distingua alors un panache de fumée.

Mon Dieu. L'écurie des quarter horses était en feu.

14

— Ecoute, Flint, je n'ai rien à voir avec la fusillade à l'aéroport ni avec la mort de ce Whittaker.

Tate tituba jusqu'à son canapé miteux et s'y laissa choir, avant de boire une nouvelle gorgée de bière.

— Fiche le camp d'ici.

Flint observa son soi-disant demi-frère. Il était pathétique. Mais il doutait sérieusement qu'il soit assez intelligent et qu'il ait assez de courage pour orchestrer une opération comme celle qui avait été menée contre son avion. Son domaine de prédilection, c'était plutôt les petits larcins, comme cisailler des clôtures et tenter de voler du bétail. Et même pour ce genre de forfaits, il ne s'était pas montré très doué.

Flint s'était arrangé pour subtiliser une mèche de cheveux de Tate et la faire analyser. Cet après-midi même, il avait reçu un appel : les résultats des tests ADN avaient démontré que Tate et lui n'avaient pas le même père.

— Si jamais tu mens, je finirai par le savoir, dit Flint d'un ton menaçant. Je te poursuivrai comme un chien et je n'hésiterai pas à te dénoncer à la police.

Tate le dévisagea haineusement, se pencha en

avant puis lui cracha sur les bottes. Flint jura, saisit Tate par le col et leva le poing.

Les yeux de Tate se dilatèrent sous l'effet de la peur. Flint prit conscience que ce n'était qu'un lâche qui l'ouvrait un peu trop. Ça ne valait même pas la peine qu'il lève la main sur lui.

Du reste, il se faisait fort de ne jamais user de la violence. Il repoussa Tate en arrière et se borna à le mettre en garde.

— Reste à l'écart de ma propriété. Je sais désormais de manière certaine que tu n'es pas un McKade. Va chercher ton vrai père et fiche-moi la paix.

Tate pâlit. Flint comprit qu'il n'en savait rien. Avec un peu de chance, cette révélation le convaincrait de le laisser tranquille et d'aller chercher des noises à d'autres.

Flint tourna les talons et se dirigeait vers la sortie lorsqu'il sentit son téléphone vibrer. L'appréhension le gagna aussitôt.

Il prit l'appareil et rappela son correspondant.

— Lora Leigh ?

— Flint, l'écurie des quarter horses brûle ! Les pompiers sont déjà en route.

— Appelez les commis à la rescousse. Ne cherchez surtout pas à pénétrer dans l'écurie.

Il entendit un bruit de craquement de bois, puis la communication fut coupée.

Soit elle ne l'avait pas entendu, soit elle était déjà entrée dans l'écurie lorsqu'elle avait appelé. Bon sang. Malgré sa rancœur contre lui, Lora Leigh s'était précipitée au secours de ses chevaux au péril de sa vie.

*
* *

Lora Leigh donna une petite claque à Sly pour qu'il s'éloigne et soit en sécurité. De la fumée s'échappait du toit ravagé par les flammes.

Elle courut à l'entrée de l'écurie. Les chevaux poussaient des hennissements de panique, ruaient et encensaient dans leurs stalles. Elle ne pouvait pas les laisser s'asphyxier. Si elle attendait l'arrivée des pompiers, il serait trop tard.

Quand elle poussa la porte de l'écurie, elle avait déjà le visage en sueur. Mais la température à l'intérieur ne semblait pas encore insupportable.

Une bouffée de chaleur lui sauta au visage lorsqu'elle passa la tête pour repérer les zones en feu. Mon Dieu, comment allait-elle s'y prendre pour faire sortir tous les animaux en même temps ?

Il y avait quarante boxes dans l'écurie, une rangée de vingt de chaque côté. Heureusement, les flammes ne les avaient pas encore atteints. Elles s'élevaient du tas de foin d'où le feu devait avoir démarré. A trois endroits, des morceaux de bois calcinés étaient tombés au sol, et elles gagnaient du terrain.

Les chevaux ruaient, leurs sabots claquaient contre les portes de stalles, ils tentaient de s'échapper. Le toit craquait.

— Je suis là, dit-elle, je vais vous faire sortir.

Elle ouvrit une première porte et tenta de calmer son occupant. L'étalon sortit au galop et fila vers la pâture à proximité. La fumée commençait à envahir l'écurie, et elle se rendit à la stalle suivante en toussant.

— Chut, ça va, dit-elle au cheval qui martelait frénétiquement la porte.

Elle l'ouvrit. L'animal prit peur et recula au fond de son box. Elle s'approcha lentement de lui.

— Allez, viens, mon beau, nous allons te faire sortir de là.

Le feu continuait à se propager, d'autres débris calcinés chutèrent. Elle prit une corde, la passa autour de l'encolure du cheval et le tira derrière elle au milieu de la fumée.

Elle devait faire vite. La fumée devenait de plus en plus dense, les flammes lui léchaient les jambes tandis qu'elle se dirigeait vers la stalle suivante.

Une, deux, trois, quatre, cinq. Elle ouvrait les portes puis avait juste le temps de s'écarter pour ne pas se faire piétiner par les chevaux qui fuyaient au galop.

— Allez ! cria-t-elle avant de passer à une autre stalle.

Elle renfermait un étalon peureux, et les flammes commençaient à gagner son enclos.

— Ça va aller. Je ne vais pas t'abandonner.

Elle attrapa une couverture et tenta d'en étouffer les flammes. La fumée lui brûlait les poumons. Elle donna une claque sur la croupe du cheval, qui sortit enfin.

Alors qu'elle passait au box suivant, une partie du toit s'effondra tout près d'elle. Elle se recroquevilla, se protégeant la tête de ses mains. Puis elle se releva, mais elle n'eut pas le temps d'esquiver un morceau de poutre, qui la frappa sur l'arrière de la tête et la fit chuter.

La chaleur devenait intenable, la fumée la faisait suffoquer. Elle se dirigea en rampant vers une autre stalle et ouvrit la porte. Le cheval rua puis hennit de peur.

— Va-t'en !

Le feu faisait rage, à présent. Ses forces l'abandonnaient, elle perdait le sens de l'orientation. Elle voulut continuer à ramper mais dut s'immobiliser lorsqu'une nouvelle poutre tomba juste derrière elle.

Non… elle ne devait pas perdre connaissance. Sinon, qui sauverait les chevaux ?

Flint eut un coup au cœur lorsqu'il vit l'écurie. Les flammes s'élevaient vers le ciel, d'immenses panaches de fumée aveuglante se formaient. Il vit deux chevaux sortir de l'écurie au galop, pris de panique, et partir vers l'est.

Il pria pour que Lora Leigh ne se soit pas fait piéger dans cet enfer en tentant de sauver ses bêtes.

Il gara sa camionnette à distance du feu et la quitta d'un bond. Au même moment, Jake Kenner et deux commis sortirent du Range Rover de Jake et coururent vers lui.

— Aidez-moi à faire sortir les chevaux, leur cria-t-il. Je pense que Lora Leigh est à l'intérieur. Je vais la chercher.

Il inspira à fond avant d'entrer. Dès qu'il fut à l'intérieur, la chaleur lui brûla le visage. Jake et ses deux employés le suivirent.

— Lora Leigh ! Où êtes-vous ? hurla Flint.

Des rigoles de sueur lui coulaient dans les yeux et brouillaient sa vision. Il sortit un mouchoir, s'en protégea la bouche et avança prudemment entre les débris calcinés qui jonchaient le sol. Les chevaux encore piégés trépignaient, le feu crépitait de plus en plus fort.

— Lora Leigh ! Dites-moi où vous êtes.

Enfin, il entendit un appel étouffé à sa droite.

— Par ici !

Un immense soulagement le gagna. Elle était en vie.

Il avança dans la direction d'où venait sa voix, slalomant parmi les débris. Il l'aperçut alors qui tentait de se remettre debout en s'appuyant à la porte d'une stalle. Son visage était couvert de suie et une violente quinte de toux la secouait.

Il s'agenouilla auprès d'elle et repoussa des cheveux collés sur son front par la sueur.

— Ça va ?

Pour se faire entendre dans le crépitement des flammes, elle devait crier.

— Oui, mais il faut faire sortir les derniers animaux qui sont encore à l'intérieur.

Il la prit par la taille et l'aida à se relever. Une autre poutre enflammée tomba à côté d'eux.

— Mes hommes sont là. Ils vont s'occuper des chevaux. Je vais vous aider à sortir.

— Mais, Flint…

— Ne discutez pas. Vous avez besoin d'air.

Jake et ses hommes étaient parvenu à libérer les derniers chevaux. Lorsque, enfin, ils furent dehors, Flint l'entraîna loin de l'écurie. Elle toussa et respira à pleins poumons. Il l'incita à s'asseoir.

Un bruit de sirènes retentit, et, peu après, un véhicule anti-incendie s'arrêtait à proximité de l'écurie. Les pompiers en descendirent en hâte et se mirent en action.

Flint caressa la joue de Lora Leigh.

— Ne bougez pas, je reviens tout de suite.

Elle répondit d'un signe de tête, s'adossa à un tronc d'arbre. Elle était épuisée, pâle, mais cependant tellement belle et courageuse que Flint eut du mal à s'éloigner d'elle, même pour quelques instants. Le toit de l'écurie continuait à tomber en morceaux dans de formidables craquements.

Un pompier vint le trouver.

— Y a-t-il des blessés ?

— Non, mais un peu d'oxygène ne lui ferait pas de mal, dit-il en désignant Lora Leigh.

— Que s'est-il passé ?

— Je ne sais pas. Il se pourrait que ce soit un incendie criminel. Je vais appeler la police.

Le pompier opina puis repartit chercher une bonbonne d'oxygène.

Flint appela l'inspecteur Green.

— Mauvaise nouvelle. Une de mes écuries est en feu.

— Vous soupçonnez un acte de malveillance ?

— Etant donné le contexte, oui.

— Votre demi-frère ?

— Tate n'est pas mon demi-frère. Mais ça ne peut pas être lui, j'étais en sa compagnie lorsque l'on m'a prévenu.

— J'arrive.

Les heures suivantes se passèrent dans la frénésie. Flint envoya des hommes à la recherche des chevaux qui avaient fui l'écurie, pour les rassembler et vérifier qu'ils n'étaient pas blessés ou n'avaient pas les poumons irrités par la fumée. Pendant ce temps, les pompiers s'échinaient à venir à bout du feu.

Lora Leigh s'approcha de Flint, une couverture autour des épaules, le visage barbouillé de suie.

— Flint ?

Il eut un frisson en repensant au moment où il l'avait découverte allongée dans l'écurie au milieu des flammes. Elle aurait pu mourir si…

— Je vais examiner les chevaux qui ont déjà été ramenés.

Il fit non de la tête, en colère et dépité. Perdre une écurie, il pouvait encore l'admettre. Mais songer que Lora Leigh avait failli y laisser la vie et qu'il aurait pu perdre une dizaine de chevaux, c'était intolérable.

Qui pouvait bien le détester à ce point ?

— Je demanderai à un autre vétérinaire de s'en occuper. Vous devez vous reposer.

— Je vais bien, Flint. Ça ne me dérange pas de…

— J'ai dit non.

Lora Leigh lui prit le bras, mais Flint fit signe à Jake.

— Jake, raccompagnez le docteur Whittaker à la maison, s'il vous plaît.

— Bien sûr.

A ce moment, Green arriva.

— Etiez-vous là lorsque l'incendie s'est déclaré ? demanda-t-il à Lora Leigh.

— Non, j'étais partie faire une balade à cheval. J'ai aperçu de la fumée et je suis venue voir ce qui se passait.

— Avez-vous vu quelqu'un dans les parages ?

Elle réfléchit et resserra la couverture autour de ses épaules.

— Non. Enfin… il me semble avoir vu une ombre qui franchissait la clôture des pâtures au nord-est. Mais il faisait noir, et je ne saurais pas dire ce que j'ai vu exactement.

— Ç'aurait pu être l'incendiaire qui s'enfuyait, hasarda Green.

— Vous pensez que c'était un incendie criminel ?

— C'est moi qui ai dit à l'inspecteur Green qu'il fallait envisager cette possibilité, déclara Flint.

Lora Leigh dévisagea Green avec un air de défi.

— Cette fois, vous ne pouvez pas accuser mon frère.

Flint déglutit, mal à l'aise, et regarda les nuages de fumée qui se délitaient dans le ciel.

— Avez-vous découvert un indice, monsieur Green ?

— Le chef des pompiers m'a dit qu'en pénétrant dans l'écurie ils avaient senti une odeur de combustible. Lorsque le feu sera complètement éteint, je demanderai à une équipe d'analyses de procéder à des prélèvements.

Green se tourna vers Jake Kenner.

— Et vous, vous avez vu quelque chose ?

— Non, j'étais à l'annexe lorsque monsieur McKade m'a appelé.

— Nous devrions interroger vos autres employés, dit Green.

Flint se massa la nuque. Il ne voulait pas que Green continue à harasser Lora Leigh.

— Si vous en avez terminé avec eux, dit-il, j'aimerais que Jake raccompagne Lora Leigh à la maison. Elle a risqué sa vie pour sauver mes chevaux.

Green fit la grimace.

— Pour le moment, j'en ai terminé. Mais si vous repensez à un détail qui vous revient, appelez-moi.

— A plus tard, dit Lora Leigh à Flint.

Flint la regarda. Il avait tellement envie de partir avec elle et de la serrer contre lui.

— Ne m'attendez pas, la nuit risque d'être longue.

Disant cela, il espérait la finir avec elle lorsqu'il rentrerait.

Lora Leigh se déshabilla et entra sous la douche. Le souvenir de l'écurie en feu et des hennissements de panique des chevaux la hantait.

Et si elle était arrivée trop tard ?

Quelqu'un était apparemment déterminé à nuire à Flint par tous les moyens possibles.

Elle aurait volontiers étranglé l'incendiaire de ses mains. Flint ne méritait pas qu'on s'attaque à son ranch.

Pourtant, n'était-elle pas elle-même venue à Diamondback animée d'un désir de vengeance ?

Elle se sentit honteuse. Elle se frotta au savon et se lava deux fois les cheveux pour venir à bout de l'odeur de fumée.

Quelle horrible journée. Elle avait enterré son frère. Elle s'était recueillie sur la tombe de ses parents. Et pour finir, les chevaux avaient failli mourir brûlés vifs.

Enfin, elle sortit de la douche, se sécha et passa une nuisette en coton et une robe de chambre. Elle redescendit dans le salon et, dans son anxiété, l'arpenta de long en large. Dans combien de temps Flint reviendrait-il ? Et si l'incendiaire était resté dans les parages pour s'en prendre à lui une fois que tout le monde serait parti ?

Lucinda passa la tête dans la pièce.

— Voulez-vous quelque chose, mademoiselle Lora Leigh ? A manger ? Ou bien du thé ?

Tout ce dont elle avait besoin, c'était de voir Flint revenir sain et sauf.

— Du thé, ce serait très bien, répondit-elle cependant.

Lucinda acquiesça et revint quelques minutes plus tard avec un plateau. N'ayant pas l'habitude de se faire servir, Lora Leigh voulut prendre la théière ; mais sa main tremblait.

— Reposez-vous, dit Lucinda. Vous avez passé assez de mauvais moments.

Elle lui sourit en lui tapotant affectueusement l'avant-bras, puis lui tendit sa tasse.

— Merci, Lucinda.

— De rien. Y a-t-il eu des blessés, ce soir ?

— Par chance, non.

— Donc monsieur Flint va bien.

Lora Leigh sucra son thé puis en but une gorgée.

— Oui. Quand je suis partie, il s'entretenait avec la police. Tous les chevaux sont saufs, mais je crains que l'écurie soit entièrement détruite.

Lucinda se signa, murmura quelques paroles en espagnol que Lora Leigh devina être une prière, puis quitta la pièce.

Lora Leigh se blottit sur le canapé, épuisée physiquement et moralement. Tant que Flint ne serait pas revenu, elle ne trouverait pas la tranquillité, et en même temps elle s'en voulait de se soucier autant de lui.

La fatigue finit par avoir raison d'elle et elle s'endormit. Mais même dans son sommeil, des cauchemars vinrent la hanter. Elle se voyait debout devant la stèle de Johnny, et elle l'entendait hurler, tandis qu'il essayait de l'attirer dans sa tombe. Puis il lui disait de se méfier de Flint, de rester à l'écart de lui. Il lui rappelait qu'il leur avait volé le Double W alors qu'il n'avait pas besoin de ces terres. Que lorsqu'il aurait découvert qui tentait de saboter son ranch, sa vie reprendrait comme avant.

Ce qui ne serait pas le cas pour elle.

Flint attendit avant de rentrer que le feu soit complètement éteint, que les chevaux soient tous installés dans une autre écurie et que les auxiliaires médicaux les aient examinés.

Pour ne pas prendre de risques, il assigna deux de ses employés à la surveillance de l'écurie calcinée, au cas où le vent se lèverait et raviverait le feu. Green avait appelé deux hommes en renfort pour interrroger ses employés. Il n'y avait rien à faire de plus. Il faudrait attendre que l'équipe de la police scientifique ait passé l'écurie au peigne fin avant de pouvoir commencer à déblayer. Un instant il contempla les débris fumants, puis il monta dans sa voiture.

Bientôt, il fut chez lui. Après avoir pris une douche rapide et passé des vêtements propres, il alla voir Lora Leigh. Il était encore impressionné par le courage et le dévouement dont elle avait fait preuve pour sauver les chevaux.

Et cela alors que son frère, qu'elle avait enterré un peu plus tôt dans la journée, était peut-être mort à cause de lui…

Il entrouvrit la porte de sa chambre et jeta un regard à l'intérieur. Son lit n'était même pas défait. Avait-elle pris peur et quitté le ranch ? Ou bien lui était-il arrivé quelque chose ?

Inquiet, il s'empressa de descendre. Lucinda était déjà couchée, et il passa dans la cuisine. Vide.

Un bruit en provenance du salon attira son attention, et il fit volte-face. C'était un gémissement. Une voix de femme.

Il s'immobilisa et écouta. Puis il avança lentement, dans la direction de ce bruit. Un faible rai de lumière lui permit de voir qu'il y avait quelqu'un sur le canapé.

Lora Leigh y était allongée.

Il se pencha et passa les bras sous elle. Alors, elle battit des paupières. Elle semblait perdue, ne plus savoir où elle était ni pourquoi.

— Chut, rendormez-vous, je vous emmène au lit, dit-il tout bas.

Elle se lova tout contre lui. Une bouffée de désir l'envahit. Elle était si douce, elle paraissait si vulnérable à cet instant. Elle était à la fois forte et tendre, intrépide et intelligente. Et en dépit de ses sentiments mélangés à son égard, elle n'avait pas hésité à risquer sa vie pour sauver son ranch.

Tandis qu'il la portait dans l'escalier, il fit de son mieux pour contenir ses ardeurs. La pauvre avait passé une journée infernale. Mais quand il l'eut déposée délicatement sur son lit, elle tendit la main pour le retenir.

— Flint ?

Sa voix réveilla en lui des fantasmes inavouables.

Lora Leigh se déshabillant et lui offrant le spectacle de ses seins nus. Lora Leigh sous lui et venant à la rencontre de ses reins.

Lora Leigh lui susurrant qu'elle l'aimait, qu'elle avait envie de lui.

— Oui ? dit-il finalement, d'une voix émue.

Elle passa la main dans ses cheveux.

— Ne partez pas, s'il vous plaît.

Il soupira.

— Lora Leigh, à cause de moi, ce soir, vous auriez pu mourir.

— Mais je suis là. Je suis là, et vous aussi, et nous allons bien.

Il n'eut pas le temps de répondre. Elle l'attira à lui et l'embrassa.

Le cœur battant, il s'étendit à côté d'elle, la serra contre lui et, fou de désir, lui rendit son baiser.

15

A la fois excité et submergé par l'émotion, Flint prit le visage de Lora Leigh entre ses mains.

— Lora Leigh, j'ai envie de vous, mais êtes-vous sûre… ?

Elle passa la main sur le contour de son visage.

— Oui, Flint, je vous en prie…

Le sentiment de bonheur qui l'envahit l'intimida.

Elle écarta les pans de sa chemise, qu'il n'avait pas pris la peine de boutonner, et caressa ses pectoraux.

Ses scrupules s'évanouirent aussitôt et laissèrent la place à son seul désir.

Il l'embrassa fougueusement, enfonça les doigts dans ses cheveux soyeux.

Lora Leigh était forte, sexy, audacieuse.

Authentique.

Elle n'avait rien à voir avec les femmes qu'il avait connues avant et qui ne s'intéressaient qu'à son argent.

Il intensifia encore son baiser, entrelaça sa langue avec la sienne. Son cœur battait à tout rompre, il avait du mal à contenir le feu de son bas-ventre. Il dut s'exhorter au calme pour ne pas aller trop vite et tout gâcher.

Il lui emprisonna les poignets et fit remonter sa

nuisette de ses lèvres, l'embrassa dans le cou, prit ses seins dans sa bouche.

Il ne pouvait pas attendre plus longtemps et elle écarta les cuisses pour l'accueillir.

Il laissa redescendre ses lèvres jusqu'à son nombril, puis libéra ses poignets pour lui ôter délicatement ses dessous. Il glissa les mains sous ses hanches et embrassa son intimité. Lora Leigh geignit de plaisir.

— Flint…

— Doucement, ma chérie. J'en ai eu envie depuis le premier jour où j'ai posé les yeux sur toi.

Il continua à faire monter son excitation, elle gémit son nom.

Elle déboutonna son jean et il s'empressa de s'en débarrasser. Doucement, elle caressa son érection ; puis elle s'agrippa à ses hanches et enroula les jambes autour de son dos, tandis qu'il allait et venait en elle.

Il voulait aller lentement, il était soucieux de lui donner du plaisir, mais ses mouvements de hanches et ses râles ne faisaient qu'exacerber la frénésie qui s'était emparée d'eux.

Enfin, il eut un long soupir d'extase, leurs deux corps s'arquèrent, et ils connurent la même plénitude, la même jouissance.

Lora Leigh tremblait, tant ce qu'elle avait éprouvé avait été fort. Elle se serrait contre Flint, consciente de n'avoir jamais connu de telles sensations avec un homme.

Elle sentait sa respiration sur sa nuque. Même s'il avait joui, il n'avait pas roulé de côté ; il était toujours sur elle, comme s'il souhaitait ne plus jamais la lâcher, rendre ce moment éternel.

Mais alors même qu'elle tentait d'oublier la réalité, celle-ci lui revint de plein fouet et ses yeux s'emplirent de larmes.

Flint releva la tête et la contempla, troublé.

— Je ne voulais pas te faire pleurer, dit-il.

— Ce n'est pas ta faute, répondit-elle, même si ses sentiments pour lui ajoutaient encore à sa confusion. Mais ça fait beaucoup d'émotions dans la même journée.

— Je sais.

Il déposa un baiser sur son front.

— Veux-tu toujours que je reste auprès de toi ?

L'incertitude, la peur de se voir repoussé qu'elle perçut dans sa voix la bouleversèrent et ravivèrent en elle une nouvelle onde de désir.

— Oui, dit-elle tout bas. Je ne veux pas être seule.

Il l'embrassa et lui donna le baiser le plus tendre, le plus affectueux, mais aussi le plus sensuel qu'elle ait jamais reçu. Puis il s'écarta d'elle et disparut quelques minutes dans la salle de bains avant de revenir et de la prendre dans ses bras.

— Tu n'es pas toute seule, dit-il d'une voix émue. Endors-toi, Lora Leigh. Demain matin, je serai là. Et si dans la nuit tu fais des cauchemars, je les chasserai.

Sa voix, ses caresses, la sensation de ses jambes contre les siennes l'apaisèrent et elle ferma les yeux. Cette nuit, elle resterait avec Flint.

Puis, demain…

Non, elle ne voulait pas penser à ce qui se passerait

après. Elle voulait savourer le moment, faire comme s'il était possible qu'elle ait un avenir avec Flint.

Quelques heures plus tard, lorsqu'elle fut réveillée par les premiers rayons du soleil qui filtraient sous les rideaux, et alors que Flint la tenait toujours contre lui, elle sentit son corps se réveiller, le feu se raviver entre ses cuisses.

Elle se retourna et embrassa doucement le torse de Flint, son ventre, puis l'expression de sa virilité. Lentement, elle le prit dans sa bouche.

Il gémit puis tenta de relever son visage vers le sien, mais elle repoussa ses mains. Elle voulait agir à sa guise, lui donner autant de plaisir qu'il l'avait fait la nuit dernière.

Elle avait une envie irrépressible de lui.

Elle continua à le caresser de sa bouche, sourit lorsqu'elle l'entendit geindre, au supplice.

— Lora Leigh, je t'en conjure, arrête…

Il se redressa, la fit rouler sur le dos, puis vint sur elle.

— Viens là, mon amour, dit-il d'une voix empressée.

Elle sourit et s'ouvrit à lui sans retenue, se sentant déjà près de l'orgasme lorsqu'il la pénétra. Il l'embrassa tout en allant et venant, et tous deux se lancèrent dans une étreinte furieuse, intense, passionnée.

Lorsqu'il se répandit en elle, leurs deux corps tremblaient, épuisés et rassasiés. Flint roula de côté et la fit rouler avec lui en l'embrassant dans le cou. Lora Leigh sourit d'extase, ferma les yeux et, lentement, laissa le sommeil la reprendre. Elle rêva que rien ni personne ne pourraient plus les séparer.

Cependant, une heure plus tard, elle se réveilla seule dans le lit. Elle se redressa, se sentant abandonnée.

Soudain, son regard se posa sur la table de nuit, où elle avait rangé la lettre que son père lui avait écrite avant son suicide, et elle se prit la tête entre les mains, honteuse.

Elle était tombée amoureuse de Flint.

Elle avait trahi sa famille.

Flint aurait donné cher pour retourner au lit auprès de Lora Leigh. Mais de bon matin un appel de l'inspecteur Green l'avait ramené à la pénible réalité et à l'incendie de la veille, dans lequel Lora Leigh aurait pu mourir.

Après cette nuit, il ne pouvait pas prendre le risque de la perdre.

— Ecoutez, McKade, Howard Reed et McElroy ont tous deux un alibi pour hier soir, et vous avez vous-même disculpé Tate. Vous devez vous rendre à l'évidence : vous êtes victime d'un complot ourdi par l'un de vos employés.

Flint passa la main sur sa barbe de trois jours.

— Ce doit être quelqu'un en qui vous avez toute confiance, continua Green, quelqu'un qui connaît votre domaine et y a accès sans problème, qui connaît vos projets, vos horaires.

Flint soupira. Même si ça lui faisait mal de l'admettre, il était probable que Green voyait juste.

— Je vais examiner la liste de mes employés personnellement, déclara-t-il, songeant qu'il devrait peut-être rechercher un homme qu'il avait renvoyé récemment.

— Moi, je vais me concentrer sur leur situation financière. Si l'un de vos employés à des soucis de ce côté-là, il pourrait avoir accepté de saboter votre ranch contre de l'argent.

— Enfin, Green, dans ce cas, la moitié de mes hommes sont suspects. Au cas où ça vous aurait échappé, la crise économique a fait bondir le nombre de foyers surendettés.

— C'est vrai, mais mon hypothèse reste valide. Avez-vous eu des nouvelles de Jabar ?

Flint se mit à parcourir le couloir de long en large.

— Non. Selon Akeem, il est en Turquie.

— Bon. Ce qui est sûr, c'est que les menaces se font de plus en plus précises. D'abord l'attaque à l'aéroport, puis l'agression du docteur Whittaker, et maintenant l'incendie de votre écurie… On dirait bien que ça ne va pas s'arrêter là, à moins que nous coincions rapidement les coupables.

Flint jeta un regard sur la porte de la chambre de Lora Leigh. Il avait cru la protéger en lui demandant d'habiter chez lui. Mais si, au contraire, ça ne faisait que la mettre plus en danger ?

— Au fait, l'équipe de la police scientifique est en route.

— Parfait. J'ai assigné des hommes à la surveillance de l'écurie, cette nuit. J'accueillerai moi-même votre équipe.

Il raccrocha. Il avait pris sa décision. Il avait trop de morts sur la conscience. S'il arrivait malheur à Lora Leigh, jamais il ne se le pardonnerait.

Il devait lui demander de partir.

Il inspira profondément et frappa doucement à sa

porte avant d'entrer. Lora Leigh sortait tout juste de la salle de bains. Ses cheveux mouillés tombaient en cascade sur ses épaules, elle serrait son peignoir autour d'elle. A sa vue, elle rougit, et un éclair de désir passa dans ses beaux yeux.

Lui-même ne fut pas insensible à sa vue. Il devait agir vite s'il ne voulait pas changer d'avis.

— Flint ?

— Fais ta valise, Lora Leigh. Je veux que tu quittes le ranch.

L'incompréhension se peignit sur ses traits.

— Quoi ? Mais pourquoi ?

Il hésita. Il savait combien elle pouvait être têtue. S'il lui disait qu'il faisait cela pour la protéger, elle protesterait et insisterait pour rester.

Car elle voulait prouver l'innocence de son frère.

Il souhaitait pour elle que Johnny n'y était pour rien, mais il devait découvrir la vérité à tout prix. En outre, le secret de son père, qu'il ne pouvait pas révéler, constituait toujours un obstacle entre eux.

Il désigna le lit, puis fit un geste vague.

— Soyons réalistes, ça ne marchera pas entre nous. D'ailleurs, ça fait des jours que tu me parles de te trouver un remplaçant.

La colère et le soupçon assombrirent son regard.

— Je t'ai entendu parler au téléphone. Etait-ce au sujet de Johnny ?

Il pinça les lèvres.

— Non. Mais une équipe de la police scientifique va venir inspecter l'écurie, et Green enquête sur mes employés afin de déterminer si l'un d'eux complote contre moi. Etre au ranch en ce moment n'est pas sûr. Je préfère ne pas compliquer encore plus les choses avec… une histoire intime.

— Mais les chevaux…

— J'ai d'autres vétérinaires, la coupa-t-il sèchement. Et ne t'inquiète pas pour ton salaire. Je te verserai une généreuse indemnité de rupture de contrat.

— Je ne veux pas de ton argent.

— Ne sois pas stupide, Lora Leigh. Tu l'as mérité.

Flint vit défiler diverses émotions sur son visage : colère, souffrance… honte.

Mon Dieu, il s'y prenait très mal. Mais si elle venait à savoir qu'il lui avait menti au sujet de son père, que s'il lui avait dit la vérité son frère aurait peut-être eu la vie sauve, elle le détesterait plus encore.

Au moins, comme ça, elle serait en sécurité.

— Alors c'est ça, hein ? Tu as finalement réussi à me mettre dans ton lit, et maintenant tu me renvoies ?

Furieuse, elle jeta sa valise sur le lit et commença à y fourrer à la va-vite des vêtements. Cette fois, il ne chercha pas à la retenir.

Il quitta la pièce et se rendit dans son bureau, le cœur en miettes. S'il avait eu raison de la pousser à quitter le ranch, il n'aurait pas pensé que ça lui ferait aussi mal.

Lora Leigh descendit l'escalier en tirant sa valise derrière elle et se trouva nez à nez avec Lucinda.

— Vous nous quittez ? s'étonna celle-ci.

— Oui. A la demande de monsieur McKade.

Lucinda écarquilla les yeux.

— Je ne comprends pas, mademoiselle.

— Eh bien, j'imagine que désormais il n'a plus besoin de moi.

Elle s'efforça de sourire.

— Merci pour tout ce que vous avez fait pour moi, Lucinda. Merci de m'avoir fait me sentir chez moi.

— De rien.

Lora Leigh luttait pour retenir ses larmes. Elle avait été stupide de penser que Flint tenait vraiment à elle. Qu'ils avaient un avenir ensemble.

Elle glissa la lanière de sa sacoche d'ordinateur sur son épaule et s'en fut vers sa jeep. Elle passa en vitesse au chalet qu'elle avait occupé pour récupérer le reste de ses affaires, puis partit en direction des écuries. Elle souhaitait voir une dernière fois les pur-sang avant de quitter le ranch. Elle tenait à eux, aussi.

Elle se gara devant l'écurie de quarantaine, entra et examina Iron Legs et Eastern Promise. Tous deux semblaient plus alertes. Elle les caressa un moment, heureuse de constater qu'ils surmontaient la maladie. Puis elle se dirigea vers l'autre écurie, où étaient Sir Huon et Lord Myers.

Alors qu'elle y pénétrait, son portable sonna. Cétait le laboratoire.

Peut-être avaient-ils enfin les résulats des analyses. Elle pourrait au moins partir en sachant de quoi souffraient les chevaux et transmettre l'information aux autres vétérinaires.

— Allo ?

— Lora Leigh ? C'est Jim Braxton.

— Oui ?

— Je suis désolé d'avoir été aussi long à vous rappeler, mais, ces derniers temps, j'ai été débordé.

En outre, le résultat des tests était très étrange, et j'ai donc procédé à des examens plus approfondis pour m'assurer qu'il n'y avait pas d'erreur.

— Que voulez-vous dire ? Qu'est-ce qui ne va pas ?

— En fait, ce n'est pas du tout ce que nous pensions. Ce n'est pas la grippe équine.

— En êtes-vous certain ?

— Oui, les symptômes sont les mêmes, mais…

Lora Leigh serra nerveusement son téléphone.

— Jim, ne me faites pas languir. Qu'avez-vous découvert ?

— Les chevaux souffrent d'un empoisonnement par radiation à faible dose.

Lora Leigh se perdit en conjectures.

— Un empoisonnement par radiation ? Mais à quoi et comment ont-ils pu être exposés ?

— Je ne sais pas, mais nous devrons alerter les services de sécurité intérieure et demander à une équipe de spécialistes de venir faire des relevés dans ces écuries, ainsi que dans l'avion qui a transporté les pur-sang arabes. Pensez-vous que McKade pourrait être mêlé à une opération de contrebande de substances dangereuses ?

Lora Leigh eut l'estomac noué à l'évocation de Flint.

— Non. Flint n'est qu'une victime, j'en ai la certitude. Je vais immédiatement l'informer de vos découvertes et de ses conséquences possibles.

— Lora Leigh, ne m'aviez-vous pas parlé d'un employé du ranch mort de symptômes similaires à ceux des chevaux ?

Un sentiment de malaise s'empara d'elle.

— Si. Je vais dire à Flint de demander au médecin légiste quels sont les résultats de l'autopsie.

— Dressez la liste de tous ceux qui auraient pu être exposés. Et soyez prudente.

Lorsqu'elle raccrocha, sa main tremblait. Parler à Flint était bien la dernière de ses envies, mais elle se devait de l'alerter afin qu'il prenne toutes les mesures et précautions appropriées.

Elle composa son numéro et attendit. Il ne répondit pas. Elle laissa un message lui demandant de la rappeler au plus vite et le prévint qu'elle passait inspecter l'écurie dans laquelle avaient été placés les pur-sang au tout début. Approchant de celle-ci, elle fureta autour d'elle. Tout semblait calme. Elle pénétra à l'intérieur et commença à chercher. Les stalles étaient vides, il n'y avait qu'un peu de paille au sol. Elle remarqua du matériel de sellerie dans un coin, puis son attention fut attirée par les couvertures dont les pur-sang étaient recouverts à leur arrivée. Curieuse, elle alla les inspecter en détail.

Peu après, un bruit de pas derrière elle la surprit. Etait-ce Flint ?

Elle repensa à l'agression dont elle avait été victime ici même. L'histoire se répétait-elle ?

Tapi dans l'ombre, il observa la vétérinaire, la maudissant d'être là. Quelle peste. Elle lui causait autant de problèmes que son frère.

Bon sang. Il était pourtant persuadé qu'à cette heure tout le monde aurait commencé son travail. Alors que faisait le docteur Whittaker dans cette écurie vide ?

Soupçonnait-elle quelque chose ? Avait-elle trouvé ce qu'il était venu récupérer ? Savait-elle ce que Johnny et lui devaient faire ?

Elle retournait les couvertures. Il ne pouvait pas la laisser découvrir ce qu'il était venu chercher.

Il traversa l'écurie, son arme à la main.

Il allait la tuer. Utiliser une des armes de McKade était un trait de génie. Comme il y avait déjà pensé, il pourrait lui faire porter le chapeau.

Et c'en serait fini de lui.

16

Tandis qu'il saluait l'équipe de la police scientifique, Flint avait senti son téléphone vibrer, mais il était tellement absorbé par la contemplation des vestiges de son écurie qu'il n'avait pas répondu immédiatement.

— Il y a bien des traces de combustible. Ce pourrait tout simplement être de l'essence que n'importe qui peut se procurer, dit un des policiers. Nous avons également retrouvé des allumettes. Je vous ferai un rapport complet lorsque nous aurons terminé.

— Merci.

Le policier repartit en direction de l'écurie. Flint consulta ses appels et fut surpris de constater que Lora Leigh avait tenté de le joindre.

Inquiet, il s'empressa d'écouter le message. Qu'est-ce que ça signifiait ? Un empoisonnement par radiation ? Comment cela avait-il pu se produire ?

Il fallait qu'il voie Lora Leigh au plus vite.

Il demanda au policier à qui il avait parlé de l'appeler dès qu'ils auraient terminé, puis rappela Lora Leigh. Comme elle ne répondait pas, il se précipita vers son cheval.

Il avait un très mauvais pressentiment. Il lui avait demandé de partir pour la protéger, et la savoir seule quelque part sur le domaine l'inquiétait. Et si ces radiations s'étaient produites dans son ranch, dans l'écurie, même, et que c'était à cause d'elles que Roy Parkman était mort ?

Il appela le médecin légiste et lui laissa un message, lui demandant de vérifier si Roy Parkman avait pu être exposé à des radiations toxiques, puis galopa jusqu'à l'écurie. Au loin, il repéra la jeep de Lora Leigh. Pourquoi n'avait-elle pas répondu au téléphone. ?

Soudain, il entendit résonner un coup de feu, et la panique s'empara de lui.

La détonation provenait de l'écurie.

Il donna un coup d'éperons à sa monture pour la faire aller plus vite encore, puis la fit ralentir à l'approche du bâtiment. Il mit pied à terre et sortit le pistolet qu'il gardait toujours sur lui au cas où il croiserait un serpent.

Il s'avança à pas de loup, à l'affût d'un bruit à l'intérieur, et perçut la voix de Lora Leigh.

— Pourquoi faites-vous cela ?

Flint passa la tête par la porte entrouverte. Un individu poussait Lora Leigh vers la porte arrière en braquant une arme sur sa tête.

Cette vision le terrorisa.

Un rai de lumière lui permit de le reconnaître : Sylvester Robbins. L'homme qui avait en charge de superviser le transport de ses chevaux jusqu'au marché aux enchères.

Un employé qui travaillait pour lui depuis cinq ans et en qui il avait toute confiance.

Il devait intervenir avant qu'il ne tue Lora Leigh.

*
* *

Lora Leigh se débattit, tâchant de repousser le bras que Sylvester Robbins serrait autour de son cou.

— Dites-moi pourquoi, l'implora-t-elle.

— Pour l'argent. Quelle autre raison pourrais-je avoir ?

— Je ne comprends pas.

Elle cherchait à gagner du temps. Flint finirait bien par écouter ses messages et par tenter de la retrouver.

— Vous oseriez faire du mal aux chevaux pour de l'argent ?

— Ce n'est pas ce que vous croyez, rétorqua-t-il. Je n'avais pas le choix. Ma fille était malade. Elle serait morte si elle n'avait pas pu bénéficier d'une transplantation d'organe.

— Est-ce que mon frère travaillait pour vous ?

— Oui, au départ. Mais, au dernier moment, il a changé d'avis et a voulu tout laisser tomber.

— Et c'est pour ça qu'il est mort ?

— Tout juste. Et vous, c'est votre trop grande curiosité qui va causer votre perte.

Robbins lui pressa son revolver contre la tempe.

— Arrêtez, Robbins ! s'exclama Flint.

Lora Leigh parvint à tourner la tête et vit Flint, l'air furieux et déterminé, qui pointait son arme sur son agresseur.

— Lâchez-la. Si vous avez des comptes à régler, c'est avec moi, pas avec elle.

Robbins jura.

— Trop tard. Elle en sait trop.

— Elle ne sait rien du tout. Ce n'est qu'une vétérinaire que j'ai d'ailleurs renvoyée il y a quelques heures. Maintenant, dites-moi qui vous paye.

— Qu'est-ce qui vous fait croire qu'on me paye ? Vous ne me croyez pas capable d'avoir organisé tout cela moi-même ?

— Non, répliqua Flint sans hésitation. J'ai entendu ce que vous lui avez dit.

Lora Leigh tremblait de tous ses membres, mais ce qu'elle lut dans le regard de Flint lui redonna de la force. Ainsi, il tenait encore un peu à elle...

— Ecoutez-moi, reprit calmement Flint en avançant. Je vous donnerai ce que vous voudrez. De l'argent. Je vous laisserai partir. Lâchez-la et nous pourrons discuter.

— Non, fit Robbins. Vous, vous avez tout, et moi, je n'ai rien.

Flint fronça les sourcils, perplexe. Lora Leigh inspira brièvement. Même si elle mourait, elle voulait que Flint sache ce que Robbins avait entrepris. Qu'il sache pourquoi son pilote et deux de ses hommes étaient morts, et pourquoi ses pur-sang étaient tombés malades.

— Lorsque le labo m'a appelée pour me dire que les pur-sang avaient été exposés à des radiations toxiques, j'ai pensé que ça pouvait s'être passé dans l'écurie, et je suis venue inspecter les lieux.

Robbins resserra son étreinte autour de sa gorge, et elle toussa.

— Vous les avez retrouvées, n'est-ce pas ?

Elle opina. Flint ne comprenait pas de quoi ils parlaient, mais il avait réussi à se rapprocher et n'était plus qu'à quelques mètres d'eux.

— Qu'est-ce qui se passe exactement, Lora Leigh ?

— Ils font passer en contrebande des matières dangereuses en les dissimulant dans la doublure des couvertures des chevaux, parvint-elle à articuler. Par quantités infimes. Mais ces matières peuvent avoir des usages redoutables, comme servir à la fabrication d'une bombe.

Flint fut abasourdi.

— Une bombe ? Bon sang, Robbins, dans quel pétrin vous êtes-vous mis ?

— Je ne peux rien vous dire.

Robbins tira son otage en arrière. Flint sentait que tout pouvait basculer en quelques secondes.

Il fit un pas en avant, mais Robbins arma son pistolet. Le regard de Lora Leigh et de Flint se croisèrent. Le sien était plein de regrets et de promesses, et dans les yeux de Lora Leigh, il lisait le pardon et… l'amour.

Alors, brusquement, elle écrasa du talon le pied de Robbins en lui envoyant un coup de coude dans les côtes. Il poussa un cri de surprise et la lâcha. Elle en profita pour se jeter au sol et tenter de se réfugier dans une stalle. Flint fit feu. Robbins parvint à esquiver le tir et riposta.

Flint sentit son épaule le brûler et bascula en arrière. Du sang coulait sur son bras, ses jambes ne le portaient plus.

Il chercha à se relever, mais il était trop étourdi.

Pendant ce temps, Robbins se jetait sur Lora Leigh.

Elle hurla et Flint parvint à relever la tête pour voir la scène. Robbins la saisit par les épaules, et tous deux roulèrent à terre. Elle se débattait et frappait son adversaire de toutes ses forces. Ce dernier se redressa, la saisit par les chevilles et la tira vers lui. Elle tenta de s'accrocher, puis réussit à lui décocher un coup de pied au menton. Il vacilla un instant puis se reprit, déterminé à la mettre hors d'état de nuire.

Flint avait repris ses esprits et tâtonnait à la recherche de son arme, en vain. Le temps jouait contre lui.

— Flint !

Robbins asséna un crochet à Lora Leigh pour l'assommer. A ce spectacle, Flint se sentit rempli de haine et retrouva ses forces par la même occasion.

Il repéra une fourche posée contre le mur, s'en saisit, et se jeta sur Robbins en la brandissant devant lui. La fourche se planta au milieu du dos de Robbins.

Il poussa un long cri d'agonie et s'effondra sur Lora Leigh, qui cria à son tour et se tortilla pour se libérer.

Flint ignora la douleur dans son épaule et fit basculer le cadavre de Robbins, dont le visage était figé dans un rictus de surprise et de souffrance.

Lora Leigh se couvrit le visage des mains. Flint s'affala à côté d'elle, et la prit dans ses bras. Elle se laissa aller contre lui et sanglota. Il embrassa ses cheveux, heureux qu'elle soit en vie.

Jamais Lora Leigh n'avait eu aussi peur. Pas seulement pour elle, mais aussi pour Flint.

Elle leva la tête, vit sa manche couverte de sang et se redressa.

— Je vais appeler les secours.

Il acquiesça, dos appuyé contre la grille de la stalle, pâle comme un linge. Lora Leigh se précipita dans les vestiaires et revint avec une serviette. Elle confectionna un garrot.

— Tenez-le serré.

Puis elle prit son téléphone. Le Dr Hardin répondit, et elle lui expliqua ce qui venait de se passer.

— J'appelle une ambulance et j'arrive, dit le médecin.

— Merci.

— Appelez Green, dit Flint. Nous devons mettre la police au courant au plus vite.

Elle s'exécuta.

— Inspecteur Green à l'appareil.

— C'est Lora Leigh Whittaker. Venez immédiatement à Diamondback. Il y a eu un échange de coups de feu. Un des employés de Flint est mort, et Flint lui-même est blessé.

— A tout de suite.

Comme elle raccrochait, elle entendit une voiture se garer devant l'écurie. Elle sortit à la rencontre du médecin. Une ambulance était juste derrière lui. Elle fit signe au Dr Hardin de se dépêcher.

Flint fut pris en charge, porté dans l'ambulance, et Green arriva sur ces entrefaites. Flint était affaibli, mais il refusait de partir pour l'hôpital avant d'avoir pu parler à l'inspecteur.

— Robbins travaillait pour quelqu'un d'autre, déclara-t-il. Il n'a pas dit qui. Il était là pour récupérer les substances cachées dans les couvertures.

— Voilà donc la raison de l'attaque à l'aéroport. Ils devaient tenter de récupérer la marchandise avant que les chevaux soient débarqués. Ils ont dû être surpris par vos hommes et la fusillade a éclaté…

De plus, Robbins était déjà venu dans l'écurie pour tenter de récupérer les couvertures.

— Oui, et à ce moment-là, Lora Leigh était sur les lieux et il l'a assommée.

— Ensuite, les radiations ont rendu les chevaux malades, mais heureusement elles n'ont pas été fatales, à cause de leur faible quantité, intervint Lora Leigh.

Flint fit la grimace.

— Hélas, Roy Parkman, lui, n'a pas eu autant de chance.

— Nous devons prévenir les services de sécurité intérieure, reprit Lora Leigh. Désormais, c'est à eux de prendre l'enquête en main. Ils voudront sans doute que des experts viennent mesurer le niveau de radiation et éventuellement décontaminer le site.

— Je m'en occupe, fit Green.

Flint se massa l'épaule. Il était encore faible.

— Tant que nous n'aurons pas découvert pour qui travaillait Robbins, ce ne sera pas complètement fini.

Lora Leigh acquiesça. Elle avait envie d'en dire plus, de s'excuser pour le rôle qu'avait joué son frère, mais il fallait que Flint soit transporté d'urgence à l'hôpital.

Le Dr Hardin eut un geste autoritaire.

— Il est temps d'y aller, Flint. Vous avez perdu beaucoup de sang.

Flint acquiesça, le regard las. Les ambulanciers fermèrent le hayon de l'ambulance et se mirent en route.

Submergée par la tristesse, Lora Leigh regarda le véhicule s'éloigner jusqu'à ce qu'il soit hors de sa vue.

Elle était venue à Diamondback pour se venger

et retrouver son frère. Finalement, elle était tombée amoureuse de l'homme qu'elle avait d'abord considéré comme son ennemi.

Mais vivre avec Flint était impossible.

Il était temps pour elle de partir. Ce ranch n'était pas son foyer, et ne le serait jamais. Pas après tous ces événements.

17

Une semaine plus tard

Flint descendit l'escalier en se massant l'épaule, heureux de pouvoir enfin se passer d'attelle.

Il avait encore un peu mal, mais ce n'était pas ce qui le faisait le plus souffrir.

Au cours des dernières années, il avait pensé que le but de sa vie, c'était de pouvoir mener ses affaires, que les Quatre d'Aggie restent proches, et d'avoir de temps à autre une aventure sans lendemain avec une femme sexy.

A aucun moment il n'avait ressenti le besoin de s'investir véritablement dans une relation, jamais une séparation ne lui avait coûté.

Mais c'était avant que Lora Leigh balaie toutes ses certitudes.

— Monsieur McKade, appela Lucinda, M. Willis, des services de sécurité intérieure, vous attend dans votre bureau.

— Merci, Lucinda.

La semaine précédente avait été infernale. Il avait fallu collaborer avec les services de sécurité intérieure et les experts en radiation venus effectuer des relevés. Lora Leigh et son ami, le Dr Braxton, avaient prescrit un traitement spécifique aux chevaux, qui se remettaient rapidement.

Les opérations de décontamination terminées, la vie du ranch avait presque repris un cours normal. Toutefois, Flint avait engagé des vigiles pour surveiller sa propriété pendant quelques jours, afin de s'assurer qu'il n'y avait plus de danger.

Il ouvrit la porte de son bureau et échangea une poignée de main avec Willis.

— Du nouveau dans l'enquête ?

— Nous n'avons toujours pas localisé Jabar, mais M. Abdul a reçu un message de sa part où il disait qu'il serait bientôt de retour aux Etats-Unis pour venir s'expliquer. Bien sûr, il nie avoir eu connaissance du trafic de substances interdites.

Flint fit rouler son épaule pour la détendre.

— Votre ami, M. Abdul, continua Willis, a accepté d'enquêter sur ses associés et employés de la société de vente aux enchères. Le problème, aujourd'hui, c'est de déterminer si les substances introduites dans le pays avaient bien pour but de servir à confectionner une bombe, et, le cas échéant, découvrir quelle était la cible.

Flint acquiesça.

— Oui, nous en avons déjà parlé.

Willis se leva.

— Si nous découvrons pour qui travaillait Robbins, nous vous le ferons savoir. Encore merci pour votre coopération, monsieur McKade.

— Je souhaite autant que vous que toute la lumière soit faite sur cette affaire. Je n'aime pas que l'on se serve de moi. Et les hommes qui sont morts ont droit à la justice.

— Absolument. Nous ferons tout notre possible.

Willis prit congé, laissant Flint seul et démuni. Il avait l'intuition que, pour lui, les ennuis étaient terminés. Mais il restait des questions sans réponses.

Plus que tout, il voulait voir Lora Leigh revenir auprès de lui.

Mais elle devait toujours le juger responsable de la mort de son père, et de celle de Johnny.

Cela ferait-il une différence si elle apprenait la vérité, ou bien le détesterait-elle encore davantage ?

Il se maudit d'avoir fait cette promesse de ne rien révéler.

Cependant, il pouvait revenir en partie en arrière. Il n'avait pas besoin des terres du Double W, alors que Lora Leigh méritait de garder son foyer.

Il chercha dans ses dossiers, sortit l'accord de vente du Double W puis appela son avocat. Une demi-heure plus tard, il était dans son bureau, signait le document attestant qu'il cédait le Double W à Lora Leigh et le faisait envoyer à l'adresse à laquelle elle habitait provisoirement.

S'il ne pouvait pas l'avoir, elle, au moins se sentirait-il mieux en sachant qu'elle pourrait retrouver le ranch où elle avait grandi.

Le soir était tombé, un autre jour était passé. Un autre jour passé seule.

Lora Leigh louait un meublé en ville, le temps qu'elle décide où elle allait s'installer. Elle se voyait mal vivre ailleurs qu'au Texas, mais même si l'Etat était immense, elle avait le sentiment qu'elle serait toujours trop près de Flint et de Diamondback.

Chaque fois qu'elle fermait les yeux, les souvenirs la prenaient d'assaut. Elle se rappelait encore l'odeur de l'herbe fraîche et du foin coupé. Le bruit des sabots des chevaux qui galopaient dans les pâturages. Elle revoyait Flint chevaucher son étalon, le regard dissimulé par son Stetson noir. Elle entendait sa voix grave, sexy, qui murmurait son nom.

Elle sentait ses mains puissantes sur elle, ses lèvres. Elle repensait à l'extase qu'elle avait partagée avec lui.

Elle s'efforça de chasser ces pensées et rouvrit la lettre que lui avait laissée son père avant sa mort.

Il lui avait dit de suivre ses rêves. Lui, son rêve avait été d'avoir un ranch, le sien de devenir vétérinaire.

Mais elle avait besoin de plus pour s'épanouir totalement. Elle avait envie de fonder une famille. D'être amoureuse d'un homme avec qui elle partagerait le quotidien. Bref, elle avait envie de vivre avec Flint.

Or c'était inconcevable.

La cloche de l'entrée retentit et elle se hâta d'aller ouvrir, dans le vague espoir que ce soit Flint. Mais c'était un coursier qui se tenait sur le pas de sa porte.

— J'ai un pli recommandé pour le docteur Whittaker.

Elle signa puis referma la porte et lut le nom du destinataire à qui serait retourné l'accusé de réception : Flint McKade.

C'était certainement des documents concernant les conditions de son licenciement.

Elle faillit laisser l'enveloppe de côté avant de décider d'y jeter un œil. Lorsqu'elle lut le contenu du courrier, elle fut abasourdie. C'était l'acte de cession du Double W.

Flint l'avait signé et fait mettre à son nom.

Mais pourquoi ?

Se sentait-il coupable envers elle ? Redevable à cause de la mort de Johnny et de son père ? De l'avoir embauchée puis renvoyée après avoir fait l'amour avec elle ?

Ça n'avait pas de sens. En aucun cas elle ne voulait de sa pitié ou de sa charité.

De toute façon, elle reconnaissait qu'elle ne pouvait pas l'accuser de la mort de Johnny. C'était le désir de revanche de son frère qui l'avait mené à sa perte.

C'est pourquoi elle ne voulait pas vivre dans la rancœur. Elle devait pardonner à Flint, à son père et à son frère de l'avoir abandonnée.

Mais elle ne pouvait pas retourner au Double W et vivre tout près de Flint...

Elle sortit les papiers de son père qu'elle n'avait pas pris le temps de trier et se mit en quête de l'acte original de vente. Mais c'est une enveloppe à l'en-tête de l'hôpital qui attira son attention.

Perplexe, elle la décacheta et en sortit un document. Il s'agissait de la description des pathologies dont souffrait son père.

Elle la parcourut en tremblant. Une tumeur cérébrale incurable avait été diagnostiquée.

Elle dut se tenir au coin du bureau pour encaisser la nouvelle. Quand son père l'avait-il appris ?

Elle chercha une date. La douleur lui serra la gorge : ce rapport médical avait été établi trois semaines avant qu'il vende le ranch à Flint.

Elle se laissa tomber dans son fauteuil. Pourquoi son père ne lui avait-il pas dit qu'il était malade ? Pourquoi avait-il vendu le ranch au lieu de le léguer à ses enfants ?

Incapable d'attendre plus longtemps pour avoir des réponses, elle prit son téléphone et appela le Dr Murdock. Elle tomba sur la messagerie et lui demanda de la rappeler au plus vite.

Puis elle se mit à arpenter la pièce. Elle avait l'impression de perdre son père une seconde fois. Elle se sentait trahie. S'il lui avait dit la vérité, elle aurait veillé à ce qu'il passe d'autres examens, entame une chimiothérapie, consulte différents spécialistes…

Des larmes coulèrent sur ses joues.

Elle savait ce qu'elle devait faire. Rendre en mains propres à Flint l'acte de cession du ranch. Peut-être ne possédait-elle plus rien, mais il lui restait encore un peu d'amour-propre, et elle entendait s'y cramponner.

Au moment où elle montait en voiture, son téléphone sonna. C'était le Dr Murdock.

— Bonjour, Lora Leigh. Que puis-je faire pour toi ?

— Est-ce vrai que mon père avait une tumeur au cerveau ?

Sa question se heurta à un long silence.

— Est-ce vrai ? répéta-t-elle.

— Oui. Tu ne le savais pas ?

— Non, répondit-elle, des sanglots dans la voix. Pourquoi ne me l'a-t-il pas dit ?

Le Dr Murdock poussa un long soupir.

— Je lui ai conseillé de vous le dire, à Johnny et à toi. Mais tu sais comment était ton père. Têtu et orgueilleux. Il ne voulait pas devenir un fardeau pour vous.

— Il n'aurait pas été un fardeau, s'écria Lora Leigh. Nous aurions pris soin de lui, tout fait pour qu'il guérisse.

Sa voix se brisa.

— Il ne devait pas mourir.

De nouveau, un long silence suivit.

— Je suis désolé, Lora Leigh. Mais il était mourant. Un traitement lui aurait permis de vivre deux mois de plus au maximum. Il ne souhaitait pas partir ainsi, se voir mourir à petit feu.

Il hésita avant d'ajouter :

— Et puis, il avait l'esprit pratique. Il ne voulait pas que le peu d'argent qui lui restait passe dans les soins médicaux et que, Johnny et toi, vous vous retrouviez sans rien.

— Mais n'avait-il pas compris que nous nous en fichions, de l'argent ? Nous l'aimions, c'était ça le plus important.

— Je sais. Lui aussi le savait. Mais il avait fait un choix et personne ne pouvait le faire changer d'avis.

Lora Leigh pleurait à chaudes larmes, des larmes de chagrin et de colère mêlées. Finalement, quitter le Texas était peut-être ce qu'elle avait de mieux à faire.

Elle ne voulait pas du Double W. Trop de mauvais souvenirs et de fantômes hantaient le ranch.

Flint l'avait acheté, et elle allait le lui rendre. Ensuite, elle partirait aussi loin que possible.

Elle entamerait une nouvelle vie et finirait par oublier qu'elle avait connu Flint McKade.

*
* *

Flint se rendit, à cheval, à l'écurie des pur-sang arabes, puis passa voir les poulinières. Normalement, à cette heure, Lora Leigh avait reçu son courrier. Bientôt, elle rentrerait chez elle, au lieu de vivre dans un deux pièces. La savoir recluse là-bas le mettait mal à l'aise.

Il avait envie de se dépenser et galopa en direction du Double W. Depuis plusieurs jours, il ne dormait plus, hanté par le souvenir de Lora Leigh. Son parfum imprégnait encore la chambre qu'elle avait occupée.

Il repensait à la douceur de ses caresses, de ses lèvres, à son corps…

Mieux que quiconque, il comprenait le besoin de sentir l'air sur son visage, de plonger ses mains dans la terre en sachant qu'elle vous appartenait.

Tout comme Lora Leigh et son père.

Il contempla la petite maison où elle avait grandi, les mangeoires à oiseaux construites par sa mère, et il souhaita qu'elle puisse de nouveau être heureuse dans son ranch.

Soudain, il entendit un bruit de galop. Il tourna la tête et vit Lora Leigh se diriger vers lui, ses longs cheveux au vent. Il crut un instant à un mirage suscité par le désit fou qu'il avait encore d'elle.

Or, elle était bien là, et son cœur battait plus fort à mesure qu'elle approchait. Elle portait un jean moulant, mais pas de chapeau, et lorsqu'elle fut tout près, il vit qu'elle avait les yeux rouges et gonflés.

L'inquiétude le gagna. Il avait espéré qu'elle commencerait à se remettre des mauvais moments qu'elle avait endurés, et que récupérer son domaine lui mettrait du baume au cœur.

Mais elle semblait furieuse, au contraire.

Elle tira sur les rênes pour s'arrêter juste devant lui et jeta un bref regard mélancolique à la maison où elle avait passé sa jeunesse. Puis elle sortit brusquement une enveloppe de sa sacoche de selle et la lui tendit.

— Qu'est-ce que c'est que ça ?

Il plissa les yeux et ouvrit l'enveloppe.

— C'est l'acte de cession du Double W.

— Pourquoi me l'as-tu envoyé ?

Il fronça les sourcils, ne comprenant pas sa colère. Puis il décida de lui dire la seule chose possible en la circonstance — la vérité.

— Parce que ce ranch t'appartient. Et parce qu'il constitue un obstacle entre nous.

La surprise se marqua dans le regard de Lora Leigh.

— Tu l'as acheté en toute transparence, Flint. Je ne veux pas de ta charité.

— Je ne te l'ai pas rendu par pitié. Je te l'ai rendu parce que je sais à quel point ce ranch compte pour toi.

Le menton de la jeune femme se mit à trembler.

— Non, plus maintenant, dit-elle à voix basse.

— Je ne te crois pas.

Flint mit pied à terre et l'obligea à descendre. Puis il la prit par les épaules et la tourna face au domaine du Double W.

— C'est ici que tu as grandi, et tu aimais ce ranch autant que ton père.

— Si mon père l'aimait tant que ça, pourquoi te l'a-t-il vendu ?

Flint mourait d'envie de tout lui dire et de la prendre

dans ses bras, mais il avait donné sa parole à son père. Et il ne voulait pas la faire souffrir davantage.

— Parfois, on agit de manière incompréhensible pour les autres. Ce qui ne veut pas dire qu'on n'a pas de bonnes raisons de le faire.

Elle se retourna vers lui et lui jeta un regard suspicieux.

— Quoi ? se récria Flint.

— Tu savais, n'est-ce pas ?

La colère affleurait dans sa voix.

— Tu savais qu'il était malade, et tu as acheté ses terres en profitant de sa faiblesse, comme je le pensais lorsque je t'ai rencontré.

Il secoua la tête. Elle serra les poings et se mit à lui marteler la poitrine.

— C'est ça, n'est-ce pas ?

Il ne supportait pas qu'elle le déteste alors qu'il l'aimait tellement fort.

— Non, Lora Leigh, ça ne s'est pas passé comme ça, dit-il d'une voix rauque.

Elle continua à lui marteler le buste.

— Si. Tu savais mais tu ne m'as rien dit. Pourquoi personne ne m'a rien dit ?

Elle laissa tomber sa tête sur son épaule en sanglotant, désespérée.

— Pourquoi a-t-il fallu que je découvre la vérité en tombant par hasard ce matin sur un rapport médical, alors qu'il était bien trop tard ?

De grosses larmes coulaient de ses yeux, mouillaient sa chemise, et il la serra contre lui.

— Parce que ton père m'a fait promettre de ne

jamais te dire la vérité. Ça faisait partie de notre accord.

Elle redressa brusquement la tête, incrédule.

Flint lui caressa les bras et reprit doucement :

— Ton père est venu me voir et m'a demandé si je pouvais acheter son ranch. Il m'a expliqué qu'il souffrait d'une maladie incurable, qu'il ne souhaitait pas gaspiller ses économies dans un traitement voué à l'échec, qu'il ne voulait pas que, ton frère et toi, vous n'ayez plus rien.

— Mais il aimait ce ranch plus que tout au monde !

Flint prit son visage entre ses mains.

— Non, Lora Leigh. Il aimait le ranch, mais il vous aimait, vous, plus encore.

Avec émotion, il ajouta :

— Et moi, je t'aime. C'est pourquoi je t'ai rendu le ranch.

— Quoi ?

— Je ne veux pas de ce domaine. Ce que je veux, c'est toi, Lora Leigh. Je t'aime, et si tu peux me pardonner de ne t'avoir rien dit et me laisser entrer dans ta vie, je te promets de tout faire pour te rendre heureuse.

— Oh, Flint...

Sa voix tremblait, de nouvelles larmes la submergèrent. Il les essuya, le cœur battant à se rompre.

Un long silence s'abattit sur eux. Puis, comme par miracle, un sourire illumina le visage de la jeune femme.

— Moi aussi, je t'aime.

— C'est vrai ? parvint-il à peine à articuler.

— Oui… J'ai lutté contre ce sentiment de toutes mes forces. Mais je t'aime.

Elle retint un sanglot, puis se dressa sur la pointe des pieds pour l'embrasser. Il avait tellement envie d'elle qu'il aurait pu la déshabiller et lui faire l'amour ici même.

Mais il avait aussi tant de mal encore à croire que tout cela soit vrai…

— Tu le penses vraiment ?

— Oui.

Le soleil se couchait ; le ciel se parait de pourpre et d'orange, et l'herbe était bleue.

— J'aime Diamondback, aussi, dit-elle tout bas.

Il se plaça juste à l'endoit qui séparait les deux propriétés et prit sa main.

— Tu veux bien m'épouser ?

— Oui.

Il la prit dans ses bras et l'embrassa avec fougue et passion. Ils allaient se marier, unir leurs vies et leurs foyers.

Rien ne viendrait plus s'opposer à leur bonheur.

Épilogue

Trois mois plus tard

Le jour de son mariage était arrivé. Flint revêtit le costume choisi par Lora Leigh et descendit l'escalier. Dehors, de grandes tables recouvertes de nappes blanches avaient été dressées sur la pelouse, le belvédère et le petit étang décorés pour la cérémonie de roses rouges et de nénuphars. Une harpiste et un pianiste accueillaient en musique les invités qui arrivaient au compte-gouttes et s'installaient.

Le mois écoulé avait été riche en événements. Les services de sécurité intérieure avaient fini par le blanchir de tout soupçon. Jabar, en revanche, n'était toujours pas réapparu. Les pur-sang avaient recouvré la santé, et plus aucune trace de radiations nocives ne subsistait au ranch. Enfin, plus aucune tentative de sabotage n'avait été signalée.

Taylor et Christopher séjournaient au ranch, et Lora Leigh et la sœur de Flint étaient devenues les meilleures amies du monde.

En bas des marches, Akeem et Jackson l'attendaient avec un large sourire.

— Jamais je n'aurais cru voir ce jour arriver, déclara Jackson.

Flint éclata de rire.

— A vrai dire, moi non plus.

Akeem semblait un peu intimidé.

— J'espère que tu n'y vois pas d'inconvénient, mais je suis venu avec une amie. D'ailleurs, je dis ça comme ça, mais elle a besoin de travail et elle connaît très bien les chevaux... Elle ferait un très bon palefrenier.

Flint se contenta de sourire. Il était curieux de faire sa connaissance. A une époque, il avait pensé que sa sœur et Akeem se plaisaient. Mais peut-être s'était-il trompé.

— Pas de problème. J'ai toujours besoin de personnel pour les chevaux, de toute façon.

Il sortit par la porte latérale, monta sur Diamond Daddy et trotta vers l'étang. Les appareils photo crépitèrent, des murmures parcoururent l'assistance. Toutes les chaises avaient trouvé preneur, le mariage s'étant transformé en un immense événement mondain. Ils avaient évoqué la possibilité de célébrer leur union dans l'intimité, mais Flint avait voulu que tout le Texas sache qu'il se mariait. Et évidemment, tous les employés du ranch et tous ses associés avaient été invités.

Un instant, il ressentit un peu de tristesse en songeant que la famille de Lora Leigh ne serait pas là pour assister à l'événement, pas plus que Viktor.

Mais il avait la conviction que, de là où ils étaient, ils les regardaient et leur envoyaient tous leurs vœux de bonheur.

Flint avait insisté pour que Lora Leigh fasse de sa maison la sienne et lui avait laissé carte blanche pour la redécorer à son goût. Son premier apport avait été la couette que sa mère avait confectionnée pour elle.

Diamond Daddy s'arrêta devant l'étang, et Flint lui fit faire un pas de côté pour voir sa future épouse arriver également à cheval. Dans la lumière rasante, son apparition fut pareille à celle d'un ange. Elle chevauchait Miss Sassy, un alezan à crins blancs qui avait été élevé au Double W. Symboliquement, leurs chevaux représentaient l'union de leurs vies et de leurs ranchs respectifs.

Sa longue robe blanche voletait autour d'elle, et elle portait une unique rose rouge dans son chignon.

Flint était impatient d'en ôter chaque épingle et de passer ses mains dans ses longs cheveux soyeux. Ce soir… Elle fit ralentir son cheval, et leurs regards se croisèrent au moment où la marche nuptiale démarra. Lorsqu'elle s'approcha de lui pour placer sa main dans la sienne, il rayonna d'amour et de fierté.

Lora Leigh se laissait aller, le cœur léger, tandis que Flint la faisait tournoyer sur la piste de danse. Autour d'elle, tout n'était que sourires, éclats de rire et crépitements de flash.

Elle avait fait la paix avec sa famille et les choix de son père et de son frère, même si, aujourd'hui, ils lui manquaient tous terriblement. Flint lui avait suggéré que peut-être son père avait su ce qu'il faisait en lui vendant son ranch, qu'il avait imaginé que cela contribuerait à les rapprocher. Bien sûr, elle ignorerait toujours si c'était effectivement le cas, mais c'était une idée romantique qui lui plaisait.

— Je t'aime, Lora Leigh, lui chuchota-t-il à l'oreille à la fin de leur dernière danse, alors qu'ils se dirigeaient vers la limousine qui devait les emmener à l'aéroport.

Là-bas, le jet privé de Flint les attendait pour les conduire en France, sur la Côte d'Azur, où ils passeraient leur lune de miel. Flint voulait lui faire découvrir le monde.

Au lieu d'aller directement à l'aéroport, Flint demanda au chauffeur de faire un détour par la maison du Double W.

— Que faisons-nous ici ? lui demanda-t-elle.

Flint désigna les mangeoires à oiseaux que sa mère aimait tant.

— Le moment est venu de t'offrir ton cadeau de mariage.

Elle le regarda, perplexe, et leva la main à laquelle elle portait la magnifique bague sertie de diamants qu'il lui avait offerte plus tôt dans la journée.

— Que pourrais-tu m'offrir de plus ?

Il l'embrassa tendrement puis désigna d'un large geste le domaine du Double W.

— Pour honorer la mémoire de tes parents, j'ai pensé que nous pourrions transformer le domaine du Double W en parc naturel protégé. Les oiseaux et les animaux sauvages y vivraient en paix.

Lora Leigh fut émue aux larmes.

— Oh, Flint, quelle merveilleuse idée ! Mes parents seraient tellement heureux.

Il sourit et la contempla avec une douceur infinie.

Jamais elle n'aurait pensé aimer un homme à ce point.

Il lui prit la main et y déposa un baiser.

— Tout ce que je regrette, c'est de ne pas pouvoir te rendre ta famille.

— Nous savons que c'est impossible. Moi, je ne peux pas te rendre ton ami Viktor, ni les hommes que tu as perdus.

Il la serra contre lui, et ils s'étreignirent un long moment, tous deux hantés par le souvenir de ces morts inutiles, causées par la rancœur, la cupidité, le mensonge et le désir de revanche.

Il l'embrassa de nouveau puis prit son visage entre ses mains.

— Ensemble, nous créerons notre propre famille.

Elle caressa le contour de son visage.

— Flint, je veux avoir des enfants de toi. Et lorsque nous aurons un fils, j'aimerais lui donner le prénom de mon père.

— D'accord.

Elle sourit puis tourna la tête vers son ancienne maison.

— Ton cadeau est merveilleux. Mais moi, je n'en ai pas pour toi.

Le regard de Flint brilla, et il laissa courir un doigt sur ses épaules et son décolleté.

— Tout ce que je veux, c'est toi, Lora Leigh. Et j'ai bien l'intention de réclamer mon cadeau dès ce soir.

Elle éclata de rire et il fit remonter la cloison qui les séparait de l'avant de la voiture, après avoir demandé au chauffeur de reprendre la route.

Il l'embrassa fougueusement et entreprit d'ôter une à une toutes les épingles qui retenaient ses cheveux.

— C'est juste un prélude pour m'aider à tenir jusqu'à ce soir, dit-il tout contre son cou.

Mais elle savait qu'un prélude, ce ne serait jamais assez pour eux.

Retrouvez en février 2020, dans votre collection

BLACK ROSE

La photo du passé, d'Amanda Stevens - N°574

SÉRIE LES MYSTÈRES DE CHARLESTON 2/3

Sur la photo, le criminel tient une petite fille par la main… Le cliché est de mauvaise qualité, la coupure de presse qui l'accompagne ne parle que du monstre que la police est sur le point d'arrêter et qu'on a surnommé « le Tueur du Crépuscule »… Rien sur l'enfant. Pourtant, Catherine s'interroge : et si c'était elle, la petite fille de la photo ? Et si cet homme était son père ? Un doute qui la hante et la pousse à engager Nick LaSalle, détective professionnel et sûr de lui qui, touché par sa détresse, accepte de l'aider…

Chloe est en danger, de Cindy Dees

Je te la reprendrai… Paralysée par l'angoisse, Sloane relit le texto. Ainsi, en dépit des précautions qu'elle a prises, son ex-mari vient de les retrouver, elle et Chloe, sa fillette de deux ans. Mais elle est bien décidée à se battre bec et ongles pour empêcher cet homme violent de lui arracher son enfant. Et pour cela, elle sait qu'elle va compter sur une aide inattendue : celle de Liam Kastor. Liam, l'adolescent timide qui était amoureux d'elle dans sa jeunesse. Liam qui est devenu un policier solide et protecteur…

Prisonnière d'un secret, de Debra Webb - N°575

L'homme s'avance vers elle, un grand sourire aux lèvres, et Sasha, émue, se trouble… Décidément, son retour à Winchester lui réserve bien des surprises. D'abord, elle apprend que le récit qu'on lui a fait du décès tragique de ses parents n'était pas exact. Et voilà qu'au bureau du shérif où elle est venue pour éclaircir ce mystère, elle est accueillie par Branch Holloway. Branch, son amour de jeunesse. Branch, à qui elle ne peut demander son aide sans lui avouer qu'il est le père de sa fille de douze ans…

Mission en eaux troubles, de Nicole Helm

Timide, craintive, la femme refuse de révéler son identité. Puis, après avoir déclaré qu'elle est sans nouvelles de son père, elle s'enfuit du commissariat et se perd dans la nuit… Poussé par la curiosité, troublé par la beauté de la mystérieuse inconnue, Cameron Delaney la suit jusqu'à un chalet perdu au fond des bois. Bientôt, il parvient à gagner sa confiance et apprend qu'elle a toujours vécu là, seule avec son père, et que, depuis la disparition de ce dernier, elle sent peser sur elle une sourde menace…

Retrouvez en février 2020,
dans votre collection

BLACK ROSE

J'ai besoin de toi, de Geri Krotow - N°576

Abasourdie, Patience fixe le test de grossesse. Comment a-t-elle pu se retrouver enceinte après une unique nuit d'amour ? Et comment avouer à Nash qu'il va être père alors que sa dernière enquête occupe tout son temps ? Mais, tandis qu'elle s'interroge ainsi, elle aperçoit une barque sur le lac qui borde sa maison. Puis un homme se dresse, balance un corps par-dessus bord et la fixe longuement avant de disparaître. Affolée, consciente de la menace qui désormais pèse sur elle, Patience appelle Nash à son secours…

Une inquiétante ressemblance, d'Alice Sharpe

La femme ressemble trait pour trait à Sabrina. Pourtant, à quelques infimes détails – et parce qu'elle prétend avec force s'appeler Sophie –, Jackson comprend que c'est une inconnue qui se tient devant lui. Mais qui est cette Sophie ? Et qu'est devenue Sabrina, l'amie de Jackson, venue lui demander son aide car elle se sentait menacée ? Poussé par son instinct de détective, il découvre alors que Sabrina a disparu. Et que Sophie, que le hasard a mise sur sa route, est en grand danger, elle aussi…

Au risque de l'aimer, de HelenKay Dimon - N°577

« Dieu merci, tu es là ! » Davis est stupéfait. La femme qui vient de se jeter dans ses bras, à bout de souffle, est-elle vraiment Lara ? Cette même Lara qui lui a dit lors de leur rupture qu'elle ne voulait plus jamais le revoir… Et, tandis qu'il se remet de sa surprise, elle lui révèle entre deux sanglots qu'elle a été témoin d'un meurtre, et que l'assassin la traque. Comprenant alors qu'il n'a jamais cessé de l'aimer, Davis décide de fuir avec Lara, pour la mettre en sécurité…

Une troublante intimité, de Kara Lennox

Ford Hyatt parviendra-t-il à faire disculper Eldon, l'ex-mari de Robyn, avant que le verdict du jury tombe ? Robyn ne peut s'empêcher de l'espérer. Car, si Eldon est accusé du pire, Robyn, elle, ne l'a jamais cru capable de faire du mal à leur fils, qu'il adorait. C'est pourquoi elle s'est tournée vers Ford, spécialiste de l'erreur judiciaire. Ford, auquel elle se retrouve désormais liée dans cette course contre la montre, où chaque minute compte – et la rend plus vulnérable au charme de son partenaire…

OFFRE DÉCOUVERTE !

Vous souhaitez découvrir nos collections ? Recevez **votre 1er colis gratuit*** **avec 2 cadeaux surprises !** Une fois votre colis de bienvenue reçu, si vous souhaitez continuer à recevoir nos livres, cela se fera automatiquement. Vous recevrez alors vos livres inédits** en avant-première.

Vous n'avez aucune obligation d'achat et cette offre est sans engagement de durée !

*1 livre offert + 2 cadeaux / 2 livres offerts pour la collection Azur + 2 cadeaux.
**Les livres Ispahan, Sagas, Allegria et Best-Sellers Féminins sont des réédités.

☛ COCHEZ la collection choisie et renvoyez cette page au
Service Lectrices Harlequin – CS 20008 – 59718 Lille Cedex 9 – France

Collections	Références	Prix colis*
❑ **AZUR**	Z0ZFA6	6 livres par mois 28,79€
❑ **BLANCHE**	B0ZFA3	3 livres par mois 23,65€
❑ **LES HISTORIQUES**	H0ZFA2	2 livres par mois 16,59€
❑ **ISPAHAN**	Y0ZFA3	3 livres tous les 2 mois 23,35€
❑ **PASSIONS**	R0ZFA3	3 livres par mois 25,09€
❑ **SAGAS**	N0ZFA3	3 livres tous les 2 mois 27,66€
❑ **BLACK ROSE**	I0ZFA3	3 livres par mois 25,09€
❑ **VICTORIA**	V0ZFA3	3 livres tous les 2 mois 25,69€
❑ **ALLEGRIA**	A0ZFA4	4 livres tous les 2 mois 30,15€
❑ **BEST-SELLERS FÉMININS**	E0ZFA2	2 livres par mois 18,75€
❑ **MAGNETIC**	K0ZFA3	3 livres tous les 2 mois 23,07€

N° d'abonnée Harlequin (si vous en avez un) ⎿⎿⎿⎿⎿⎿⎿⎿⎿

Mme ❑ Mlle ❑ Nom : ____________________

Prénom : ____________________ Adresse : ____________________

____

Code Postal : ⎿⎿⎿⎿⎿ Ville : ____________________

Pays : ____________________ Tél. : ⎿⎿⎿⎿⎿⎿⎿⎿⎿⎿

E-mail : ____________________

Date de naissance : ____________________

❑ Oui, je souhaite recevoir par e-mail les offres promotionnelles des éditions Harlequin.
❑ Oui, je souhaite recevoir par e-mail les offres promotionnelles des partenaires des éditions Harlequin.

Date limite : 31 décembre 2020. Vous recevrez votre colis environ 20 jours après réception de ce bon. Offre soumise à acceptation et réservée aux personnes majeures, résidant en France métropolitaine, dans la limite des stocks disponibles. Prix susceptibles de modification en cours d'année. Vous pouvez demander à accéder à vos données personnelles, à les rectifier ou à les effacer. Il vous suffit de nous écrire en nous indiquant vos nom, prénom et adresse à : Service Lectrices Harlequin CS 20008 59718 LILLE Cedex 9. Service Lectrices disponible du lundi au vendredi de 8h à 18h : 01 45 82 47 47.